SACRED
für PC

SACRED:
Underworld
für PC

Im Videospielhandel

SACRED

ENGELSBLUT

Die Chronik von Ancaria, Band 1

Steve Whitton

Aus dem Englischen von
Andreas Kasprzak

Dino

Die Deutsche Bibliothek – CIP-Einheitsaufnahme

Ein Titeldatensatz für diese Publikation ist bei der Deutschen Bibliothek erhältlich.

*Dieses Buch wurde auf chlorfreiem,
umweltfreundlich hergestelltem
Papier gedruckt.*

In neuer Rechtschreibung.

SACRED: Engelsblut (Die Chronik von Ancaria, Band 1) von Steve Whitton,
aus dem Englischen von Andreas Kasprzak.

Deutsche Ausgabe erschienen bei Panini Verlags GmbH, Rotebühlstraße 87,
70178 Stuttgart.

Lektorat: Peter Thannisch
Redaktion: Mathias Ulinski, Holger Wiest
Chefredaktion: Jo Löffler
Umschlaggestaltung: tab visuelle Kommunikation, Stuttgart
Cover art by Ascaron Entertainment
Satz: Greiner & Reichel, Köln
Druck: Panini S. P. A.
ISBN: 3-8332-1149-0
Printed in Italy

1. Auflage, März 2005

www.paninicomics.de/videogame

Im Gedenken an KHM.
Du fehlst mir, alter Knabe.

Wahrlich, keiner ist weise,
Der nicht das Dunkel kennt,
Das unentrinnbar und leise
Von allen ihn trennt.

Voll von Freunden war mir die Welt
Als mein Leben noch licht war;
Nun, da der Nebel fällt,
Ist keiner mehr sichtbar.

Seltsam, im Nebel zu wandern!
Leben ist Einsamsein.
Kein Mensch kennt den andern,
Jeder ist allein.

Hermann Hesse, *Im Nebel*

Prolog
Der Winter der Bestie

In Ancaria sagte man, im Königreich der Hoffnung gebe es keinen Winter. Doch solche Binsenweisheiten konnten nur von jemandem stammen, der daheim bei einem prasselnden Kaminfeuer im Warmen saß, vor sich auf dem Tisch einen dampfenden Braten und ein Maß Met, und sich keine Gedanken darüber machen musste, wie er die nächsten Tage und Nächte überstehen sollte. Davon war Svenja überzeugt. Hier draußen, inmitten des Krüppelmoors, wo einem bei jedem Atemzug feine weiße Wölkchen aus Mund und Nase quollen und klirrender Frost die Natur mit glitzerndem Weiß überzog, sah die Sache anders aus; hier gab es *sehr wohl* einen Winter, und einiges sprach dafür, dass er diesmal noch härter werden würde als in den vergangenen Jahren. Schon jetzt, Mitte November, blühten morgens große Eisblumen an den Fenstern der kleinen Hütte am Ortsrand von Moorbruch, in der Svenja zusammen mit ihrer Mutter, ihren drei Geschwistern und ihrer Großmutter lebte, und wenn man ohne dicke Socken oder wollene Untergewänder vor die Tür trat, forderte man geradezu heraus, sich den Tod zu holen. Vor allem, wenn man in einem fort Gefahr lief, sich nasse Füße zu holen. Zwar wusste die junge Torfstecherin genau, wo im Moor die Stellen waren, an denen sich nicht genügend Pflanzenmasse abgelagert hatte, um festen Boden zu bilden, doch zumeist reichte ein falscher Schritt, um bis zu den Knöcheln in eiskaltem Brackwasser zu stehen.

Das Krüppelmoor verdankte seinen Namen den verwachsenen Zwergkiefern, die hier und da zwischen den Wasserläufen und Torfablagerungen aufragten wie deformierte Wichtel. Besonders dann, wenn Nebel über dem Gebiet lag, wirkten die Bäume wie jene unglücklichen Sonderlinge, die Svenja vor ein paar Jahren auf dem Jahrmarkt gesehen hatte, der nach Moorbruch gekommen war: missgebildete Menschen und Tiere mit zwei Köpfen oder drei Armen, mit viel zu kurzen Beinen und überdimensional großen Schädeln. Damals, als sie mit ihren beiden jüngeren Schwestern Miri und Helena vor der Bretterbühne gestanden und den Aufmarsch verkrüppelter Männer und Frauen verfolgt hatte, die vom Schicksal mit offenen Hasenscharten, maskenähnlichen Knochenwülsten und Hautwucherungen geschlagen waren, hatte der Anblick sie zugleich abgestoßen und mit tiefer Trauer erfüllt. Was war das für ein Leben, vor aller Welt zur Schau gestellt, damit sich der gemeine Pöbel am Leid dieser armen Seelen ergötzen konnte? Sie war instinktiv froh darüber, selbst besser davongekommen zu sein.

Besonders beeindruckt hatte Svenja ein Dunkelelfen-Baby. Es war laut des Unglaublichen Maleeni – der so etwas wie der Leiter des Jahrmarkts und ein kleiner, ungeheuer dicker Mann mit lauter, tragender Stimme und Segelohren war – unmittelbar nach der Geburt von seiner eigenen Mutter getötet worden; angeblich taten das die Dunkelelfen mit jedem zweiten ihrer Nachkommen, um auf diese Weise noch mehr Seelen für ihren verderbten Totenkult zu sammeln. Das Baby schwamm in einem runden Glasbehälter mit gelblichem Alkohol, ein aufgedunsenes, graues nacktes Etwas mit winzigen Händen und Füßchen. Eigentlich sah es wie ein ganz normales Menschenbaby aus – wären da nicht die spitzen Ohren, die pupillenlosen nachtschwarzen Augen und der unnatürlich lange Unterkiefer gewesen, aus dem Dutzende und Aberdutzende kleiner, spitzer Zähne ragten wie bei einem Raubtier. Es war das erste Mal gewesen, dass Svenja einen Dunkelelfen zu Gesicht bekommen hatte, und sie hatte mindestens eine halbe Stunde dagestanden und das Baby angestarrt. Wochenlang danach hatte Svenja Alpträume gehabt, in denen sie dicht an den Behälter herantrat, sich vorbeugte, um genauer hinzusehen – und das Baby plötzlich mit weit aufgerissenem Maul vorwärts schoss, durch das zersplitternde Glas, um ihr seine kleinen, nadelspitzen Zähne ins Gesicht zu graben. Irgendwann hatten die Träume aufgehört, doch der Anblick des Dunkelelfen-Babys hatte sich in ihre Erinnerung gegraben wie ein glühend heißer Nagel in einen Kupferstich. Das Schlimmste dabei war jedoch nicht der Gedanke an das Baby selbst, das so menschlich aussah und doch von einer so vollkommen anderen Art war als sie selbst; viel schlimmer fand Svenja, dass dieses junge Leben ausgerechnet von seiner eigenen Mutter ausgelöscht worden war, von der Person, die es eigentlich lieben und behüten sollte – *das* war das wirklich Unmenschliche daran.

Gleichwohl, jetzt, als sie mit weit ausholenden Schritten durch das Moor marschierte, in der rechten Hand eine Schaufel, auf dem Rücken einen Riemenkorb mit frisch gestochenem Torf, schalt Svenja sich eine Närrin, weil sie damals so gedacht hatte. Dunkelelfen waren keine Menschen, sondern bösartige Kreaturen einer anderen, uralten Rasse, beseelt von Mordlust und Barbarei, und es war töricht zu glauben, dass sie imstande waren, Gefühle wie Liebe oder Mitgefühl zu empfinden; wie konnten diese Ungeheuer sonst so grausam zu ihren eigenen Nachkommen sein?

Svenja versuchte, diese Gedanke zu verdrängen, und obwohl sie wie alle anderen wusste, dass die Dunkelelfen die Dunklen Gebiete im Nordosten des Königreichs seit Jahrhunderten nicht verlassen hatten, beschleunigte sie unwillkürlich ihre Schritte, als sie im dichten Unterholz unversehens ein leises Rascheln vernahm, wie von einem Rattenbiber, der sich ins schwarze Wasser des Torfmoors gleiten ließ, um sich sein Abendessen zu fangen.

Svenja fröstelte. Bei Tage hielt der matte, milchige Schein der Sonne die Kälte zumindest halbwegs zurück, doch jetzt, in der Dämmerung, blies ihr der nahende Winter seinen eisigen Atem ins Gesicht, sodass Svenjas Vorfreude auf einen warmen Platz am Feuer mit jedem Schritt in Richtung Moorbruch zunahm. Vermutlich wartete ihre Familie schon ungeduldig auf ihre Rückkehr, denn Svenja hatte sich an diesem Nachmittag ins Moor begeben, um Torf zum Heizen zu stechen; das war für sie als Frau nicht ganz so anstrengend wie mit der Axt in den Wald zu gehen und Brennholz zu schlagen, zumal es im Moor in Hülle und Fülle Torf gab.

Leider war Torf so ziemlich das Einzige, an dem es in dieser abgelegenen Region von Ancaria nicht mangelte – Torf und jede Menge Brennereien, in denen der berühmte Moorbrucher Whiskey destilliert wurde, der durch die Verwendung des Moorwassers beim Brennen seinen ganz eigenen, erdigen Geschmack erhielt. Er wurde im ganzen Königreich geschätzt. Davon abgesehen jedoch lagen die Zeiten, in denen diese Gegend für das Reich von Bedeutung war, lange zurück. Ja, mehr noch: Längst stellten die kleinen Torfstechersiedlungen inmitten der ausgedehnten Moore das Armenhaus Ancarias dar. Wer hier lebte, tat das nicht freiwillig, sondern weil ihm keine andere Wahl blieb.

Svenja war da keine Ausnahme. Ihr größter Traum war, von hier wegzugehen und anderswo ein neues, besseres Leben zu beginnen, doch was hatte eine ungebildete junge Frau wie sie in einer Stadt wie Burg Hohenmut oder Burg Krähenfels schon zu gewinnen? Allenfalls ein Dasein als Straßenmädchen, doch selbst dabei konnte sie nur versagen, weil Svenja noch nie mit einem Mann das Nachtlager geteilt hatte – nicht, weil sie hässlich war oder niemand etwas von ihr wissen wollte, sondern weil sie nach dem Tod ihres Vaters vor einigen Jahren den Großteil der Verantwortung für ihre Familie trug. Bei all der Plage, genügend Essen auf den Tisch zu bekommen, um alle hungrigen Mäuler zu stopfen, war für Herzensangelegenheiten schlichtweg keine Zeit – ganz zu schweigen davon, dass kein Mann, der auch nur halbwegs klaren Verstandes war, sich aus freien Stücken mit einer Frau abgeben würde, die gleich ihre gesamte Sippe mit in die Verbindung brachte. Dabei sehnte sie sich danach, jemanden zu haben, mit dem sie die Last ihres Daseins teilen konnte, der ihr das Gefühl gab, eine *Frau* zu sein, nicht nur ein Arbeitstier. Doch insgeheim hatte sich Svenja bereits damit abgefunden, dass ihr Leben irgendwann ebenso jungfräulich zu Ende gehen würde, wie es neunzehn Winter zuvor begonnen hatte. Da tröstete es sie kaum, dass sie nicht die Einzige in Moorbruch war, der es so erging …

Svenja wurde von ihren trübsinnigen Gedanken abgelenkt, als sie aus dem Unterholz erneut ein Geräusch vernahm. Es klang wie ein Rascheln oder Schleifen, als würde sich etwas Großes durch das Wirrwarr aus Nesselsträuchern, Feuchtgras und großblättrigen Sumpffarnen bewegen. Obwohl sie sich einzureden versuchte, dass es hier nichts gab, wovor sie Angst haben musste, hatte sie sofort wieder das Bild des Dunkelelfen-Babys vor sich, das sie voller Gier anstarrte und den Mund zu einem diabolischen Grinsen verzog – ein Grinsen, das zu sagen schien: *Ich weiß, dass du dich vor mir fürchtest – und du tust gut daran!*

Svenja warf instinktiv einen Blick über die Schulter, doch im Zwielicht der Abenddämmerung, die die Welt in lange Schatten tauchte, war links und rechts des Trampelpfads nichts zu sehen. Und trotzdem bohrte sich der Stachel der Unruhe tief in Svenjas Seele.

„Mach dich nicht lächerlich, Mädchen“, murmelte sie, in der Hoffnung, der Klang ihrer eigenen Stimme würde ihr Mut spenden, doch das ängstliche Zittern in ihren Worten bewirkte eher das Gegenteil. „Es gibt hier weder Dunkelelfen noch irgendetwas anderes, vor dem man sich ängstigen müsste. Sieh nur zu, dass du schleunigst nach Hause ins Warme kommst, bevor du hier draußen erfrierst!“

Mit weit ausholenden Schritten eilte Svenja den Pfad entlang. Der Mond, der in der rasch hereinbrechenden Dunkelheit hoch droben am Firmament hing, zauberte ein verschlungenes Muster aus Licht und Schatten auf den ausgetretenen Weg. Die kahlen Zweige der Krüppelkiefern wiegten sich lautlos in einer eisigen Brise, nichts rührte sich, und auch sonst lastete eine unnatürliche Stille über dem Moor – die jäh unterbrochen wurde, als plötzlich ein Schwarm Krähen, die in der verfilzten Krone einer alten Kastanie ihre Nester hatten, lauthals schimpfend von dem Baum aufstob und als wild flatternde schwarze Wolke vor der Dämmerung aufstieg.

Svenja zuckte erschrocken zusammen. Irgendetwas musste die Vögel aufgescheucht haben. Sie redete sich ein, dass sie selbst es gewesen war, doch dann mischte sich auf einmal ein anderes Geräusch unter das verärgerte Schnattern der Krähen, ein dumpfes, gutturales Grollen, und schlagartig wurde Svenja klar, dass es *sehr wohl* Grund zur Sorge gab. Denn was auch immer dort durchs Dickicht schlich und dieses Grollen und Rascheln verursachte, war mit Sicherheit kein Rattenbiber und auch kein Moorwaran; diese Tiere verursachten nicht solchen Lärm, sondern bewegten sich lautlos durchs Moor, und sie waren auch bei weitem nicht so *groß* wie das, was da im Unterholz lauerte …

… und mir folgt, dachte Svenja, verzweifelt bemüht, ihre Panik zu unterdrücken. *O lieber Gott, es folgt mir!*

Wie zur Bestätigung kam das Rascheln näher, und für einen Moment glaubte die junge Torfstecherin, ein rhythmisches, irgendwie *saugendes* Geräusch zu vernehmen, als würde der Wind durch die verwinkelten Erker eines alten Gemäuers streichen. Im ersten Augenblick vermochte Svenja sich darauf keinen Reim zu machen, doch dann erkannte sie, was sie da hörte.

Atemgeräusche.

Das war zu viel für Svenja. Von einer Sekunde zur anderen verwandelte sich ihre Unruhe in Hysterie. Eigentlich war sie stets der Meinung gewesen, kein übermäßig ängstlicher Mensch zu sein – dafür hatte sie in ihrem Leben hier im Moor schon zu viel gesehen und erlebt –, doch jetzt packte die Furcht ihr Herz wie eine eiserne Klaue und drückte unbarmherzig zu, und auf einmal war in Svenjas Verstand nur noch Platz für einen einzigen Gedanken.

Weg hier – so schnell wie möglich weg!

Svenja fing an zu laufen. Das dumpfe Trampeln ihrer Stiefel auf dem Boden vermischte sich mit dem Keuchen ihres Atems und dem Pochen ihres Herzens. All ihre Sinne waren auf ihre

Umgebung gerichtet, auf das Rascheln im Unterholz, das zunehmend lauter wurde, und vor ihrem inneren Auge flammte das Bild eines Schwarzbären auf, der auf allen vieren durchs Moor hetzte, die Augen vor Tollwut gerötet, blutigen Schaum vor dem Maul. Doch soweit Svenja wusste, gab es in der Gegend um Moorbruch schon seit drei Generationen keine Bären mehr …

Sie schob den Gedanken beiseite und lief weiter, lief so schnell sie konnte, doch schon nach einem halben Kilometer schlug ihr das Herz bis zum Hals, und kurz darauf kam das Seitenstechen, erst leicht, dann schnell heftiger werdend. Svenja zwang sich, ruhiger zu atmen und den Schmerz zu ignorieren. Als sie dann in Panik über die Schulter blickte, sah sie, wie fünfzig Meter hinter ihr ein Schatten aus dem Unterholz brach, groß und bullig, beinahe so hoch wie sie selbst, mit einem wuchtigen, riesigen Schädel, der halb im Zwielicht verborgen lag, als hätte selbst der Mond Angst, zu viel von dieser ungeheuerlichen Kreatur zu enthüllen.

Bei den Alten Göttern, was war das für ein Wesen?

Svenja vermochte es nicht zu sagen. Sie hatte dergleichen noch nie zuvor gesehen. Doch eins stand zweifelsfrei fest: Es war hinter ihr her, hinter ihr allein, da gab es kein Vertun!

Dieser Gedanke trieb Svenja weiter vorwärts. Farnwedel und Nesseln peitschten gegen ihre Beine, als der Pfad ein Stück weiter vorn über eine kleine Anhöhe führte und dahinter abrupt schmaler wurde, sodass die Äste der Büsche und Sträucher halb auf den Weg ragten, während sich jenseits davon die schwarzbraune Fläche des Moores abzeichnete, die vom Schein des aufgehenden Mondes in ein stumpfes silbriges Licht getaucht wurde. Hier und da stiegen mit leisem Blubbern Luftblasen an die Oberfläche, wo Pflanzen im Brackwasser verrotteten, und aus den Augenwinkeln heraus sah Svenja, dass rechts von ihr der auffällig geformte Felsen aufragte, den die Menschen in dieser Gegend seit Jahr und Tag den „Teufelsfelsen“ nannten. Wind, Regen und der Zahn der Zeit hatten den gut zehn Meter hohen Felsen so bearbeitet, dass er mit ein wenig gutem Willen an einen Schädel erinnerte – mit tief eingefallenen Augenhöhlen, hervorstehender Nase und zwei Hörnern, die aus der fliehenden Stirn in den Nachthimmel ragten. Eine verkrüppelte Kiefer wuchs auf dem Teufelsfelsen, hatte ihre Wurzeln in das schwarze Gestein gekrallt, und Svenja wusste, dass von hinten her eine Art Pfad auf den Felsen und zur Kiefer führte. Die Alten in Moorbruch erzählten, dass die Dunkelelfen hier vor langer Zeit grausame heidnische Rituale durchgeführt hatten, um ihren schrecklichen Göttern zu huldigen. Trotzdem spendete der Anblick des Teufelsfelsens Svenja neue Kraft, denn der Felsen war allenfalls einen Kilometer vom östlichen Rand von Moorbruch entfernt, und das hieß, dass sie nur noch ein paar Minuten durchhalten musste, dann war sie in Sicherheit vor dem, was auch immer ihr da auf den Fersen war und mit jeder Sekunde näher kam …

Der Pfad wand sich am Fuß des Teufelsfelsens vorbei nach Osten, wo Moorbruch lag. Svenja folgte dem Weg in den Schatten des Felsens, doch je schneller sie lief, desto unerträglicher wurde das Seitenstechen. Erst jetzt wurde ihr bewusst, dass sie noch immer den Weidenkorb mit dem Torf auf dem Rücken trug, und ohne innezuhalten, streifte sie sich die Tragriemen von den Schultern und ließ den Korb achtlos zu Boden fallen. Torfbrocken rollten ihr zwischen die Füße und brachten sie ins Straucheln. Svenja drohte zu fallen und stolperte mit einem entsetzten Keuchen nach vorn. Der weit hervorstehende Ast einer Krüppelkiefer traf sie ins Gesicht und brachte ihr unmittelbar unter dem linken Auge eine kleine Wunde bei, doch Svenja spürte den Schmerz kaum. Im letzten Moment gelang es ihr, sich wieder zu fangen; sie stützte sich kurz am borkigen Stamm eines Baums ab und taumelte mehr, als dass sie lief, weiter. Sie merkte, wie ihre Kräfte mit jedem Schritt nachließen, und widerstand dem Drang, sich erneut nach dem *Ding* umzusehen, das sie durchs Moor jagte; das war auch überhaupt nicht nötig, denn ihre Ohren verrieten ihr auch so, dass ihr Verfolger noch da war – und unbarmherzig zu ihr aufschloss …

Verfolgt vom Trappeln schneller, krallenbewehrter Pfoten, lief Svenja aus dem Schatten des Teufelsfelsens heraus und auf den Waldrand zu. Dahinter lagen die Hütten und Häuser von Moorbruch. Sie presste eine Hand fest in ihre Hüfte, um das Seitenstechen zu lindern, doch ohne Erfolg; die Pein, die sich bei jedem Schritt durch ihren Leib fraß, trieb ihr die Tränen in die Augen. Alles, woran sie denken konnte, war, dass sie leben wollte; sie wollte ihr kleines bescheidenes Leben im Kreise ihrer Familie führen, denn gleichgültig, wie armselig und hart das auch war, es war immerhin ein *Leben* und damit allemal besser als der Tod. *Alles* war besser als der Tod …

Vor ihr tauchten aus dem Zwielicht der Abenddämmerung die Lichter von Moorbruch auf, verschwommene Flecken aus Helligkeit vor dem dunklen Hintergrund des Waldes. Nur noch vierhundert Meter, dann hatte sie es geschafft, bloß noch vierhundert Schritte …

Hinter ihr wurde der rasselnde Atem ihres Verfolgers immer lauter. Jetzt war das Geräusch der trappelnden Pfoten dicht hinter ihr, und obwohl ihr Verstand ihr befahl, es nicht zu tun, warf die junge Frau beim Laufen einen flüchtigen Blick über die Schulter – genau in dem Moment, als sich der wuchtige, gedrungene Schatten des *Dings* hinter ihr vom Boden löste und einen riesigen Satz nach vorn machte. Plötzlich war die Kreatur nur noch zehn Schritte hinter ihr, beinahe so groß wie ein Bär, und als das Wesen erneut mit einem aggressiven Knurren zum Sprung ansetzte, wurde Svenja mit grauenvoller Klarheit bewusst, dass sie nicht entkommen würde, egal, wie schnell sie lief.

Sie hatte Recht.

Als die Lichter von Moorbruch noch dreihundert Schritte entfernt waren und sich am Rande des Orts bereits die Umrisse von Svenjas Heim aus dem Dämmerlicht schälten, schwoll das dumpfe Knurren der Kreatur zu einem lauten hungrigen Fauchen an. Svenja glaubte, einen warmen, nach altem Fleisch stinkenden Atemhauch im Nacken zu spüren. Dann nahm sie einen leichten Luftzug wahr, als das Ungetüm direkt hinter ihr auf dem Boden aufsetzte. Im nächsten Augenblick traf sie ein brutaler Hieb in den Rücken, der ihr schlagartig alle Luft aus ihren pfeifenden Lungen trieb. Sie hatte nicht einmal mehr Atem zu schreien, als sie wie eine Strohpuppe nach vorn geschleudert wurde.

Der Aufprall war hart. Ihr verschwitztes Antlitz presste sich schmerzhaft in die feuchte, stinkende Moorerde neben dem Pfad, und für einen Moment wurde ihr schwarz vor Augen. Benommen wälzte sich Svenja auf den Rücken, nur halb bei Sinnen. Torf und Kiefernnadeln klebten auf ihren schmutzigen Wangen, in die ihre Tränen weiße Bahnen des Kummers wuschen. Durch einen trüben roten Schleier starrte sie zum Himmel empor, und es dauerte eine Weile, bis sie wieder klar genug im Kopf war, um sich zu erinnern, was vorging, und gemeinsam mit der Erinnerung schwappte die Hysterie über sie hinweg wie eine dunkle, alles mit sich fortreißende Woge.

Panisch richtete sich Svenja auf und spähte in die Dunkelheit, während sie, noch halb am Boden liegend, auf allen vieren rückwärts krabbelte. Ihre weit aufgerissenen Augen glitten suchend hin und her; die Furcht zerriss den Nebel der Benommenheit und schärfte ihre Sinne, doch die Kreatur war nirgends zu sehen.

Der Pfad lag verlassen da.

Svenja ließ ängstlich den Blick schweifen, aber von dem Wesen, das sie eben angegriffen hatte, fehlte jede Spur. Zögernd fasste die junge Frau wieder Hoffnung. Vermutlich hatte die Nähe von Moorbruch das Geschöpf verjagt oder irgendetwas anderes, doch egal, was es gewesen sein mochte, Svenja war dankbar dafür.

Sie rappelte sich hastig auf, wandte sich um – und sah gerade noch, wie eine riesige Pranke auf sie zuschoss.

Es war das Letzte, was die junge Frau in ihrem Leben sah. Sie schaffte es nicht einmal zu schreien …

Dafür erhob sich die Kreatur über ihrem Opfer, legte den massigen Schädel weit zurück in den Nacken und heulte den Mond an, ein schauerliches, düsteres Triumphgeheul, das wie ein unheilvolles Vorzeichen über das Land hallte und verkündete, dass der Tod nach Moorbruch gekommen war, um jene mit sich zu nehmen, die für Größeres bestimmt waren.

Der Winter der Bestie war angebrochen …

1. Teil

HOHENMUT

Der Himmel hüllt sich in Dunkelheit.
Wie Regen zu fallen ist etwas bereit.
Doch es werden keine Blumen sein.

W. H. Auden, *The Two*

I.

Der Geruch des Todes, der über dem Feld lag, war schwer und überwältigend – erdig, bitter und dennoch von verstörender Süße. Rauch waberte wie Nebel über dem Boden, gespeist von den brennenden Leibern der Krieger, die auf diesem Flecken Erde ihr Leben gegeben hatten, jeder für seine eigene Sache. Als sie noch lebten, hätten sie unterschiedlicher nicht sein können, doch nun, im Tode, waren sie zu Brüdern geworden und lagen dicht an dicht zwischen qualmenden Heuschobern und den Kadavern ihrer Pferde, aus denen Dutzende von Pfeilen staken wie Stacheln aus dem Rücken eines Igels. Es war unmöglich zu sagen, wie viele Opfer diese Schlacht gekostet hatte, doch es war, als bestünde der Boden bis zur Burg Mhurag-Nar, die in der Ferne als düsteres Mahnmal einem gigantischen Grabstein gleich in die Morgendämmerung ragte, aus nichts als toten Körpern, ein endloser Teppich aus Leichen, an denen sich hier und da bereits die Krähen gütlich taten, deren gieriges Krächzen die allmählich weichende Nacht erfüllte wie das kranke Echo längst verhallter Schreie.

Zara ließ den Blick über das Schlachtfeld zum Horizont schweifen, vor dem sich Mhurag-Nar mit seinen Türmen und Zinnen klar umrissen abhob, eine Festung aus massivem Stein, vor Tausenden von Jahren von den Dunkelelfen errichtet, bedrohlich und stoisch, scheinbar unbezwingbar. Doch dieser

Eindruck täuschte, denn der Rauch, der in dichten Schwaden von der Burg aufstieg und in einer senkrechten Wolke gen Himmel quoll, erzählte eine andere Geschichte. Nach mehr als sechzig Tagen der Belagerung war Mhurag-Nar letzte Nacht endlich gefallen, und mit der Festung unzählige Menschen und Zwerge, die dem Ruf ihres Königs Aarnum I. gefolgt waren, um Ancaria ein für alle Mal vom Terror der Dunkelelfen zu befreien. Gleichwohl, der Preis für diesen Befreiungsschlag war hoch, nicht nur für die Gefallenen, sondern auch für all jene, die das Glück hatten, das Gemetzel der letzten Schlacht, die drei Tage und Nächte währte, zu überleben. Denn egal, wer sie gewesen sein mochten, egal, woher sie stammten oder welchen Standes sie waren – das, was sie hier gesehen und erlebt hatten, veränderte sie für immer.

Auch Zara spürte, dass sie nicht mehr die war, als die sie in diesen Krieg gezogen war, voller Enthusiasmus und Tatendrang und überzeugt davon, es würde ihrer Familie zur Ehre gereichen, wenn sie ihrem Land und ihrem König zu Diensten war. Diese Gedanken waren längst vergessen, fortgewaschen von dem Blut, das ihre Rüstung besudelte, schwarzrote Schlieren ausgelöschten Lebens. Die Klinge ihres Schwerts, einst makellos schön und sauber, war voller kleiner Kerben; dem dreifach gefalteten Stahl war es gleich, ob er durch Knochen oder Holz schnitt, so wie es Zara gleich geworden war in jener Nacht, in der sich alles, an das sie je geglaubt hatte, mit jedem Kameraden, der neben ihr fiel, in Blut und Tränen aufgelöst hatte. Der Krieg war nicht so, wie Zara ihn sich vorgestellt hatte. Ganz und gar nicht.

Zaras Blick war leer und in sich gekehrt, ebenso tot wie der Dunkelelf, der zu ihren Füßen lag, die dunklen, fast pupillenlosen Augen weit aufgerissen, die langen, spitzen Zähne selbst im Tode noch zu einem angriffslustigen Fauchen gefletscht. Während die Sonne allmählich höher stieg und der helle Schein der Dämmerung wie ein Vorhang aus Licht über das Schlachtfeld zog, stand Zara da und rührte sich nicht. Erst, als eine junge Frau mit einem Kopftuch, in die Gewänder einer Dienstmagd gehüllt, in ihrer Nähe den Leichnam ihres Liebsten entdeckte, sich in den Schmutz warf und den Toten laut jammernd in den Armen wog, schüttelte Zara ihre Lethargie ab.

Mit unbewegtem Gesicht schaute sie zu der Magd hinüber, deren Wehklagen das heisere Krächzen der Krähen übertönte, und zum ersten Mal seit Ewigkeiten, so schien es ihr, spürte sie eine menschliche Regung, die über triste Gleichgültigkeit hinausging. Das Weinen der Frau war wie ein Messer, das tief in ihr Herz stach, und als Zara sich umschaute, stellte sie fest, dass die Magd nicht die Einzige war, die gekommen war, um auf dem Schlachtfeld nach ihrem Liebsten zu suchen. Überall zwischen den Toten gingen die geduckten Gestalten von Frauen und Kindern umher, manche, um voller Trauer Abschied zu nehmen, andere aber auch, um sich die Stiefel, Schwerter und Schilde der Gefallenen zu schnappen, bevor ihnen jemand zuvorkam. Zara erinnerten die Leichenfledderer unwillkürlich an die Krähen, die über die Reihen der Toten spazierten; jeder nahm sich von den Gefallenen, was er brauchte, um selbst am Leben zu bleiben.

Das war der Kreis des Seins, seit Anbeginn der Zeit.

Dennoch brachte das Leid der Magd, die ihren Liebsten beweinte, in Zara eine Saite zum Schwingen, die sie noch nie zuvor an sich wahrgenommen hatte. Sie vermochte nicht zu sagen, was genau das für ein Gefühl war, aber es war nicht unangenehm; im Gegenteil! Zum ersten Mal seit langem glaubte sie, wenigstens einen Hauch von Leben in ihrem ausgezehrten, von Entbehrung und Kampf gezeichneten Körper zu spüren, wie eine kleine Flamme irgendwo tief in ihrem Inneren, die mit jeder Träne, die die Wangen der Magd hinabrollte und weiße Spuren in den Schmutz auf ihrem Gesicht wusch, größer und heller wurde, bis die Wärme schließlich nicht nur Zaras Leib, sondern auch ihre vor Grauen erstarrte Seele wärmte. Und als wäre das nötig gewesen, um sie wieder zum Leben zu erwecken, setzte sich Zara unvermittelt in Bewegung und schritt über das Schlachtfeld auf die trauernde Magd zu, eine junge Ritterin in einer von Blut und Erde beschmierten Rüstung, auf dem Rücken ein Schild mit dem Wappen ihrer Familie.

Die Magd hob den Blick, als Zara neben ihr stehen blieb. Den wuchtigen Helm warf die Ritterin achtlos beiseite, neben die Füße eines toten Zwergs in einer ledernen Rüstung, die den Klingen der Dunkelelfen nicht hatte standhalten können.

Die Augen der Magd waren verschwommene blaue Seen in dem vom Weinen aufgedunsenen Gesicht, das trotz aller Tränen und allen Schmutzes von einigem Liebreiz war. Sie wiegte das Haupt des toten Mannes in ihrem Schoß, ein blonder Krieger aus Mascarell. Fragend schaute die Dienstmagd zu Zara auf und wich ängstlich zurück, als Zara ihr Schwert neben sich in die Erde rammte.

„Hab keine Angst, mein Kind“, sagte Zara. „Du hast von mir nichts zu befürchten.“ Wie um ihre Worte zu unterstreichen, sank Zara neben der Magd in die Knie. Zara erinnerte sich, die junge Frau schon im Lager gesehen zu haben; sie war eine der Dirnen, die der König mit auf den Feldzug genommen hatte, um die Männer zwischen den Kämpfen bei Laune zu halten. Ihr langes, gelocktes blondes Haar wurde im Nacken von einem eleganten Reif gehalten; vermutlich ein Geschenk des toten Offiziers, den sie so fest in den Armen hielt.

Erst jetzt, aus unmittelbarer Nähe, fiel Zara auf, wie jung die andere tatsächlich noch war, vielleicht siebzehn oder achtzehn Lenze, keinesfalls älter. Ein hübsches junges Ding vom Lande, das gehofft hatte, durch eine Liaison mit einem Offizier aus Mascarell einem Leben zwischen Schweinetrog und Heuboden zu entkommen. Doch daraus würde nun nichts mehr werden.

Die Magd starrte Zara mit furchtsamem Blick an, wie ein waidwundes Reh, dem Gefahr droht. Schließlich jedoch fasste sie sich ein Herz und sagte zögernd: „Wir … wir wollten heiraten …“ Sie fing an, liebevoll das Haar des Toten zu streicheln. „Er sagte, sobald Mhurag-Nar gefallen ist, kehren wir nach Mascarell zurück und treten in den heiligen Stand der Ehe. Er sagte, wir würden … eine Familie gründen. Jetzt ist er tot, und ich … ich …“ Neue Tränen schossen ihr in die Augen, und sie begann bitterlich zu weinen, geschüttelt von Heulkrämpfen, die jedes weitere Wort im Keim erstickten.

„Armes Kind“, sagte Zara sanft, beugte sich vor und nahm die junge Frau in den Arm, die es willig geschehen ließ und sich an Zara klammerte wie eine Ertrinkende. „Armes, verlorenes Kind …“

Die Magd drückte sich fest gegen Zara und ließ ihrem Kummer und ihren Tränen freien Lauf, während Zara mit ihrer im Lederhandschuh steckenden Hand beruhigend über ihren Rücken strich. Zara spürte den warmen Atem der Frau, fühlte, wie sich ihre Brust bei jedem Schluchzer hob und senkte, wie ein Blasebalg in einer Schmiede, wie ein Herz, das sich mit Blut voll saugt, um es wieder auszustoßen und den Funken des Lebens durch Venen und Arterien im ganzen Körper zu verteilen. Sie spürte den Herzschlag der anderen, rhythmisch, voller Lebenskraft …

Und plötzlich loderte die Flamme in Zaras Innerem fauchend auf und wurde zu einem alles verzehrenden Feuer, das ihren ganzen Leib erfasste und sie innerhalb von Sekundenbruchteilen vor Leben schier bersten ließ. Zaras Nasenflügel bebten, und der Geruch des Todes betörte sie wie der Duft eines teuren Parfüms, berauschend, eindringlich und im besten Sinne überwältigend.

„Armes, verlorenes Kind“, murmelte Zara wieder, doch dieses Mal lag nichts Besänftigendes mehr in ihrer Stimme, nur noch verschlagene Kälte. „Du bist noch so jung … Du sollst nicht länger leiden …“ Mit diesen Worten hörten Zaras Finger auf zu streicheln und gruben sich stattdessen tief in das dichte Haar der Magd. Mit einem harten Ruck riss Zara den Kopf der jungen Frau nach hinten, um ihre Kehle freizulegen.

Die Magd stieß ein überraschtes Keuchen aus, doch bevor sie überhaupt versuchen konnte, sich loszureißen, ruckte Zaras Kopf vor wie der einer angreifenden Schlange, ihr Unterkiefer klappte nach unten, weiter als es jedem normalen Menschen möglich gewesen wäre, und noch während die Magd zu begreifen versuchte, was geschah, grub Zara ihr die langen, elfenbeinfarbenen Hauer in den Hals, die ihr in Sekundenbruchteilen aus dem Kiefer wuchsen.

Blut schoss in Zaras Mund, füllte ihren gesamten Rachen und rann süß wie edler Wein durch ihre Kehle, und Zara trank mit tiefen, gierigen Zügen. Die Magd versuchte, sich zur Wehr zu setzen, doch Zaras Finger glichen Schraubstöcken, und während Zara das Leben aus ihrem Opfer saugte, nahm sie alles um sich herum plötzlich so viel intensiver wahr als zuvor: das hungrige Krächzen der Krähen, den öligen Gestank des Feuers, der von einer schwachen Brise in trägen Schwaden über das Schlachtfeld getrieben wurde, das Jammern und Wehklagen der anderen Frauen auf dem Acker …

Erst als die Seele in dem Körper, den sie umklammert hielt, erloschen war, hob Zara den Kopf vom Hals ihres Opfers, das Gesicht über und über mit Blut besudelt, die Augen dunkel und glühend wie Kohlegruben.

„Das ist es, was ich bin“, murmelte Zara zufrieden, „und daran wird auch die Ewigkeit nichts ändern …“

II.

Zara fuhr aus dem Schlaf auf, einen nur mühsam unterdrückten Schrei auf den Lippen. Die schicksalsschweren Worte, die sie im Traum aus ihrem eigenen Mund vernommen hatte, hallten in ihrem Verstand wieder wie ein Echo zwischen Berghängen.

Das ist es, was ich bin, und daran wird auch die Ewigkeit nichts ändern …

Zara schüttelte den Kopf, als könnte sie den Albtraum auf diese Weise verscheuchen, und richtete sich mit einem resignierten Stöhnen auf ihrem Nachtlager auf. Das lange schwarze Haar fiel ihr als ungezähmte Mähe über die Schultern. Sie strich sich einige verirrte Strähnen aus dem Gesicht und blinzelte, um die letzten Reste Schlaf zu vertreiben. Beiläufig kam Zara der Gedanke, dass sie es sich eigentlich sparen konnte, sich zur Ruhe zu betten, da sie sowieso kaum jemals mehr als zwei Stunden am Stück schlief, bevor der Albtraum sie heimsuchte und sie wieder aus Morpheus' Armen gerissen wurde. Manchmal kam es ihr vor, als wartete der schreckliche Traum in irgendeinem finsteren Winkel ihrer Seele nur darauf, über sie herzufallen, sobald sie die Augen schloss, eine wirre Mischung aus Erinnerung, Legende und Fantasterei, die Zara nun schon so lange quälte, dass sie nicht einmal mehr zu sagen vermochte, wann das Ganze angefangen hatte. Es schien Äonen her zu sein, seit sie das letzte Mal in Ruhe eingeschlafen und ebenso ruhig wieder aufgewacht war. Doch wie jedes andere Wesen brauchte auch Zara ein gewisses Maß an Schlaf, um nicht den Verstand zu verlieren. Nur fragte sie sich manchmal, ob sich ihr Los nicht einfacher ertragen ließe, wäre sie nicht mehr ganz bei Sinnen …

Zara verdrängte den Gedanken und ließ den Blick in die Runde schweifen. Der milchige Schein des Mondes tauchte die Wildnis in düsteres Zwielicht. Das kleine Lagerfeuer war noch nicht gänzlich erloschen. Hier und da züngelten kleine rotgoldene Flammen in der Glut, und eine Windbö aus den Wäldern, die den Geruch von Schnee mit sich trug, wirbelte ein paar Funken auf. Zara hatte vielleicht eine Stunde geschlafen, keinesfalls länger.

Ein paar Schritte entfernt stand ihr schwarzer Hengst Kjell im matten Glanz des langsam ersterbenden Feuers und trabte müßig, als er bemerkte, dass Zara ihn ansah.

Zara setzte sich auf, nahm einen kleinen Stock zur Hand, der neben ihrer Decke auf dem Boden lag, und stocherte gedankenverloren in der Glut herum. Ein Schwarm Funken stob auf wie winzige Glühwürmchen und verging knisternd zu Nichts, doch Zara bemerkte es kaum. Ihr Blick war nach innen gerichtet. Auch wenn sie jedes Detail ihres immer gleichen Albtraums kannte, war sie jedes Mal geschockt darüber, wie ungemein *realistisch* er war. Noch immer schien es, als könnte Zara den Rauch riechen, der über das Schachtfeld zog, und die Erinnerung an das Blut der Magd, das ihre Kehle hinabströmte, bereitete ihr würgende Übelkeit. Sie versuchte, sich einzureden, dass es bloß ein Traum sei, ein Albtraum, Ausgeburt ihres gequälten Verstandes. Doch so einfach lagen die Dinge leider nicht.

Gedankenverloren starrte Zara in die schwelende Glut. Was

brachte es, sich den Kopf über etwas zu zermartern, das man ohnehin nicht ändern konnte?

Nichts.

Doch ihre Gedanken drehten sich weiter im Kreis.

Das ist es, was ich bin, hörte sich Zara im Geiste selbst sagen, *und daran wird auch die Ewigkeit nichts ändern …*

„Unsinn", murmelte sie und war erschrocken, wie dünn ihre Stimme klang, fast resigniert. „Die Zeiten *haben* sich geändert. *Ich* habe mich geändert …"

Das stimmte wohl. Doch trotzdem dürstete es sie – nicht nach Blut, Gott bewahre, sondern nach menschlicher Gesellschaft, nach den Stimmen und dem Lachen und dem Lärmen anderer vernunftbegabter Wesen. Sie hatte schon seit Wochen niemanden mehr zu Gesicht bekommen, weil sie sich mit Absicht fern der Hauptreiserouten und Handelswege hielt. Doch auch Zara brauchte hin und wieder das Gefühl, nicht vollkommen allein auf der Welt zu sein; das Gefühl, dass es *dort draußen* noch andere gab, Menschen – Männer, Frauen und Kinder –, die einfach ihr Leben lebten und keinen Gedanken daran verschwendeten, was einst war oder vielleicht bald sein würde.

Der Augenblick war alles, was zählte.

Und das, was man daraus machte.

Zara warf den Stock in die Glut und traf eine Entscheidung: Es war an der Zeit zurückzukehren, wenn auch nur vorübergehend. Burg Hohenmut lag gut eine Tagesreise entfernt. Ein wenig Ablenkung würde ihr mit Sicherheit gut tun und sie auf andere Gedanken bringen. Und womöglich gab es in den unzähligen Spelunken und Etablissements jener Stadt ja sogar *wirklich* den einen oder anderen guten Tropfen …

III.

Burg Hohenmut war Heimstatt der Herrscher von Ancaria seit den Zeiten Königs Aarnums I. Es schien Ewigkeiten her zu sein, seit Zara Hohenmut zum letzten Mal besucht hatte, und die Erinnerung daran war nicht gut. Blut war geflossen, es hatte viele Tote gegeben, und zum Schluss hatte sie fliehen müssen.

Seit im Königreich friedliche Zeiten eingekehrt waren, hatte sich Hohenmut zu einem Hort der Macht entwickelt, des Handels und der Kultur, reich an Tavernen, Schmieden, Stallungen und Ladengeschäften aller Art. Längst vergangen waren die Tage, als die Felder rings um die Burg blutgetränkt waren und die Luft erfüllt war vom Wehklagen der Witwen. Die Stadt war gewachsen wie ein lebendiges Wesen; immer mehr Menschen hatten sich im Schatten der uralten Trutzburg angesiedelt, die mit ihren unzähligen Türmen und Zinnen und Erkern weithin sichtbar über der Stadt aufragte. So mochten es gut und gern zehntausend Häuser sein, die sich wie Schutz suchend an den Felsen drängten, auf dem die Burg errichtet war. Aus Hunderten Schornsteinen stieg weißer Rauch in den wolkenlosen Himmel, und von den Giebeln der spitzen, schiefergedeckten Dächer hingen vereinzelt Eiszapfen. Noch war der Winter nicht mit aller Macht über das Königreich hereingebrochen, doch der Wind, der flüsternd über das Land strich, trug bereits den Duft des ersten Schnees mit sich. Nicht mehr lange, und die Frostriesen würden Ancaria in ihrem eisigen Griff gefangen halten.

Zara war den ganzen Tag geritten. Es dämmerte bereits, als sie Hohenmut erreichte. Ein Wanderzirkus hatte vor den Toren der Stadt seine Zelte aufgeschlagen, und als Zara an den Wagen, den Zelten und dem großen Festzelt vorbei dem gepflasterten Pfad zum riesigen Haupttor folgte, stieg ihr der scharfe Geruch von Raubkatzen in die Nase. Offenbar war die letzte Vorstellung des Tages gerade vorbei, denn einige Schausteller saßen in ihren aufwändig genähten Kostümen auf ein paar Holzkisten, rauchten Schnüffelkraut, einen ungemein starken, aromatischen Tabak aus dem Grenzland zur Wüste von Khorad-Nur, dem gewisse halluzinogene Eigenschaften zugeschrieben wurden, und ließen eine Flasche Selbstgebrannten kreisen. Die Männer mit ihren grell geschminkten Clownsgesichtern warfen Zara aus alkoholglänzenden Augen neugierige Blicke zu, als sie auf Kjell gemächlich an ihnen vorübertrottete. Doch trotz des Suffs wagte keiner von ihnen, Zara anzusprechen; vielleicht spürten sie instinktiv, dass dies kein so guter Einfall gewesen wäre.

Dennoch zog Zara die Kapuze ihres Umhangs tiefer ins Gesicht, um ihre Züge zu verbergen; es war unwahrscheinlich, dass jemand sie nach all den Jahren wiedererkannte, doch sie wollte kein unnötiges Risiko eingehen.

Vor ihr wuchs das Stadttor von Hohenmut empor. Die beiden gewaltigen, zwanzig Meter hohen Torflügel standen offen; dahinter breitete sich der Marktplatz der Stadt aus, ein labyrinthisches Durcheinander aus Zelten und Ständen, in dem man für klingende Münze angeblich alles bekam. In einer Wachhütte rechts neben dem Tor kauerte ein Soldat auf einem Hocker, beide Hände um seinen Speer gelegt, den er als Stütze missbrauchte; er schnarchte mit offenem Mund. Zara bedachte den Wachmann mit einem Kopfschütteln, doch insgeheim war sie froh, keine Rechenschaft über ihre Person ablegen zu müssen und darüber, was sie nach Burg Hohenmut verschlagen hatte – nicht, weil sie gezwungen gewesen wäre, zu lügen, sondern weil ihr Verlangen nach menschlicher Nähe und Gesellschaft nicht zwangsläufig bedeutete, dass sie mit den Menschen *reden* wollte; sie wollte einfach nur in ihrer Mitte sein und ein wenig Leben um sich herum spüren.

Während der Torwächter weiter friedlich vor sich hinschnarchte, trabte Kjell gemächlich an ihm vorbei unter dem gewaltigen Torbogen hindurch. Obwohl Zaras letzter Besuch schon etliche Jahre zurücklag und sich seitdem einiges verändert hatte, bereitete es ihr keinerlei Schwierigkeiten, sich zurechtzufinden. Östlich des Stadttors ragten die Häuser der wohlhabenden Bürger von Hohenmut auf, während sich weiter nördlich die gepflegten mehrstöckigen Fachwerkhäuser des Mittelstands Giebel an Giebel reihten. Doch Zaras Ziel lag woanders, im Westen der Stadt, wo sich die heruntergekommenen Gebäude von Tavernen, Theatern und Freudenhäusern zu einem labyrinthischen Wirrwarr dunkler Gassen zusammenschlossen. Nach Einbruch der Nacht wurden sie bevölkert von jeder Menge zwielichtigen Gesindels, dem man bereits im Hellen besser aus dem Weg ging. Diebe, Falschspieler, Meuchelmörder oder Luden – in der Unterstadt trieben sich fast so viele zwei- wie vierbeinige Ratten herum.

Zara ritt an der Statue von Ritter Arnulf von Begonien vorbei, einer der schillerndsten Persönlichkeiten in der Geschichte Ancarias, und stellte fest, dass Arnulf nicht nur bei den hiesigen Barden sehr beliebt war, die auch achthundert Jahre nach seinem mysteriösen Verschwinden in der Ödnis des Sandes noch Verse über seine Heldentaten anstimmten, sondern ebenso sehr bei den Tauben, die dick und fett gefressen auf der weiß bekleckten Statue saßen und schläfrig vor sich hin gurrten.

Sie führte Kjell in gemächlichem Trab durch die Straßen und Gassen der Unterstadt; die Hufe des Pferdes klackten rhythmisch auf dem Kopfsteinpflaster, während sie an Ladengeschäften vorbeikamen, in denen von Waffen und Rüstungen bis hin zu obskuren Heilkräutern, Liebestränken und orkischen Schrumpfköpfen so ziemlich alles feilgeboten wurde. Doch Zara hatte für die bunten Auslagen der Geschäfte keinen Blick; ihre Aufmerksamkeit galt den Menschen in den Gassen der Unterstadt – betrunken lallende Männern und kichernde Frauen. Hinzu kam die Musik, die aus der einen oder anderen Spelunke drang. Normalerweise hätte der Lärm Zara wahnsinnig gemacht, doch nun genoss sie den Trubel – noch ein Indiz dafür, dass sie einfach zu lange allein gewesen war.

Trotz der fortgeschrittenen Stunde herrschte in der Unterstadt noch immer buntes Treiben. Die Menschen bewegten sich lärmend durch die Straßen. Zara stieg der Duft gebrannter Mandeln und Maronen in die Nase, aber es roch auch nach feuchter Kleidung, altem Schweiß und faulem Gemüse; der Geruch ging teils von der Umgebung und teils von den Menschen selbst aus.

An einer Ecke stand ein Straßenmusikant, auf der Schulter ein Äffchen. Der Musikus spielte mehr schlecht als recht auf seiner Laute und gab mit schnapsschwangerer, lallender Stimme voller Inbrunst ein selbst gedichtetes Spottlied zum Besten: „Baron DeMordrey, welch ein Graus, zog in die weite Welt hinaus, sich zu verbünden aus guten Gründen mit König, Prinz und Laus. Als Feldmarschall von Königs Gnaden wollt er ein

Stück vom Kuchen haben, den dieses reich gedeckte Land 'nem anderen hat zuerkannt. So grämt er sich und bleibt allein und wartet auf das nächste Schwein, es zu binden und zu schinden und wenigstens nicht mehr spitz zu sein auf Varia von Heckenheim."

Ein paar Umstehende lachten, und selbst Zara konnte sich ein Schmunzeln nicht verkneifen, auch wenn sie spürte, wie die Vergangenheit, seit sie wieder in Hohenmut war, von Minute zu Minute schwerer auf ihren Schultern lastete. Ihre Erinnerungen an Burg und Stadt Hohenmut waren nicht die besten, und es war ein sonderbares Gefühl, wieder durch diese Straßen zu reiten. Es erschien ihr auf seltsame Weise unwirklich, beinahe als würde sie dies alles nur träumen.

Als sie an einer dunklen, schwer einsehbaren Seitengasse vorbeiritt, schrie irgendwo eine Frau, und auf einmal zuckten Bilder durch Zaras Verstand – Bilder von lachenden jungen Männern und Frauen, von vollen purpurroten Lippen, von schimmernden elfenbeinfarbenen Zähnen und von Blut, das stoßweise auf das Pflaster pumpte, um dann in den Rinnstein zu laufen …

Zara verdrängte die Erinnerungen, so gut sie es vermochte, und trabte weiter die Straße entlang. Zu beiden Seiten der schmalen Gasse reihten sich Tavernen und Gasthöfe aneinander, überbordend vor Leben, doch Zaras Ziel lag woanders, am Ende des Amüsierviertels, wo die Gaslaternen spärlicher wurden und die Schatten schwärzer. Zwischen den windschiefen, verwinkelten Häusern wurde der Lärm beständig leiser, als sie die belebten Straßen hinter sich ließ und durch einen steinernen Torbogen in einen kleinen Hof trabte. Der Eingang zu der Schenke, in die es Zara zog, lag hinter einem Freudenhaus, vor dem ein halbes Dutzend Dirnen auf Kundschaft warteten.

Unter einem Unterstand saß ein Freier in einem großen Waschzuber und ließ sich von einer barbusigen Dirne mit warmem Wasser begießen. Einige weitere Freudenmädchen beugten sich gelangweilt aus den Fenstern des ersten Stocks.

Keine der Dirnen sagte ein Wort, als Zara an ihnen vorbeiritt; genau wie vorhin die Schausteller schienen sie zu spüren, dass mit der Gestalt in dem weiten, wallenden Mantel und mit der tief ins Gesicht gezogenen Kapuze etwas nicht stimmte. Etwas Dunkles, Bedrohliches schien von ihr auszugehen.

Vor der Schenke brachte Zara den Hengst zum Stehen, stieg ab und band die Zügel am Pferdepfosten fest, ehe sie auf die offene Holztür zutrat. Darüber verkündete ein an Ketten baumelndes Schild mit verblasster schnörkeliger Schrift: *Ascarons Ruf.*

Die Schenke befand sich am Fuße des Berges, auf dem sich Burg Hohenmut erhob – oder besser gesagt: sie befand sich *im* Berg, direkt im Felsen. Hinter der Holztür führten in den Stein gehauene Stufen steil in die Tiefe. Flackerndes Licht vom Ende der Treppe wies Zara den Weg.

Im Schankraum standen mindestens ein Dutzend Holztische, trotzdem tummelten sich die meisten Zecher an der Theke. Zara war das nur recht. Sie blieb einen Moment stehen, um die Umgebung auf sich wirken zu lassen. Die Wände bestanden aus roh behauenem Fels, auf dem die Nässe schimmerte. Rußende Fackeln steckten in eisernen Halterungen. Die niedrige Decke wurde von dicken Balken gestützt. Der steinerne Boden war uneben.

Zara ging zu einem kleinen Ecktisch, der in einer Nische stand. Von dort hatte sie einen guten Blick über den gesamten Schankraum und war dennoch für sich. Neben dem Tisch stand ein Kohlebecken, das rötliche Wärme ausstrahlte. Es roch durchdringend nach Moder, Rauch, verschüttetem Met und geschmortem Fleisch, denn drüben bei der Theke drehte eine Magd gelangweilt ein Glorb über dem Feuer. Der dickbäuchige Wirt hinterm Tresen stach mit Hammer und Zapfhahn gerade ein neues Fass Met an, um den Durst seiner Kundschaft zu stillen, die größtenteils aus Zechbrüdern, Draufgängern, Abenteurern, Spielern und anderem lichtscheuen Gesindel bestand. Zara war schon in wesentlich schlimmere Spelunken eingekehrt; tatsächlich fand sie es in dieser Schenke sogar gemütlich.

Sie hatte kaum auf dem wackeligen Holzstuhl Platz genommen, als vor ihr bereits die Schankmagd auftauchte, eine schlanke junge Frau in Rock und Schürze, der das dunkelblonde Haar in langen, welligen Locken über die Schultern fiel; ein Hauch von Flieder stieg Zara in die Nase, süß und auf unbestimmte Weise anregend. „Guten Abend, der Herr“, grüßte die Magd und lächelte freundlich. „Schön, dass Ihr uns die Ehre gebt! Wenn es Euch nach einem Mahl verlangt, kann ich Euch den Spanglorb empfehlen, serviert mit Kartoffelknödeln und Brot, und dazu ein Maß Honigmet …“

Während die Magd sprach, streifte Zara beiläufig die Kapuze vom Kopf.

Die Schankmagd erschrak. „Oh, bitte verzeiht, Madam“, begann sie hastig. „Ich dachte, ihr wärt …“

„… ein Mann?“, fragte Zara.

Die Schankmagd nickte ängstlich, fast furchtsam. Offenbar war sie es nicht gewohnt, dass Frauen hierher kamen, um Geld *auszugeben* – höchstens, um sich bei den abgehalfterten Zechern etwas zu verdienen.

Dann fiel ihr Blicke auf die beiden Schwertgriffe, die unter dem Mantel der seltsamen Frau hervorschauten. Je ein Schwert trug sie links und rechts in den Lederscheiden der Waffengurte, die sie um die Hüfte geschnallt hatte. Die Magd trat erschrocken einen Schritt zurück.

„Nun, ein Mann bin ich nicht“, sagte Zara ruhig, „aber ich habe Durst wie einer! Bring mir einen Krug Met und etwas zu rauchen, wenn Ihr habt.“ Sie griff in die Tasche und schnippte der Magd eine Münze zu, die diese geschickt auffing.

„Sehr wohl, mein He… Madam.“ Die Magd knickste leicht und ließ Zara allein mit sich und ihren Gedanken.

Während Zara auf das Met wartete, ließ sie den Blick durch den Schankraum schweifen. Außer ihr waren noch etwa zwei Dutzend weitere Gäste zugegen, durchweg Männer. Die meisten standen an dem langen Tresen, der beinahe die gesamte Rückwand der Schenke einnahm, und einige Tische weiter war ein Quartett verwegen aussehender Gestalten in eine Partie Königspoker vertieft; der Pott zwischen ihnen auf dem Tisch bestand aus ein paar Dutzend Münzen – nicht schlecht, wenn man bedachte, dass es für kaum einen dieser Kerle eine Möglichkeit gab, auf legalem Wege an Geld zu kommen.

Entsprechend angespannt wirkten die Spieler, auch wenn jeder der vier versuchte, nach außen hin eine abgeklärte Fassade aufrechtzuerhalten. Zara jedoch konnte die Nervosität der Zocker wittern wie ein Raubtier die Beute. Es waren kleine, unscheinbare Gesten, die sie verrieten: die Art und Weise, wie der Dicke mit der Augenklappe die Spitzen seines buschigen Schnauzbarts zwirbelte, wie sich der Kerl in der speckigen Lederweste rechts von ihm die Lippen leckte oder wie der hünenhafte Glatzkopf, dem eine tätowierte Schlange den Arm hinaufkroch, seinen Bierklug umklammerte, als wolle er ihn mit einer Hand zum Zerspringen bringen. Einzig der Jungspund lächelte entspannt, ein Mann von vielleicht zwanzig

Lenzen, hoch gewachsen und schlaksig, mit riesigen, weit abstehenden Ohren, lockigem braunem Haar und einem jungenhaften, beinahe spitzbübischen Gesicht. Er hatte seine Karten umgedreht vor sich auf dem Tisch liegen, lehnte lässig auf seinem Stuhl und tat so, als hätte er den Pott bereits in der Tasche. Selbst Zara vermochte nicht zu sagen, ob er tatsächlich ein gutes Blatt hatte oder nur bluffte.

Keiner der Männer sagte etwas; sie belauerten sich lediglich. Schließlich machte der Dicke mit der Augenklappe den Anfang und schob die letzten paar Münzen, die noch vor ihm lagen, in die Mitte des Tischs. „Nun, denn", sagte er betont ruhig, „ich bringe die fünf und lege noch fünf drauf." Er hielt seine Spielkarten verdeckt in den Händen und schaute von einem Mitspieler zum nächsten.

Der Kerl in der Lederweste schob den Unterkiefer vor, und man konnte förmlich sehen, wie es hinter seiner breiten Stirn arbeitete. Schließlich warf er seine Karten auf den Tisch und lehnte sich mit einem resignierten Schnauben zurück.

„Ich steige auch aus", brummte der Tätowierte. „Das wird mir zu heiß."

Der Dicke sah mit seinem einen Auge den Jungspund an, der ihm den Pott als Einziger noch streitig machen konnte. Doch wenn er darauf spekulierte, dass der ebenso den Schwanz einzog wie die anderen Mitspieler, irrte er gewaltig. Ohne dass dieses selbstgefällige, fröhliche Grinsen von seinen Zügen wich, griff der Bursche nach dem ansehnlichen Münzhäufchen, das neben seinem Bierkrug lag.

„Deine fünf", sagte der Schlaksige und warf klimpernd eine Hand voll Münzen in die Mitte, „und noch zehn zum Sehen. Da kannst du nicht mehr mithalten, fürchte ich! Na, los, Dickerchen, runter mit den Hosen!"

Der Dicke mit der Augenklappe starrte sein Gegenüber einen Moment lang ausdruckslos an, bemüht, seine ruhige Fassade beizubehalten. Dann jedoch verwandelte sich die Ausdruckslosigkeit in Wut, und er knallte sein Blatt auf den Tisch: zwei Buben, ein Ass und zwei verschiedene Augenpaare.

Der Schlaksige schnalzte mit der Zunge. „Na, da hat wohl einer versucht, den guten Falk auszubluffen, nicht wahr? Tja, nur gut, dass ich solchen Schlag bei den Damen habe." Mit diesen Worten deckte er nacheinander die Karten auf, die bisher umgedreht vor ihm gelegen hatten: drei Damen, ein König und ein Ass. „Ein flotter Dreier", kommentierte Falk grinsend.

„Verdammt, das gibt's doch nicht!", grollte der Dicke und wurde puterrot im Gesicht. „Das war alles, was ich noch für diese Woche hatte! Jetzt bin ich blank. Wovon soll ich meine Familie ernähren?"

„Tja, das ist tragisch", erwiderte der Jungspund fröhlich, zog den Pott zu sich heran und begann, die gewonnenen Münzen zu kleinen Türmen aufzuschichten. „Allerdings kannst du ja versuchen, deinen Einsatz zurückzugewinnen. Wenn du noch ein Spielchen wagen willst, bin ich gern bereit, dir Kredit zu gewähren. Na, wie ist es, Dickerchen?"

Der Einäugige nickte grimmig, während der Tätowierte bereits die Karten für die nächste Partie zu mischen begann.

Zara wurde von dem Geschehen am Tisch der Spieler abgelenkt; etwas schlich schnurrend um ihre Beine, und als sie den Blick senkte, sah sie eine grau-schwarz getigerte Katze mit struppigem Fell, der das halbe linke Ohr und die Schwanzspitze fehlte; vermutlich das Ergebnis von Revierkämpfen.

Die Schankmagd tauchte neben Zara auf. „Das ist Timbro", sagte sie, als sie den Blick der Schwertkämpferin bemerkte, und stellte einen Krug Met und eine Schale mit Tabak vor Zara auf den Tisch, „unser Hauskater. Er ist so was wie das Maskottchen der Schenke. Er ist schon länger hier, als ich mich entsinnen kann, und er wird wohl auch noch hier sein, wenn wir alle längst zu Staub geworden sind." Sie legte lächelnd den Kopf zur Seite und schaute zu, wie Timbro ohne Scheu um Zaras Beine strich. „Er mag Euch."

Zara erwiderte nichts, griff nach dem Bier und trank. Das Met war kalt und süßlich, wie flüssig gewordener Nektar, und rann erfrischend ihre ausgedörrte Kehle hinab. Zara trank den Krug mit zwei Zügen halb leer, stellte ihn wuchtig auf den Tisch zurück und griff nach dem Tabak, um sich die Pfeife zu stopfen.

Die Schankmagd stand noch immer an ihrem Tisch und musterte Zara neugierig. „Ihr seid nicht von hier", sagte sie; es war keine Frage.

Zara riss am Daumennagel ein Schwefelholz an, hielt die Flamme in den Pfeifenkopf und paffte, bis blauer, aromatischer Rauch aufstieg. Sie drückte das Streichholz mit zwei Fingern aus und schüttelte den Kopf. „Nein, bin ich nicht."

„Und woher stammt Ihr, wenn ich fragen darf?"

Zara zog an ihrer Pfeife und sah die Schankmagd aus kalten eisblauen Augen an; Kanoniersaugen hatte mal jemand dazu gesagt. Zara lag bereits auf der Zunge, die Magd solle sich gefälligst um ihren eigenen Kram kümmern, doch dann überlegte sie es sich anders. „Aus dem Westen", antwortete sie. „Mascarell."

„Ah, Mascarell!" Die Augen der Magd leuchteten auf. „Dort soll es herrlich sein. Man sagt, dass dort alle Menschen in schönen Häusern leben, es gibt genug Essen für alle, und überall blühen Blumen in allen Farben des Regenbogens. Sagt, Madam, ist es dort wirklich so?" Die Stimme der Schankmagd klang halb hoffnungsvoll und halb ängstlich, als fürchtete sie, Zara könnte ihr ihren Traum vom Paradies auf Erden zunichte machen.

Zara nahm einen weiteren Zug aus der Pfeife und setzte gerade zu einer Antwort an, als drüben am Zockertisch mit einem Mal ungehaltene Stimmen laut wurden.

„Verdammt!“, grollte der Dicke mit der Augenklappe düster und schlug wuchtig mit der Faust auf den Tisch, sodass die Münzen sprangen. „Dieser verfluchte Schnösel hat schon wieder gewonnen! Das kann doch nicht mit rechten Dingen zugehen! So viel Glück hat kein Mensch!“

Der Jungspund grinste. „Du sagst es, Dickerchen“, erwiderte Falk gelassen. „Hier geht es nicht um Glück, sondern um *Können*. Um spielerisches Geschick. Um Taktik und Intuition. Aber davon verstehst du nichts. Also, gräm dich nicht, weil du verloren hast, sondern beweis, dass du ein Ehrenmann bist, und halt die Füße ruhig, in Ordnung?“

Er wollte gerade den Pott zu sich heranziehen, als der Kerl mit der Schlangentätowierung plötzlich nach Falks rechtem Arm griff und den Jackenärmel zurückzog – drei Asse segelten aus Falks Jackenärmel auf den Tisch, um dort für jedermann sichtbar liegen zu bleiben.

Falk erstarrte mitten in der Bewegung. Sein selbstgefälliges Grinsen fiel in sich zusammen, und aus seinem Gesicht wich alle Farbe. Schlagartig wurde es in der Schenke so still, dass man eine Stecknadel hätte fallen hören können. Die Welt schien den Atem anzuhalten, und sogar der Rauch, der sich aus Zaras Pfeife kräuselte, schien in der Luft zu erstarren. Alle Augen waren auf Falk und die Karten vor ihm gerichtet, und auch wenn niemand ein Wort sagte, so dachten doch alle dasselbe:

Ein Falschspieler! Der Kerl muss lebensmüde sein!

Auch Zara fragte sich, ob der Jungspund seines Lebens überdrüssig oder einfach nur dumm war, in dieser Runde zu betrügen. Die Menschen, die in diesem Viertel lebten, waren der Bodensatz der Gesellschaft, und wenn sie eins ganz und gar nicht leiden konnten, dann, wenn jemand versuchte, sie über den Tisch zu ziehen. Nicht umsonst heißt es, man solle nie versuchen, einen Dieb zu bestehlen.

Die Sekunden zogen sich zäh wie Sirup dahin. Die Spannung in der Luft war schier mit Händen zu greifen.

Schließlich schnalzte der Dickwanst triumphierend mit der Zunge, als hätte er von Anfang an gewusst, dass an Falk etwas faul war, und ebenso abrupt, wie die Welt erstarrt war, setzte sie sich auch wieder in Bewegung. „Na, sieh mal einer an. Spielerisches Können, ja? Taktik und Intuition, ja?“ Der Dickwanst erhob sich von seinem Stuhl. „Wenn es etwas gibt, das wir hier in Hohenmut noch mehr verabscheuen als Steuereintreiber und Querulanten, dann sind es Falschspieler.“ Er suchte Falks Blick, und sein eines Auge funkelte, als er lauernd fragte: „Weißt du, was wir hier in Hohenmut mit Abschaum wie dir machen?“

Falk schluckte, sein Adamsapfel hüpfte unruhig auf und ab, doch er versuchte, seine Pokermine aufrechtzuerhalten, und schüttelte den Kopf. Sein vorlautes Mundwerk war stumm geworden.

Der Dickwanst sah von Falk zu dem Kerl mit der Lederweste. „Zeig’s ihm, Brutus!“

Brutus verzog die feiste Visage zu einem diabolisch-freudigen Grinsen, das zwei Reihen schiefer schwarzer Zähne sehen ließ, die wie Grabsteine auf einem Friedhof aussahen. Er griff unter seine Lederweste und zog darunter ein unterarmlanges Messer hervor. Falk riss die Augen auf und wollte zurückweichen, doch da war der tätowierte Hüne bereits hinter ihm und packte Falks rechten Arm, um ihn lang ausgestreckt auf die Tischplatte zu drücken, indes Brutus mit dem Messer gemächlich näher kam. Das Licht der Fackeln fing sich auf der scharfen, leicht geschwungenen Klinge und ließ sie unheilvoll funkeln.

„O Himmel“, flüsterte die Schankmagd mit vorgehaltener Hand. „Sie werden ihm die Hand abhacken.“

„Er hat beim Spielen betrogen“, sagte Zara, nahm noch einen Zug aus der Pfeife und lehnte sich auf ihrem Stuhl zurück. „Als Einhändiger wird ihm das künftig nicht mehr so leicht fallen.“

Die Schankmagd sah Zara mit einer Mischung aus Entsetzen und Verachtung an, doch statt etwas zu erwidern, wandte sie ihre Aufmerksamkeit wieder dem Drama zu, das sich keine zehn Schritte von ihnen entfernt anbahnte.

Während der Tätowierte Falks Arm mit seinen riesigen Pranken auf den Tisch presste, kam Brutus mit dem Messer um den Tisch herum und stellte sich in Position. Die Beine leicht gespreizt, um einen besseren Stand zu haben, wenn er die scharfe Klinge mit einem kraftvollen Schwung niedersausen ließ, „probte“ Brutus den Hieb einmal, ohne wirklich zuzuschlagen, und nickte zufrieden. „Zwei Hiebe“, sagte er.

„Zwei Hiebe wofür?“, wollte Falk nervös wissen. „Zwei Hiebe auf den Handrücken? Also, das ist zwar hart, da ich euch ja nur mal zeigen wollte, wie man im Osten des Landes so spielt, und da der Pott natürlich ganz allein euch zusteht. Aber wenn’s nicht anders geht, füge ich mich selbstverständlich in mein Schicks…“

Der Dickwanst mit der Augenklappe unterbrach ihn. „Zwei Hiebe, um dir die Hand vom Arm zu trennen“, erklärte er mit einem süffisanten Lächeln. „Man könnte es auch mit einem

Hieb schaffen, aber dann wäre der Spaß zu schnell vorbei, wenn du verstehst?“

Falks Augen weiteten sich. Sein Blick zuckte zwischen seinen Zockerkameraden und dem Messer in der Hand des Tätowierten hin und her. „Also, hört mal, Freunde, irgendwie kann ich ja nachempfinden, dass ihr ungehalten seid, vielleicht sogar verärgert. Aber findet ihr nicht, dass ihr hier ein wenig übers Ziel hinausschießt? Wie wäre es, wenn ihr mir stattdessen lieber zwei, drei Finger brecht? Soviel ich weiß, ist das ebenfalls ungeheuer schmerzhaft.“ Auf seinen Wangen blühten rote Rosen, und kalter Schweiß stand wie Tau auf seiner Stirn, während Brutus einen Schritt zurücktrat und das Messer mit der breiten, geschwungenen Klinge hob, um zu tun, was seiner Meinung nach getan werden musste. Egal, wie abgebrüht der Jungspund als Falschspieler sein mochte – er war nicht mal ein halb so harter Bursche, wie er der Welt weismachen wollte; ganz im Gegenteil. Er redete weiter, als ginge es um sein Leben und nicht *nur* um seine rechte Hand, und mit jedem Wort sprach er schneller, bis die einzelnen Worte zu einer einzigen Litanei verschmolzen. „Oder ihr könntet mir ein Brandzeichen einbrennen, etwas in der Art wie: Spielt nicht mit diesem Kerl. Dann weiß jeder, was für ein mieser Schuft ich bin, und ihr habt eure Genugtuung. Das wollt ihr doch, oder? Eure Genugtuung …“

Falk verstummte schlagartig, als Brutus das Messer unvermittelt nach unten sausen ließ. Alles, was er sah, war ein stählerner Blitz, der mit einem Pfeifen niederzischte, und Falk schrie hysterisch auf, kurze, abgehackte Schreie voller Pein, die Augen so weit aufgerissen, dass das Weiße hervortrat.

Er schrie immer noch, als Brutus das Messer mit einem kräftigen Ruck wieder aus der Tischplatte zog, in die die Klinge fünf Zentimeter tief eingedrungen war. Als er sah, dass kein Blut an der Klinge klebte, und die Zockbrüder schäbig auflachten, wurde Falk klar, dass er noch einmal davongekommen war, und er atmete laut auf. Sofort witterte er wieder Morgenluft.

„Na, da habt ihr mir aber einen Schrecken eingejagt!", brabbelte er hastig. Schweiß rann ihm in Strömen übers krebsrote Gesicht. „Ihr solltet mit der Nummer unbedingt im Varietee auftreten, so begnadete Schauspieler wie ihr seid! Einen Moment lang dachte ich wirklich, ihr wolltet mir allen Ernstes die Hand abhacken und …"

„Das war nur zur Probe", erklärte der Dicke hämisch; es war offensichtlich, dass er die Panik des Jungspunds zutiefst genoss. „Damit Brutus weiß, wie er zuzuschlagen hat. *Jetzt* wird es für dich Zeit, dich mit einem Leben als Einhändiger abzufinden." Er wandte sich an Brutus. „Mach's mit drei Hieben!"

Brutus grinste böse und hob das Messer.

„Bei den Alten Göttern", keuchte die Schankmagd neben Zara fassungslos. Ihre Stimme zitterte. „O du lieber Himmel …"

Das Messer verharrte in Schulterhöhe. Brutus starrte Falks Handgelenk mit irre glitzernden Augen an.

Falk geriet in Panik und wollte zurückweichen, doch er konnte sich nicht aus dem Griff des Hünen befreien. „O bitte, tut mir nichts!", haspelte er. Seine Augen klebten an der Klinge des Messers. „Ich bitte euch, tut mir nichts, das könnt ihr doch nicht machen, *ich bin doch noch so jung*! So hilf mir doch jemand!" Er warf panisch einen Blick in die Runde, doch niemand rührte sich, nur die Schankmagd krampfte verzweifelt die Hände ineinander.

„O bitte nicht", murmelte sie so leise, dass niemand außer Zara sie hören konnte. „Bitte, habt doch Erbarmen …"

Doch dergleichen war Brutus fremd. Mit einem breiten Grinsen ließ er die Klinge nach unten sausen, genau auf Falks rechtes Handgelenk zu. Die rasiermesserscharfe Klinge teilte mit einem hohlen Zischen die Luft, ein metallener Blitz, auf dem sich die Lichtreflexe brachen!

Doch auf dem Weg nach unten erstarrte der muskulöse Arm des Mannes plötzlich mitten in der Bewegung, und die Klinge hing zitternd über Falks Handgelenk. Im ersten Moment mutmaßte der Jungspund, Brutus wolle seine Qual noch weiter hinauszögern, doch als er die überrascht aufgerissenen Augen des Mannes sah, wusste er, dass irgendetwas nicht stimmte – so wie Brutus, der überrascht den Kopf wandte und gerade noch sah, wie Zaras geballte Rechte einem Rammbock gleich auf sein Gesicht zuschoss, während sie mit der Linken seinen Messerarm mit einer Leichtigkeit festhielt, als wäre es der eines Kindes.

Der Hieb ließ Brutus benommen rückwärts taumeln, weg vom Tisch. Das Messer entglitt seinen Fingern und blieb mit wippendem Griff im Holzboden stecken.

Schlagartig waren alle Blicke auf Zara gerichtet, und die meisten der Anwesenden fragten sich, wie sie es wagen konnte, sich in die Angelegenheiten der Kerle einzumischen – und das als Frau. Die fassungslose Schankmagd hingegen fragte sich, wie Zara so schnell von ihrem Stuhl zum Zockertisch gelangt war, denn einen Wimpernschlag zuvor hatte sie noch an ihrem Platz gesessen und Pfeife geraucht. Brutus fing sich wieder und starrte Zara hasserfüllt an. Blut rann aus seiner gebrochenen Nase, verschmierte sein Kinn und besudelte sein Hemd; es sah aus, als hätte ihn jemand mit Tomaten beworfen.

„Du!“, grollte Brutus mit bebender Stimme und starrte Zara mit funkelnden Augen an. Die Adern an seinen Schläfen zuckten, als kröchen winzige Schlangen unter der Haut. „Wie kannst du es wagen, die Hand gegen mich zu erheben?“

„Ja“, schaltete sich jetzt auch der einäugige Dickwanst ein. „Wie kannst du es wagen?“

Zara sagte nichts, stand einfach nur da. Ihr langer Umhang verhüllte ihre große, sehnige Gestalt, und nichts an ihr ließ erkennen, dass sie nervös war oder gar Angst hatte. Sie war vollkommen ruhig, was den Zorn von Brutus offenbar noch mehr anfachte, denn er brüllte: „Dafür wirst du büßen, Drecksweib!“

Er stürmte vorwärts wie ein wütender Stier. Seine Fäuste wirbelten wie Dreschflegel auf Zara zu. Sie wich der Attacke geschickt aus, vollführte eine Pirouette – und trat noch aus der Drehung heraus zu. Der Absatz ihres Stiefels erwischte Brutus in der Magengrube und trieb ihn keuchend rückwärts.

Aus den Augenwinkeln sah sie den Tätowierten heranstürmen. Der einäugige Dickwanst griff sich eine Schnapsflasche, die er an der Tischkante zerschlug, und mit dem gezackten Flaschenhals in der Hand kam er von der anderen Seite her auf Zara zu.

Zara blieb einfach stehen und ließ die Männer kommen, die sich ihr von links und rechts näherten. Sie war vollkommen ruhig, und nur das kalte Flackern in ihren Augen verriet, dass Leben in ihr war. Dann war der Tätowierte bei Zara und schlug nach ihr. Zara tänzelte elegant zur Seite, sodass der Schlag ins Leere ging und der Tätowierte durch die Wucht seines Hiebes nach vorn taumelte, an Zara vorbei, die mit einem Satz hinter ihm war. Sie verpasste ihm mit dem Ellbogen einen kräftigen Rammstoß gegen den Hinterkopf, der den Tätowierten von den Füßen holte. Mit dem Gesicht nach unten schlug er auf den Dielenboden.

Schon war der Dickwanst heran und versuchte, Zara die gezackten Reste der Flasche in die Seite zu rammen. Zara wich aus, packte gleichzeitig den Arm des Dickwansts und hämmerte dessen Hand gegen die Kante eines Tisches. Der Rest der Flasche, den er zwischen den Fingern hielt, zersplitterte, und ein paar messerscharfe Scherben drangen tief in die fleischige Hand des Einäugigen. Er schrie auf und starrte seine glasgespickte Hand an, und schlagartig war seine Angriffslust verflogen.

Nicht so die von Brutus, der sich inzwischen wieder aufgerappelt hatte und sich von hinten mit ausgebreiteten Armen auf Zara stürzte. Sie sah seinen Schatten über sich wachsen und wirbelte im letzten Moment zur Seite. Der Kerl mit der Lederweste stieß ein überraschtes Keuchen aus, versuchte, das Gleichgewicht zu halten, und spürte im nächsten Augenblick erneut Zaras Stiefelabsatz, diesmal in der Seite.

Der Tritt schleuderte Brutus gegen den Tisch, an dem sie zuvor zu viert Karten gespielt hatten und der nun quietschend ein Stück über den Boden rutschte. Falk sprang hastig von seinem Stuhl und wich eilig zurück, als Zara ihrem Gegner mit der Schnelligkeit einer Kobra nachstellte, sich vor ihm aufbaute und ihm abwechselnd mit der linken und rechten Hand mehrere Male hart ins Gesicht schlug. Brutus wollte den Hieben ausweichen, doch es gab kein Entkommen. Zara schlug immer wieder zu – links, rechts, links, rechts –, bis sie schließlich die rechte Hand zur Faust ballte und ihrem Gegner einen wuchtigen Hammer verpasste, der Brutus mehrere Schritte nach hinten taumeln und gegen die Theke krachen ließ, an der er benommen nach unten glitt.

Einer hin, zwei im Sinn, ging es Zara durch den Kopf. Sie wirbelte herum und sah gerade noch, wie ein Stuhl auf sie zuraste, geschwungen von dem Tätowierten, der sich wieder aufgerappelt hatte. Zum Ausweichen war es zu spät, und Zara riss instinktiv den rechten Arm hoch; sie wehrte den Stuhl mit dem Unterarm ab. Der Tätowierte hatte all seine Kraft in den Schlag gelegt, und der Stuhl zersplitterte beim Aufprall knirschend in seine Einzelteile. Holzstaub, Trümmer und Splitter stoben davon. Zara wurde ein Stück zurückgeschleudert, doch sie war völlig unverletzt. Der Tätowierte konnte es zunächst nicht fassen.

Dann aber überwand er seine Verwunderung, und er sprang erneut auf Zara zu, um ihr den Rest zu geben. Sie tauchte elegant wie eine Tänzerin unter seinem Hieb weg, kam wieder hoch, packte den Kerl mit einer Hand in seinem Stiernacken und knallte seinen Kopf auf die Tischplatte. Fröhlich klimperten die Münzen darauf, und der Tätowierte brach mit einem leisen Seufzer zu Boden.

Zara wandte sich dem Dickwanst zu, der als Einziger der drei noch stand. Noch immer war sie vollkommen ruhig; nicht einmal ihr Atem ging schneller.

Der Einäugige wich ängstlich zurück, seine verletzte Hand in sein Hemd gepresst. Auf seinen pausbäckigen Wangen zeichneten sich hektische rote Flecken ab, und kalter Schweiß perlte auf seiner Stirn. Sie schaute ihn siegessicher und überheblich an, bevor ihr Blick weiter nach unten glitt, zu seiner verletzten Hand, von der das Blut zu Boden tropfte.

Und plötzlich zuckte es in ihren aristokratisch blassen Zügen. Falk, der sie beobachtete, sah es und fragte sich, was es war, das sich für Sekundenbruchteile in Zaras Miene widerspiegelte. War es … Gier?

Blutgier?

Einen Augenblick lang stand Zara da und starrte auf die verletzte blutige Hand des Einäugigen. Dann riss sie sich mit Gewalt, so schien es, von diesem Anblick los, wirbelte auf dem Absatz herum und eilte auf die steinernen Stufen zu, die nach oben führten. Vor der ersten blieb sie noch einmal stehen, wandte den Kopf und sah sich nach der Schankmagd um; die Blicke der beiden Frauen trafen sich für einen Moment, und die Magd nickte der fremden Frau dankbar und erleichtert zu.

Dann eilte Zara die Stufen hoch und hinaus in die Nacht, und ihr Mantel bauschte sich hinter ihr auf wie die Flügel einer riesigen Fledermaus.

IV.

„Warte!“

Als Zara den Ruf vernahm, hielt sie, die Zügel in der Hand, kurz inne, einen Fuß bereits im Steigbügel. Sie wandte nicht den Kopf; sie wusste auch so, wer sie gerufen hatte. Sie saß auf und schaute kühl auf den Jungspund hinab, der neben ihrem Hengst stehen blieb.

Falk sah zu ihr auf, seine Wangen waren noch immer gerötet, doch seine Furcht war verflogen. Dafür war da etwas anderes in seinem Blick: Respekt.

Respekt vor ihr.

„Was willst du?“, sagte Zara knapp.

„Dir meinen Dank sagen“, erklärte Falk und strich sich eine wirre Strähne aus dem Gesicht; von seiner schlichten Kleidung ging der Geruch von Schweiß und fauligem Stroh aus. „Dafür, dass du mir geholfen hast.“

„War keine Absicht“, brummte Zara, schnalzte mit der Zunge und führte Kjell in einem gemächlichen Halbkreis auf den Torbogen zu. Eigentlich ging sie davon aus, dass die Angelegenheit damit erledigt war, doch Falk war hartnäckig und ging mit großen Schritten neben dem Pferd her. Erst jetzt fiel Zara auf, wie riesig seine Ohren *wirklich* waren; wenn der Wind stark von Norden blies, musste der Bursche vermutlich Acht geben, dass er nicht von einer Bö davongetragen wurde.

„Und? Wie lange verdingst du dich schon als Amazone?“

Zara sah Falk an und runzelte die Stirn. „Amazone?“

„Du bist doch eine“, war Falk überzeugt, während er unbeirrt neben dem Pferd herging. „Selbst ein Blinder würde sehen, dass du eine von diesen kampfgierigen Kriegerbräuten aus dem Norden bist, die nichts lieber tun, als miesen Kerlen das Fell über die Ohren zu ziehen. Ihr sollt ja richtige Männermörder sein, wie man so hört.“

„Hört man das, ja?“

„Allerdings. Es gibt jede Menge Geschichten über euch Weiber, doch ich gestehe, dass ich die meisten davon nicht geglaubt habe, bis ich dich heute Abend kämpfen sah.“

„Ich bin keine Amazone“, erklärte Zara. „Aber wenn du mir weiterhin nachläufst wie ein räudiger Köter, der hofft, dass für ihn ein Knochen abfällt, könnte ich trotzdem zur Männermörderin werden.“

Falk riss die Augen auf. „He, du würdest doch keinem Unschuldigen ein Leid zufügen, oder?“

„Einen Unschuldigen habe ich noch nie getroffen. Und jetzt troll dich, Bursche, bevor ich die Geduld verliere.“ Ohne den jungen Mann noch eines Blickes zu würdigen, stieß sie Kjell die Hacken in die Flanken und trieb das Pferd zu einem zügigen Galopp an. Mit wehendem Mantel ritt sie unter dem Torbogen hindurch, vorbei an den neugierig gaffenden Dirnen, und ließ Falk ebenso hinter sich wie die Schenke *Ascarons Ruf*, um im Wirrwarr der zahlreichen Gassen des Viertels unterzutauchen.

Sie war froh, als das Licht der Laternen dunklen Schatten wich, und sofort fühlte sie sich wieder besser, auch wenn der Gedanke an ihr nagte, einen Fehler begangen zu haben.

Sie hätte sich nicht in die Sache einmischen sollen. Egal, was die anderen Glücksspieler mit dem Jungspund hatten anstellen wollen, es ging sie nichts an, ganz davon abgesehen, dass der einäugige Dickwanst und seine Kumpane im Recht waren. Falk hatte beim Spielen betrogen. Das *musste* Konsequenzen nach sich ziehen, und Falk konnte von Glück sagen, dass sie ihm nur die Hand abhacken wollten; es gab Gegenden in Ancaria, etwa in Krähenfels, wo man für derlei an der höchsten Burgzinne aufgehängt wurde, damit die Krähen einem die Augen auspickten. Auch wenn weder das eine noch das andere allzu erstrebenswert war, sie hätte nicht eingreifen dürfen. Wer war sie, dass sie über Recht und Unrecht entschied?

Das stand allein den Alten Göttern zu.

Dennoch, hier in Hohenmut konnte sie nicht länger bleiben. Auch wenn der Dickwanst und seine Zechkumpane nicht den Eindruck erweckt hatten, in dieser Gegend allzu beliebt zu sein, stand zu befürchten, dass sie doch irgendwo ein paar miese Schläger kannten, die ihnen noch einen Gefallen schuldig waren, und bis die Ratten aus ihren Löchern gekrochen kamen, wollte Zara unbedingt aus der Stadt verschwunden sein. Nicht, weil sie den Kampf scheute, sondern weil sie aus Erfahrung wusste, dass derart öffentliche Auseinandersetzungen zu viel Aufmerksamkeit auf sich lenkten – und damit auf sie –, und das konnte sie nicht riskieren. Die Gefahr, dass man sich an sie erinnerte, dass die Bürger herausfanden, *was* sie wirklich war, war zu groß.

Im Stillen verfluchte Zara sich selbst. Weil sie das mitleidvolle Gehabe der Schankmagd nicht einfach ignoriert hatte, war sie gezwungen, Hohenmut schon wieder den Rücken zu kehren, kaum dass sie eingetroffen war. Doch das war nun nicht mehr zu ändern, daher trieb sie Kjell in zügigem Trab durch verlassene Nebenstraßen zum Stadttor zurück. Als sie wenig später durch das Portal ritt, kauerte der Torwächter noch immer in seinem Wachhäuschen und schlief den Schlaf des Gerechten. Auch die Schausteller saßen noch immer um ihre Feuer und warfen der Reiterin neugierige Blicke zu, als sie an ihnen vorbeitrabte. Doch Zara schenkte ihnen keine Beachtung. Ihr Ziel war der Wald weiter im Südosten, jenseits des Flusses, der die Provinzen Hohenmut und Hohenwall als natürliche Grenze voneinander trennte. Im Grunde war es nicht von Bedeutung, in welche Richtung sie sich wandte, da sie nirgends von jemandem erwartet wurde und es keinen Ort in ganz Ancaria gab, den sie ihr Zuhause nannte. Sie war wie ein Blatt, das sich vom Wind hierhin und dorthin tragen ließ, ohne Ziel, eine Wanderin zwischen den Welten, die das Einzige, was sie in Ancaria suchte, auch nach all den Jahren noch nicht gefunden hatte …

Vergebung.

Wahrscheinlich würde sie die auch nie finden, doch sie hatte sich geschworen, danach zu suchen, solange sie auf Ancarias Boden wandelte, und das würde sie auch tun. Mit diesem Gedanken fasste sie die Zügel fester, beugte sich nach vorn und schnalzte kurz mit der Zunge. Kjell ging vom Trab ohne nennenswerten Übergang in einen gestreckten Galopp über und preschte den Weg zwischen den abgeernteten Getreidefeldern entlang. Erde und Gras stoben unter den hämmernden Hufen des Pferdes auf, als Zara mit wild um ihren Kopf flatterndem Haar nach Osten ritt. Ein leichter Nieselregen setzte ein und traf Zara wie mit eisigen Nadelstichen ins Gesicht, doch sie achtete nicht darauf und jagte unter dem düsteren wolkenverhangenen Firmament dahin, immer am Waldrand entlang nach Osten. Sie trieb Kjell in rasantem Galopp über die Felder und Wiesen. Nach einer Weile blieben die Mauern, Türme und Zinnen von Burg Hohenmut hinter ihr in der Dunkelheit zurück.

Kjell preschte durch die Nacht wie ein Schatten innerhalb von Schatten, ein dunkler Schemen vor dem Hintergrund des Waldes. Weißer Atem drang aus den Nüstern des Tiers wie Rauch aus den Nasenlöchern eines Drachen. Zara passte sich dem Rhythmus des Pferdes an und ließ sich durch die Nacht tragen, den Oberkörper weit nach vorn gebeugt, um dem eisigen Wind weniger Angriffsfläche zu bieten. Links und rechts von ihr huschten Bäume, Sträucher, Zäune und Schuppen vorbei, doch schon bald wurden die Zeugnisse der Zivilisation spärlicher, und als sie beim ersten blassen Licht des neuen Tages die breite rote Steinbrücke überquerte, die über den Fluss führte, hatte sie Hohenmut und alles, was damit zusammenhing, schon beinahe aus ihrem Gedächtnis verbannt.

Gleich jenseits der Brücke begann der Dunkelforst, ein gewaltiger, von riesigen Nadelbäumen beherrschter Wald, der sich im Westen bis zur Einöde von Shaddar-Nur und im Osten bis weit hinter die äußersten Grenzen des Königreichs erstreckte. Hier und da ragten bewachsene Hügel und Berge aus dem Grün der Baumwipfel, und im allmählich zunehmenden Schein der Morgensonne stieg Nebel auf. Damals, als Zara noch ein Kind gewesen war – vor so langer Zeit, dass sie sich kaum noch daran erinnern konnte –, hatte ihre Großmutter ihr immer erzählt, dass der Dunst, der vom Wald aufstieg, wenn es wärmer wurde, von den Kochtöpfen der Hexen stammte, die tief in den Wäldern wohnten. Heute konnte sie über diese Vorstellung nur müde grinsen, doch damals, als die Welt aus kaum mehr als dem elterlichen Anwesen bestand und sie Krieg und Armut nur aus den Erzählungen ihres Vaters kannte, hatte sie der Gedanke schier zu Tode geängstigt.

Doch auch wenn sie über solche Ammenmärchen mittlerweile hinaus war, war der Dunkelforst alles andere als ein ungefährliches Fleckchen Erde. Große Teile davon gehörten zu den Dunklen Gebieten, einer der trostlosesten und menschenfeindlichsten Gegenden Ancarias, seit jeher ein Quell unheimlicher Gerüchte. Das hing zum einen damit zusammen, dass im Nordosten das Gebiet der Dunkelelfen an die Dunklen Gebiete angrenzte, und zum anderen hatte es damit zu tun, dass die dichten, dunklen Wälder so weitläufig waren, dass in ihnen alles Mögliche lauern konnte. Hinzu kam noch, dass es hier außer Wäldern und Sümpfen nichts gab, das dem Gebiet nennenswerte wirtschaftliche Bedeutung verliehen hätte. Noch vor gut dreihundert Jahren war das anders; damals kam den seinerzeit neu gegründeten Siedlungen Torffingen und Finsterwinkel durch den Torfabbau zur Bau- und Brennstoffgewinnung große wirtschaftliche Bedeutung zu, doch später hatten die stetig zunehmende wirtschaftliche Macht des Hauses Mascarell und die Einführung neuer Holzbaustoffe aus den Gebieten Mascarell und DeMordrey der Provinz zunehmend ihre Bedeutung geraubt. Heute waren die Dunklen Gebiete allenfalls noch für den Moorbrucher Whiskey bekannt, der durch die Destillation mit Moorwasser seine besondere Würze erhielt.

Sobald sie die Brücke hinter sich hatte, ging Zara in einen leichten Trab über und trottete gemächlich auf den Wald zu. An einer Stelle hatten verkrüppelte, ineinander verwachsene Kiefern im Laufe der Jahrhunderte einen bogenförmigen Durchgang geschaffen, der beinahe wie ein Tor in eine andere Welt wirkte. Dort führte der Pfad in den Forst, um schon nach wenigen Metern hinter einer Biegung zu verschwinden. Laub bedeckte den Boden wie ein natürlicher Teppich, um die Hufschläge des Pferdes nahezu gänzlich zu verschlucken. Über dem Blätterdach stieg die Morgensonne zunehmend höher, doch unter dem dichten Baldachin der Bäume, der nur hier und da von vereinzelten Strahlen durchdrungen wurde, herrschte ewiges Zwielicht, während sich links und rechts des Weges dicht an dicht Büsche und Sträucher drängten, sodass der Pfad eine Art natürlichen Tunnel durch den Wald bildete. Fast konnte man den Eindruck haben, durch einen Wandelgang im Park zu reiten und nicht durch einen Wald.

Zara ritt auf Kjells starkem Rücken den Pfad entlang, sog die nach Laub, Kiefernnadeln und Baumharz duftende Luft tief in ihre Lungen und genoss nun die Stille und Einsamkeit des Waldes. Auch wenn sie gern noch länger in der Stadt geblieben wäre, so fühlte sie sich der Natur doch weit stärker verbunden als dem, was sich Zivilisation schimpfte. Hier draußen war es belanglos, welches Amt man innehatte, aus was für einer Familie man stammte oder was man aus seinem Leben gemacht hatte. In den Augen von Mutter Natur waren alle Lebewesen gleich, und irgendwie fand Zara diesen Gedanken tröstlich.

Hier und da tropfte Wasser vom dichten Blätterdach auf den Weg, doch obwohl das stete Trommeln hoch über ihrem Kopf verriet, dass der Regen zugenommen hatte und der Himmel bittere Tränen weinte, war der mit einem dichten Teppich aus Laub und Tannennadeln bedeckte Waldboden so trocken, als hätte seit Jahrzehnten kein Wassertropfen mehr die Erde des Pfades benetzt. Unwillkürlich kam Zara der steinerne Boden der Schenke in den Sinn, auf den das Blut von der Hand des Einäugigen getropft war wie roter Regen, und sie spürte, wie sie jene verderbliche Erregung überkam, die mit dem *Roten Durst* einherging. Wie hypnotisiert hatte sie das tropfende Blut angestarrt, und einen grausamen Moment lang war sie versucht gewesen, den Roten Durst einfach die Oberhand gewinnen zu lassen, wie es in alten Tagen so oft geschehen war. Doch dann hatte sie sich von dem Anblick losgerissen und war geflohen. Hätte sie ihm nachgegeben, hätte niemand außer ihr *Ascarons Ruf* lebend wieder verlassen.

Nicht einmal der Kater Timbro …

V.

Zara war dem Pfad bereits eine gute Stunde hinein in den Dunkelforst gefolgt, als sie hinter sich unvermittelt gedämpftes Hufgetrappel vernahm, erst leise, dann immer lauter werdend. Doch obwohl der Wald berüchtigt dafür war, ein Zufluchtsort für Ausgestoßene und Banditen zu sein, die sich in den unüberschaubaren Wäldern vor dem Gesetz verborgen hielten, warf Zara keinen Blick zurück, um zu sehen, wer ihr folgte. Sie wusste auch so, dass es der Jungspund aus der Taverne war. Der Kerl ritt mit dem Wind, und der Geruch nach Schweiß und fauligem Stroh, den sie bereits in der Nacht vor der Taverne wahrgenommen hatte, wehte ihm voraus wie ein Banner.

Ohne sich umzudrehen, ritt sie weiter, während Falk aufschloss und sich schließlich neben sie gesellte. Er saß auf einem grauen Wallach, dessen Flanken im Zwielicht des Waldes vor Schweiß glänzten. Wie es schien, hatte Falk dem Pferd einiges abverlangt.

„Da konnte es wohl jemand kaum erwarten, aus Hohenmut zu verduften“, sagte Zara, ohne Falk anzusehen. Sie hielt die Zügel mit einer Hand, den Blick vor sich auf den Weg gerichtet.

„Das könnte man ebenso von dir sagen“, erwiderte Falk und schenkte ihr von der Seite her ein breites Grinsen. „Du bist geritten, als wäre eine Horde Dunkelelfen hinter dir her. Der gute

Sasha ist ganz erschöpft. Ein Wunder, dass er es überhaupt bis hierher geschafft hat."

„Ein Wunder vielleicht", murmelte Zara, „aber kein gutes."

„Übrigens", sagte der Jungspund und tat so, als hätte er ihre Bemerkung nicht gehört, „gestatte, dass ich mich vorstelle: Mein Name ist Falk. Und wie ist deiner?"

Sie sah den jungen Mann kühl an. „Ich wüsste nicht, was dich das angeht."

Falk ließ sich nicht beirren. „Tja, ich dachte nur, es wäre nett, zu wissen, wie ich dich anreden soll, jetzt, da wir miteinander reiten."

Zara runzelte die Stirn. „Wie meinen?" Sie glaubte, sich verhört zu haben, doch Falk nickte nachdrücklich.

„Ich werde mit dir kommen", erklärte er. „Weißt du, ich glaube an Karma, und ich bin überzeugt, dass es kein Zufall war, dass wir uns getroffen haben. Die Alten Götter haben uns zusammengebracht, damit wir fortan Seite an Seite reiten und unser Leben teilen wie Brüder." Er warf beiläufig einen Blick auf Zaras frauliche Rundungen, die sich deutlich unter ihrem Umhang abzeichneten. „Oder meinetwegen auch wie Bruder und Schwester."

Zara sah Falk an und suchte in seinem Gesicht nach Hinweisen darauf, dass er ihr einen Bären aufbinden wollte. „Warum willst du mit mir kommen?", fragte sie schließlich.

„In Hohenmut kann ich nicht bleiben", sagte Falk. „Der einäugige Dicke und seine Kumpane werden diese Schmach mit Gewissheit nicht auf sich sitzen lassen, und wenn sie mich in die Finger kriegen …" Er vollführte mit dem Zeigefinger eine Geste, als würde er sich die Kehle durchschneiden. „Dort ist es für mich zu gefährlich."

„Die Welt dort draußen ist noch gefährlicher", sagte Zara.

„Durchaus“, stimmte Falk zu, „aber nicht, wenn ich an deiner Seite bin.“

Zara warf ihm einen abschätzigen Blick zu, den Falk mit einem treudoofen Dackelblick erwiderte. Sie schüttelte müde den Kopf. „Wenn du nicht beim Spielen betrogen hättest, würdest du jetzt nicht in dieser Klemme stecken. Warum versuchst du es zur Abwechslung nicht mal mit ehrlicher Arbeit?“

„Ehrliche Arbeit?“ Falk verzog das Gesicht. „Ehrliche Arbeit ... das ist nur eine andere Bezeichnung für elende Plackerei, und davon hatte ich in meinem Leben schon mehr als genug.“

Zara warf beiläufig einen Blick auf Falks glatte, langfingrige Hände, die keinerlei Schwielen oder Vernarbungen aufwiesen. „Du hast in deinem ganzen Leben noch keinen Tag ehrlich gearbeitet“, erklärte Zara.

„Vielleicht nicht *körperlich*“, stimmte Falk zu. „Aber ich habe mehr als einmal darüber *nachgegrübelt*, und allein das war so kräftezehrend, dass es mir am Ende so vorkam, als hätte ich Tag und Nacht in einem fort geknechtet.“

Zara seufzte. „Nie um eine Ausrede verlegen, was?“

Falk grinste. „Wenn das so wäre, wäre ich längst tot.“ Er griff in seine linke Satteltasche und holte eine flache braune Flasche daraus hervor. Nachdem er mit den Zähnen den Korken aus dem Flaschenhals gezogen hatte, nahm er einen tiefen Schluck. Er setzte die Flasche ab, verzog ob des Brennens, das sich den Weg durch seine Eingeweide bahnte, das Gesicht und hielt Zara die Flasche hin. „Na, auch ein Schlückchen?“

Zara schüttelte den Kopf.

„Du hältst nicht viel von Menschen, hm?“, wollte er wissen.

Zara schwieg.

„Also, da geht’s dir so wie mir. Ich habe auch nicht viel für unsereins übrig", plapperte Falk vor sich hin und genehmigte sich einen weiteren Schluck. „Menschen sind verlogen, arrogant, hinterhältig, falsch und raffgierig. Ganz anders als Tiere. Tiere töten nicht aus Habgier, sondern aus Notwehr oder um zu fressen, und sie verstellen sich nicht, um sich als etwas darzustellen, was sie nicht sind, oder um jemandem Zuneigung vorzuheucheln, den sie eigentlich nicht leiden können. Nicht umsonst sagt man, Tiere seien die besseren Menschen." Falk warf Zara einen fragenden Blick zu. „Was sagst du dazu?"

Zara funkelte ihn an. „Ich sage, du tätest gut daran, auf der Stelle kehrtzumachen und mich nicht weiter zu belästigen! Was auch immer mich in diese Schenke geführt hat, mit Karma hatte es nichts zu tun. Und jetzt troll dich und fall jemand anderem auf die Nerven!"

Falk setzte bereits zu einer Erwiderung an, doch Zara hob ruckartig den Zeigefinger und brachte ihn mit dieser Geste abrupt zum Schweigen. „Ich warne dich, Bürschchen: Allmählich beginne ich zu glauben, dass es ein Fehler war, dich vor dem Dickwanst und seinen Kumpanen bewahrt zu haben. Doch das ist ein Fehler, der sich leicht korrigieren lässt." Mit diesen Worten schloss sie die Finger demonstrativ um den Griff eines ihrer Schwerter; um bequemer reiten zu können, hatte sie beide Waffengurte abgeschnallt und am Sattel befestigt.

Falk schluckte trocken, sein fröhliches Grinsen verschwand und machte einer Mischung aus Bedauern und Verzweiflung Platz. Zara kannte diesen Ausdruck nur zu gut. Es war die Miene von jemandem, dem die Hoffnung unter den Füßen weggezogen worden war. Doch wie konnte sie jemandem Hoffnung geben, wenn sie selbst keine hatte? Wie konnte sie sich anmaßen, andere zu belehren, wie sie ihr Leben zu führen hatten, wo sie nicht einmal mit ihrem eigenen zurechtkam?

Sie sah Falks traurige Miene, und er kam ihr vor wie ein geprügelter Hund, der mit eingezogenem Schwanz in irgendeiner Ecke Schutz vor dem Stock suchte. Irgendwo in ihr begann eine Saite zu klingen, die lange Zeit geschwiegen hatte, und obgleich sie sich nach Kräften bemühte, sie zu ignorieren, gelang es ihr nicht, sodass sie schließlich resigniert seufzte. Einen Augenblick lang sah sie Falk schweigend an. Dann sagte sie knapp: „Zara."

Falk sah sie überrascht an. „Wie meinen?"

„Zara" wiederholte sie. „Das ist mein Name."

Bevor Falk darauf irgendetwas erwidern konnte, schnalzte Zara mit der Zunge, trieb Kjell ihre Hacken in die Flanken und schoss davon. Falk trabte gemächlich weiter dahin und sah Zara nach, die in gestrecktem Galopp durch den Wald jagte, und genauso schlagartig, wie das Grinsen vorhin aus seinen Zügen verschwunden war, kehrte es jetzt auf sein Gesicht zurück, bis es schier von einem Ohr zum anderen reichte.

„Also dann, Zara", murmelte er zufrieden. „Lass uns reiten!"

Lächelnd gab er seinem Pferd die Sporen und ritt hinter Zara her.

Hätte er zu diesem Zeitpunkt geahnt, wie dramatisch sich sein Leben in den nächsten Tagen und Wochen wandeln würde, er hätte sich vermutlich anders entschieden.

Doch so folgte er Zara tiefer in den Dunkelforst …

VI.

Hoch über den Baumwipfeln näherte sich die Sonne allmählich dem Zenit, doch unter dem dichten Dach der Bäume herrschte noch immer das gleiche düstere Zwielicht wie am Morgen. Nur hier und da durchbrachen vereinzelte Sonnenstrahlen das Blätterdach, um als schräge Lichtbalken zu Boden zu fallen, in denen Staubkörner und Insekten zu einer unhörbaren Melodie tanzten. Die Luft war trocken und kühl, die Farne am Wegesrand wiegten sich in einer sanften Brise, die von überall und nirgends zu kommen schien, ein paar Schritte weiter wuselte ein Eichhörnchen mit einem buschigen flammenroten Schwanz den Stamm einer Kiefer hinauf, und wenn Falks pausenloses Geplapper nicht gewesen wäre, hätte die Szene beinahe idyllisch gewirkt.

Doch Falks Mundwerk schien niemals für länger als ein paar Sekunden stillzustehen, als stünde er unter dem inneren Zwang zu reden, um seine Umgebung mit seinem nicht enden wollenden Gebrabbel in den Irrsinn zu treiben. Zaras Zeitgefühl sagte ihr, dass es noch keine drei Stunden her war, seit Falk sie mit seinem Dackelblick dazu gebracht hatte, ihn nicht fortzujagen, doch ihr kam es vor, als wären seitdem Äonen vergangen. Ganz gleich, zu welchem Thema, der junge Bursche hatte zu allem eine Meinung, die er lautstark und wortreich kundtat, egal, ob es um die vielfältigen Einsatzmöglichkeiten von Filzläusen für die Wollgewinnung ging oder darum, wie man durch den Handel mit Yakurin ein Vermögen machen konnte, indem man das Zeug als magischen Heilsaft an reiche Adelige verkaufte. Eines jedoch blieb dabei stets gleich, nämlich Falks offensichtliche Begeisterung für weltliche Güter. Gleichgültig ob Land, Gold oder Vieh, seine Faszination für alles Materielle war allgegenwärtig, ebenso wie sein Wunsch, seinem armseligen Dasein als Falschspieler eines Tages zu entkommen und ein Leben in Saus und Braus zu führen. Er schwadronierte gerade in aller Breite darüber, dass eine Legende in Ancaria besagte, irgendwo in den Dunklen Gebieten gebe es einen uralten Drachen, der einen noch älteren Schatz bewache, und was er mit diesem unermesslichen Reichtum alles anstellen würde, wenn er den Schatz finde, als Zara schließlich nicht mehr anders konnte, als ihrem Unmut laut seufzend Luft zu machen.

„Bei allen Göttern", brummte sie gereizt. „Steht dein Mundwerk eigentlich auch irgendwann mal still?"

„Hin und wieder", erwiderte Falk fröhlich. „Meistens, wenn ich schlafe. Ansonsten aber eher nicht. Das war allerdings schon immer so, selbst, als ich noch ein Kind war. Meine Mamuschka hat immer zu mir gesagt, Falk, hat sie gesagt, wenn du eines Tages mal den Löffel abgibst und dich anschickst, den Alten Göttern auf den Nerv zu fallen, müssen sie dein Mundwerk extra totschlagen." Falk grinste fröhlich, doch seine Begleiterin ließ sich davon nicht anstecken. Sie starrte ihn nur einen Moment lang ungläubig an und schüttelte dann entgeistert den Kopf.

„Das kommt davon", murmelte Zara resigniert in den Schatten ihrer Kapuze, mehr zu sich selbst als zu Falk. Sie verfluchte sich dafür, ihm in Hohenmut beigestanden zu haben. Stattdessen hätte sie dem Einäugigen und seinen Kumpanen raten sollen, Falk nicht die Hand abzuhacken, sondern ihm lieber die Zunge herauszuschneiden, dann wäre wenigstens Ruhe gewesen. Doch sie musste ja unbedingt den guten Samariter spielen, und jetzt hing Falk an ihr wie eine Zecke, die an einer Stelle saß, an die man nicht reichen konnte, und labte sich an ihr. Mit einem resignierten Seufzer schüttelte sie den Kopf und trabte weiter den Pfad entlang, der ein paar Schritte weiter vorn um eine enge Biegung führte.

Kaum hatten sie die Biegung erreicht, als Kjell unvermittelt zu scheuen begann und leise wieherte.

Zara brachte das Pferd mit einem kurzen Ruck am Zügel zum Stehen, und ihre Rechte zuckte instinktiv zum Griff eines ihrer Schwerter, die in den Lederscheiden am Sattel steckten. Als sie jedoch den Blick den Pfad hinunterwandern ließ, beruhigte sie sich. Die Gefahr drohte nicht ihnen, sondern einem jungen Bursche von vielleicht zwanzig Lenzen, der ein Stück weiter den Pfad hinab von einer Gruppe Wegelagerer übel in die Mangel genommen wurde. Der Gaul, auf dem der Bursche allem Anschein nach aus der entgegengesetzten Richtung gekommen war, lag tot am Boden, durchbohrt von einem halben Dutzend Pfeilen. Doch indes das Pferd das Schlimmste bereits hinter sich hatte, stand dieses Schicksal seinem Herrn noch bevor, und das in nicht allzu ferner Zukunft, denn die fünf Schurken ließen ihren Aggressionen freien Lauf und traten lachend und johlend auf den jungen Mann ein, der sich zwischen ihnen auf dem Boden wand und verzweifelt versuchte, mit den Händen seinen Kopf zu schützen. Es war, als würde man einer Katze zusehen, die mit ihrem Essen spielte; die Wegelagerer hielten es noch nicht einmal für nötig, ihre Waffen zu ziehen, von denen jeder der zerlumpten Burschen mindestens eine bei sich trug: Schwerter, nagelgespickte Keulen, Pfeil und Bogen, eine große Streitaxt mit breiter halbrunder Klinge. Alles, was sie für den geschundenen Burschen übrig hatten, waren Tritte, und mehr war auch gar nicht nötig.

Nicht mehr lange, und der junge Bursche hatte es hinter sich.

Dennoch war er nicht bereit, aufzugeben. Während die Wegelagerer ihn mit Tritten malträtierten, konnte Zara über das Lachen und Johlen seiner Peiniger hinweg seine Stimme hören, schwach und brüchig zwar, doch noch nicht am Ende. „Bitte“, flehte er und streckte die Hände nach dem kleinen Lederbeutel aus, den einer der Halunken fröhlich vor seiner Nase durch die Luft hüpfen ließ, nur um ihn stets im letzten Moment mit einem gehässigen Lachen wieder wegzuziehen; das leise, verheißungsvolle Klimpern von Goldmünzen wehte an Zaras Ohr. „Bitte, nehmt mir nicht das Gold. Es gehört nicht mir, sondern den Menschen des Ortes, aus dem ich komme! Wir sind arm und brauchen Hilfe!“

„Jetzt gehört das Gold uns!“, sagte einer der Wegelagerer, ein stämmiger Kerl mit einem zerbeulten Metallhelm auf dem Kopf. „Wir sind nämlich auch arm und hilfebedürftig!“

Seine Kumpane grölten vor Lachen und traten weiter auf den jungen Mann ein. Es war ein wilder Haufen abgehalfterter Gestalten, gehüllt in zerlumpte, notdürftig geflickte Klamotten, mit schmutzigen Gesichtern, langen Rauschebärten und verfilzten Haaren. Einige von ihnen trugen Helme und alte Armeejacken, was Zara vermuten ließ, dass die Horde aus Fahnenflüchtigen bestand, die sich hier in den Wäldern vor den Nachstellungen der königlichen Garde verbargen und sich ihren kargen Lebensunterhalt damit verdienten, ahnungslosen Reisenden aufzulauern, sie auszuplündern und anschließend irgendwo in den Wäldern zu verscharren, auf dass sie nie wieder gesehen wurden.

Neben Zara brachte Falk sein Pferd zum Stehen. Noch hatten die Wegelagerer die Neuankömmlinge nicht bemerkt, weil sie vollauf mit ihrem Opfer befasst waren, aber das konnte sich jeden Augenblick ändern, und dann, daran hatte Zara keinen Zweifel, würde es Ärger geben.

Falk sah entsetzt, wie die Räuber den jungen Burschen mit Tritten quälten, und zischte angespannt: „Verdammt, die prügeln ja den letzten Lebensfunken aus dem armen Burschen heraus!“

Zara sagte nichts.

Dreißig Schritte weiter vorn beschloss der Behelmte, dass es nun an der Zeit wäre, ernst zu machen, und zog sein Schwert aus der Scheide. Die anderen Männer wichen einige Schritte zurück. Breitbeinig stand der Wegelagerer mit dem Helm über dem am Boden liegenden jungen Mann, packte das Schwert mit beiden Händen und sagte fröhlich: „Keine Sorge, Bürschchen. Es wird nicht wehtun – oder zumindest *nicht lange*.“ Er lachte hämisch, und seine Kumpane stimmten ein.

„Bei allen Göttern, die werden ihn umbringen!“, raunte Falk. „Das können wir nicht zulassen! Wir müssen ihm helfen!“

„O nein, das müssen wir nicht“, entgegnete Zara ebenso leise. „Es gibt keinen Grund, sich einzumischen. Er kannte die Gefahr, die in diesen Wäldern lauert.“

„Aber die bringen ihn um!“, beharrte Falk.

„Das geht uns nichts an“, sagte Zara. „Egal, was diese Männer miteinander zu regeln haben, es ist ihre Angelegenheit. Ganz abgesehen davon habe ich meine gute Tat für heute bereits geleistet. Schon vergessen?“

Falk sah Zara einen Moment lang an, und man konnte erkennen, dass Zara in seiner Achtung eine Stufe tiefer sank. Doch das war ihr gleichgültig; sie legte keinen Wert darauf, ihm zu gefallen, noch irgendjemand anderem auf der Welt. Sie tat nur das, was sie tun wollte, und dass sie allen Widrigkeiten zum Trotz noch immer über dem Boden Ancarias wandelte, war ein unleugbarer Beleg dafür, dass diese Taktik aufging.

„Bitte“, bettelte der junge Bursche ein Stück weiter den Pfad hinab mit schwacher Stimme; er hatte kaum noch die Kraft zu sprechen. Er röchelte, als hätte er Schwierigkeiten zu atmen. „Ich muss nach Hohenmut. Die Menschen in Moorbruch brauchen Hilfe. Die Bestie …“

„Das ist nun nicht länger deine Sorge“, erwiderte einer der Strolche ungerührt, während er den Beutel mit dem Gold an seinem Gürtel befestigte.

„Mach dich bereit, deinen Ahnen gegenüberzutreten, Bürschchen!“, sagte der Kerl mit dem Schwert, und er hob die scharfe Waffe zum Schlag …

Doch bevor er dazu kam, die Klinge niedersausen zu lassen, bäumte sich Falks Gaul plötzlich mit lautem Wiehern auf, stieg auf die Hinterläufe und preschte unvermittelt vorwärts, geradewegs auf die Gruppe der Wegelagerer zu.

„Zum Angriff!“, brüllte Falk lauthals, zog den Dolch, den er am Gürtel getragen hatte, stieß ihn wie ein Offiziersschwert in die Luft und jagte mit Sasha auf die Wegelagerer zu. Deren Köpfe ruckten herum, und sofort griffen sie nach ihren Waffen.

„O nein“, murmelte Zara und seufzte. „Nicht auch das noch …“

Die Wegelagerer postierten sich mit militärischer Präzision in einem Halbkreis: vorne die Kerle mit den Hieb- und Stichwaffen, dahinter die beiden Bogenschützen, die in ihre Köcher griffen und Pfeile auf ihre Bögen spannten. Keiner der Kerle sagte ein Wort, jeder von ihnen wusste genau, was er zu tun hatte.

Nicht so Falk, der blindwütig wie ein Berserker vorpreschte und seinen Dolch schwang wie ein Schwert. Er war noch zehn Schritte von den Männern entfernt, als einer der beiden Bogenschützen den Pfeil von der Sehne zischen ließ.

Der Pfeil drang mit einem harten Laut fast bis zum gefiederten Schaft in den Hals des heranstürmenden Pferdes.

Dieses stieß ein schrilles, schmerzerfülltes Wiehern aus, strauchelte. Falk riss entsetzt die Augen auf und schaffte es gerade noch, sich an Sashas Mähne festzuklammern, ehe das Pferd schwer stürzte und mit der Brust zuerst zu Boden krachte, wo es schnaubend liegen blieb. Die Hufe schlugen zuckend auf die harte Erde.

Falk schrie auf, als er in einem hohen Satz vom Rücken des Tiers geworfen wurde. Der Aufprall war so heftig, dass es ihm alle Luft aus den Lungen trieb. All seine Glieder schmerzten. Benommen blinzelnd, hob Falk den Kopf – und riss abwehrend die Arme hoch, als einer der Wegelagerer, ein stämmiger Bursche mit einer wulstigen Narbe quer über der linken Wange, mit seiner Streitkeule auf ihn zusprang und die mit langen Eisennägeln gespickte Waffe schwang.

Da traf ihn unversehens der Griff eines Wurfmessers mit solcher Wucht am Kopf, dass er benommen nach hinten taumelte, und sofort stand nicht mehr Falk im Mittelpunkt des Interesses, sondern Zara, die rasch auf Kjell näher trabte.

„Haltet ein!“, rief sie in dem Versuch, die Situation zu schlichten und eine Katastrophe abzuwenden. Sie ließ den Blick über die Schurken gleiten und behielt vor allem die beiden Bogenschützen unauffällig im Auge, die ihre Pfeile bereits wieder schussbereit auf den Sehnen liegen hatten. „Wenn euch euer Leben lieb ist, legt die Waffen nieder. Hier ist heute schon genug Blut vergossen worden!“

Die Wegelagerer starrten sie an, ein wilder Haufen ehemaliger Söldner, die Begriffe wie Anstand und Ehre schon vor langer Zeit aus ihrem Wortschatz gestrichen hatten. Die Waffen drohend erhoben, standen sie im Halbkreis um den am Boden liegenden Falk, der sich möglichst klein machte und so tat, als wäre er gar nicht da. Ein paar Schritte weiter lag der junge Bursche, den die Banditen überfallen hatten, und stöhnte leise.

„Zu dem Blut, das hier heute noch vergossen wird, wird auch deins gehören, wenn du dich nicht trollst!“ Der Kerl mit der nagelgespickten Keule hatte sich wieder gefangen und funkelte sie unter seinen buschigen Augenbrauen heraus böse an. Der Griff des Messers hatte auf seiner Stirn einen kleinen, kreisrunden Abdruck hinterlassen, der bereits die Farbe einer überreifen Pflaume annahm. Es schien, als wäre er der Anführer der Bande. „Das hier ist nichts für dich. Wenn du klug bist, reitest du dorthin zurück, wo du herkommst, und vergisst, dass du jemals hier warst. Scher dich zurück an den Herd, oder wir bringen dir bei, wie man hier bei uns mit aufmüpfigen Weibern umgeht! Nicht wahr, Männer?“

Die anderen Wegelagerer bekundeten grinsend Zustimmung. Einer der Kerle, dem jahrelange Trunksucht ein dichtes Netz aus geplatzten roten Äderchen auf die Nase gezaubert hatte, leckte sich voller Vorfreude über die Lippen. Sein gieriger Blick interessierte sich mehr für Zaras weibliche Rundungen unter dem Lederkostüm als für die beiden Schwerter, die in den Lederscheiden am Sattel steckten. „Wir werden es dir gut besorgen“, versprach er. „Es ist schon viel zu lange her, seit wir das letzte Mal eine Frau hatten.“

„He!“, rief Falk entrüstet vom Boden her. „Schämt ihr euch nicht, so mit einer Dame zu sprechen?“

Der Straßenräuber mit der Stachelkeule grinste und entblößte dabei einen Mund voll schlechter Zähne. „Tut mir Leid, Jungchen, aber ich sehe hier weit und breit keine *Dame*!“ Er wandte sich an seine Kumpane. „Ihr etwa?“ Sie schüttelten grinsend die Köpfe. Auch wenn sie instinktiv einen gewissen Respekt vor Zara empfanden, so schienen sie in der hoch gewachsenen jungen Frau doch keine nennenswerte Bedrohung zu sehen. Im Gegenteil: Mit jeder Sekunde, die verstrich, wurden die Blicke der Männer gieriger, verlangender, und Zara wurde klar, dass es nur eine Frage der Zeit war, bis die zerlumpten Gesellen wie ein Rudel ausgehungerter Hyänen über sie herfielen.

„Ich warne euch“, sagte sie eindringlich. „Erhebt eure Waffen gegen mich, und euer Leben ist verwirkt.“ Sie sagte es vollkommen ruhig; es war eine Feststellung, nichts weiter.

Doch die Wegelagerer grinsten bloß dreckig, und dann brach unvermittelt die Hölle los, als sie wie auf ein unhörbares Kommando hin zum Angriff übergingen.

Zara sah, wie die beiden Bogenschützen nahezu gleichzeitig ihre Pfeile abschossen, doch damit hatte sie gerechnet. Sie sah die Pfeile heranzischen wie schwarze Blitze und wich dem ersten geschickt aus, indem sie sich zur Seite beugte, um sofort wieder hochzukommen und schnell wie eine angreifende Königskobra nach dem zweiten Pfeil zu greifen, der direkt auf ihren Kopf zuschoss. Sie bekam den Pfeil zu fassen, als die eiserne Spitze des Pfeils nur noch Zentimeter von ihrem Gesicht entfernt war. Sie zerbrach den Pfeil mit einer Hand und schleuderte die beiden Stücke achtlos zu Boden, ehe sie die Wegelagerer wieder düster anstarrte, die drohend ihre Waffen schwangen. Die Bogenschützen legten bereits neue Pfeile auf die Sehnen ihrer Bögen.

„Das“, sagte Zara fast bedächtig, „war ein Fehler.“

Dann sprang sie mit einem Satz vom Rücken des Pferdes, kam federnd neben Kjell auf dem Boden auf, richtete sich auf und sah, wie die Kerle wie ein Mann auf sie zustürmten. Sie gab Kjell einen Hieb auf die Flanke, damit er sich entfernte, und wandte sich den Angreifern zu.

Ein Langspeer schoss auf sie zu. Zara warf sich zur Seite, und die Speerspitze bohrte sich in die Erde und blieben wippend im Waldboden stecken. Mit einem Satz sprang Zara wieder auf. Es gelang ihr gerade noch, sich umzudrehen, bevor der erste Angreifer bei ihr war.

Mit einem heiseren Keuchen riss der Schurke sein Kurzschwert in die Höhe und ließ es in einem schrägen Bogen niedersausen. Geschickt wich Zara der scharfen Klinge aus, während sie gleichzeitig ausholte, um dem Angreifer die Faust direkt unterhalb der Brust in den Körper zu rammen. Die Wegelagerer trugen, so schien es, mehrere Schichten Stoff übereinander, um sich vor der Witterung zu schützen, doch Zara hatte viel Kraft in den Schlag gelegt. Der Strauchdieb stieß einen quiekenden Laut aus und schwankte, das Gesicht vor Schmerz verzerrt. Zara setzte sofort nach und schleuderte den Kerl mit einem wuchtigen Tritt nach hinten; er stürzte rücklings zu Boden, direkt neben den jungen Burschen, den die Banditen überfallen hatten und der sich nun mühsam aufraffte und versuchte, aus der Gefahrenzone zu kriechen.

Zara blieb keine Zeit zum Verschnaufen, denn schon waren die nächsten beiden Strolche heran. Sie kamen von links und von rechts, um sie in die Zange zu nehmen, die Schwerter in den Händen. Zaras Blick zuckte zwischen den Männern hin und her, doch nichts an ihr ließ erkennen, dass sie Furcht verspürte. Sie war vollkommen ruhig, so, als gehörte dergleichen zu ihrem Leben wie Essen, Trinken und Atmen. Dabei war sie unbewaffnet; ihr beiden Schwerter steckten in den Scheiden an ihrem Sattel, für Zara jetzt unerreichbar.

Als einer der Schurken, ein relativ junger Bursche, unvermittelt seine Klinge nach vorne stieß, war Zara darauf vorbereitet. Sie tänzelte zur Seite, versetzte dem Mann einen wuchtigen Tritt gegen das Schienbein und sprang nach hinten, als der zweite Angreifer sich keuchend auf sie stürzte. Die breite Schneide einer Streitaxt zuckte auf sie zu. Zara tauchte darunter weg und warf sich nach vorn, direkt auf den Angreifer.

Der ehemalige Soldat stieß einen überraschten Laut aus. Plötzlich hatte er keinen Boden mehr unter den Füßen. In einem wüsten Knäuel aus Armen und Beinen stürzten die beiden zu Boden, die Axt fiel dem Schurken aus den Händen.

Zara wälzte sich auf ihren Gegner und schlug mit der geballten Faust nach seinem Gesicht. Sofort schoss Blut aus seiner Nase, besudelte warm und klebrig Zaras Handballen – und tat tief in Zaras Innerem eine Tür auf, die Zara sonst bedachtsam verschlossen hielt, aus Furcht vor dem, was passierte, wenn sie ganz geöffnet wurde. Jetzt sprang sie auf, lediglich einen Spaltbreit zwar, doch das genügte.

Zara gab alle Zurückhaltung auf und schlug erneut zu, diesmal noch härter und gegen die Stirn des Mannes. Der Strauchdieb stöhnte und wand sich am Boden. Erst als Zara ein drittes Mal zuschlug, brach sein Blick, und er lag still.

Zara ließ von dem Toten ab und sprang eilig auf – keine Sekunde zu früh, denn der jüngere der Banditen stürmte mit gezücktem Schwert auf sie zu. Ein irrer Glanz lag in seinen Augen.

Zara ging mit vor der Brust geballten Fäusten in Abwehrstellung, ihr Leib angespannt wie eine Stahlfeder, den Blick auf die Schwertklinge gerichtet, als sie aus dem Augenwinkel eine vage Bewegung bemerkte.

Ihr Kopf zuckte herum.

Ein anderer Wegelagerer kam von rechts auf sie zugerannt, das Schwert zum Schlag erhoben, ein heiseres Keuchen auf den Lippen. Seine Lederstiefel wirbelten Erde und Laub auf. Die Schwertklingen zuckten von beiden Seiten heran, irrsinnig schnell. Dann waren die Banditen bei ihr. Beinahe gleichzeitig ließen sie ihre Waffen durch die Luft pfeifen.

Zara sprang hastig einen Schritt zurück und entging der ersten Klinge um Haaresbreite, doch die zweite schnitt quer über ihren linken Oberarm. Das Leder ging in Fetzen. Sofort quoll Blut hervor, schwarz und dick wie das von Käfern.

Zara stöhnte auf, verschwendete jedoch keine Zeit damit, sich Gedanken über die Wunde zu machen; sie würde es überleben. Stattdessen rammte sie dem ersten Gegner den Ellbogen in die Seite, stieß ihn weg und packte die Axt, die neben dem toten Wegelagerer lag.

Mit einem Wutschrei riss sie die Axt hoch und stürmte auf die beiden Männer zu. Mit voller Wucht ließ sie die Klinge auf sie herabsausen und traf das Schwert des jüngeren Banditen. Funken schlugen, als die Axt auf das Schwert krachte. Der Hieb schleuderte den Gegner nach hinten. Leichtfüßig wirbelte Zara herum und schlug nach dem anderen Wegelagerer, der reflexartig sein Schwert hochriss. Singend trafen ihre Klingen aufeinander. Und noch einmal. Und noch einmal, bis der Kerl unvermittelt einen raschen Ausfallschritt zur Seite machte und Zara ins Leere schlug. Die Schneide der Axt zischte durch die Luft, ohne auf den erwarteten Widerstand zu treffen.

Überrascht taumelte Zara einen Schritt nach vorn, bemüht, das Gleichgewicht zu halten. Darauf hatte der Strolch nur gewartet. Mit zum Schlag erhobenem Schwert setzte er nach und schwang die Klinge in einem Bogen, um Zara der Länge nach aufzuschlitzen. Zara sprang hastig zurück und schaffte es, dem Hieb um Haaresbreite zu entgehen. Dann sah sie aus dem Augenwinkel eine weitere Schwertklinge auf sich zurasen und duckte sich; direkt über ihrem Haupt trafen sich die Klingen der Angreifer mit einem harten Klirren, so dicht über Zaras Kopf, dass einige Haare zu Boden fielen. Erneut stoben Funken. Zara warf sich zur Seite, rollte sich geschickt auf dem Pfad ab, und noch während sie neben den beiden Männern wieder auf die Füße kam, fasste sie die Axt mit beiden Händen fester und führte einen kraftvollen Hieb von unten nach oben.

Einer der Angreifer wurde getroffen, die Schneide der Axt grub sich tief in seinen Leib. Schreiend fiel er zu Boden, doch er musste nicht lange leiden, denn schon war Zara über ihm, riss die Axt hoch und ließ sie mit einem gepressten Keuchen niedersausen.

Statt aus dem Tod ihrer beiden Kameraden ihre Lehre zu ziehen und den Rückzug anzutreten, beschlossen die Wegelagerer, aufs Ganze zu gehen. Sie hatten diesen seltsamen Glanz in den Augen; Zara hatte ihn schon des Öfteren gesehen – bei Menschen, die den Punkt erreicht hatten, an dem ihnen mit einem Mal alles gleichgültig wurde und Leben und Tod ihre Bedeutung verloren.

Für diese Männer zählte nur noch eins.

Sie wollten Blut sehen.

Zaras Blut!

Hass und Zorn schossen wie Adrenalin durch ihre Körper und ließen sie handeln. Gleichzeitig schossen zwei der Männer heran, um Zara in die Zange zu nehmen. Zara schaffte es, abzutauchen, einem der Angreifer die Beine unter dem Körper wegzuhebeln und ihn zu Boden zu schicken, doch dabei war sie gezwungen, dem anderen Gegner für einen Sekundenbruchteil ihren Rücken zuzudrehen. Der nutzte seine Chance und versetzte ihr einen Hieb mit dem Ende des Schwertgriffs. Hart donnerte der Griff gegen Zaras Schädel. Schlieren der Benommenheit tanzten vor ihren Augen, aber sie kämpfte dagegen an und wich hastig einen Schritt zurück, um dem zweiten Hieb zu entgehen. Doch der Bandit setzte sofort nach. Wie durch eine Nebelwand sah Zara den Mann auf sich zukommen, und für eine Sekunde keimte so etwas wie Furcht in ihr auf.

Doch ehe der Wegelagerer zuschlagen konnte, erfüllte plötzlich ein lautes Wiehern die Luft.

Die Augen des Schurken glitten zur Seite. Weiteten sich.

In dieser Sekunde trafen ihn Kjells Vorderhufe gegen die Brust. Das Knacken der Rippen ging in dem überraschten Schrei unter, den der Wegelagerer ausstieß, als er brutal von den Füßen gerissen wurde. Die Schwertklinge zuckte hoch gen Himmel, ohne Schaden anzurichten. Einige Schritte weiter krachte der Mann zu Boden. Sogleich war Kjell über ihm, ein riesiger schwarzer Leib, der sich auf die Hinterbeine aufbäumte und die Hufe einen Moment lang fast provozierend über seinem Opfer schweben ließ. Dann, begleitet von einem wütenden Wiehern, sausten die Vorderläufe nach unten. Der Wegelagerer riss die Arme hoch, doch er hatte keine Chance. Der rechte Vorderhuf traf seinen Schädel, und die Schreie des Schurken brachen mit einem feuchten Gurgeln ab.

Für einen Moment schien die Welt mitten in der Bewegung erstarrt. Keiner der Wegelagerer, die noch übrig waren, rührte sich. Sie standen einfach da wie Statuen, während sie verzweifelt zu begreifen versuchten, wie drei von ihnen durch ein Weib und einen Gaul hatten zu Tode kommen können.

Der junge Bursche, den sie überfallen hatten, war inzwischen zum Rand des Pfads gekrochen und hockte angeschlagen gegen einen Baum gelehnt, und auch Falk verhielt sich ruhig.

Schließlich war es der heisere Wutschrei des Kerls mit der Keule, der die Stille durchbrach und die Welt wieder in Bewegung setzte. Mit vor Hass verzerrtem Gesicht sprang er über einen seiner am Boden liegenden Kameraden hinweg, riss seine nagelgespickte Keule hoch und stürmte damit auf Zara zu.

Zara reagierte, ohne zu überlegen. Mit beiden Händen hob sie die schwere Streitaxt, holte aus – und schleuderte die Waffe dem heranrennenden Banditen entgegen.

Das scharfe Schneideblatt drang tief in die Brust des Mannes, er flog nach hinten und stürzte auf den Rücken. Der zerbeulte Helm glitt von seinem Kopf und enthüllte einen spärlichen Kranz brauner Haare. Sein Blick war nach oben gerichtet, zum Blätterdach, doch er nahm längst nichts mehr wahr.

Zara richtete sich keuchend auf, als sie rechts von sich mit einem Mal eine Bewegung gewahrte, und da wusste sie, dass es noch nicht vorbei war. Noch war einer der fünf Männer auf den Beinen! Sie wirbelte herum, um sich dem Feind zu stellen, doch da war es bereits zu spät.

Der Pfeil bohrte sich tief in ihre rechte Seite.

Zara stieß einen Schrei aus, in dem sich Überraschung und Schmerz die Waage hielten. Unwillkürlich glitten ihre Hände zur Wunde. Nur wenig Blut floss, doch die Schmerzen waren überwältigend. Die Knie wurden ihr weich, als hätte sie zu viel Met getrunken. Sie taumelte mühsam vorwärts, auf den Wegelagerer zu, der in den Köcher an seiner Hüfte griff und mit grausamer Gelassenheit einen weiteren Pfeil auf die Sehne seines kurzen Kampfbogens spannte. Die Entfernung zwischen ihnen betrug höchstens acht oder zehn Schritte.

Der Kerl *konnte* Zara gar nicht verfehlen.

Dennoch kämpfte sie verbissen gegen die Benommenheit an. Sie sah das Schwert eines der toten Halunken am Boden liegen, bückte sich und hob es auf. Sie drehte sich gerade zu ihrem Feind um, als sie der zweite Pfeil traf.

Diesmal bohrte sich die Eisenspitze in ihren Oberschenkel. Zara stöhnte auf und fiel auf die Knie. Noch mehr Schmerz brandete über sie hinweg wie eine Flutwelle. Mühsam gelang es ihr, wieder auf die Beine zu gelangen. Die Pein machte sie schwindeln. Wie durch eine Wand aus Nebel sah sie, dass der letzte der Wegelagerer bereits einen dritten Pfeil auf die Sehne legte, und sein boshaftes Grinsen brachte den Hass in Zara zum Kochen wie eine alles verzehrende Flamme, die aus den Tiefen ihrer Eingeweide ihre Wirbelsäule hinaufkroch und ihr neue Kraft verlieh. Sie biss die Zähne zusammen und hob das Schwert, das auf einmal Zentner zu wiegen schien. Die Pfeile steckten tief in ihrem Fleisch, und vor allem der in ihrer Seite schmerzte höllisch. Bei jeder Bewegung glaubte sie, die Spitzen der Pfeile in ihrem Körper herumrucken zu spüren.

Der Pfeil lag auf der Sehne.

Zielte direkt auf ihr Herz.

Noch sechs Schritte trennten die beiden Kämpfenden.

Der Strauchdieb spannte den Bogen.

Fünf Schritte.

Zara taumelte vorwärts.

Vier …

Das Grinsen des Wegelagerers zeigte irren Triumph. Seine Kameraden mochten alle tot sein, doch nicht er, o nein, er nicht! Er würde diesem Miststück aus der Hölle schon zeigen, mit wem sie sich eingelassen hatte, so wahr ihm die Alten Götter halfen!

Als Zara nur noch drei Schritte von ihm entfernt war, kaum imstande, das Schwert in Brusthöhe zu halten, schoss der Wegelagerer. Zeige- und Mittelfinger der rechten Hand, die das eingekerbte Ende des Pfeils hielten, entspannten sich.

Doch kurz bevor der Pfeil von der Bogensehne schwirrte, grub sich die beidseitig geschliffene Klinge von Falks Dolch in den Unterschenkel des Bogenschützen. Der Bärtige schrie auf, der Pfeil geriet aus der Bahn und schoss hinauf zum Himmel, während der Schurke halb in die Knie brach. Entsetzt blickte er an sich herab, sah, dass der Dolch in seinem Bein steckte, und er verzog das Gesicht zu einer Grimasse des Zorns. Falk versuchte noch, zurückzukriechen, doch der Bärtige riss das Messer mit einem Ruck aus seinem Bein, funkelte Falk an und wollte sich gerade auf ihn stürzen, als Zara mit einem Satz die letzten Schritte überwand und zuschlug.

Der Straubdieb kam nicht einmal dazu, aufzuschreien. Die scharfe Klinge bohrte sich in seinen Körper, durchtrennte seinen Lebensfaden, und er kippte um wie ein gefällter Baum.

Zara blickte Falk an, der sich mühsam aufrappelte. Der junge Mann, der überfallen worden war, hockte am Wegesrand, den Rücken gegen den Baumstamm gelehnt, und schaute Zara fast flehentlich an. Sie nickte ihm beruhigend zu und gab ihm damit zu verstehen, dass sie ein Freund war, und der Ausdruck in seinem zerschlagenen Gesicht entspannte sich.

Zara ließ das Schwert fallen. Die Pfeile, die ihr in Oberschenkel und Seite steckten, schmerzten, doch aus den Wunden rann kaum noch Blut. Keuchend griff Zara nach dem Pfeil in ihrem Schenkel. Sie brach ihn ab, verzog einen Moment lang schmerzerfüllt das Gesicht und warf das Ende des Pfeils von sich, ehe sie mit dem in ihrer Seite ebenso verfuhr. Dann holte sie sich eines ihrer eigenen Schwerter, zog es aus der Scheide an ihrem Sattel.

Erschöpft taumelte sie zu Sasha hinüber. Falks Gaul hatte schier unglaubliche Kraft und Lebenswillen. Noch immer atmete das Pferd, doch sein Brustkorb hob und senkte sich unregelmäßig, und bei jedem Senken pumpte neues Blut aus der Halswunde, in der noch immer der Pfeil steckte. Die Hufe zuckten auf dem Boden. Die großen braunen Augen des Pferdes öffneten und schlossen sich mühsam, und das gequälte Schnauben, das jeden Atemzug begleitete, ging Zara durch Mark und Bein. Benommen baute sie sich über dem Pferd auf und hob das Schwert. Sie vermied es, dem Tier in die Augen zu schauen, als sie die Klinge mit einem angestrengten Keuchen niedersausen ließ.

Die Hufe des Pferdes hörten auf zu zucken. Ein letztes, fast erleichtertes Schnauben war zu hören. Dann lag das Tier still und regte sich nicht mehr.

Zara zog das Schwert aus der Brust des Pferdes, rammte es neben sich in den Boden und löste mit zitternden Fingern die Knoten von Falks Bündel, das quer über dem Rücken des toten Tiers hing. Sie warf dem fassungslosen Falk das Bündel wütend gegen die Brust, der sich mit Tränen in den Augen daran festzuklammern schien.

„Das war eigentlich deine Aufgabe“, zischte Zara zornig. „Du hättest dem Tier diese Gnade erweisen müssen. Es war *dein* Pferd.“ Sie humpelte an Falk vorbei, ohne ihn noch eines Blickes zu würdigen, und sagte im Weggehen: „Vielleicht überlegst du es dir beim nächsten Mal zweimal, ob du wirklich den Helden spielen willst.“

Falk sah ihr betreten nach.

Zara blieb neben dem Halunken stehen, der dem jungen Mann zu Beginn des Gemetzels den Todesstoß versetzen wollte. Schwerfällig beugte sie sich über ihn, drehte den Mann auf den Rücken und riss ihm den Lederbeutel vom Gürtel, ehe sie zu dem Burschen hinüberhumpelte, der noch immer mit dem Rücken gegen den Stamm einer Kiefer lehnte. Zara kniete schwerfällig vor dem Mann nieder und betrachtete ausdruckslos sein zerschlagenes Gesicht.

„Keine Angst", sagte Zara, während sie ihm den Beutel mit dem Gold in die Hand drückte. „Es ist vorbei."

Der junge Mann umklammerte den Beutel mit aller Kraft, wie ein heiliges Relikt, das ihm die Erlösung bringen würde. Zara stellte fest, dass er tatsächlich höchstens zwanzig Lenze zählte, ein fescher junger Bursche mit grünen Augen, einer geschwungenen Aristokratennase und schulterlangem blondem Haar. Vermutlich gab es in dem Ort, aus dem er stammte, jede Menge junge Mädchen, die sich nach ihm verzehrten. Sein Gesicht zeigte jetzt zwar üble Schwellungen, und die Unterlippe war aufgeplatzt, doch seine Verletzungen würden schnell verheilen.

Obwohl er am Ende seiner Kräfte war, nickte er Zara kurz zu und murmelte mit schwacher Stimme: „Danke …"

Zara sah ihm noch einen Moment lang tief in die Augen. Schließlich richtete sie sich mit einem Ruck auf und pfiff nach Kjell, der sofort herbeigetrottet kam und auffordernd wieherte. Zara packte den jungen Mann, um ihn mit einer Leichtigkeit, die man ihr selbst ohne ihre Verletzungen nicht zugetraut hätte, über den breiten Rücken des Pferdes zu wuchten. Der Bursche keuchte schmerzerfüllt, ließ es jedoch geschehen. Als er quer über dem Rücken des Pferdes lag, fasste Zara nach den Zügeln und führte Kjell humpelnd den Weg hinab. Falk starrte ihr nach und fragte sich, woher, um alles in der Welt, diese seltsame Frau die Kraft nahm, sich noch aufrecht zu halten. Etwas an Zara flößte ihm Angst ein, doch da war auch eine verhaltene Neugierde in ihm, die zu wissen verlangte, was es mit dieser sonderbaren Frau aus der Fremde auf sich hatte. Nach einem letzten traurigen Blick auf Sasha fasste er sein Bündel fester und folgte Zara.

VII.

Zara fand das Lager der Räuberbande schneller, als sie zu hoffen gewagt hatte. Es lag nicht weit von jener Stelle entfernt, wo sie dem jungen Mann auf dem Pfad aufgelauert hatten, auf einer kleinen Lichtung inmitten der üppig wuchernden Vegetation. Unter einem provisorischen Unterstand aus Ästen und Zeltplane lagen Proviant, Kleidung, Waffen und die Hinterlassenschaften ihrer Opfer, und neben der Feuerstelle in der Mitte der Lichtung thronte ein Fass Met. Fünf Pferde waren an die Bäume gebunden und schnaubten nervös, als Zara Kjell durch die Büsche auf die Lichtung führte. Sie brachte das Tier neben dem erloschenen Feuer zum Stehen und hob den verletzten Jungen behutsam vom Pferd, um ihn unter dem Unterstand auf eine Decke zu betten. Sie war froh, dass sie mit ihrer Annahme, dass die Wegelagerer hier irgendwo im Nirgendwo ein Quartier haben mussten, Recht gehabt hatte, denn sie hoffte, dass sie hier das eine oder andere finden würde, um ihre eigenen Wunden und die des jungen Mannes zu versorgen.

Zara ging langsam neben dem jungen Mann in die Knie, griff nach einer Wasserflasche, die an einem der Haltepfosten an einem Nagel baumelte, und begann schweigend, das von Blut und Dreck schmutzige Gesicht des Überfallenen zu reinigen. Es zeigte sich, dass die Verletzungen wirklich nicht allzu schlimm waren. Die Abschürfungen würden heilen, die Blutergüsse und Schwellungen abklingen. Auch an der Brust hatte er einiges abgekriegt, doch zum Glück war nichts gebrochen.

Nachdem sie sich einen Eindruck von den Verletzungen des jungen Mannes verschafft hatte, machte sie sich in der Nähe des Lagers auf die Suche nach verschiedenen Pflanzen und Kräutern, die sie zur Behandlung brauchte. Glücklicherweise musste sie nicht lange suchen, bis sie eine Eiche entdeckte, aus deren Stamm sie einige Stücke Rinde schnitt, und auch den Bockshornklee und die Kamille fand sie schnell. Sie kehrte ins Lager zurück, griff nach einer Decke, riss sie ihn längliche Streifen, legte die Heilkräuter auf den Brustkorb des Mannes und begann, ihn zu verbinden. Jedes Mal, wenn Zara seine Brust berührte, zuckte der Junge mit schmerzverzerrtem Gesicht zusammen, denn auch dort hatte er einige Blutergüsse, doch er sagte nichts und ließ Zara gewähren. Als Zara schließlich fertig war und sich abwandte, um hinüber zum Lagerfeuer zu gehen, griff er nach Zaras Hand.

Zara drehte sich fragend um.

„Mein Name ist Jahn“, erklärte der Bursche. „Und wer bist du?“

„Zara“, sagte sie knapp, bevor sie Jahn allein ließ. Sie legte mehrere Äste und Zweige, die die Wegelagerer neben der Feuerstelle aufgeschichtet hatten, auf die Asche und holte den Feuerstein aus ihrer Tasche. Inzwischen hatte auch Falk den Weg in das Lager gefunden, doch er hielt sich im Hintergrund, und Zara schenkte ihm keine Beachtung, als sie sich daran machte, das Feuer zu entfachen. Als schließlich die Flammen prasselten, durchsuchte sie die in mehreren Beuteln und Kisten verstauten Habseligkeiten der Wegelagerer. Außer Kleidung, Münzen, gepökeltem Fleisch, Brot, Wasser, einer Flasche Weizenschnaps und einem Paar Stiefel fand sie auch einen Dolch.

Sie zog das Messer aus der Scheide und betrachtete die schlanke, scharfe Klinge einen Moment lang nachdenklich, bevor sie damit zum Feuer zurückkehrte und die Schneide tief in die rote Glut schob. Dann ließ sie sich am Rande des Feuers nieder, entkorkte den Tonkrug mit dem Schnaps und setzte die Öffnung an die Lippen, um einen kräftigen Schluck zu nehmen.

Zara spürte, wie der Alkohol ihre Speiseröhre hinabkroch und in ihrem Magen ein unangenehmes Brennen entfachte, das jedoch half, die pochenden Schmerzen zu verdrängen, die in ihrem Oberschenkel und ihrer Seite wüteten. Auch wenn sie gelernt hatte, Schmerzen als etwas ganz Natürliches hinzunehmen, empfand sie sie doch. Zara nahm Schmerzen zwar anders wahr als normale Menschen, das bedeutete jedoch nicht, dass sie für sie angenehm waren. Ganz im Gegenteil. So nahm sie einen weiteren tiefen Zug von dem scharfen Schnapps und schüttelte sich, als der Alkohol allmählich ihre Sinne zu vernebeln begann und sich eine angenehme Schwere ihrer Glieder bemächtigte. Erst dann stellte sie den halb leeren Krug zur Seite, riss mit einem Ruck die Naht ihrer Hosen auf und enthüllte ihren Oberschenkel.

Der abgebrochene Pfeil steckte mindestens drei Fingerbreit in ihrem Fleisch. Die Wunde war nicht sehr groß und hatte auch kaum geblutet, doch die Pfeilspitze musste raus. Entschlossen griff sie nach dem Messer und zog es aus der Glut des Feuers.

Die Spitze der Klinge glomm in tiefem Rot; Rauch stieg davon auf. Zaras Rechte schloss sich fester um den Griff, indes sich die Finger der Linken um das abgebrochene Ende des Pfeils krampften. Zögernd richtete sie die Messerspitze auf die Wunde. Die Hitze, die von dem glühenden Eisen ausging, wärmte die Haut ihres verletzten Oberschenkels.

Die Spitze des Dolchs verharrte wenige Zentimeter über der Pfeilwunde. Kalter Schweiß rann Zara übers Gesicht. Zwar war sie schon des Öfteren von Pfeilen getroffen worden, einmal sogar gefährlich nahe im Bereich des Herzens, doch bislang war sie nie gezwungen gewesen, die Spitzen allein zu entfernen. Sie konnte bloß hoffen, dass die Pfeile keine Widerhaken hatten.

Dieser Gedanke ließ sie einen Augenblick lang zögern. Dann gab sie sich einen Ruck, atmete tief durch – und senkte die rot glühende Klinge, um die Pfeilwunde durch einen raschen Schnitt zu vergrößern.

Der Schmerz war gewaltig, eine Explosion aus Qual, die durch ihren gesamten Körper toste und sie aufstöhnen ließ. Sie führte den Schnitt mit zusammengebissenen Zähnen zu Ende, zog das Messer zurück und riss mit der Linken ruckartig an dem Pfeil, um ihn herauszuziehen. Wenn er tatsächlich Widerhaken hatte, war das der kritische Moment, der über Wohl und Wehe entschied, doch die dreieckige Eisenspitze ließ sich ohne Schwierigkeiten aus ihrem Schenkel ziehen. Gleichwohl, diesmal war die Pein so gewaltig, dass Zara die Zähne fest zusammenbeißen musste, um nicht laut zu schreien.

Benommen schleuderte sie den abgebrochenen Pfeil beiseite, rammte das Messer in den Boden und presste eine Hand voll Kräuter auf die Wunde, ehe sie hastig einen der Wollstreifen ergriff, die sie aus der Decke gerissen hatte, und ihr Bein stramm verband. Dann fiel sie erschöpft nach hinten, kalten Schweiß auf der Stirn.

Der Schmerz hatte die Barriere aus Alkohol verbrannt, doch die Benommenheit war so groß wie nie zuvor, und der Geruch ihres eigenen verbrannten Fleisches weckte ungute Erinnerungen an Tage voller Tod und Blut. Wenn sie jetzt einnickte, würde sie die nächsten paar Tage durchschlafen, ohne von ihren Albträumen gepeinigt nach ein paar Stunden wieder aufzuwachen. Müde legte sie den Kopf in den Nacken, schloss für einen Moment die Augen und genoss das Gefühl, wie der Schmerz allmählich nachließ. Nach einer Weile öffnete sie die Augen wieder. Sie war noch nicht fertig. Benommen griff sie nach dem Tonkrug und nahm einen weiteren kräftigen Schluck. Dann übergoss sie die abkühlende Klinge mit dem Schnapps, säuberte das Messer an ihrem Umhang und schob die Klinge zurück in die Glut, ehe sie erneut aus dem Krug trank. Der Pfeil in ihrer Seite sandte einen pochenden Schmerz durch ihren ganzen Körper, doch das würde sich bald ändern.

Zara starrte in die Glut und sah, wie die scharfe Messerklinge wieder zu glühen begann. Irgendwo im Hintergrund vernahm sie Jahns ruhigen, regelmäßigen Atem; sie nahm an, dass der junge Mann eingeschlafen war, und sie wünschte, sie könnte es ihm gleichtun.

Doch sie hatte noch etwas zu erledigen.

Zara wartete, bis die Klinge rot glühte. Dann schob sie ihr Hemd über die abgebrochene Pfeilspitze hoch, um die Wunde in ihrer linken Seite, zwei Handbreit unter ihrer Brust, zu entblößen. Dünne Blutfäden waren von der Wunde nach unten gelaufen wie Regen, rotbraune Schlieren auf Zaras porzellanweißer Haut. Ein Blick genügte, um Zara zu zeigen, dass diese Pfeilspitze ein ganzes Stück tiefer steckte. Nach einem letzten Schluck aus dem Krug zog Zara das Messer aus dem Feuer und setzte ohne Zögern zu einem tiefen Schnitt an.

Diesmal war der Schmerz so groß, dass Zara die Tränen in die Augen schossen. Er war so enorm und allumfassend, dass ihr Bewusstsein davon ausgeblasen wurde wie eine Kerze im Sturm. Sie spürte, wie sie der Welt entrückte, ihr Geist schien plötzlich kein Teil ihres Körpers mehr zu sein, und für einen Moment schoss ihr durch den Kopf, dass sich der Tod so ähnlich anfühlte – beruhigend, auf sonderbare Weise vertraut, wie ein Loslassen von Dingen, die eigentlich keine Bedeutung hatten. Trotzdem gelang es ihr irgendwie, die Pfeilspitze aus ihrer Seite zu ziehen, dann sank sie erschöpft zurück, am Ende ihrer Kraft. Bevor ihr Blick dunkel wurde, sah sie verschwommen das hagere Gesicht von Falk über sich auftauchen, besorgte Augen unter buschigen Brauen.

Ihr Leib gab der Erschöpfung nach, und Zara versank in tröstlicher Dunkelheit, wie ein Stein, der in den tiefen Wassern eines nächtlichen Sees versinkt.

VIII.

Als Zara wieder zu sich kam, ging der Tag bereits in den Abend über. Die Sonne hing tief über den Wipfeln der Bäume, ein vages helles Rund jenseits des dichten Blätterdachs. Langsam krochen die Schatten aus dem Dickicht, und das Lagerfeuer flackerte fröhlich vor sich hin. Die Wärme der Flammen kroch über Zaras Gesicht, doch im ersten Moment vermochte sie nicht zu sagen, wo sie sich befand. Erschrocken schoss sie auf ihrem Lager hoch, als würde sie aus ihrem ewig wiederkehrenden Albtraum erwachen, die Hand automatisch auf dem Weg zum Knauf eines ihrer Schwerter. Sie zuckte zusammen, als aus Schenkel und Seite ein dumpfer Schmerz durch ihren Körper fuhr – keine siedende Pein wie in dem Moment, als sie die Pfeilspitzen aus ihrem Fleisch gerissen hatte, sondern ein eher unterschwelliger Schmerz, wie man ihn verspürt, wenn man eine Wunde im Mund hat und mit der Zungenspitze danach tastet, um zu erfahren, ob sie noch wehtut. Dennoch, angenehm war es nicht, und Zara ließ ein leises, nur halb unterdrücktes Stöhnen hören.

Auf einmal war Falk bei ihr. „Nur ruhig", sagte er und schenkte ihr ein beruhigendes Lächeln. „Du darfst dich nicht anstrengen. Ruh dich aus und erhol dich. Du bist verletzt." Er wollte sie behutsam zurück auf das Deckenlager drücken, das er für sie neben der Feuerstelle hergerichtet hatte, doch Zara schüttelte seine Hand ab.

„Nur keine Umstände“, brummte sie. „Meine Wunden heilen schnell.“

„Das mag wohl sein“, sagte Falk. „Verbunden habe ich sie aber dennoch.“

Zara blickte stirnrunzelnd an sich herab und stellte fest, dass der Verband an ihrem Schenkel erneuert worden war, und auch um ihren Leib spannte sich mit sanftem Druck ein Verband aus Stoffstreifen und Heilkräutern.

Bevor sie dazu ein Wort verlieren konnte, erklang aus dem Unterholz mit einem Mal das verstohlene Knacken eines Zweigs, der unter einem Fuß zerbrach, und schlagartig war Zara hellwach. Doch im nächsten Moment beruhigte sie sich wieder, denn sie sah, wie Jahn aus den Büschen humpelte, in der Hand eine Waldschnepfe, deren langer bunter Hals leblos nach unten hing. Obwohl sich der junge Mann vorsichtig bewegte, sah er doch schon viel besser aus als am Vormittag, als Zara seine Wunden versorgt hatte. Die Schwellungen in seinem Gesicht waren bereits am Abklingen. Beim Gehen hielt er eine Hand behutsam gegen die Brust gedrückt, als müsste er seine Rippen an Ort und Stelle halten, doch er befand sich ohne Zweifel auf dem Wege der Besserung.

Als Jahn Zara sah, schenkte er ihr ein kleines, dankbares Lächeln. „Etwas zu essen“, verkündete er und hielt das Huhn an der Schlinge, mit der er das Tier gefangen hatte, in die Höhe wie eine Trophäe. „Nicht besonders viel dran, aber als Appetithappen reicht's.“ Er ließ sich neben ihr nieder und begann, das Huhn zu rupfen. „Wir haben uns um Euch gesorgt“, sagte er ruhig.

Zara winkte ab. „Es geht schon wieder.“

Jahn lachte leise. „Nein, verglichen mit den Wunden, die Eure Gegner davongetragen haben, seid Ihr wahrlich gut davongekommen.“ Er verzog kurz das Gesicht, weil ihm beim Lachen die Rippen schmerzten. „Wenn ich es nicht mit eigenen Augen gesehen hätte, ich würde es nicht glauben. Eine Frau, die es allein mit einem halben Dutzend bewaffneter Halsabschneider aufnimmt – und triumphiert.“ Er schnalzte mit der Zunge. „Ihr seid eine große Kriegerin, Zara.“

„Oh, das ist sie!“, bestätigte Falk eifrig. „Du hättest sehen sollen, wie sie mich in Hohenmut aus den Klauen einer Bande heimtückischer, blutgieriger Halunken gerettet hat. Die Kerle wollten mir aus unerfindlichen Gründen die Hand abhacken, und obwohl ich mich mit dem Mut der Verzweiflung gegen die Schurken zur Wehr setzte und mehrere von ihnen mit meinen eigenen Fäusten zu Boden schickte, ist es am Ende doch nur ihr zu verdanken, dass ich noch beide Hände habe – und das, ohne dass sie selbst zur Waffe gegriffen hätte.“ Er grinste. „Glaub mir, von dieser Schmach werden sich diese Schurken in tausend Jahren nicht erholen! Ist es nicht so, Zara?“ Er schaute sie fragend an, doch Zara rümpfte nur abfällig die Nase und schwieg.

„Ich bin sicher, es war ein denkwürdiges Bild“, sagte Jahn. Für einen Mann, der kaum älter war als Falk, wirkte er sehr abgeklärt und ruhig; Zara nahm an, dass er es gewohnt war, Verantwortung zu tragen. Er sah Zara von der Seite her an, und ein seltsamer Ausdruck trat in seinen Blick. „Mir scheint, als wärt Ihr nicht nur eine große Kriegerin, sondern zudem auch noch ein Mensch mit vielen lobenswerten Tugenden.“

„Zu viel der Ehre“, brummte Zara. „Tugenden bedeuten mir nichts, ebenso wenig wie Dank oder Ansehen. Ich tat, was erforderlich war, auch wenn ich einiges davon jetzt gern ungeschehen machen würde.“ Sie bedachte Falk mit einem galligen Blick, und der schaute verlegen zu Boden.

Jahn bemerkte die Spannungen zwischen den beiden, ging

aber nicht darauf ein. „Wie auch immer", sagte er, rupfte der Schnepfe ein weiteres Bündel Federn aus und warf sie neben sich auf den Boden. „Ich verdanke Euren Kampfkünsten mein Leben, und ich würde Euch meine Dankbarkeit gern durch mehr zeigen als nur durch bloße Worte. Doch alles Gold, das ich dank Euch noch bei mir trage, ist für einen anderen Zweck bestimmt." Er tätschelte den Lederbeutel an seinem Gürtel. Das leise Klimpern der Goldstücke darin klang süß und verlockend, und Falk hob sofort wieder den Blick.

Zara winkte ab. „Ich will dein Gold nicht. Wenn dem so wäre, hätte ich es mir einfach genommen."

Jahn nickte. „Das ist mir bewusst. Allerdings gibt es für Euch vielleicht einen Weg, es auf ehrbare Weise zu erlangen." Jahn hatte das Huhn inzwischen komplett gerupft und griff nach dem Messer, das neben dem Feuer im Boden steckte, um das Tier aufzuschneiden und auszunehmen.

Falk war ganz Ohr. „Wie das?"

„Nun, es hat mich nicht zufällig in diese Gegend verschlagen", erklärte Jahn bedächtig. „Der Bürgermeister von Moorbruch, dem Ort, aus dem ich stamme, hat mich mit einer wichtigen Aufgabe versehen." Er machte eine kleine Pause, um seine Gedanken zu sammeln. Dann fuhr er mit leiser, fast unheilvoller Stimme fort: „Ich bin auf dem Weg nach Hohenwall, um in der Stadt Jäger oder Söldner zu verpflichten, die eine grausame Bestie zur Strecke bringen sollen, die seit mehreren Wochen rings um Moorbruch ihr Unwesen treibt und bereits viele unserer Frauen und Kinder gemordet hat. Immer wieder wurden in den umliegenden Wäldern die verstümmelten Leichen unserer Liebsten gefunden, von jungen Frauen, die keiner Menschenseele je ein Leid getan haben. Wir haben versucht, das Untier auf eigene Faust zur Strecke zu bringen, doch ohne

Erfolg, und da wir auch von unserem geliebten König Aarnum auf unser Hilfegesuch bislang keine Antwort erhalten haben, will ich Söldner oder professionelle Jäger verpflichten, die Bestie zu erlegen, bevor sie noch mehr Menschenleben fordert. Dafür ist das Gold bestimmt; wir sind einfache Leute, aber jeder hat gegeben, was er konnte, um dem Morden ein Ende zu bereiten. Die Menschen in Moorbruch leben in Angst und Schrecken; nach Einbruch der Dunkelheit traut sich kaum jemand mehr nach draußen, so groß ist die Furcht, der Bestie zum Opfer zu fallen. Glaubt mir, Zara, die Menschen würden auf ewig in der Schuld desjenigen stehen, dem es gelingt, der Bestie den Garaus zu machen."

Zara hatte schweigend Jahns Ausführungen gelauscht. Nun sagte sie: „Ich bin sicher, Ihr werdet in Hohenwall jemanden finden, der Euch helfen kann. Wenn es irgendwo im Land fähige Jäger und Fallensteller gibt, dann dort." Jahns betretene Miene verriet, dass das nicht die Antwort war, auf die er gehofft hatte.

„Ja", sagte er dennoch, „ich denke, Ihr habt Recht. Hoffen wir nur, dass es mir gelingt, dort jemanden zu finden, bevor sich die Bestie ihr nächstes Opfer holt." Seine Worte klangen ruhig und gefasst, doch unter der Oberfläche brodelte es. Bemüht, sich seine Enttäuschung nicht anmerken zu lassen, schnitt Jahn der Schnepfe den Kopf ab und spießte das ausgeweidete Tier auf einen Ast. Ohne Zara anzusehen, hielt er den Stock mit der Schnepfe ins Feuer, drehte diesen bedächtig hin und her und starrte wortlos in die Flammen. Seine Ehre gebot es ihm, zu schweigen und Zara nicht weiter in Verlegenheit zu bringen, indem er sie bedrängte, den Einwohnern von Moorbruch zu helfen; sie hatte bereits mehr für ihn getan, als er jemals wieder gut machen konnte.

Falk war weit weniger Ehrenmann als der junge Bursche. Er sah Zara eindringlich an. „Also, in meinen Ohren klingt das, als würden die armen Leute von Moorbruch unverzüglich Hilfe brauchen – die Hilfe von jemandem, der selbst weiß, wie man Blut vergießt. Denk doch nur, die armen jungen Frauen, grausam dahingeschlachtet von diesem tollwütigen Tier, und niemand ist da, um diesen bemitleidenswerten, ehrbaren Menschen zur Seite zu stehen." Er seufzte schwer. „Manchmal sind die Götter grausam …"

Zara starrte Falk durchdringend an, der tat, als ginge ihm das Schicksal der Menschen von Moorbruch tatsächlich zu Herzen; sie vermochte nicht zu sagen, ob dem wirklich so war oder ob Falk einfach besser schauspielern als falsch spielen konnte. Sie ließ den Blick von ihm zu Jahn schweifen, der bedächtig die Schnepfe am Stock drehte, tanzende Reflektionen des Feuers in seinen Augen. Die traurige Resignation in seinen Zügen schmerzte Zara mehr als der dumpfe, pochende Schmerz ihrer Wunden. Sie wusste so gut wie nichts über diesen jungen Mann, doch irgendetwas tief in ihr, das sie nicht näher in Worte zu fassen vermochte, sagte ihr, dass sie womöglich die Einzige war, die ihm helfen konnte. Schließlich verdrehte sie gequält die Augen und seufzte laut.

„Wohlan denn", brummte sie, obwohl sich alles in ihr dagegen sträubte. „Eins sollte dir klar sein: Ich bin kein Jäger, und auch aufs Fallenstellen verstehe ich mich nur bedingt. Ich kann dir und deinen Leuten nichts versprechen, doch wenn du meinst, meine Hilfe ist für euch von Nutzen, dann will ich mit dir nach Moorbruch gehen, um zu tun, was ich kann, um dem Blutvergießen ein Ende zu bereiten."

Ein Lächeln breitete sich über Jahns Gesicht aus. Wortlos griff er nach dem Lederbeutel mit dem Gold und warf ihn Zara zu. Sie fing den klirrenden Beutel mit einer Hand auf, wog ihn einen Moment lang abschätzend in der Hand und warf ihn dann zu Jahn zurück, der Zara verwirrt anstarrte, ebenso wie Falk, der nicht recht wusste, ob er sich ärgern oder freuen sollte. Freuen darüber, dass Zara sich auf die Sache einließ; ärgern darüber, dass sie das Gold zurückwies.

„Später“, kommentierte Zara, „wenn alles erledigt ist.“

Jahn nickte. „Wann brechen wir auf?“, fragte er. „Bis nach Moorbruch sind es zwei Tagesritte von hier.“

„Wir werden heute Nacht hier rasten und machen uns morgen in aller Frühe auf den Weg“, erklärte Zara. „Wir sollten keine Zeit verlieren.“

Falk klatschte grinsend in die Hände. „Na, dann werden wir der Bestie mal zeigen, wo der Hammer hängt, nicht wahr?“

Zara warf ihm einen finsteren Blick zu. „Ich kann mich nicht entsinnen, dass irgendjemand *dich* um deine Hilfe gebeten hätte.“

Falk runzelte die Stirn. „Was soll das heißen?“

„Das bedeutet“, sagte Zara ruhig, „dass sich unsere Wege hier trennen. Nimm eins der Pferde der Wegelagerer und verschwinde. Und gib Acht, dass sich unsere Wege nie wieder kreuzen; es könnte böse für dich enden.“ Sie sagte es ganz ruhig, doch die Drohung, die in ihren Worten mitschwang, war scharf und kalt wie eine Messerklinge.

„Das kannst du nicht machen!“, rief Falk aufgebracht. „Ich habe dir das Leben gerettet! Ohne mich wärst du jetzt tot! Nur wegen mir sind wir überhaupt hier! Ich habe deine Wunden versorgt und über dich gewacht, als du ohnmächtig warst.“

„Ohne *dich*“, sagte Zara gefährlich ruhig, „wäre ich überhaupt nicht in diesen Schlamassel hineingeraten. Also erwarte nicht *zu viel* Dankbarkeit.“

„Aber ich kann dir beistehen!“, beharrte Falk. „Ich bin mutig!“

„O ja, ich war Zeugin deines Mutes“, erwiderte Zara spöttisch. *„O bitte, tut mir nichts, ich bin doch noch so jung!“*, äffte sie Falk mit weinerlicher Fistelstimme nach. Sie schnaubte abfällig, obwohl sie genau wusste, dass sie ungerecht zu ihm war, denn durch seinen – wenn auch nicht besonders klugen – Angriff auf die Räuber hatte er durchaus Mut bewiesen, so schwer es Zara auch fiel, sich das einzugestehen. Doch Falk wusste nicht, wie die Welt dort draußen war; sie musste ihn vor sich selbst schützen. „Du hast gebettelt wie ein Weib. Jeder Ork hat mehr Ehrgefühl und Tapferkeit im Leib.“

„Also, so kannst du das nicht sehen“, widersprach Falk trotzig. „Ich gebe ja zu, dass meine Strategie für Uneingeweihte auf den ersten Blick diesen Eindruck erwecken kann, aber das ist alles eine ausgeklügelte Methode, um den Gegner in Sicherheit zu wiegen und dann zuzuschlagen, wenn er es am wenigsten erwartet. Glaub mir, ich wäre dir eine große Hilfe!“ Er blickte Zara fast flehend an.

Zara bedachte Falk mit einem Blick, der Falk durch Mark und Bein ging; es war, als würde die Schwertkämpferin bis in die Tiefen seiner Seele schauen, auf all die Sünden und Geheimnisse, die er mit sich herumtrug. Dann jedoch seufzte Zara. „Nun, gut. Du kannst mit mir reiten, wenn du willst. Doch ich warne dich: Stell keine Fragen und komm mir nicht in die Quere, sonst bist du einen Kopf kürzer.“

Falks Mundwinkel schnellten nach oben. „Ich wusste doch, dass du ein Herz hast! Jemand, der böse Buben hasst, kann nicht ganz schlecht sein.“ Er sah grinsend zu Jahn. „Ich hoffe, ihr habt bei euch in Moorbruch ordentlich Whiskey eingelagert, denn wenn wir erst mal dort sind, wird es nicht lange dauern, bis es was zu feiern gibt. Wir werden diese Bestie erlegen und sie am Schwanz durch den Ort schleifen, bevor die Woche um ist. Nicht wahr, Zara?“

Doch Zara schwieg. Schon jetzt bereute sie ihre Entscheidung, sich auf dieses Abenteuer eingelassen zu haben. Doch sie hatte Jahn ihr Wort gegeben, ihn nach Moorbruch zu begleiten. Da war kein anderer Ort, zu dem es sie ansonsten hinzog, da war niemanden, der irgendwo auf sie wartete. Also war Moorbruch so gut wie jeder andere Ort in Ancaria; nein, sogar besser, denn dort erwartete sie zumindest eine Aufgabe.

Eine Aufgabe … das war mehr, als sie seit Jahren gehabt hatte, als sie ziellos durch die Lande geirrt war, eine rastlose Wanderin auf der Suche nach etwas, von dem sie nicht einmal genau wusste, was es eigentlich war. Vielleicht hatte das den Ausschlag dafür gegeben, dass sie zugestimmt hatte, Jahn nach Moorbruch zu begleiten – endlich wieder eine Aufgabe zu haben.

Aber tief in ihr gab es noch einen anderen Grund. Einen Grund, den sie sich selbst kaum eingestand.

Es lag lange zurück, dass sie zum letzten Mal einen Menschen getroffen hatte, der Hoffnung und Vertrauen in sie setzte.

Und dass jemand das Gute in ihr sah …

IX.

Über dem dichten Dach des Waldes streckte die Morgendämmerung ihre ersten zartrosa Finger nach dem Horizont aus, als Falk, Jahn und Zara alles zusammenrafften, was sie im Lager der Wegelagerer an Brauchbarem fanden, sich auf die Pferde schwangen und dem Pfad durch den Wald weiter nach Südosten folgten. Während Zara auf Kjell vorausritt, saßen Falk und Jahn auf zwei Pferden der Wegelagerer; die restlichen Gäule der Banditen führte Falk an einer langen Leine mit sich, die er hinten an seinem Sattel festgebunden hatte. Zara hatte vorgehabt, die Gäule freizulassen, doch Falk vertrat die Ansicht, man wisse nie, wozu drei zusätzliche Reittiere gut sein mochten. Zara nahm an, dass er versuchen würde, die Pferde unterwegs zu Gold zu machen, doch das war seine Sache; solange er sich um die Pferde kümmerte und sie damit nicht behelligte, konnte er ihretwegen einen Pferdehandel aufmachen.

Nach ihrem Gespräch gestern Abend, als Zara sich bereit erklärt hatte, Jahn nach Moorbruch zu begleiten, hatte keiner von ihnen mehr viel gesprochen. Sie hatten schweigend die Schnepfe verzehrt und zugesehen, wie die Nacht immer näher an das Lagerfeuer herangerückt war. Auch jetzt verloren sie keine großen Worte, als sie in aller Herrgottsfrühe die Reise nach Moorbruch antraten. Zaras Wunden taten nicht mehr weh, und auch Jahn hielt sich wacker.

Während sie auf dem Pfad dahinritten, stieg die Sonne langsam höher, und hier und da fielen senkrechte Lichtbalken durch das Blätterdach und zauberten verschlungene Muster auf den Pfad. Leichter Bodennebel waberte, der bei jedem Schritt der Pferde verwirbelte wie Rauch. Selbst die Tiere des Waldes verhielten sich ruhig, und nur von Zeit zu Zeit sah Zara aus dem Augenwinkel, wie ein Eichhörnchen mit aufgestelltem rotem Schwanz einen Baumstamm hinauflief.

Bis zur Mittagszeit trabten sie schweigend dahin; dann ritt Falk nach vorn, schloss zu Zara auf und sagte: „Nun, was meinst du? Sollten wir nicht eine Rast einlegen, um den Pferden eine Verschnaufpause zu gönnen und uns zu stärken?"

Zara warf ihm einen Seitenblick zu. „Wenn du essen willst, iss." Sie griff in ihren Beutel und warf ihm und anschließend auch Jahn je ein Stück Brot zu. Jahn fing es geschickt auf und nickte ihr dankbar zu. Gemächlich kauend, eine Hand am Zügel, trabte er auf einem gescheckten Braunen schräg hinter Zara her, bis sich Falk, ebenfalls kauend, neben ihn zurückfallen ließ. Falk schluckte den letzten Bissen Brot hinunter und meinte: „Also, Jahn, jetzt, wo wir unterwegs nach Moorbruch sind, wie sieht es da mit Einzelheiten über die Bestie aus? Ich meine, was weiß man über das Untier?"

„Zumindest, dass es bislang zehn Menschen zerrissen hat", antwortete Jahn düster, während er wieder mit beiden Händen die Zügel ergriff.

Zara wandte überrascht den Kopf. „*Zehn*?"

Jahn nickte. „Alles junge Frauen aus Moorbruch und Umgebung", bestätigte er. „Die älteste zählte einundzwanzig Lenze, die jüngste gerade vierzehn. Das erste Opfer hieß Svenja und verdingte sich als Torfstecherin. Eines Abends ging sie noch einmal ins Moor, um Torf fürs Feuer zu stechen, und kehrte nicht wieder heim. Ihre Familie machte sich große Sorgen, und eine Suchmannschaft durchkämmte in dieser Nacht mit Fackeln und Hunden das umliegende Moor, doch ohne Erfolg. Wir fanden sie erst am nächsten Morgen, steifgefroren und beinahe bis zur Unkenntlichkeit verstümmelt." Er verstummte, und seine Mundwinkel zuckten, als er daran dachte. Er brauchte einen Moment, um sich wieder zu sammeln und fortzufahren. „Zuerst waren die Einwohner von Moorbruch der Ansicht, ein tollwütiger Wolf habe das Mädchen angefallen, doch seit jenem Tag hat die Bestie alle zwei bis drei Tage ein neues Opfer gefunden, meistens in den Zeiten der Dämmerung. Ich kannte jede von ihnen. Mit zweien habe ich noch am Tag ihres Todes gesprochen, und eine brachte mir nur Stunden vor ihrem Tod noch ein Glas Gurken vorbei. Ihr Name war Katie; ein liebes, unbeschwertes Ding, das nie jemandem etwas getan hat. Sie hat mir immer erzählt, dass sie eines Tages aus Moorbruch fortgehen würde, um als Zofe am Hof des Königs zu dienen. Stattdessen wurde sie ein Opfer dieser grausamen Bestie." Er seufzte. „Wer weiß, wen sich das Ungeheuer noch geholt hat in der Zeit meiner Abwesenheit." Er verstummte, und sein Blick schweifte sorgenvoll in die Ferne, als er an jene Lieben dachte, die er daheim zurückgelassen hatte.

Zara überließ Jahn einen Moment seinen düsteren Gedanken. Dann sagte sie: „Diese Frauen ... Hatten sie noch mehr gemeinsam als ihr Geschlecht und ihre Jugend?"

Jahn nickte düster. „Die Bestie hat allen das Herz aus dem Leib gerissen."

„Und hat man die Herzen bei den Opfern gefunden?"

Jahn schüttelte den Kopf. „Nein."

„Zehn Opfer", murmelte Zara. „Alles junge Frauen, denen das Herz herausgerissen wurde ... Das klingt nicht gerade nach einem Tier. Die wenigsten Tiere greifen Menschen an, und dann auch noch grundlos, und auch wenn jedes Tier eine bestimmte Beute bevorzugt, dann sind die Gemeinsamkeiten keineswegs so offensichtlich wie in diesem Fall." Sie sah Jahn an. „Woher wisst ihr überhaupt, dass ihr es mit einem Tier zu tun habt?"

„Ein paar Menschen haben die Bestie gesehen", erklärte Jahn. „Einmal ist ein Jäger dazugekommen, als das Untier gerade sein Opfer zerfleischte, und obwohl die Bestie ein gutes Stück weit weg war und geflohen ist, konnte er sie im Mondlicht gut erkennen. Er sagte, die Bestie sei fast so groß wie ein Mann, mit einem wuchtigen Schädel, riesigen Klauen und einem gewaltigen Maul voller langer, scharfer Zähne. Und die Augen der Kreatur glühten in der Dunkelheit wie Kohlengruben. Der Jäger sagte, dass er noch nie einen so riesigen Wolf gesehen hat, doch andere sind der Meinung, dass es etwas anderes sein muss als ein Wolf, etwas, das uns noch nie untergekommen ist, eine Kreatur, so bösartig, gemein und brutal, dass dagegen selbst der schlimmste tollwütige Wolf ein treues Hündchen ist. Selbst die Alten können sich an nichts erinnern, das mit dem Wüten der Bestie vergleichbar wäre." Er hob das letzte Stück Brot zum Mund, doch bevor er es sich zwischen die Zähne steckte, überlegte er es sich anders und ließ es stattdessen in seinem Beutel verschwinden; offenbar war ihm der Appetit bei seinen eigenen Ausführungen vergangen.

Zara konnte es ihm nicht verdenken; das alles klang nicht sehr anheimelnd. „Du sagtest, ihr habt Jagd auf die Bestie gemacht?"

Jahn nickte düster. „Mehrmals. Zweimal haben wir alle Männer von Moorbruch zusammengetrommelt und mit Hunden und Fackeln das gesamte Moor durchstreift, kurz nachdem die

Bestie zugeschlagen hatte. Doch obwohl die Hunde ein ums andere Mal eine Spur aufgenommen hatten, verlor sie sich irgendwann, ohne dass wir von der Bestie auch nur ein Haar gesehen hätten. Es war, als wäre sie vom Erdboden verschluckt worden. Deshalb haben wir auf eine List zurückgegriffen, in der Hoffnung, die Bestie aus ihrem Versteck zu locken."

„Was habt ihr gemacht?", wollte Falk wissen. „Euch als Weiber verkleidet?"

Zu seiner Überraschung nickte Jahn. „Mehrere Männer aus Moorbruch haben sich in Frauenkleider und Perücke geworfen und sind in dieser Aufmachung im Moor auf Patrouille gegangen, in der Hoffnung, die Bestie würde sich zeigen und sie angreifen. Doch das Biest ist nicht dumm; es geht mit großem Geschick und Bedacht vor und hat die Falle sofort gewittert. Statt sich auf die Lockvögel zu stürzen, ist die Bestie in dieser Nacht nur einen Steinwurf vom letzten Posten entfernt über ein vierzehnjähriges Mädchen hergefallen, das entgegen aller Vernunft hinausgegangen war, um sich die Sterne anzusehen, die in dieser Nacht so klar waren wie seit Jahrzehnten nicht." Seine Stimme wurde hart, als er sagte: „Wir fanden ihren Körper draußen bei den Stallungen, doch ihr Kopf lag dreißig Schritte weiter neben einem Futtertrog."

Falk schluckte trocken; sein Adamsapfel hüpfte.

„Die Bestie entkam so unbemerkt, wie sie gekommen war", fuhr Jahn leise fort, als fiele es ihm schwer, darüber zu sprechen. „Sie ließ kurz nach der Bluttat aber ein unheilvolles Heulen hören, so, als würde sie uns für unsere Naivität verspotten, und vielleicht tat sie sogar recht daran. Denn was wäre gewesen, wenn es uns wirklich gelungen wäre, die Bestie anzulocken? Vermutlich hätte es dann nur noch mehr Tote in Frauenkleidern gegeben. Denn egal, *was* sie Bestie auch ist, sie ist nicht nur groß, mächtig und gerissen, sondern nach allem, was man hört, auch unverwundbar."

Zara runzelte die Stirn. „Unverwundbar? Wie kommst du darauf?"

„Zwei Männer behaupten unabhängig voneinander, sie wären in den Wäldern zufällig auf die Bestie gestoßen und hätten auf sie geschossen, ebenso wie der Jäger, der dazukam, als die Bestie sein Opfer gerade zerriss. Alle sagen, sie hätten sorgsam gezielt, und jeder schwört, er hätte der Bestie mindestens eine Kugel verpasst, doch das Ungetüm ließ sich davon nicht aufhalten, und wir haben an den Stellen, an denen sich die Zwischenfälle ereigneten, auch keine Blutspuren gefunden oder überhaupt irgendwelche Spuren, die auf die Bestie hingewiesen hätten. Deshalb sind einige auch der Ansicht, diese Kreatur sei nicht von dieser Welt."

„Es gibt nichts außerhalb dieser Welt", sagte Zara unheilvoll. „Doch das ist auch gar nicht nötig. Denn glaub mir, das, was in dieser Welt lauert, reicht bereits vollauf, um deine schlimmsten Albträume wahr werden zu lassen."

„Mein schlimmster Albtraum *ist* bereits wahr geworden", entgegnete Jahn mit belegter Stimme. „Die Vierzehnjährige, die die Bestie vor einer Woche am Ortsrand von Moorbruch gemordet hat …" Er stockte, und seine Stimme klang dünn, als er fortfuhr: „Sie war meine jüngste Schwester. Ihr Name war Myra." Er brach ab, um zu verhindern, dass Tränen seine Worte trübten, doch Zara konnte seine Trauer beinahe körperlich spüren. Jetzt verstand sie, warum er so versessen darauf war, die Bestie zur Strecke zu bringen.

Er wollte Rache.

Rache für seine tote Schwester.

Rache für die anderen neun toten jungen Frauen.

Er wollte, dass in Moorbruch wieder die Normalität einkehrte und man sich nicht mehr fürchten musste, aus dem Haus zu gehen; dass Frauen und Kinder wieder sicher waren und das Morden endlich aufhörte. Aber das war noch nicht alles, wurde Zara klar. Da war noch etwas anderes, das sie vorhin schon bemerkt hatte, als Jahns Blick in die Ferne geschweift war, zu jenen, die er daheim zurückgelassen hatte, als er aufbrach, um Hilfe zu holen.

Auf einmal wusste sie, was es war.

„Wie heißt sie?“, fragte sie ungewohnt sanft.

Jahn antwortete nicht sofort. Es dauerte einen Augenblick, bis er seine Ängste soweit in den Griff bekommen hatte, dass er Zara wieder ansehen konnte. „Wanja“, sagte er, und die Art, wie er den Namen aussprach – so voller Gefühl und Hingabe –, machte deutlich, was er für sie empfand. „Wir sind verlobt.“ Voller Stolz hielt er seine linke Hand hoch und zeigte den schlichten Kupferring. „Sobald der Winter vorüber ist, wollen wir heiraten.“

„Ihr wird schon nichts passiert sein“, sagte Falk. „Mach dir keine Sorgen. Wir werden dafür sorgen, dass dieser Spuk so schnell vorüber ist, wie er begonnen hat, und niemand muss mehr sterben. Nicht wahr, Zara?“ Falk warf ihr einen eindringlichen Blick zu, der sie bat, ihm zuzustimmen, einfach, damit Jahn sich besser fühlte.

Doch Zara war keine Freundin von derlei Augenwischereien. Woher sollte sie wissen, ob Wanja wohlauf war? Jahn war nach eigenem Bekunden bereits seit zwei Tagen fort, und in dieser Zeit konnte alles Mögliche passiert sein.

Alles Mögliche …

Sie ließ Kjell ein paar schnelle Schritte vortraben, um Abstand zu den beiden jungen Männern zu gewinnen. Sie war sich nicht sicher, was sie von alldem halten sollte. Wenn sie ehrlich war, musste sie zugeben, dass Jahns Geschichte im besten Falle merkwürdig klang, ja, absurd geradezu. Eine Bestie, die eines Tages aus dem Nichts auftaucht, um jungen Frauen das Herz aus der Brust zu reißen … Ein Wolf, der sich immer dieselbe Art Opfer sucht und seinen verkleideten Häschern wie ein Geist entkommt, um sie zu verhöhnen … Eine Bestie, der Kugeln nichts anhaben können … Das klang alles recht seltsam, zumal Zara fast gänzlich ausschließen konnte, dass es sich um einen Wolf handelte, denn wenn sich in dem Gebiet um Moorbruch ein tollwütiger Wolf herumtrieb, dann wäre das Tier inzwischen längst an der Tollwut verendet, spätestens nach zehn Tagen. Doch die Bestie trieb ihr Unwesen schon länger als einen Monat. Das konnte nur zweierlei bedeuten: Entweder hatten sie es nicht mit einem tollwütigen Wolf zu tun – oder sie hatten es überhaupt nicht mit einem Wolf zu tun!

Aber wenn es kein Wolf war, was war die Bestie dann?

Zwar teilte Zara den Aberglauben nicht, dass es sich bei der Bestie um eine Kreatur aus einer anderen Welt handelte. Doch sie weilte inzwischen lange genug auf Ancarias Boden, um zu wissen, dass es weit mehr Dinge zwischen Himmel und Erde gab, als sich die Schulweisheit träumen ließ; sie selbst war dafür der beste Beweis.

Sie wurde in ihren Grübeleien unterbrochen, als Falk zu ihr aufschloss. „Was hältst du davon?“, fragte er. „Von dem unverwundbaren riesigen Ungeheuer aus einer anderen Welt? Ich meine, wer glaubt schon an Ungeheuer? Diese Tage sind längst vorbei.“ Vor ein paar Stunden noch hätte er die Frage wohl flapsiger formuliert, doch Zara nahm an, er fürchtete, Jahn könnte ihn hören und zurechtweisen, wenn er sich zu respektlos zu dem Thema äußerte.

Zara warf ihm einen unterkühlten Blick zu. „Bist du dir da so sicher?“

„Na, ja.“ Falk schob die Unterlippe vor. „Zumindest ist es ein Zeitalter her, dass man zuletzt einen Drachen in Ancaria gesehen hat, und auch die Dunkelelfen haben sich seit einem Jahrtausend nicht mehr blicken lassen. Und abgesehen von dem einen oder anderen Halsabschneider, der mir aus unerfindlichen Gründen an die Gurgel will, weil er meint, ich hätte ihn beim Spielen betrogen, wüsste ich nicht, dass es Ungeheuer gibt.“

„Ungeheuer können vielerlei Form und Gestalt haben“, sagte Zara. „Wer glaubt, dass Ungeheuer wie in Märchen aussehen und auf den ersten Blick zu erkennen sind, ist entweder ein Narr oder schwachsinnig.“ Sie sah Falk herausfordernd an. „Oder beides.“

Falk zog eine Grimasse, sagte jedoch nichts. Beleidigt ließ er sich wieder zurückfallen. Zara führte ihren Hengst weiter durch den Forst, gefolgt von Jahn, der mit düsterer Miene an all das Grauen dachte, das Moorbruch heimgesucht hatte. Vielleicht fragte er sich, was die anständigen, hart arbeitenden Menschen dort getan hatten, um so ein grausiges Schicksal zu verdienen, doch Zara wusste, dass solche Gedanken müßig waren. Leiden kann bloß, wer auch liebt, hatte einmal ein weiser Mann gesagt. Zaras Meinung nach war zu lieben vermutlich die größte Schwäche von allen. Andererseits war die Liebe auch der Quell der Hoffnung, die Saat, aus der alles Gute erwuchs. Ohne Liebe gab es keine Hoffnung, und wenn es keine Hoffnung mehr gab, verschwand die Grenze zwischen Gut und Böse und mit ihr alle Menschlichkeit.

Zara musste es wissen.

Auch dafür war sie der beste Beweis.

2. Teil

Moorbruch

Zwischen zwei Welten wandernd,
eine tot, die andere ohnmächtig, geboren zu werden.

Matthew Arnold, *The Grande Chartreuse*

X.

Die Reise durch den Dunkelforst währte zwei volle Tage, während derer sie zuweilen nicht recht zu sagen vermochten, ob es sich bei dem Licht, das hier und da in schrägen Strahlen durch das dichte Blätterdach der Bäume fiel, um Sonnenstrahlen oder Mondlicht handelte, so abgeschieden waren sie von der Welt außerhalb des Waldes. Nichts im Forst erinnerte daran, dass es jenseits der Bäume und Sträucher noch irgendetwas anderes gab, als wäre die ganze Welt nichts weiter als ein riesiger, nie enden wollender Wald, in dem Tag und Nacht eins wurden und der anbrechende Winter nur eine Legende war.

Eintönigkeit drückte auf die Gemüter. Wohin man auch schaute, alles sah gleich aus: Sträucher, Büsche und Bäume. Die Zeit kroch quälend langsam dahin. Minuten wurden zu Stunden, Stunden zu Tagen, und am Ende eines Tages hatte man das Gefühl, dass seit dem Morgen Äonen vergangen waren, die man mit gelangweiltem Nichtstun verbracht hatte. Das war vielleicht das Schlimmste daran: dieses Nichtstun, gegen das man nichts ausrichten konnte, und wenn in einem noch so viel Tatendrang steckte.

Während sie hintereinander dem Pfad nach Südosten folgten, wurde nur das Nötigste besprochen. Zweimal am Tag rasteten sie an kleinen Quellen oder Bachläufen, um die Pferde zu tränken, und abends schlugen sie am Wegesrand ihr Lager auf, um nicht nur den Pferden, sondern auch sich selbst ein wenig Schlaf zu gönnen. Bald war der Rest Brot aufgebraucht, doch Jahn war ein geschickter Jäger, und während am ersten Abend ihrer Reise eine weitere Waldschnepfe den Weg auf ihren Spieß fand, kehrte Jahn am zweiten Tag mit einem Burbur aus dem Dickicht zurück. Falk hatte diese großen, rattenähnlichen Säugetiere von der Größe eines Hundes noch nie gesehen, und die blasse, unbehaarte Haut des Säugers und der lange nackte Schwanz von der Dicke eines Fingers entlockten ihm ein angewidertes Keuchen. Jahn hackte der Kreatur den Kopf ab und spießte sie auf den Stock, um sie über dem Feuer zu braten, und am Ende obsiegte auch bei Falk der Hunger, und er schlang seine Portion gierig hinunter, überrascht, dass etwas, das so widerlich aussah, so munden konnte.

Der Winter war inzwischen endgültig über Ancaria hereingebrochen; auch wenn der Schnee nicht bis in den Wald fiel, Zara konnte ihn riechen, und gerade in den Nächten wurde es klirrend kalt.

Jahns Verletzungen heilten zusehends. Die geprellten Rippen bereiteten ihm zwar hin und wieder noch Probleme, wenn er sich falsch oder zu ruckartig bewegte, doch es würde nicht lange dauern, bis auch das aufhörte, und dann würden nur noch die Wunden in seiner Seele an sein Zusammentreffen mit den Wegelagerern erinnern. Doch diese Wunden, das wusste Zara aus eigener Erfahrung, waren die, die am längsten schmerzten. Was sie selbst anging, so waren ihre Verletzungen schon am ersten Tag vollends verheilt; nur zwei kleine kreisrunde Narben erinnerten an die Pfeile, die vor zwei Tagen noch fingertief in ihrem Fleisch gesteckt hatten. Auch, wenn sich ihre Begleiter darüber wundern mochten, es verlor niemand ein Wort darüber, und Zara war dankbar dafür.

Letzte Nacht, als sie nach dem Essen um ihr Feuer lagen, um ein paar Stunden zu schlafen, hatte Zara bemerkt, dass Jahn im Schutz seiner Decke leise betete; vermutlich nahm er an, sie und Falk würden tief und fest schlafen. Obwohl sie einige Meter weit weg lag und das Gebet des jungen Mannes kaum mehr als ein Flüstern unter dem leisen Rascheln der Blätter war, konnte Zara hören, was er sagte. Er bat darum, dass sein Gott seine geliebte Wanja bis zu seiner Rückkehr behüten und beschützen möge, dass seine Schwester im Tode ein besseres Leben führen würde als zu Lebzeiten – und dass Zara die Kraft haben würde, die Bestie zur Strecke zu bringen, um Moorbruch endlich wieder Frieden zu schenken.

Zara hatte sich mucksmäuschenstill verhalten und so getan, als würde sie schlafen, doch insgeheim hatte sie auf jedes Wort gelauscht, das über Jahns Lippen kam. Sie konnte sich nicht entsinnen, dass sie jemals irgendjemanden in ihr Nachtgebet eingeschlossen hatte, mal abgesehen von ihrer Mutter, und langsam aber sicher spürte sie immer stärker die Last der Verantwortung, die sie sich mit dieser Sache aufgeladen hatte. Jahn sah in ihr die Rettung für die Menschen von Moorbruch, und sie hatte keine Ahnung, ob sie dem gerecht werden konnte.

Moorbruch tauchte schließlich am Ende des zweiten Tages vor ihnen im trüben Schein der Abenddämmerung am Fuße eines Hügels auf. Jahn stieß ein erleichtertes Seufzen aus, froh, wieder zu Hause zu sein. Falk hingegen blinzelte verblüfft mit den Augen; Zara war sich nicht sicher, was er von dem Ort erwartet hatte, aber ganz offensichtlich nicht das, was sich da am Fuße des kleinen bewaldeten Hügels vor ihnen ausbreitete.

Moorbruch bestand aus vier Dutzend Häusern, Hütten, Gehöften und Gebäuden, die sich wahllos auf der Lichtung zwischen den Bäumen erstreckten, wie Farbkleckse, die ein Kind achtlos auf eine Tafel getupft hatte. Zumeist waren es schäbige, windschiefe Katen mit Dächern aus Schieferholz, einige mit einem kleinen Garten oder einem schäbigen Stall, doch es gab auch eine Hand voll ansehnlicherer, aus Bruchstein errichteter Gebäude mit leuchtend roten Ziegeldächern, die zwischen den einfachen Hütten seltsam fehl am Platz wirkten. Aus den Schornsteinen stiegen senkrecht Rauchfahnen in die graue Luft, und aus zahlreichen Fenstern viel Feuerschein auf den frisch gefallenen Schnee. Ein Bach lief durch den Ort, über den am Ortseingang eine steinerne Brücke führte.

Ein Labyrinth aus Trampelpfaden verband die Gebäude miteinander, und ein breiter Pfad aus fest gestampfter Erde verlief quer durch den Ort zur Kirche, die am hintersten Ortsrand direkt vor dem dunklen Hintergrund des Waldes aufragte. Es war kein Tempel, in dem man den Alten Göttern huldigte, sondern eines jener Gebäude, in denen der einzige Gott einer Religion verehrt wurde, die sich in Ancaria immer mehr ausbreitete und die sich um Gnade und Erlösung drehte. An die Kirche schloss sich ein kleiner Friedhof an, voller windschiefer Grabsteine und Kreuze, das Zeichen jenes Glaubens, dem die Moorbrucher offenbar mehrheitlich anhingen.

Rings um den weitläufigen Platz im Zentrum des Ortes, der von einem alten Steinbrunnen beherrscht wurde, staken Pechfackeln in der Erde, deren flackerndes Licht der im Stechschritt nahenden Nacht zu trotzen versuchte, während rußiger Qualm wie stinkender Nebel über den Platz zog. Lange Eiszapfen hingen von Querbalken und Dachsimsen, und Büsche und Sträucher waren zu weißer Pracht erstarrt.

Weit und breit war keine Menschenseele zu sehen, doch am Rande des vom Fackelschein erhellten Platzes stand ein großer, zweigeschossiger Steinbau mit spitz zulaufendem Giebel. Über der Tür baumelte ein Holzschild an zwei Eisenketten – ein Gasthaus, und gut besucht noch dazu, so schien es, denn hinter den Fenstern konnte Zara Schatten hin- und herhuschen sehen.

Ansonsten erinnerte Moorbruch an eine Geisterstadt; wären die Fackeln und das Licht hinter den Fenstern nicht gewesen, man hätte meinen können, die Menschen hätten dem Ort schon vor langer Zeit den Rücken gekehrt.

„Du liebe Güte", murmelte Falk so leise, dass Jahn ihn nicht hören konnte. Unwillkürlich schlug er seinen Mantelkragen höher, denn je näher sie dem Waldrand gekommen waren, desto kälter war es geworden, und jetzt biss ihnen die Kälte mit scharfen Zähnen ins Gesicht. „Das hier mag vielleicht nicht der Arsch der Welt sein, aber wenn nicht, dann ist es höchstens einen Furz davon entfernt …"

Zara brachte ihr Pferd neben denen ihrer beiden Begleiter zum Stehen und ließ den Blick über den Ort schweifen.

„Es sieht so friedlich aus", sagte Jahn neben ihr, und ein kleines Lächeln huschte über seine Züge. „Als hätte das Böse nie seine grausigen Pranken auf dieses Stück Erde gesetzt." Er deutete auf einen kleinen Hof am Ortsrand. „Dort drüben … da lebe ich zusammen mit meiner Schwester Ela, nachdem meine jüngste Schwester von der Bestie ermordet wurde. Es ist ein bescheidenes Heim, aber mein Zuhause, und was ich euch an Gastfreundschaft bieten kann, gebe ich gern."

Bevor Zara darauf etwas erwidern konnte, begannen die Kirchenglocken zu läuten; das tiefe, satte Dröhnen der Glocken wehte wie ein unheilvoller Willkommensgruß zu ihnen herüber – *Do-dong! Do-dong!* –, und schlagartig gefror Jahns Lächeln zu Eis.

„Die Glocken …", raunte er. „Es muss etwas passiert sein!"

Plötzlich gab es für den jungen Mann kein Halten mehr. Ohne ein weiteres Wort zu verlieren, trieb er dem Pferd die Hacken in die Flanke und preschte den verschneiten Hügel hinunter. Die Hufe des Gauls wirbelten Schnee und Erde auf, als Jahn das Pferd den Trampelpfad hinuntertrieb. Zara verdrehte ob seines Ungestüms die Augen, dann preschte sie Jahn hinterher nach Moorbruch, das durch das Glockenläuten unversehens zum Leben erwachte, denn auf einmal war der Ort erfüllt von reger Geschäftigkeit. Aus fast jedem Haus kamen Männer, Frauen und Kinder, viele notdürftig mit Äxten, Knüppeln und Heugabeln bewaffnet, und aus dem Gasthaus strömten ein Dutzend Herren in Amts- oder Jagdgarderobe, die offenbar gerade bei einem Umtrunk in der Schenke zusammengesessen hatten. Über alldem lag das dumpfe Dröhnen der Kirchenglocken, das laut und durchdringend durch die Dämmerung drang und Zara in den Ohren schmerzte, wie Hammerschläge auf einen Amboss, die ihr durch und durch gingen; wie Jahn, der sein Pferd in wildem Galopp auf die Ortschaft zutrieb, ahnte auch Zara, dass das Läuten der Glocken nichts Gutes zu bedeuten hatte.

Sie erreichte die ersten Häuser von Moorbruch nur Augenblicke nach Jahn, doch anders als dieser, der in gestrecktem Galopp den Hauptpfad entlangpreschte, auf die Schenke und den großen Platz im Zentrum des Ortes zu, zügelte Zara auf einmal ihren Hengst. Einen Moment lang hatte Falk den Eindruck, etwas in Zara sträube sich dagegen, in Moorbruch einzureiten, dann glaubte er den Grund für ihr Zögern zu erkennen; alle, an denen sie vorbeikamen, warfen ihnen skeptische Blicke zu, als sie durch das Spalier der Häuser gemächlich durch den Ort ritten. Dutzende verhärmter, vom Leben gezeichneter Gesichter mit eingefallenen Wangen, tief in den Höhlen liegenden Augen und blasser Haut musterten die Neuankömmlinge argwöhnisch, als Zara und Falk in einigem Abstand hinter Jahn her durch Moorbruch trabten, und hier und da bemerkte Falk, dass sich Männerhände fester um die Stiele ihrer Äxte und Knüppel schlossen, als befürchteten sie, die Fremden wollten ihnen Böses.

Falk fiel auf, dass Zara es vermied, irgendeinen Moorbrucher eingehender zu mustern oder den Menschen gar in die Gesichter zu sehen; anfangs dachte er, sie wolle vermeiden, die verängstigten Einwohner zu provozieren, indem sie sie anstarrte, doch dann kam er zu dem Schluss, dass das noch nicht alles war. Da war noch etwas anderes, etwas, das Zara auch am Ortsrand hatte zögern lassen; fast war es, als fühle sie sich unwohl, was jedoch angesichts der Hoffnung, die Jahn und damit die anderen Einwohner von Moorbruch in sie setzten, nur allzu verständlich war. Als er die Ortschaft so ruhig und friedlich am Fuß des Hügels liegen sah, hatte Falk einen Moment lang befürchtet, sie seien womöglich zu spät gekommen und der „Bürgerwehr“ sei es am Ende doch gelungen, die Bestie zu erlegen. Doch nun sah er all diese ängstlichen Minen, in denen die Furcht so klar und deutlich zu lesen stand wie Worte in einem Buch.

Die Bestie suchte Moorbruch noch immer heim.

Als sie auf den Platz vor der Schenke ritten, herrschte rings um sie reges Treiben. Die Menschen umringten die Reiter in gebührendem Abstand, doch statt dem heimgekehrten Jahn und seinen beiden Begleitern galt die Aufmerksamkeit vor allem dem schlaksigen jungen Burschen in dem weiten, verwaschenen Mantel, der vollkommen außer Atem den verschneiten Pfad von der Kirche heruntergelaufen kam; bei jedem Schritt wehten weiße Wölkchen aus seinem Mund, und als er nahe genug heran war, dass die Menschen ihn verstehen konnten, brüllte er, bemüht, das laute Dröhnen der Glocken zu übertonen: „Die Bestie! Am Weiher! Die Bestie hat wieder zugeschlagen!"

Ein furchtsames Raunen ging durch die versammelte Menge; insgeheim hatten wohl alle genau damit gerechnet, doch die Gewissheit versetzte ihnen dennoch einen Schock. Es war, als würde sich unvermittelt ein dunkler Schatten über den von Fackelschein erhellten Platz senken, der sich wie ein Schleier über das Antlitz jeder Frau, jedes Mannes und jedes Kindes legte und alle Lebensfreude zu erstricken drohte. Zwei oder drei Frauen begannen zu weinen, Kinder klammerten sich an ihre Mütter, und Väter legten beschützend die Arme um ihre jungen Töchter, denen das Entsetzen darüber, dass es wieder eine aus ihrer Mitte getroffen hatte, ebenso deutlich ins Gesicht geschrieben stand wie die Erleichterung, dass sie selbst ein weiteres Mal verschont geblieben waren.

Jahn preschte durch die Menge zur Schankstube, aus deren Tür ein schräger Balken Licht hinaus in den Schnee fiel. Die Einwohner von Moorbruch machten ihm Platz. Jahns Blick glitt suchend über die Gesichter der Versammelten, doch das, das er suchte, fand er zu seinem Leidwesen nicht, und das ließ ihn nur noch ungestümer werden. Mit einem Satz sprang er vor der Schenke vom Pferd, lief auf den Burschen in dem zerlumpten Mantel zu, packte ihn mit beiden Händen an den Schultern und schüttelte ihn heftig. „Was ist passiert? Wen hat die Bestie erwischt? Wer ist es? So sprich doch, Junge!" Seine Stimme bebte, und Panik funkelte in seinen Augen, als er sich unwillkürlich ausmalte, dass es Wanja war, die der Bestie diesmal zum Opfer gefallen war; dass er trotz aller Hast am Ende doch zu spät gekommen war.

Wenn er gehofft hatte, der Bursche könnte ihm die Furcht

nehmen, dann wurde Jahn enttäuscht. Völlig außer Atem, schüttelte er keuchend den Kopf. „Ich weiß es nicht. Ich sah nur vom Kirchturm aus das Opfer. Sie liegt drüben beim kleinen Weiher, völlig reglos.“ Er wies in die entsprechende Richtung, hektische rote Flecken auf den Wangen.

Jahn folgte seinem Finger mit den Augen und verlor keine Zeit. Er ließ von dem Burschen ab, sprang wieder auf sein Pferd und schoss durch die auseinander stiebende Menge davon, in Richtung Weiher, das Gesicht hart vor Sorge. Ohne auf seine Begleiter zu warten oder irgendjemanden ringsum auch nur eines Blickes zu würdigen, jagte er über den Platz, am Brunnen vorbei, in den Schatten der nächsten Häuser. Die Ungewissheit trieb ihn an.

Zara zog eine Grimasse. „Die Liebe“, murmelte sie abschätzig, „sie macht alle Menschen zu Idioten …“

„Außer die, die schon welche sind“, entgegnete Falk neben ihr. Er schnalzte mit der Zunge und trieb sein Pferd über den Platz, hinter Jahn her, der sich in gestrecktem Galopp in der Dämmerung entfernte, während die Glocken langsam zum Stillstand kamen und der Nachhall ihres Dröhnens hohl und kalt durch die eisige Luft wehte.

Do-dong … Do-dong …

Es waren Totenglocken.

XI.

Der kleine Weiher lag vielleicht einen Kilometer von Moorbruch entfernt, in einer flachen Senke am Waldrand, in der sich das Wasser in regnerischen Zeiten zu einem sumpfigen, morastigen Tümpel ansammelte. Doch jetzt war nur der Boden der Senke mit schlammigem, brackigem Wasser gefüllt, von dem ein moderiger Gestank ausging. Am schlammigen Ufer wuchsen Farne und Schilf, die in der Kälte der Dämmerung von einer glitzernden weißen Eisschicht überzogen waren, und auf dem Wasser lag ein dünner Eisfilm; bei diesen Temperaturen würde aus ihm in wenigen Tagen eine dicke Schicht werden.

Im flachen eisigen Wasser des Weihers, halb am schlammigen Ufer, lag die seltsam verdrehte Leiche einer Frau. Zuerst sah Zara beim Näherkommen bloß die leuchtend rote hüftlange Mähne, die wie ein Gespinst aus rotgoldenem Garn um den halb nackten Körper ausgebreitet war. Doch als sie näher kam und ein paar Schritte von der Leiche entfernt von ihrem Pferd stieg, um die Tote näher in Augenschein zu nehmen, hatte selbst die hartgesottene und mit allen Wassern gewaschene Zara alle Mühe, ein Stöhnen zu unterdrücken.

Die blicklosen Augen der Toten starrten hinauf zum wolkenverhangenen Himmel, und ihr Mund war zu einem stummen Schrei aufgerissen. Die Kehle war zerfetzt, und das Herz war ihr aus der Brust gerissen worden. Zähne und Klauen hatten das Kleid zerfetzt, so wie den Körper, der darin steckte. Offensichtlich lag die junge Frau, die vielleicht zwanzig Lenze alt sein mochte, bereits seit einigen Stunden hier, denn ihre porzellanweiße Haut war wie das Wasser mit einem hauchdünnen Eisfilm überzogen.

„O Gott“, raunte Jahn hinter Zara entsetzt, doch auch mit einem Hauch von Erleichterung in der Stimme, dass die Tote nicht seine geliebte Wanja war. „Das ist Ila, die Tochter des Schmieds …“

Während Zara neben der Toten in die Knie ging, stiegen hinter ihr auch Jahn und Falk von ihren Pferden, um näher zu treten. Falk sog heftig den Atem ein, und sein Adamsapfel hüpfte. Dann aber nahm er sich zusammen, trat vor und sank neben Zara in die Knie, die aufmerksam jeden Zentimeter der Leiche und des Bodens darum in Augenschein nahm. Ihr Blick war ernst und konzentriert, ihre Miene ausdruckslos; nichts ließ erkennen, was sie dachte.

Dann erhob sie sich und ging langsam um die Leiche herum, um die nähere Umgebung zu untersuchen. Ein Stück weiter, am Rand der Senke, hatten sich einige Einwohner von Moorbruch eingefunden, die mit bangen Gesichtern und vor den Mund geschlagenen Händen verfolgten, wie Zara mit zu Boden gerichtetem Blick am schlammigen, halb gefrorenen Ufer des Weihers entlangging, nach ein paar Schritten stehen blieb und ihren Blick über den nahen Waldrand schweifen ließ. Zwischen den Bäumen dräute unheilvolle Dunkelheit, eine Wand aus Bäumen und Büschen, die fast wie eine natürliche Barriere wirkte.

Falk trat neben Zara, das Gesicht starr vor Entsetzen. Der Anblick der Toten hatte ihm alle Schlagfertigkeit genommen. „Ich kann mir nicht helfen“, sagte er. „Ich bin natürlich kein

Fachmann, doch die Wunden dieses armen Geschöpfs scheinen mir viel zu groß zu sein, als dass sie von einem Wolf stammen könnten."

Zara nickte. „Die Bisswunden am Hals und am Brustkorb sind fast zwei Hand breit, und die Klauen sind durch ihr Fleisch gegangen wie Messer, immer fünf nebeneinander, mit einem Abstand, der auf eine gewaltige Pranke schließen lässt, mindestens doppelt so groß wie die eines normalen Wolfs, wenn nicht gar noch mehr."

„Ganz davon abgesehen, dass Wölfe keine fünf Krallen haben", sagte Falk, „sondern nur vier."

„Und auch keine fünf Zehen", sagte Zara.

Falk runzelte die Stirn. „Wie meinen?"

Zara deutete auf den schlammigen Boden am Ufer des Weihers, wo neben der Leiche deutliche Spuren im halb gefrorenen Schlamm zu sehen waren: tiefe, halb mit Wasser gefüllte Abdrücke einer Pfote mit fünf Krallen, größer als die gespreizte Hand eines Mannes. „Die Bestie hat nicht nur fünf Finger, sondern auch fünf Zehen, und wenn man die Tiefe und Größe dieser Fußabdrücke und die Größe der Bissspuren bedenkt …"

„… dann muss das Ding riesig sein", raunte Falk. „Mindestens so groß wie ein Mensch, aber um einiges schwerer." Er warf Zara einen besorgten Blick zu. „Das klingt ganz und gar nicht nach einem Wolf."

„Es ist kein Wolf", erklärte Zara und betrachtete die Spuren auf dem Boden. „Ich weiß nicht, was es ist, aber es ist mit Sicherheit kein Wolf." Sie hob den Kopf, als unversehens Hufgetrappel an ihr Ohr drang. Einen Augenblick später preschte ein vornehm gekleideter Herr mit edlem grauem Gehrock, wehendem Umhang und Amtsmütze auf seinem Pferd über den Rand der Senke. Ihm folgten zwei weitere Männern mit Gewehren, die Armeeuniformen trugen. Der Tross kam den Hügel hinunter, im Schlepp mehrere Einwohner von Moorbruch mit Pechfackeln.

Jahn bemerkte Zaras Blick, die die Neuankömmlinge aufmerksam musterte. „Das ist Reinhard von der Wehr", sagte er, „der Bürgermeister. Er ist einer der wichtigsten Männer hier in Moorbruch."

Zara brummte irgendetwas und verfolgte, wie der Bürgermeister näher preschte und erst am Ende der Senke sein Pferd zügelte.

„O Gott, nicht schon wieder!", stöhnte Reinhard von der Wehr, als er die Tote am Ufer liegen sah. „Bitte, nicht schon wieder!" Aufgebracht und aufgelöst trabte er zum Ufer und bedachte die Leiche vom Sattel seines Gauls aus mit einem traurigen Blick; seine kniehohen Lederstiefel in den Steigbügeln glänzten wie frisch poliert. „Ila, Ashmaniels Tochter." Er seufzte. „Der arme Kerl. Wenn er bislang nie einen echten Grund hatte, um zu saufen – jetzt hat er einen."

„Vielleicht solltet Ihr nicht so respektlos den Toten gegenüber sein, mein Herr", sagte Zara, die ein paar Schritte entfernt stand. „Stellt Euch vor, beim nächsten Mal ist es womöglich Eure Tochter, die dort liegt. Wärt Ihr dann auch so geschmacklos?"

Von der Wehrs Kopf ruckte zu Zara herum. Seine dunklen Augen unter den buschigen, fast zusammengewachsenen Brauen verengten sich zu argwöhnischen Schlitzen. „Was erlaubt Ihr Euch?", fuhr der Bürgermeister Zara an, und aus Entsetzen und Trauer wurde entrüstete Wut darüber, dass diese Fremde ihm nicht den Respekt entgegenbrachte, der ihm gebührte. „Ich kenne Euch nicht, und ich wüsste nicht, Euch um Eure Meinung gebeten zu haben. Wer seid Ihr?"

Bevor Zara antworten konnte, trat Jahn vor. „Das, werter Bürgermeister", sagte er beschwichtigend, „ist Zara. Sie ist auf meinen Wunsch hin gekommen. Sie wird uns von der Bestie befreien."

Der Bürgermeister starrte erst Jahn, dann Zara und dann wieder Jahn voller Unglauben an. *„Ein Weib?"*, knurrte er, und seine Stimme klang, als hätte er Mühe, das Wort auch nur hervorzustoßen. „Wir schicken dich mit all unserem Hab und Gut los, um jemanden zu holen, der imstande ist, die Bestie für uns zu erlegen, und du kommst mit einem *Weib* zurück?"

Jahn wich von der Wehrs Blick nicht aus. „Sie hat mir das Leben gerettet", sagte er. „Zwei Tagesritte von hier haben mich ein halbes Dutzend Gauner überfallen und wollten mich totschlagen. Sie wollten mir das Gold und mein Leben nehmen, doch dann kam sie und stellte sich den Schurken entgegen – keiner blieb am Leben."

Von der Wehr hob die linke Augenbraue. „Keiner blieb am Leben, sagst du?"

„Nicht einer", bestätigte Jahn.

Der Bürgermeister bedachte Zara mit einem abschätzigen Blick, musterte sie vom Fuß bis zum Scheitel und rümpfte die Nase. „Nun, Ihr seht nicht aus wie eine Jägerin", sagte er bedächtig. „Eure Gestalt ist schmal, Ihr seid jung, und auch wenn ich Jahns Wort Glauben schenke und Euch dafür danken muss, dass Ihr sein Leben und unser aller Gold gerettet habt, so bezweifle ich doch sehr, dass ein Weib wie Ihr imstande ist, das zu tun, wobei zwei Dutzend gut ausgebildeter Amtmänner und Jäger versagt haben. Ja, mehr noch: Ihr seht recht appetitlich aus, und die Bestie leckt sich die Lefzen nach hübschem jungen Fleisch wie Eurem. Also, vielleicht tätet Ihr besser daran, an den Herd zurückzukehren, um diese Sache hier uns zu überlassen?"

Die Kerle mit den Musketen lachten hämisch.

Zara ließ sich vom abwertenden Ton des Bürgermeisters nicht aus der Ruhe bringen. „Manchmal erfordert es dort eine Frau, wo Männer versagen“, sagte sie ruhig. „Eure Männer machen seit über einem Monat Jagd auf die Bestie, und Ihr selbst wisst am besten um ihre Unfähigkeit. Wäre es anders, wieso hättet ihr sonst Jahn losgeschickt, um aus Hohenmut Hilfe zu holen?“

Das Gelächter der beiden Kerle brach ab; ihre Mienen wurden finster, als Zara fortfuhr: „Die Bestie, von der ihr heimgesucht werdet, konnte euren Nachstellungen bislang erfolgreich entgehen, und sofern ihr in den letzten Tagen keine gravierenden neuen Erkenntnisse gewonnen habt, wisst ihr nicht mehr über das Ungetüm, als dass es immer zu Zeiten der Dämmerung zuschlägt, seinen Opfern die Herzen entreißt und ausschließlich Jagd auf Frauen macht, die noch dazu alle jung und hübsch sind – so wie ich. Also, warum belassen wir es nicht dabei, und ihr gebt mir die Aufgabe in die Hand. Und wer weiß, vielleicht wird gerade der Umstand, dass ich ein *Weib* bin, die Bestie eher zu Fall bringen, als ihr dieses arme Geschöpf zu Grabe getragen habt?“ Sie nickte in Richtung der Toten.

Der Bürgermeister schnalzte mit der Zunge. „Große Worte“, sagte er. „Doch große Worte sind nicht immer gleichbedeutend mit großem Mut und Geschick, zumal Ihr mir recht vorlaut scheint, keineswegs wie eine Dame.“ Er trabte auf dem Pferd neben der Leiche umher, ohne die Tote noch eines Blickes zu würdigen. Er ließ sich die Sache einen Moment lang durch den Kopf gehen, ehe ein kleines, wenn auch nichtsdestotrotz höchst unangemessenes Lächeln über seine Züge glitt. „Aber sei’s drum: Versucht Euer Glück! Wenn Ihr die Bestie innerhalb von zehn Tagen erlegt, ist Euch unser Dank gewiss; bis dahin jedoch habt Ihr wohl nichts dagegen, dass ich einen weiteren Boten nach Hohenmut entsende, um von Amts wegen weitere Hilfe anzufordern."

Zara zuckte mit den Schultern. „Was immer Euch beliebt, mein Herr."

„Ich gedenke, nichts anderes zu tun", erwiderte von der Wehr trotzig. Er packte die Zügel seines Pferdes fester. „Ihr und Euer stummer Begleiter könnt für die Dauer Eures Aufenthalts in Moorbruch Quartier im *Güldenen Tropfen* beziehen", erklärte er, während er das Pferd im Kreis herumführte, um den Hang der Senke wieder hinaufzutraben. „Ihr seht nicht aus, als ob Ihr übermäßigen Luxus gewohnt seid, daher werdet Ihr euch dort sicher wie zuhause fühlen."

Seine Begleiter lachten wieder, tief und gehässig, doch als Zara ihnen einen durchdringenden Blick zuwarf, verstummten sie schnell.

„Danke für Eure Gastfreundschaft", entgegnete Zara in Richtung von der Wehrs. „Wir nehmen Euer Angebot gern an."

„Wohlan, denn", sagte der Bürgermeister. Er trabte ein paar Schritte voraus, gefolgt von den beiden anderen Männern, ehe er sich noch einmal umdrehte und Jahns Blick suchte. „Wanja wird sich sicher freuen, dass du wohlbehalten zurückgekehrt bist." Ohne Jahns Antwort abzuwarten, wandte er sich um, schnalzte mit der Zunge und trieb das Pferd den Hügel hinauf, über den Rand der Senke. Zara sah ihnen angespannt nach. Einen Moment später waren Reinhard von der Wehr und seine beiden namenlosen Begleiter verschwunden. Dafür kamen die Moorbrucher den Hügel hinab zum Weiher, um sich der Toten anzunehmen; zwei ältliche Frauen in sackartigen Kleidern und mit groben Kopftüchern trugen eine Decke bei sich, die sie vorsichtig neben der Leiche entfalteten und ausbreiteten, um

Ila auf die Decke zu heben und darin einzurollen, was sich als schwieriges Unterfangen erwies, weil das Blut in ihrem Haar und auf ihrer zerfetzten Kleidung zu Eis gefroren und starr war.

Zara starrte auf die tote Frau zu ihren Füßen herab. „Ein Jammer“, murmelte sie, während die beiden Frauen Ilas Leiche in die Decke wickelten; weiter hinten rumpelten zwei Moorbrucher mit einem Karren heran, auf dem Ila ihre letzte Reise zum Friedhof antreten würde. „Sie war noch so jung; ihr ganzes Leben lag noch vor ihr. Sie hatte nicht einmal Gelegenheit, ihre Unschuld zu verlieren, bevor der Tod sie fand.“

Falk neben ihr runzelte die Stirn. „Woher zum Geier willst du wissen, dass sie noch unberührt war? Kannst du vielleicht hellsehen, oder was?“

Zara antwortete nicht. Was hätte sie ihm auch sagen sollen? Dass sie im wahrsten Sinne des Wortes *riechen* konnte, dass Ila noch unbeführt und rein war? Dass die Reinheit der Toten ihr wie ein schwacher blumiger Duft in die Nase gestiegen war?

Sie nahm nicht an, dass Falk ihr glauben würde, und sie hatte nicht vor, es ihm zu erklären. Also ging sie nach einem letzten traurigen Blick auf die sterblichen Überreste der jungen Frau, die – eingerollt in die Decke – von den beiden Moorbruchern vorsichtig auf den Karren gehoben wurde, zu Kjell und schwang sich in den Sattel. „Wir sollten unser Quartier beziehen und uns nach den Strapazen der letzten zwei Tage ein wenig entspannen, bevor wir uns morgen in aller Frühe auf die Jagd nach der Bestie machen.“

Falk nickte und saß auf, doch Jahn schüttelte den Kopf. „Ich komme später nach“, sagte er matt. „Ich werde Ila erst noch auf ihrer letzten Reise begleiten, und dann statte ich Wanja einen Besuch ab; wir haben uns schon viel zu lange nicht gesehen.“ Mit einem resignierten Seufzen sah er zu, wie jeder der beiden

Männer einen der Tragegriffe des Karrens packte und sich das hölzerne Gefährt mit seiner grausigen Fracht widerwillig in Bewegung setzte. „Armes, armes Ding“, murmelte er, von aufrichtigem Mitleid erfüllt. Und dann, trotziger: „Das muss endlich aufhören!“

„Deshalb sind wir hier“, sagte Zara entschlossen.

„Was ist mit ihrem Vater, dem Schmied?“, wollte Falk wissen. „Ich meine, weiß er es schon?“

„Das bezweifle ich“, brummte Jahn düster. „Ashmaniel verbringt seine Tage im Vollsuff. Meistens ist er so betrunken, dass er sich nicht einmal an seinen eigenen Namen erinnern kann, geschweige denn daran, dass er eine Tochter hat. Vermutlich sitzt er im *Güldenen Tropfen* und ersäuft seinen Frust in gutem Moorbrucher Whiskey.“

„Wie der Bürgermeister sagte“, meinte Falk lakonisch. „Jetzt hat er allen Grund dazu …“

xii.

Das Gasthaus *Zum güldenen Tropfen* verdankte seinen Namen dem beliebten Moorbrucher Whiskey, der sich dank seines einzigartigen erdigen Geschmacks, der auf das Moorwasser zurückzuführen war, weit über die Grenzen dieser kargen Region hinaus großer Beliebtheit erfreute. Allerdings lagen die Zeiten, in denen sich die Bewohner von Moorbruch diesen edlen Tropfen selbst leisten konnten, lange zurück. Heute konnten die Menschen in Moorbruch von Glück sagen, wenn sie sich mit dem billigen Fusel betrinken konnten, den Jorgen, der Wirt, im Keller des Gasthauses aus allem zusammenpanschte, was er in die Finger bekam. Es ging das Gerücht, dass mindestens zwei Gäste durch Jorgens Fusel ihr Augenlicht eingebüßt hatten, und bei einem Dutzend weiterer Gäste hatte im Laufe der Zeit offenbar die Manneskraft unter dem Einfluss des Alkohols nachgelassen – zumindest beklagte sich darüber so manches Eheweib. Doch in Zeiten wie diesen, in denen die Angst einem zum ständigen Gefährten wurde und man unwillkürlich einen Blick über die Schulter warf, wenn man keine Wand im Rücken hatte, war der Drang zu vergessen größer als die Furcht vor unerwünschten Nebenwirkungen, und so ging es in der einzigen Schankstube im Ort seit einigen Wochen allabendlich hoch her.

So auch heute.

Eine Stunde war es her, dass Zara und Falk Jahn beim Weiher

zurückgelassen und im *Güldenen Tropfen* Quartier bezogen hatten. Als sie nun die knarzende Stiege ins Erdgeschoss herunterkamen und die Tür zum Schankraum öffneten, schlug ihnen ein Schwall abgestandener, nach Rauch und Schweiß riechender warmer Luft entgegen. Sie hüllte die beiden ein wie eine unsichtbare Decke, sobald sie über die Schwelle traten. Stickige, stinkende Schwüle, geschwängert vom klammen Geruch feuchter Kleidung, herrschte in dem völlig überfüllten Raum, in dem jeder Tisch, jeder freie Stuhl und jeder Thekenplatz besetzt war. Das stete Gewirr von Dutzenden aufgeregter Stimmen wurde hin und wieder übertönt von lauten Zwischenrufen oder ärgerlichen Flüchen. Gelächter war hier fehl am Platze. Dafür waren die Verzweiflung, die Wut und die Trauer der Gäste so allgegenwärtig, dass sie Zara fast erstickten, als sie die Tür hinter sich schloss und sich nach einem freien Platz umsah. Die rund fünfzig Männer, die sich in dem kleinen Schankraum mit der wuchtigen, verkratzten Eichenholztheke und dem offenen Kamin drängten, belegten fast jeden freien Zentimeter der Kammer. Nur am Tisch eines Mannes, der reglos zusammengesackt dahockte, den Kopf auf die schmierige Tischplatte gesunken, in der Hand noch die letzte Flasche Fusel, waren zwei Plätze frei.

Zara und Falk bahnten sich ihren Weg durch die dicht gedrängte, zechende und palavernde Menge und zogen Dutzende ebenso neugieriger wie argwöhnischer Blicke auf sich. Mehrere Männer beugten sich tuschelnd zueinander oder wechselten einige rasche Worte mit dem Wirt Jorgen, der Zara immer wieder verstohlen ansah, während er mit den Gästen an der Theke sprach. Als Jorgen ihnen vorhin ihr Quartier gezeigt hatte – ein schlichtes Gesindezimmer unterm Dach mit zwei halb durchgelegenen Betten, einer Kommode und einem Stuhl mit

Waschschüssel in der Ecke –, hatte er kaum ein Wort über die Lippen gebracht, doch jetzt stand sein Mundwerk kaum still. Wahrscheinlich wusste dank ihm bereits jeder in der Gaststube, wer Zara war und was sie hier wollte. Ihr konnte das nur recht sein; auf diese Weise war sie nicht gezwungen, irgendwelche lästigen Fragen zu beantworten.

Unter den aufmerksamen, wenn auch verstohlenen Blicken der anderen Gäste drängelten sich Zara und Falk zu dem Ecktisch durch und ließen sich auf die beiden freien Stühle links und rechts neben dem Betrunkenen sinken, der unangenehm nach Anis, Schwefel und Rauch roch. Sein kahler, leberfleckiger Hinterkopf verriet, dass der Bursche seine besten Jahre bereits seit einer ganzen Weile hinter sich hatte.

Zara rückte ihren Stuhl zurecht, sodass sie den Schankraum gut im Blick hatte. Weiter hinten in der Schankstube, gegenüber der Theke, befand sich eine Art Nische, die sie von hier aus nicht einsehen konnte, doch sonst blieb ihr nichts verborgen. Von den Männern, die sich in dem Schankraum drängten, Gläser und wuchtige Tonkrüge in den Händen, die Wangen gerötet, die Augen glasig vom Alkohol, hatte sie einige bereits bei ihrer Ankunft in Moorbruch gesehen; die meisten waren Torfstecher und Bauern, doch unter all den groben Leinenkleidern und Umhängen fanden sich hier und da auch Gewänder aus feinerem Zwirn und mit Goldfaden bestickte Röcke. Im ersten Moment schien keine einzige Frau unter den Gästen zu sein, doch dann erkannte sie ihren Irrtum; es waren *sehr wohl* mehrere junge Frauen anwesend, bloß hatte Zara sie aufgrund der klobigen Stiefel und weiten, groben Jacken, die sie trugen, auf den ersten Blick für Männer gehalten, und ihr wurde klar, dass das Absicht war: Indem sich die Frauen als Männer verkleideten, hofften sie, die Bestie zu täuschen. Doch Zara bezweifelte, dass solch plumpe Maskerade half; das Ungetüm war ja auch nicht auf die als Frauen verkleideten Jäger hereingefallen.

Die Bestie sprang nicht auf optische Reize an.

Wie bei allen Raubtieren war es der Geruch, der sie anlockte.

Der Geruch einer Frau, der so ganz anders war als der eines Mannes und von allen Männerkleidern dieser Welt nicht überdeckt werden konnte …

Fünf Minuten saßen Zara und Falk schweigend an dem Ecktisch und warteten darauf, dass jemand kam, um sie zu bedienen. Als der Wirt keinerlei Anstalten machte, sein Schwätzchen am Tresen zu unterbrechen und zu ihnen zu kommen, nahm Falk die Sache selbst in die Hand, oder besser: dem Betrunkenen, der zwischen ihnen schnarchte, *aus* der Hand. Er griff sich die Flasche des Trunkenbolds, was der Kerl mit einem verschlafenen Brummen quittierte, schnappte sich vom Nachbartisch, wo drei bärtige Männer ohne Begeisterung Karten spielten, ungefragt zwei umgedrehte, benutzte Schnapsgläser, goss jeweils zwei Finger breit Fusel ein und schob Zara eines der Gläser zu. Ihm war bewusst, dass ihn alle Umsitzenden anstarrten, doch davon ließ Falk sich nicht aus der Ruhe bringen. Er hob sein Glas, nickte Zara prostend zu, kippte den Whiskey mit einem Zug hinunter und knallte das Glas demonstrativ auf den Tisch, während sich der Whiskey warm und brennend seinen Weg durch seine Eingeweide bahnte.

„Ah", seufzte er zufrieden, „es geht doch nichts über einen guten Tropfen in geselliger Runde. Stimmt's nicht, Leute?" Er schaute sich provozierend um, doch die umsitzenden Männer und Frauen wandten unisono den Blick ab; stumme Feindseligkeit lag in der Luft. Das spornte Falk erst richtig an. Er goss sich einen zweiten Whiskey ein, hob das Glas und toastete den anderen Gästen mit lauter Stimme zu: „Auf euch, die ihr nicht einmal genug Höflichkeit besitzt, zusammen mit zwei Fremden zu trinken, die gekommen sind, um eure Frauen und Töchter zu retten." Er kippte den Whiskey hinunter, knallte das Glas ebenso wuchtig auf den Tisch wie zuvor und grinste trotzig. Doch wenn er gehofft hatte, die Anwesenden damit aus der Reserve zu locken, irrte er. Seine Provokation ging ins Leere; niemand sprang auf, um Falk für seinen Affront zurechtzuweisen oder ihm die Seele aus dem Leib zu prügeln. Die anderen Gäste starrten einfach nur weiter teilnahmslos in ihre Gläser, in ihre geflüsterten Gespräche vertieft, die sich zwar alle um die seltsame Fremde mit dem langen schwarzen Haar und den Herumtreiber drehten, doch für den Quell ihres Interesses hatte niemand ein Wort übrig, egal, ob zornig oder sonst wie. Es war, als wollte niemand etwas mit ihnen zu tun haben.

Falk schien diese stillschweigende, eisige Ablehnung näher zu gehen, als er sich selbst eingestehen wollte, doch Zara war dankbar dafür. Sie war nicht hier, um sinnlose Konversation zu machen oder Freundschaften zu schließen, und es interessierte sie nicht, was die Menschen hier über sie dachten. Alles, was sie wollte, war, die Aufgabe erledigen, wegen der sie hier waren, um danach so schnell wie möglich wieder zu verschwinden. Vor zwei Stunden, als sie in den Ort eingeritten waren, hatte Falk das Gefühl gehabt, Zara fühle sich in Moorbruch unwohl, und damit lag er verdammt richtig. Alles hier – die Häuser, die Menschen, der markante Moor- und Tannengeruch, der von den umliegenden Wäldern ausging – verursachte Zara Unwohlsein. Nicht, weil die Bestie in diesem Gebiet umging, sondern weil ihr alles so entsetzlich *vertraut* erschien. Wie bei einem dieser Déjà-vus, bei denen man das Gefühl hat, man hätte das eben Geschehene und Erlebte in gleicher Weise schon einmal gesehen und erlebt.

Doch dies hier war kein Déjà-vu.

Zara *war* schon einmal hier gewesen, vor langer Zeit. Und sie hatte Angst, dass einer der Einwohner sie erkannte, auch wenn wahrscheinlich niemand mehr am Leben war, der sich an sie erinnern konnte, denn seitdem hatte sich das Rad der Zeit unbarmherzig weitergedreht.

Nachdenklich ergriff Zara ihr Glas und spülte den Whiskey mit zwei Zügen herunter, während Falk versuchte, sich seine Enttäuschung über die Ignoranz der anderen Gäste nicht anmerken zu lassen. Einen Moment lang sah er so aus, als wolle er einen dritten Versuch starten, doch schließlich nahm er davon Abstand. „Dummes, undankbares Pack", murmelte er stattdessen, schenkte sich so schwungvoll einen weiteren Drink ein, dass ein Teil des goldfarbenen Gebräus auf die Tischplatte schwappte, und kippte den Whiskey mit weit in den Nacken gelegtem Kopf hinunter, um sodann das Gesicht zu verziehen. „Ein widerliches Zeug", brummte er zornig. „So wie alles in diesem elenden Kaff …"

Wie um seine Worte Lügen zu strafen, wurde in diesem Moment die Tür zur Schankstube geöffnet, und eine Gestalt in einem weiten Wintermantel mit Kapuze trat herein, Schnee auf den Schultern, das Gesicht im Schatten der Kapuze verborgen. Doch dann schlug die Gestalt die Kapuze mit beiden Händen zurück, und das hübsche Gesicht einer jungen Frau von vielleicht zwanzig Lenzen kam zum Vorschein, die Wangen gerötet von der kalten Luft draußen. Während sie sich den Schnee von den Stiefeln klopfte, trat Jahn hinter ihr ein, schloss die Tür hinter sich und rieb fröstelnd die Hände aneinander, während er sich suchend im Schankraum umsah. Als er Zara und Falk in der Ecke erblickte, berührte er die junge Frau am Arm und wies in die entsprechende Richtung. Sie folgte Jahn durch den überfüllten Schankraum zum Tisch in der Ecke, wo Falk hastig aufsprang und unbeholfen mit einer Hand durch sein dichtes, zerzaustes Haar fuhr, in der vergeblichen Hoffnung, die Locken zu bändigen. So schnell, wie sein Zorn auf Moorbruch eben gekommen war, war er beim Anblick der jungen Frau nun verfolgen. Er stand da und hatte, so schien es, alle Mühe, seine Kinnlade oben zu halten, während das Pärchen neben dem Tisch stehen blieb und Jahn in einer halb beschützenden, halb besitzergreifenden Geste den Arm locker um die Taille der jungen Frau legte, die nervös von einem Fuß auf den anderen trat, die Finger ineinander verknotet. Zara kam sie vor wie ein scheues Reh; kein Wunder, dass ihr schüchternes Auftreten Jahns Beschützerinstinkt weckte.

„Das", sagte Jahn, und der Stolz in seiner Stimme war nicht zu überhören, „ist Wanja – meine Verlobte." Er stellte der jungen Frau an seiner Seite nacheinander erst Zara und dann Falk vor, und es fiel Falk nicht schwer, zu begreifen, warum Jahn so vernarrt in dieses Mädchen war.

Wanja war keine Schönheit im klassischen Sinne, wie man sie zu Dutzenden am Hof von Hohenmut fand, sondern ein Mädchen mit einer natürlichen, bodenständigen Ausstrahlung bar jeder Eitelkeit. Das hübsche Gesicht mit der kleinen, sommersprossigen Stupsnase und den großen grünen Smaragdaugen verlieh ihr einen mädchenhaften Charme; das lange goldfarbene Haar fiel ihr in geschwungenen Wellen um die Schultern.

Als sie neben dem Tisch stehen blieb und ein kleines Begrüßungslächeln über ihr Gesicht glitt, war es, als würde die Sonne aufgehen. Falk konnte nicht anders, als Jahn im Stillen zu verfluchen. Was für ein verdammter Glückspilz er war, so eine Frau an seiner Seite zu haben!

Wanja trat unruhig von einem Fuß auf den anderen. „Ich kann Euch gar nicht sagen, wie dankbar ich Euch bin für das, was Ihr für meinen Verlobten getan habt“, sagte sie mit scheu gesenktem Blick, als hätte sie Angst, Zara und Falk direkt in die Augen zu schauen. „Ohne Euch wäre er jetzt tot, und ich wüsste nicht, wie ich weiterleben könnte ohne ihn.“

Bevor Zara darauf irgendetwas erwidern konnte, trat Falk eifrig einen Schritt vor und winkte ab. „Ach, nicht der Rede wert“, sagte er großmütig. „Als wir sahen, wie diese üblen Schläger dem armen Jahn zusetzten, war es für uns keine Frage, einzuschreiten, bevor er bleibenden Schaden erlitt. Auch wenn das in diesen schweren Zeiten nicht jeder von sich behaupten kann: Wir sorgen uns um das Wohl unserer Mitmenschen. Nicht wahr, Zara?“

Zara warf Falk einen durchdringenden Blick zu, doch der nahm sie kaum wahr; seine Aufmerksamkeit galt ganz der hübschen jungen Frau vor ihm, die ihm ein freundliches, schüchternes Lächeln schenkte. „Mein Dank ist Euch gewiss, werter Herr“, sagte sie mit dieser sanften, melodischen Stimme, die Falk unwillkürlich an ein feines mascarellisches Windspiel erinnerte, durch das eine sanfte Brise strich. Dann wandte sie sich Zara zu, und das, was die Ritterin in den großen grünen Augen der jungen Frau sah, waren Dankbarkeit, Respekt und – Angst. Wanja versuchte mit aller Macht, sich ihre Furcht vor der Frau vor ihr nicht anmerken zu lassen, doch diese Furcht war da, so greifbar wie das Glas in Zaras Hand. „Jahn hat mir berichtet, wie ihr ihn ganz allein vor diesen Halsabschneidern gerettet habt. Er ist Euch dankbar, dass Ihr hierher gekommen seid, um uns zu helfen, so wie alle hier Euch dankbar sind.“

Falk schnaubte verächtlich und warf einen Blick in die Runde; es schien, als wären die Gespräche, seit Jahn und Wanja hereingekommen waren, leiser geworden und die Ohren der Anwesenden größer, doch niemand wagte es, sie offen anzuschauen. „Nun, wenn dem so ist, dann verstehen es die meisten Moorbrucher großartig, diese Dankbarkeit für sich zu behalten."

„Ihr dürft ihnen ihre Zurückhaltung nicht übel nehmen, Herr", sagte Wanja in beschwichtigendem Ton. „Normalerweise sind die Menschen hier herzlich, gütig und voller Gastfreundschaft, doch seit …" Sie zögerte einen Moment, suchte nach den richtigen Worten. „Seit die Bestie uns heimsucht, hat sich in Moorbruch vieles geändert. Türen, die sonst stets offen standen, bleiben nun verschlossen; niemand lächelt mehr oder hat für jemand anderen ein freundliches Wort; jeder, der noch kein Familienmitglied durch die Bestie verloren hat, wird mit Argwohn betrachtet, als stecke er mit dem Ungeheuer unter einer Decke. Furcht, Trauer und Verzweiflung rauben den Menschen ihren Lebensmut, wie eine schleichende Krankheit, die von Tag zu Tag mehr um sich greift und Moorbruch Stück für Stück abtötet." Ihre Stimme zitterte, und ihre Lippen bebten. Zara konnte es ihr nicht verübeln; sie musste mit ansehen, wie ihr Leben und alles, was sie bislang dafür gehalten hatte, mit jeder weiteren Toten hinfortgerissen wurde wie ein Stück Treibholz in einem reißenden Strom. Da war ihre Verzweiflung nur allzu verständlich, nur allzu … *menschlich.*

Zara sah der jungen Frau tief in die Augen und sagte „Wenn die Bestie eine Krankheit ist, bin ich die Arznei!"

Einen langen Moment sahen sich die beiden so unterschiedlichen Frauen an, dann trat Falk vor und rückte Wanja seinen Stuhl zurecht. „Wollt Ihr Euch nicht setzen, Mademoiselle? Standhaft zu sein ist zwar eine Tugend, doch zuweilen ist sündigen die bessere Wahl." Er lächelte keck, obwohl er sich alle

Mühe gab, einen guten Eindruck zu machen – zu wirken wie der Gentleman, der er nie gewesen war und wohl nie sein würde.

„Danke.“ Während Wanja mit einem dankbaren Lächeln Platz nahm, zog Falk unauffällig Jahn zur Seite. „Du lieber Himmel“, raunte er ihm ins Ohr. „Du bist ein glückliches Schwein …“ Er hatte Mühe, seine Augen von Wanja zu lassen. „Deine Liebste hat nicht zufällig eine Schwester?“

Vielleicht zum ersten Mal, seit sie sich vor drei Tagen im Wald getroffen hatten, grinste Jahn. „Du hast Glück. Da kommt sie gerade …“

Mit diesen Worten deutete er hinüber zur Tür der Gaststube, die in diesem Moment aufschwang und neben einem Schwall kalter Luft Bürgermeister Reinhard von der Wehr in den Schankraum spie, an seiner Seite ein junges Mädchen, das Wanja wie aus dem Gesicht geschnitten war, nur dass sie noch einige Winter weniger erlebt zu haben schien als ihre große Schwester.

„Das“, sagte Jahn, während Falk mit offenem Mund verfolgte, wie der Bürgermeister seine jüngste Tochter in den Raum geleitete, „ist Anna.“

„Beim heiligen Bimbam“, raunte Falk, „ist hier irgendwo ein Nest?“

Jahn wiegte den Kopf. „Die Schönheit kommt von ihrer beider Mutter, die leider vor einigen Wintern viel zu früh von uns gegangen ist.“

Zara hatte gute Ohren und das Gespräch der beiden jungen Männer trotz des Lärmpegels in der Gaststube verfolgen können. Sie sah Wanja an. „Dann bist du die Tochter des Bürgermeisters?“

Wanja nickte. „Die Älteste. Meine Schwester Anna ist vier Jahre jünger.“

Jetzt ließ der Bürgermeister seinen Blick durch den Raum schweifen und sah Zara zusammen mit Wanja in der Ecke sitzen. Er schenkte Wanja ein kleines, kühles Lächeln und nickte Zara zu. Auch Anna sah ihre Schwester mit den Fremden in der Ecke sitzen, doch im Gegensatz zum Lächeln ihres Vaters war ihres offen und ehrlich. Sie winkte Wanja, ehe sie tuschelnd ein paar Worte mit ihrem Vater wechselte und dann zu ihrem Tisch kam, während von der Wehr, begleitet von respektvollem Händeschütteln und Schulterklopfen, zur Nische gegenüber der Theke ging, die man von hier aus nicht einsehen konnte.

Dann stand Anna vor Zaras Tisch, eine schlanke Siebzehnjährige in einem weiten Mantel, das flachsblonde Haar hinter dem Kopf zu einem Pferdeschwanz zusammengebunden und mit dem gleichen offenen Lächeln gesegnet wie Wanja. Trotzdem schien sie aus anderem Holz geschnitzt als ihre Schwester, als sie jeden von ihnen der Reihe nach ansah und sagte: „Was muss eine junge Frau machen, um hier etwas Anständiges zu trinken zu kriegen?“

„Anna!“, entrüstete sich Wanja. „Was soll denn das?“

Anna warf ihrer Schwester einen trotzigen Blick zu. „Was schon? Nüchtern kann dieses Elend kein Mensch ertragen.“ Sie sah Falk herausfordernd an. „Also, was ist, Fremder?“

Falk hob die Augenbrauen und schluckte seine Überraschung herunter. Keine Frage, Anna und Wanja mochten sich sehr ähnlich *sehen*, doch im Innern waren sie so verschieden, wie man es sich nur denken konnte – die eine schüchtern und zurückhaltend, die andere vorlaut bis zur Unhöflichkeit. Er zog ihr einen freien Stuhl heran, schenkte ihr ein Glas mit Schnaps voll und hielt es ihr hin. „Auf Euer Wohl, junge Dame.“

Anna nahm das Glas und kippte es in einem Zug hinunter, ohne mit der Wimper zu zucken. Dabei ließ sie Falk nicht aus den Augen, als wolle sie ihm damit imponieren, dass sich ihr bei diesem billigen Fusel nicht die Fußnägel aufrollten. Sie ließ das leere Glas langsam sinken. „In diesen Tagen gibt es nicht viel, wofür man den Alten Göttern dankbar sein könnte“, sagte sie, „außer für eins: dass sie uns den Schnaps geben, der nötig ist, um dieses Elend tagaus, tagein zu überstehen.“ Sie hielt Falk auffordernd das leere Glas hin.

Während Falk ihr widerwillig nachschenkte, blickte Anna in die Runde. „Ihr beiden seid also die, die gekommen sind, um uns von dem Übel zu befreien?“ Der unterschwellige Spott in ihrer Stimme war nur teilweise auf den Alkohol zurückzuführen, der durch ihre Blutbahnen zirkulierte. „Ihr seht gar nicht aus wie große Retter!“

„Das liegt vielleicht daran, dass wir noch neu in diesem Gewerbe sind“, gab Falk lakonisch zurück. „Aber wir werden die Bestie schon erledigen.“

„Keine Frage“, erwiderte Anna sarkastisch. Da Falk ihr noch immer nicht nachgeschenkt hatte, griff sie nun selbst nach der Flasche und füllte ihr Glas bis zum Rand. „Und wenn ihr mit dem Ungetüm fertig seid, könnt ihr euch ja auch gleich noch um den ganzen anderen Abschaum in diesem Kaff kümmern, an dem die Bestie leider kein Interesse hat.“

„Anna!“, raunte Wanja, ehrlich entsetzt. „Hör dich nur reden!“

Annas Kopf ruckte herum wie der einer angreifenden Schlange, und plötzlich funkelte kaum verhohlene Wut in ihren Augen. „Stimmt doch!“, blaffte sie. „Alle tun plötzlich so, als wären wir eine Gemeinschaft, eine große *Familie*, in der jeder auf jeden zählen kann. Aber letzten Endes ist noch immer alles genauso wie früher, bevor die Bestie kam: Nach außen hin zeigen sie Anteilnahme und Trauer und legen sich gegenseitig die

Hand auf die Schultern, aber insgeheim ist jedes der Weibsbilder froh, wenn es eine andere und nicht sie selbst erwischt, und jeder Vater betet jeden Abend darum, dass die Bestie beim nächsten Mal über die Tochter seines Nachbarn herfällt und nicht über seine eigene!“

Wanja holte tief Luft, um ihre Schwester in die Schranken zu weisen – auch wenn sie vermutlich wusste, dass Anna Recht hatte –, doch bevor sie dazu kam, war aus der Nische gegenüber der Theke mit einem Mal eine dröhnende Baritonstimme zu hören, so laut, dass sie das Stimmengewirr im Schankraum übertönte, tief und durchdringend, fast so wie das Dröhnen der Glocken, das bei ihrer Ankunft über Moorbruch zu ihnen herübergeweht war. Und einen Moment später zeigte sich, dass dieser Vergleich recht treffend war.

„Und ich sage Euch, dieses Monster ist eine Strafe Gottes! Gott, der einzige Herr, hat sie uns geschickt, um uns zu prüfen und uns zu läutern, und wenn wir den Herrn nicht besänftigen, wird das Ungeheuer *uns alle* holen, einen nach dem anderen! Ja, verdammt, *uns alle*, bis Moorbruch ausgestorben ist! Das ist der Wille des Herrn! Hallelujah, sag ich!“

Schlagartig wurde es im Schankraum mucksmäuschenstill. Alle Köpfe ruckten zu der Nische herum, aus der nun ein hoch gewachsener, breitschultriger Mann in einem schlichten lilafarbenen Priestertalar trat, der Kragen wie ein blütenweißer Ring um seinen fleischigen Hals. Um die Hüfte des Talars lief ein dünner Gürtel aus Goldfäden, und auch der Saum des Priesterrocks war mit goldenen Insignien bestickt.

Es handelte sich um einen Priester jener Religion, die nur einen Gott kannte, den Gott der Liebe und der Gnade. Eine Religion der Erlösung, die sich in Ancaria immer mehr verbreitete und die Alten Götter in vielen Landstrichen nahezu gänzlich verdrängt hatte. Dass die Menschen in Moorbruch Anhänger dieses Glaubens waren, hatte Zara bereits erkannt, als sie das Geläut der Kirche vernommen und auf dem Friedhof die Kreuze gesehen hatte.

Das Gesicht des Priesters war pausbäckig und von zu viel gutem Wein und fettem Essen aufgequollen, der Schädel bis auf die Kopfhaut kahl geschoren. Aus dem Tonkrug, den er in der linken Hand schwenkte, schwappte schaumiges Bier, als der Priester in die Mitte des Raumes taumelte und mit wilden, funkelnden Augen um sich starrte; offenbar hatte er heute bereits mehr als einen Humpen genossen. Sein schneidender Blick glitt von einem zum anderen, und nicht wenige der Anwesenden wichen vorsorglich einen Schritt zurück, als sie der Blick des Glaubensmannes traf.

„Das ist Salieri, der Priester hier“, raunte Jahn leise.

Salieri blieb schwankend in der Mitte des Schankraums stehen, den Bierkrug in der Hand. „Der Mensch“, grollte der Priester düster und mit leiserer Stimme als zuvor, „ist schwach. Der Herr schuf uns dereinst nach Seinem Angesicht, doch nur äußerlich, denn in uns“, hierbei schlug er sich mit der freien Hand an die Brust, „in uns sieht es anders aus. Unsere Seelen sind Mördergruben, so schwarz wie die tiefsten Tiefen der Hölle. Neid, Missgunst, Arroganz, Hochmut, Ehebruch, Lug, Betrug, Zorn, Trägheit, Geiz, Völlerei und Wollust …“ Bei jeder Sünde, die er aufzählte, starrte er einen anderen der Männer im Schankraum an, die unwillkürlich vor diesem gewaltigen, rechtschaffenen Stier im Gewand Gottes einen Schritt zurückwichen. „Keiner in unserer Mitte ist mehr ohne Schuld. Wir haben seine Schöpfung korrumpiert, sie so weit erniedrigt, dass *keiner* unter uns mehr imstande ist, den ersten Stein zu werfen, und genau deshalb, ihr Sünder“, jetzt ging er mit ausgestrecktem Zeigefinger von einem zum anderen und starrte jedem durchdringend in die Augen, „genau deshalb hat Gott uns die Bestie geschickt – um uns zu läutern; um uns zu zeigen, wie falsch und selbstgefällig unser Tun und Handeln ist und dass wir verdammt sind, wenn wir unsere Fehler nicht erkennen und wieder auf den Pfad der Tugend zurückkehren. Die Bestie ist hier, um uns für unsere Sünden zu bestrafen, um uns wieder Demut vor Gott zu lehren, und egal, wie sehr wir ihre Taten auch verabscheuen und versuchen, das Ungetüm zu töten, uns wird kein Erfolg beschieden sein, denn die Bestie ist nicht von dieser Welt; sie ist Gottes Instrument der Bestrafung, und solange wir unsere Strafe nicht in vollem Umfang erhalten haben, ist das Biest für unsere Waffen unerreichbar. Keine Klinge wird es je verletztten, keine Kugel es je zu Fall bringen, keine Falle es je einfangen. Die Bestie ist wie Nebel, nicht fasslich und doch so greifbar, dass es unmöglich ist, sie zu leugnen. Sie ist Gottes Instrument der Strafe für uns. Doch Er bestraft uns nicht wirklich, sage ich euch; nein, Gott ist gütig und barmherzig. Er bestraft uns nicht, sondern er stellt uns auf die Probe, meine Kinder."

„Hallelujah", murmelten zwei oder drei Männer im Schankraum leise, fast andächtig, während Salieri einen großen Schluck aus seinem Krug nahm, sich mit der flachen Hand den Schaum aus dem wild wuchernden weißen Bart wischte und seine Predigt voller Leidenschaft fortsetzte.

„Dies ist eine Prüfung Gottes!", donnerte er und ging weiter im Schankraum umher, alle Augen auf sich wissend. „Eine Prüfung unserer Standhaftigkeit und unseres Glaubens. Gott will, dass wir Ihm zeigen, dass wir glauben; dass wir uns wieder zu Ihm und Seinen Idealen bekennen und den Sünden der Vergangenheit entsagen, all dem Neid und der Missgunst und der verderbten Fleischeslust, die unsere Seelen befallen haben wie ein Krebsgeschwür. Meine Brüder, wir müssen dieses eiternde Geschwür rausreißen …" Bei diesen Worten schlug er sich mit der geballten Faust auf die Brust und riss wuchtig ein imaginäres Etwas aus seinem Leib, das er trotzig vor sich hielt, unsichtbar und doch so plastisch beschrieben, dass jeder der Anwesenden es in seiner Hand zucken zu sehen glaubte. „Wir müssen dieses Geschwür aus unseren Leibern und aus unseren Seelen und aus unser aller Leben reißen, um Gott dem Allmächtigen zu zeigen, dass wir unsere Lektion gelernt haben! Und um das zu tun, müssen wir Gott das größte Opfer bringen, das ein Mensch nur bringen kann, so wie Abraham es einst auf dem Berg mit seinem Sohn Isaak tat, um Gott seinen Gehorsam zu zeigen. Nur so können wir uns von dieser unserer Schuld reinwaschen – indem wir Gott aus freien Stücken und ohne Reue das geben, was er sich selbst durch die Bestie mit Gewalt holen würde!" Er verstummte, schnaufend von seiner Ansprache, und trank gierig den Rest des Biers, das noch in seinem Krug war.

Im Schankraum war es still wie auf einem Friedhof; es schien, als wage es niemand auch nur zu atmen. Die Welt schien erstarrt, alle Augen waren auf den Priester gerichtet. Selbst der Rauch der vielen Pfeifen schien in der Luft zu reglosen Nebelschwaden erstarrt. Endlose Sekunden lang sagte niemand ein Wort, als ob die Anwesenden darauf warteten, dass Salieri seine Predigt fortsetzte. Doch der Priester hatte alles gesagt, was er zu sagen hatte, und er gab sich damit zufrieden, keuchend in ihrer Mitte zu stehen. Dabei strahlte er eine seltsame Aura von Respekt, Furcht und göttlicher Vorsehung aus, wie die Statue eines legendären Helden auf einem Marktplatz, zu der die Menschen voller Ehrfurcht aufsahen. Sein Blick glitt wild in die Runde, und dann sah Salieri hinüber zum Ecktisch und starrte Zara mit diesen durchdringenden graublauen Augen an, die sie zu sezieren schienen wie ein Paar scharfe Klingen. Im Licht der Lampen blitzte ein goldener Siegelring am Ringfinger seiner rechten Hand, ein imposanter Ring aus massivem Gold mit einer eingelassenen Siegelplatte, doch Zara konnte das Motiv aus der Entfernung nicht erkennen.

Sie wunderte sich über die Worte des Priesters. Ihres Wissens lehnte gerade seine Religion Menschenopfer ab, und soweit sie sich erinnerte, hatte Abraham seinen Sohn Isaak auch nicht geopfert, denn sein Gott hatte vorher eingegriffen und statt des Menschenopfers das Blut eines Tiers verlangt. Deshalb kamen ihr die Worte des Priesters mehr als seltsam vor.

Doch sie schienen auf die Menschen von Moorbruch ihre Wirkung nicht zu verfehlen. Noch immer war es still im Schankraum, bis jemand plötzlich ehrfürchtig raunte: „Hallelujah!“ Und noch einmal, ein wenig lauter: „Hallelujah!“

Zögerlich wurden weitere Stimmen laut, die mit einstimmten. „Hallelujah!“, raunte der Mann am Tisch zwischen dem von Zara, kippte seinen Fusel mit einem Zug hinunter und sagte dann lauter: „Hallelujah!“ Der Kerl neben ihm stimmte ebenfalls mit ein, und dann murmelten plötzlich Dutzende Stimmen im Schankraum „Hallelujah!“, erst leise und zurückhaltend, dann immer lauter und leidenschaftlicher, und mit jeder weiteren Stimme und jedem weiteren „Hallelujah!“, das aus drei Dutzend Kehlen schallte, veränderte sich die Stimmung im Schankraum zusehends. Zuvor waren die Menschen voller Furcht, Trauer und Hoffnungslosigkeit gewesen, doch je lauter die Rufe wurden, desto mehr wurden aus Angst und Trauer Wut und Zorn, und als der Erste aufsprang, sein überschwappendes Glas in die Luft stieß und aus voller Kehle „Hallelujah!“ brüllte, stimmten nach und nach weitere Kehlen in den Ruf ein, bis der Schankraum schließlich wiederhallte vom kollektiven Glaubensausruf der Versammelten. Und Salieri stand in ihrer Mitte, wuchtig und stoisch wie ein Fels in der Brandung, und hatte Mühe, ein triumphierendes Lächeln zu unterdrücken. So viel Gottesfürchtigkeit, wie sie einem jetzt hier entgegenschlug, hatte er bei den Messen in seiner Kirche wohl noch nie erfahren.

Die Menschen wollten glauben, dass Salieri Recht hatte.

Sie wollten glauben, dass all dies der Wille einer höheren Macht war. Dass man das Böse besiegen konnte, indem man einfach zu Gott fand – oder zumindest so tat – und Ihm ein Opfer darbrachte, um dem Morden ein Ende zu bereiten. Natürlich, es war ja auch viel einfacher, das Ganze als etwas Gottgegebenes anzusehen, als sich einzugestehen, dass sie die Bestie aus eigener Kraft nicht loswurden, dass die Bestie nur deshalb immer wieder neue Opfer fand, weil die Einwohner von Moorbruch unfähig waren, ihre Lieben wirkungsvoll zu schützen und dem Ungeheuer habhaft zu werden.

Zara konnte die Menschen einfach nicht verstehen – nicht nur die hier in Moorbruch, sondern die Menschheit insgesamt. Wenn alles seinen normalen Gang ging und jeder sein Auskommen hatte, verschwendete niemand auch nur einen Gedanken an Gott und war bereit, nach dessen Gesetzen zu leben. Doch sobald die Dinge aus der Bahn gerieten und sich der Kontrolle der Menschen entzogen, fielen sie auf die Knie und beteten so inständig um göttlichen Beistand. Gott war für sie nur dann eine Option, wenn sie selbst nicht mehr weiterwussten.

Das schien auch Bürgermeister von der Wehr so zu sehen, der in diesem Moment aus der Nische trat, in der zuvor auch

Salieri gesessen hatte, in die Mitte des Raumes kam und in einer beschwichtigenden Geste die Arme hob. „Meine Freunde!“, rief er, nach besten Kräften bemüht, den Tumult im Schankraum zu übertönen, was ihm jedoch kaum gelang. „Meine Freunde, so hört mich an! Egal, wie sehr ihr trauert oder wie verzweifelt ihr seid, so dürft ihr doch nicht aus den Augen verlieren, dass wir überhaupt nicht wissen, womit wir es hier zu tun haben. Salieri und seine Gottesfürchtigkeit in allen Ehren, aber wir wissen nichts über die Bestie – nicht das Geringste! Wir wissen nicht, ob Gott uns die Bestie geschickt hat oder der Teufel, oder ob es einfach nur eine Plage der Natur ist, die sich mit Schwert und Feuer ausrotten lässt! Und solange wir nicht wissen, mit was wir es eigentlich zu tun haben, sollten wir nicht hingehen und uns zu Dingen aufstacheln lassen, die wir hinterher womöglich bitterlich bereuen!“ Er versuchte, seine Worte eindringlich und überzeugend klingen zu lassen, doch selbst in seinen eigenen Ohren musste sich seine Ansprache fad und abgedroschen anhören.

„Du hast gut reden, Bürgermeister!“, rief ein älterer dicker Mann an der Theke, die Wangen über dem krausen, wild wuchernden Vollbart von einem Gitterwerk feiner roter Äderchen durchzogen. „Du hast ja noch beide Töchter!“

Andere Männer stimmten lautstark in diesen Widerspruch ein.

„Und gerade deshalb“, rief von der Wehr über den Tumult hinweg, „gerade deshalb will ich wie jeder andere hier, dass die Bestie so rasch wie möglich in ihrem blutigen Treiben gestoppt wird, bevor es weitere Opfer zu beklagen gibt! Denn es gibt noch viele Familien im Ort, denen dieses Schicksal bislang erspart blieb, und auch wenn es herzlos klingen mag, sollten wir alles daransetzen, dass es so bleibt, und all jener gedenken, die dieses Glück nicht hatten. Doch so ein Opfer", der Bürgermeister hatte Mühe, die wütenden Zwischenrufe der aufgebrachten Menge zu übertönen, „ein Opfer wie das, das Salieri fordert, kann nicht die Lösung sein! Wir wissen nicht, ob dies hier wirklich Gottes Werk ist; es kann genauso gut das Wirken des Teufels sein oder irgendeiner anderen garstigen Kreatur, oder die Bestie ist tatsächlich nichts weiter als ein tollwütiges Tier, das uns bislang nur mit Glück durch die Fänge geschlüpft ist. Doch was ihr da verlangt – was Salieri verlangt – kann nicht die Lösung sein!" Er warf dem Priester einen Blick zu, in dem sich Wut und der Wunsch nach Hilfe die Waage hielten, doch wenn er gehofft hatte, Salieri würde einlenken, dann lag er falsch; der Priester stand einfach nur stoisch inmitten seiner Anhänger, mit unbewegter Miene, und gab sich im Stillen dem Gefühl des Triumphs hin.

„Wenn es Gottes Wille ist", rief der Wirt von der Theke herüber, „dann müssen wir uns Seinem Willen beugen, um noch größeres Unheil von uns und den unseren abzuwenden. Gerade du, von der Wehr, solltest der Erste sein, der jede Möglichkeit in Betracht zieht, um uns von diesem Übel zu erlösen! Immerhin bist du unser Bürgermeister, und das Wohl der Gemeinde sollte für dich an erster Stelle stehen, noch vor deiner Familie und allem anderen, was dir lieb ist. Stattdessen stellst du dich hin und verlangst von denen, die Kinder und Frauen und Schwestern verloren haben, ebenso wie von denen, denen dieses Schicksal noch droht, nichts zu tun. *Nichts zu tun!* Als würde Nichtstun die Bestie aufhalten!"

Zustimmende Rufe, zorniges Gemurre.

Ein Mann trat aus der zweiten Reihe nach vorn, den Arm um die Schulter einer jungen Frau in Männerkleidung gelegt. „Das ist Tyra, meine jüngste Tochter", sagte er, den Tränen nahe.

„Ihre Schwester wurde von der Bestie zerfleischt. Sie war noch keine achtzehn. Und nun soll ich riskieren, dass mir auch noch meine zweite Tochter genommen wird, das Letzte, das mir geblieben ist im Leben?“ Er zog das Mädchen dichter an sich und schüttelte den Kopf. „O nein, Bürgermeister, das werde ich nicht zulassen. Soll jemand, der in diesem Winter des Niedergangs noch niemanden verloren hat, ein Opfer bringen, wenn Gott so besänftigt und die Bestie vertrieben werden kann. Wir müssen alles tun, was in unserer Macht steht, damit das Morden endlich ein Ende findet!“

Die anderen Männer stimmten dem lautstark zu. Die Stimmung im Schankraum wurde zunehmend gereizter, und das Gemurre nahm von Sekunde zu Sekunde zu, doch Bürgermeister von der Wehr ließ sich davon nicht beirren.

„Ich weiß, dass dies keine leichte Bürde ist“, sagte er beschwichtigend, „aber auch wenn dies hier keine Prüfung am Glauben ist, so ist es doch ohne Frage eine Prüfung unserer Vernunft, und unsere Vernunft ist es, die uns vom Tier unterscheidet. Also lasst uns auf diese Vernunft vertrauen und nichts überstürzen! Lasst uns nichts tun, das wir hinterher bereuen könnten, ich bitte euch!“ Er schaute sich Hilfe suchend und ein wenig verloren im Schankraum um, in der Hoffnung, ihm würde von irgendeiner Seite Unterstützung zuteil werden. Doch niemand stand ihm bei, nicht einmal sein eigen Fleisch und Blut, denn statt ihrem Vater beizupflichten, murmelte Anna am Ecktisch neben Zara mit abschätziger Stimme: „Schwätzer.“ Sie griff nach der Flasche und schenkte sich noch ein Glas voll. „Dummes Geschwätz“, murmelte sie, „nichts weiter.“

„Anna!“, raunte Wanja entsetzt.

Anna warf ihr einen wütenden Blick zu. „Ist doch wahr“, blaffte sie. „Unser Vater …“ Sie spie das Wort aus wie einen

Brocken faules Fleisch. „Wie kann er sich einfach hinstellen und Vernunft predigen, indes das Ungetüm draußen womöglich bereits auf der Jagd nach dem nächsten Opfer ist?“

„Weil er weiß, wohin das hier führt“, sagte Zara bedächtig, den Blick auf Anna gerichtet. „Offenbar begreift Ihr nicht, worum es hier geht, junges Fräulein. Euer Vater versucht, die Menschen davon abzuhalten, selbst zu Bestien zu werden. Der Trunkenbold von einem Priester verlangt, dass sie das opfern, was sie am meisten lieben, genau wie Abraham, dem sein Gott einst auftrug, auf dem Berg in Kanaan seinen einzigen Sohn Isaak auf dem Scheiterhaufen zu verbrennen, um Gott so seinen Gehorsam zu zeigen.“

Anna runzelte die Stirn. Mit einem Mal verschwand der aggressive Ausdruck aus ihren Augen und machte echter Besorgnis Platz. „Ihr meint …“

Zara nickte. „Ein Blutopfer“, sagte sie. „Aufs Geratewohl und ohne zu wissen, ob sich dadurch irgendetwas ändern wird.“ Noch immer betrachtete sie Anna mit durchdringendem Blick. „Wie ist es? Stellt Ihr Euch für diese wichtige, verantwortungsvolle Aufgabe zur Verfügung? Freiwillig?“

Anna starrte Zara mit großen Augen an. Sie öffnete den Mund, um etwas zu sagen, doch dann überlegte sie es sich anders und schloss den Mund, um stattdessen mit furchtsamer Miene den Blick durch den Raum schweifen zu lassen, wo die zechenden Männer und Frauen allmählich in einen regelrechten Rausch gerieten. Der Bürgermeister versuchte zwar geradezu verzweifelt, gegen den Tumult anzurufen und die Leute zur Vernunft zu bringen, doch niemand achtete mehr auf ihn, als wäre er gar nicht da, und auch Salieri machte keine Anstalten, die aufgehetzte Meute zu beruhigen, die voller Inbrunst darüber diskutierte, ob ein Blutopfer die Bestie tatsächlich zur

Räson bringen könnte oder nicht; während sich die eine Hälfte der Gäste dafür aussprach, war sich die andere Hälfte – nämlich diejenigen, die bislang noch keinen Angehörigen durch die Bestie verloren hatten – da nicht so sicher, doch von der Hand weisen wollte die Möglichkeit niemand, und so peitschte sich die Stimmung immer mehr auf, bis Zara, Falk und die anderen am Ecktisch Mühe hatten, bei all dem Tumult ihre eigenen Gedanken zu verstehen.

Zara kam eine andere Winternacht in einem anderen Jahr in den Sinn, nicht weit von hier, und Bilder von wild schreienden Gesichtern und mit Fackeln herumfuchtelnden Männern zuckten flüchtig durch ihre Erinnerung. *Verbrennt das Monster!*, gellte eine Stimme in ihrem Verstand – eine Stimme, die schon vor sehr, sehr langer Zeit verstummt war, zum Schweigen gebracht von ihrer Hand. *Fackelt das Monster ab!*

Zara stöhnte und verbannte die Stimme aus ihren Gedanken, sperrte sie in den dunklen Kerker ihres Unterbewusstseins und stürzte hastig noch einen Schnaps hinunter, während sich Bürgermeister von der Wehr immer noch bemühte, die Leute zu beruhigen. Doch seine Stimme verhallte ungehört und unbeachtet, und Zara erkannte, dass er keineswegs die Respektsperson war, die er gern gewesen wäre. Niemand hier hatte sonderlich große Achtung vor ihm; er bekleidete vielleicht ein öffentliches Amt, doch vermutlich hatte er den Posten – wie in vielen Gegenden von Ancaria üblich – von seinem Vater geerbt, ohne dass die Einwohner von Moorbruch irgendein Mitspracherecht darüber gehabt hatten. Dass er offensichtlich wohlhabender war als viele andere, die kaum wussten, wie sie über den Winter kommen sollten, und bis jetzt noch keine Tochter durch die Bestie verloren hatte, trug nicht eben dazu bei, sein Ansehen bei den einfachen Leuten zu steigern. Die spalteten sich nun zunehmend in zwei Lager, die nicht mehr gegeneinander anredeten, sondern *brüllten*, und spätestens, als einer der Männer einem anderen ohne Vorwarnung den Inhalt seines Bierkrugs ins Gesicht schüttete, wusste Zara, dass die Lunte fast abgebrannt war.

Nur noch wenige Augenblicke, und das Sprengfass würde explodieren …

Zara wandte sich an Jahn. „Wir sollten von hier verschwinden“, sagte sie laut, um den Tumult zu übertönen. „Bring die Mädchen hier raus. Hier wird es gleich recht ungemütlich.“

Jahn nickte und griff nach Wanjas Arm. Hinter ihm begann der Mann, dem das Bier von den nassen Haaren tropfte, wütend zu schreien, und er schmetterte dem anderen seinen Krug gegen den Kopf. Es krachte hohl, Tonscherben und Bier regneten herab. Der getroffene Mann schrie auf, taumelte benommen zur Seite und krachte mit blutiger Stirn gegen die Theke, der Blick wild und irre.

Er wollte sich gerade mit einem wütenden Keuchen auf den Angreifer stürzen, als plötzlich die Tür der Schenke wuchtig nach innen aufschwang und eine große, stattliche Gestalt in einem edlen Anzug und einem weiten dunklen Umhang über die Schwelle trat. Der Schatten fiel in den Schankraum, lang und dunkel, und obgleich der Mann keinen Ton von sich gab, sondern einfach nur im Türrahmen stand, geschah etwas über alle Maßen Seltsames.

Beinahe synchron ruckten alle Köpfe zur Tür, und ebenso schlagartig wurde die aufgebrachte Menge leiser. Aus wildem Gebrüll wurde ein respektvolles Murmeln und Raunen, und selbst die beiden Streithähne an der Theke vergaßen einander.

Der Mann unter dem Türsims strahlte eine Präsenz und eine

Stärke aus, die auch Zara in ihrem Leben noch nicht bei vielen Menschen verspürt hatte. Allein seine Gestalt war schon imposant: Der Mann füllte den Türrahmen fast bis zur Gänze, und zwar in der Höhe *und* der Breite. Er maß mindestens zwei Meter vom Scheitel bis zur Sohle, die Schultern breit wie ein Schrank, die Hände groß wie Schaufeln. Das Gesicht unter dem breitkrempigen Hut mit der Pfauenfeder war markant und männlich, mit einem leicht hervorspringenden Kinn, intelligenten braunen Augen und einem gepflegten, kurz geschnittenen Vollbart.

Bürgermeister von der Wehr witterte unvermittelt Morgenluft und ging mit einem erleichterten Lächeln auf den Neuankömmling zu, um ihm demonstrativ die Hand auf den Arm zu legen. „Ah, Landgraf Gregor D'Arc!“, begrüßte er den Hünen ehrfürchtig. „Gut, Euch zu sehen, Graf! Tretet ein und sagt den guten Leuten hier, dass es in Zeiten wie diesen nicht ratsam ist, sich zu streiten, statt Seit' an Seit' gegen den gemeinsamen Feind zu stehen! Sagt ihnen, dass es nicht die Lösung sein kann, freiwillig das zu geben, was die Bestie sich sonst mit Gewalt holt.“ Seine Worte waren nichts anderes als ein Hilferuf; die Bitte, dass Gregor D'Arc, dieser Ehrfurcht gebietende Mann, ihn dabei unterstützte, die Meute zu bändigen, wozu er allein nicht imstande war. Er sah Gregor fast flehentlich an, eine Hand auf seinem Arm, und genau so, wie der Bürgermeister Gregor fast flehentlich ansah und auf seine Reaktion wartete, ruhten auch die Augen aller anderen im Schankraum auf dem Landgrafen.

Einen endlosen Moment lang stand der Edelmann einfach nur da. Dann sagte er mit ruhiger, volltönender Stimme: „Eine Treibjagd. Wir werden morgen eine Treibjagd abhalten, um die Bestie zur Strecke zu bringen.“

„Aber das haben wir schon zwei Mal getan!“, warf einer der Männer ein. „Und es hat nichts gebracht!“

Beifälliges, jedoch respektvolles Gemurmel.

„Diesmal wird es anders sein“, versicherte der Adelige. Er löste sich aus dem Türrahmen und trat in den Raum, umweht von Schneeflocken, die durch die offene Tür hereindrangen. Seine schweren Stiefel dröhnten bei jedem Schritt auf dem Holzboden. Er zog seine Lederhandschuhe aus und steckte sie in die Tasche. „Es wird die größte Treibjagd sein, die Moorbruch je gesehen hat. Jeder Mann, der imstande ist, eine Waffe zu halten, wird mitkommen; wir werden unzählige Treiber haben, Hunde und Pferde, mein gesamtes Personal. Wir werden bei Sonnenaufgang aufbrechen und den ganzen Wald durchkämmen, Meter für Meter. Wir werden jeden Winkel absuchen, so gründlich, wie wir es noch nie getan haben. Außerdem sind wir jetzt nicht mehr auf uns allein gestellt – wir haben heute Hilfe bekommen.“ Bei diesen Worten warf er Zara durch den überfüllten Schankraum hinweg einen Blick zu, so durchdringend, dass sie sich unangenehm berührt fühlte. „Hoffen wir also, dass wir die Bestie mit vereinten Kräften endlich zur Strecke bringen. Und falls nicht …“ Er schnalzte mit der Zunge. „Nun, dann haben wir *einen* Tag verschwendet. Und was ist schon ein Tag?“ Er wandte den Blick von Zara ab, ohne zu lächeln, und ließ ihn in die Menge schweifen. „Das ist alles, worum ich euch bitte“, sagte er. „Ein einziger Tag für eine einzige, letzte Jagd.“ Er sah in die Runde. „Nun, was sagt ihr?“

Die Männer im Schankraum sahen einander an, und allein der Respekt, den sie für Gregor D'Arc empfanden, sorgte dafür, dass die Aggression und die Wut aus ihren Mienen verschwanden. Einer nach dem anderen kratzte sich verlegen am Kopf und nickte und bekundete seine Zustimmung. Er hatte

Recht: Was spielte ein Tag mehr oder weniger für sie schon für eine Rolle? Zumal eine Treibjagd so gut oder so schlecht war wie alles andere, was sie tun konnten; im schlimmsten Falle war sie Zeitverschwendung.

So waren alle mit D'Arcs Vorschlag einverstanden, und spätestens, als der Landgraf verkündete, für den Rest des Abends gingen alle Getränke auf seine Rechnung, war von der aufgeheizten, wilden Stimmung, die hier zuvor geherrscht hatte, nichts mehr zu spüren. Stattdessen saßen die Menschen zusammen an den Tischen, tranken auf Gregors Kosten, unterhielten sich mit gedämpften Stimmen, wie um ihren Gönner nicht zu belästigen, und gaben sich der stillen Hoffnung hin, der morgige Tag möge die Erlösung bringen. Von Salieri war nichts mehr zu sehen; sobald D'Arc aufgetaucht war, hatte er sich nach einem durchdringenden Blick auf den Edelmann wieder in seiner Nische verkrochen.

Der Bürgermeister fasste den Edelmann leicht am Arm. „Danke", raunte von der Wehr Gregor so leise ins Ohr, dass niemand der Umstehenden es hören konnte, doch Zara hatte scharfe Ohren. „Danke, Ihr habt mich gerettet."

„Ihr ahnt gar nicht, wie Recht Ihr damit habt, Reinhard", erwiderte der Landgraf, ohne den Bürgermeister anzusehen; sein Blick war wieder auf Zara gerichtet. Schließlich kam er mit großen Schritten herüber zum Ecktisch und blieb davor stehen. Die Damen nickten höflich und respektvoll, und Gregor dankte es ihnen mit einem kleinen Lächeln, ehe er sich an Zara wandte.

„Nun?", sagte Gregor D'Arc, ohne sich damit aufzuhalten, sich ihr offiziell vorzustellen; vielleicht, weil er es nicht für nötig hielt, oder weil er vorhatte, dies zu einem passenderen Zeitpunkt nachzuholen. „Die Meute scheint es kaum abwarten zu können, ein weiteres Mal Jagd auf die Bestie zu machen, voller Hoffnung, sie diesmal zu erwischen. Und wie ist es mit Euch, meine Liebe? Was haltet Ihr von der Jagd?“ Erneut bedachte er Zara mit einem durchdringenden Blick, der versuchte, hinter ihre Maske zu blicken, doch das war nur den wenigsten vergönnt, und der Landgraf gehörte nicht zu diesem elitären Zirkel.

Zara wich seinem taxierenden Blick nicht aus, sondern sah Gregor direkt in seine gletscherblauen Augen. „Die Jagd kann durchaus eine Freude sein“, erwiderte sie. „Zumindest, solange beide Fraktionen wissen, wer der Jäger ist und wer der Gejagte.“

Gregors Mundwinkel verzogen sich zu einem süffisanten Lächeln. „Das“, sagte er orakelhaft und sah Zara tief in die Augen, „werden wir wohl spätestens morgen Abend wissen, wenn die Jagd vorüber ist …“

xiii.

„Dieser Gregor D'Arc", sagte Falk einige Zeit später, als sie in ihrem Quartier in ihren schlichten, knarrenden Betten lagen, eins an der Wand neben der Tür, das andere beim Fenster, „ist ein beeindruckender Mann, nicht wahr?"

Zara, die komplett angezogen auf dem Bett nahe des Fensters lag, warf ihm im Dunkeln einen Blick zu; obwohl die Wolken den Mond verdeckten und man allenfalls die diffusen Silhouetten der Möbelstücke erahnen konnte, konnte sie Falk so deutlich in seinem Bett liegen sehen, als wäre es helllichter Tag. Sie lag an das Kopfteil des Betts gelehnt, die Arme hinter dem Kopf verschränkt. „Zumindest eine größere Respektsperson als der Bürgermeister", erwiderte sie.

Falk lachte in der Dunkelheit, doch es lag keine Fröhlichkeit darin. „Wohl wahr, wohl wahr", brummte er. „Nicht auszudenken, wenn er nicht aufgetaucht wäre. Dann hätten diese betrunkenen Bauerntölpel womöglich noch ein Blutband unter ihresgleichen angerichtet."

Zara zuckte mit den Schultern. „Solange sie sich nur selbst umbringen und mich in Ruhe lassen, soll es mir recht sein." Es klang kalt und unbarmherzig, doch Falk lachte leise, als hätte sie einen Scherz gemacht.

„Du musst mir nichts vormachen, meine Liebe", entgegnete er fröhlich. „Wir wissen beide, dass du nicht halb so hartherzig bist, wie du immer tust – wenn dem wirklich so wäre, wärst du nämlich nicht hier.“ Darauf wusste Zara nichts zu erwidern, und das war auch gar nicht nötig, denn Falk kehrte ohne Übergang zum ursprünglichen Thema zurück. „Ich habe gesehen, wie er dich angesehen hat. Einen Moment lang dachte ich, er fällt gleich an Ort und Stelle über dich her, so hat er dich angestarrt.“

„Wer über mich herfällt, entscheide ganz allein ich“, gab Zara betont gleichmütig zurück, bemüht, sich ihre Verlegenheit nicht anmerken zu lassen. Doch natürlich wusste sie, dass Falk Recht hatte; ihr waren die durchdringenden Blicke von Gregor D'Arc auch nicht entgangen, der sich, nachdem das kurze Gespräch zwischen ihnen beendet gewesen war, ein paar Tische weiter zu einigen Männern gesetzt und dort in aller Ruhe eine Flasche Wein geleert hatte. Über sein Glas hinweg hatte er immer wieder zu ihnen herübergeschaut, und die Art, wie er Zara angesehen hatte, ging über bloße Neugierde hinaus. Doch angelächelt hatte er sie nicht, daher konnte sie sich keinen Reim auf D'Arcs Verhalten machen. Eins wusste sie allerdings genau: Es konnte nicht schaden, Gregor D'Arc auf ihrer Seite zu haben. Offenbar genoss er bei den Einwohnern von Moorbruch den Respekt, für den sich Bürgermeister von der Wehr sämtliche Finger der linken Hand abgetrennt hätte. Im besten Fall machte das Gregor D'Arc zu einem brauchbaren Verbündeten, im schlimmsten Fall jedoch zu einem mächtigen Gegner, der ihnen hier in Moorbruch gehörig in die Suppe spucken konnte. Aus diesem Grund erschien es ihr wichtig, diesen vornehmen Herrn im Auge zu behalten. Wer weiß, vielleicht ergab sich morgen bei der Treibjagd ja die Gelegenheit, unter vier Augen ein paar Worte zu wechseln …

Falk schreckte sie aus ihren Gedanken auf. „Was meinst du, kriegen wir die Bestie morgen zu fassen?“

Zara wiegte den Kopf, auch wenn Falk es in der Dunkelheit nicht sehen konnte. „Ich weiß es nicht", gab sie zu. „Ich gehe zwar davon aus, dass die Bestie hier irgendwo in der Nähe von Moorbruch ein Versteck hat, in das sie sich tagsüber zurückzieht, aber bislang haben die Menschen hier trotz aller Bemühungen keine Spur von ihr entdeckt, und ich sehe eigentlich keinen Grund, warum es morgen anders sein sollte."

„Ich schon", sagte Falk. „Denn bislang warst du noch nicht da. Du bist den Bauern und Torfstechern hier haushoch überlegen. Ich bin sicher, dass es hier in der Gegend niemanden gibt, der es auch nur entfernt mit dir aufnehmen kann."

„Du lässt dich von Oberflächlichkeiten täuschen", sagte Zara. „Nur weil ich mich meiner Haut zu wehren weiß, heißt das noch lange nicht, dass ich unfehlbar und allen Fährnissen des Lebens gewachsen bin. Glaub mir, dem ist nicht so."

„Aber zumindest *tust* du etwas; du versuchst, Dinge zu bewegen, zu verändern. Die Bauerntölpel hier schütten sich einfach nur den Kopf mit Schnaps zu, baden in ihrem eigenen Selbstmitleid und lassen sich von irgendwelchen Priestern dazu aufstacheln, aufs Geratewohl ihre eigenen Kinder zu opfern – oder besser: die ihrer Nachbarn, denn noch mehr eigenes Leid hinnehmen will trotz allem natürlich niemand." Aus dem Zwielicht, wo sich Falks Bett befand, kam ein verächtliches Schnauben. „Schon seltsam, wie ähnlich sich die Menschen in ihrem Wesen doch sind, egal, welchem Stand sie angehören, wo sie leben oder woher sie kommen. Am Ende haben alle lediglich ihren eigenen Vorteil im Sinn, ohne auch nur einen Gedanken daran zu verschwenden, wie es ihren Mitmenschen dabei ergeht."

„Und das ist eine neue Erfahrung für dich?", fragte Zara, ein wenig erstaut über so viel Naivität.

„Na ja“, erwiderte Falk, „eigentlich dachte ich bislang immer, nur *ich* wäre so und alle anderen wären anständige Menschen, voller Gottesfurcht und bestrebt, ihren Mitmenschen stets Gutes zu tun.“

Zara zog die Augenbrauen hoch. „Das meinst du jetzt nicht ernst!“

„Nein“, sagte Falk und lachte. „Aber es hilft einem, sich als etwas Besonderes zu fühlen.“

Zara starrte Falk durch den dunklen Raum hinweg durchdringend an, ehe sie müde den Kopf schüttelte und sich auf ihr Kissen zurücksinken ließ. Das Lattenrost unter ihr war hart, und hier und da fehlten auch Latten in dem hölzernen Gerippe, doch es war ein gutes Gefühl, nach so vielen Nächten, die sie im Freien verbracht hatte, endlich mal wieder in einem Bett zu schlafen, mit einer Decke und einem Kissen. Die waren zwar statt mit Gänsedaunen lediglich mit Stroh gefüllt, doch das war immer noch besser als die harte, kalte Erde, auf der sie in den letzten Wochen und Monaten so viele einsame Nächte verbracht hatte. Zara vermochte nicht einmal genau zu sagen, wann sie das letzte Mal in einem richtigen Bett geschlafen hatte; was das anging, so kam dieser Abstecher ins Nirgendwo von Ancaria geradezu einer Rückkehr in die Zivilisation gleich, so absonderlich sich das auch anhören mochte. Und obwohl sich Zara vor den Träumen fürchtete, die sie aller Wahrscheinlichkeit nach heimsuchen würden, sobald sie in Morpheus’ Arme hinübergedriftet war, beschloss sie, diesen ungewohnten „Luxus“ zu genießen, solange er währte.

Schließlich, wer vermochte schon zu sagen, was morgen war?

XIV.

Zara hatte in ihrem Leben schon so mancher Treibjagd beigewohnt, doch der Anblick, der sich ihr bot, als Falk und sie bei den ersten grauen Strahlen des neuen Tages aus der Schenke traten, entlockte selbst einer erfahrenen Kriegerin wie ihr einen erstaunten Ausruf.

Auf dem Platz vor dem *Güldenen Tropfen* wimmelte es nur so vor Menschen, fast wie bei einem Volksfest. Da waren Bauern, Knechte und Torfstecher in schlichter Kleidung, mit Bögen und Mistgabeln; Jäger zu Pferd, Musketen in den schlauchartigen Seitentaschen ihrer Pferde; Spurensucher mit allen möglichen Arten von Hunden, großen wie kleinen, die aufgeregt an ihren Leinen zerrten, einige mit Maulkorb, andere ohne, doch alle begierig darauf, loszuhetzen und ihre Beute zur Strecke zu bringen; Knaben und Jugendliche als Treiber mit Schellen und Blechbechern, in denen Steine klapperten, um die Beute aufzuscheuchen; und dann waren da noch die Wohlhabenden und Adeligen, die zwar nur einen geringen Anteil an der bunt zusammengewürfelten Jagdgesellschaft bildeten, die Szene aber nichtsdestotrotz dominierten, ähnlich wie ein Rotweinfleck auf einer weißen Tischdecke – Männer und Frauen in edlen Jagdgewändern aus teuren Stoffen, mit verästelten goldenen Stickereien am Revers und an den Taschen, Hüte und Mützen mit schimmernden Pfauenfedern auf dem Kopf, die

Hände in feinen ledernen Handschuhen, die Pferde geführt von Lakaien und Leibeigenen, die all die Arbeit verrichteten, für die sich diese Damen und Herren zu fein waren. Überhaupt wirkten die Herrschaften weniger, als wären sie hier, um eine Bestie zur Strecke zu bringen, die ein Dutzend Menschenleben auf dem Gewissen hatte, sondern eher, als sei dies einer ihrer dekadenten Jagdausflüge, bei denen man wahllos in der Gegend rumballerte und Tiere abschoss, weil man sonst nichts zu tun hatte, als sei dies hier ein bloßer Zeitvertreib, bevor man die nächste Tasse Tee trank und beim Kaminfeuer gepflegte Konversation trieb.

Einen krassen Gegensatz zu diesen Herrschaften bildeten die armen Schlucker, die zu Dutzenden aus den weiter entfernten Nachbardörfern Torfingen und Sumpfhain nach Moorbruch gekommen waren, in der Hoffnung, diesen Tag womöglich als reiche Männer zu beschließen, wenn es ihnen gelang, die Bestie zur Strecke zu bringen und die Belohnung einzuheimsen, die auf den Kopf des blutrünstigen Untiers ausgelobt war.

Als Zara den Blick über die Hundertschaften von Menschen schweifen ließ, sah sie drüben bei einer der Kutschen voller Waffen, Fallen und Ködern Bürgermeister von der Wehr, der sich mit entschlossener Miene mit Gregor D'Arc unterhielt; das Stimmengewirr auf dem Platz war zu laut, als dass Zara imstande gewesen wäre, zu verstehen, worum es ging. Während von der Wehr unbeirrt weitersprach, glitt D'Arcs Blick suchend über die Menge und kam schließlich über den halben Platz hinweg auf Zara zu liegen, die das freundliche Begrüßungsnicken des Adeligen knapp erwiderte, bevor sie sich Falk neben ihr zuwandte – vielleicht eine Spur abrupter, als nötig gewesen wäre.

„Das reinste Volksfest“, brummte sie. „Kinder, Bauern und arrogantes Pack, das sich einen Spaß aus alldem macht; zu wenig Männer, die wissen, was sie tun.“ Sie betrachtete einen Jungen von vielleicht zehn Jahren, eingehüllt in einem zerlumpten Mantel, eine klobige Fellmütze auf dem Kopf, der sich ängstlich umsah, in den Händen eine Dose mit Kieseln, die bei jeder Bewegung gegen das Blech klapperten. „Kein Wunder, dass die Bestie bislang jedes Mal entkommen ist, ohne dass man ihrer habhaft wurde.“

„Jetzt sind wir ja da“, entgegnete Falk. Er ließ den Blick über den überfüllten Platz schweifen. „Wenigstens sind es viele.“

„Gerade das macht mir Sorgen“, murmelte Zara. „Zu viele Menschen; zu viele unterschiedliche Spuren; zu viele Leute, die sich gegenseitig in die Quere kommen; und zu viele unbedarfte Opfer für die Bestie …“ Sie sah hinüber zu einer Gruppe junger Frauen in edlen Gewändern, die in Damensätteln mit auf einer Seite herabhängenden Beinen auf ihren Pferden saßen und sich angeregt über den neuesten Klatsch und Tratsch aus der Provinz unterhielten; keine von ihnen sah aus, als wäre sie älter als zwanzig. Und was Zara noch mehr beunruhigte: Offenbar hatte keine von ihnen Angst, obwohl sie allen Grund dazu hatten. Besonders eine der jungen Frauen fiel Zara ins Auge, eine große Dunkelhaarige mit aristokratischer Nase, schmalem Gesicht, dunklen Augen und wallendem braunem Haar, die mit ihrer vornehmen Überheblichkeit sogar noch ihre Freundinnen überstrahlte. Die klebten an ihren Lippen, um nur ja kein Wort zu verpassen, das das Fräulein äußerte.

Falk folgte Zaras Blick und runzelte besorgt die Stirn. „Du meinst, das Biest wird heute wieder zuschlagen?“

Zara trug wieder ihre beiden Schwerter, doch diesmal nicht links und rechts an der Hüfte, sondern überkreuz auf ihrem Rücken, was ihr mehr Bewegungsfreiheit gab. Zu beiden Seiten ihres Kopfes erhoben sich die Griffe der Waffen, sodass sie nur über die Schultern zu greifen brauchte, um die Schwerter aus den Lederscheiden auf ihrem Rücken zu ziehen. Die Waffengurte bildeten ein X auf ihrer Brust.

Zara wiegte auf Falks Frage hin den Kopf. „Nach allem, was wir wissen, werden die Abstände, in denen die Bestie zuschlägt, zunehmend kürzer, und wenn das Monstrum so klug und gerissen ist, wie es den Anschein hat, dann wird es nicht einfach zusehen, wie wir direkt vor seiner Nase ein Festbankett errichten; es wird sich seinen Happen holen."

„Aber wen …" Falk verstummte, als Jahn neben ihnen auftauchte, links im Arm Wanja, rechts ein Mädchen, das etwa im gleichen Alter war, vielleicht ein, zwei Winter jünger. Ihr Haar war vom gleichen Weizenblond wie das von Wanja, doch ihre Gesichtszüge waren ein wenig herber als die des älteren Mädchens, auch wenn ihnen ein schlichter Liebreiz innewohnte, eine Schönheit, die sich dem Betrachter für gewöhnlich erst auf den zweiten Blick offenbarte. Doch Falk schien in dem jungen Mädchen in dem schlichten grauen Wollkleid und den klobigen Stiefeln vom ersten Moment an etwas zu sehen, das so tief verborgen lag, dass es sonst niemand bemerkte. Und das, was er da sah, zauberte ein Lächeln auf sein Gesicht, das sich von den Augen aus über seine gesamte Miene ausbreitete. Er konnte kaum den Blick von ihr abwenden, und dem Mädchen schien es nicht viel anders zu ergehen; auch wenn eine zarte Röte über ihre Wangen kroch, wich sie Falks intensivem Blick nicht aus. Ein scheues Lächeln glitt über ihre vollen roten Lippen. Erst als Jahn sich dezent räusperte, schreckten die beiden auf, als würden sie aus einem tiefen Traum erwachen. Plötzlich sah das Mädchen beschämt zur Seite, als hätte man sie bei etwas schrecklich Unschicklichem ertappt, doch Jahn grinste und machte sie miteinander bekannt.

„Das", sagte er und schob das junge Mädchen einen Schritt vor, das scheu die Hände im Schoß rang, „ist Ela – meine Schwester."

Falk blinzelte ungläubig. „Deine *Schwester*?"

Jahn nickte und stellte dem Mädchen, deren kleine Schwester Myra von der Bestie ermordet worden war, Falk und Zara vor. Obwohl Jahn Zaras Heldentaten auf der Reise hierher in so anschaulicher Weise zum Besten gab, dass es Zara zunehmend unangenehm wurde, hatte Ela nur Augen für Falk, der ihren Blick voller Wärme erwiderte. Es war, als würden sie sich schon seit Ewigkeiten kennen, hätten sich jedoch irgendwann aus den Augen verloren und jetzt zum ersten Mal seit langer Zeit wiedergetroffen. Irgendwann war Jahn mit seiner Lobhudelei auf Zara am Ende, doch die zwei Turteltauben bekamen davon nichts mit und sahen sich nur weiterhin in die Augen, bis schließlich Bürgermeister von der Wehr auf einen der Pritschenwagen stieg und seinen Stock hob.

„Ruhe!", rief er. „Darf ich um Ruhe bitten! Bitte, Ruhe!"

Nach und nach verebbten die Gespräche, und alle Augenpaare richteten sich auf den Bürgermeister, der oben auf der Pritsche der Kutsche stand und sich in seinem lindgrünen Jagdkostüm alle Mühe gab, herrschaftlich zu wirken. Vor dem Wagen standen Gregor D'Arc und Pater Salieri, der finster dreinschaute. Er strahlte eine düstere Autorität aus, die nur noch von der des Landgrafen übertroffen wurde.

„Zunächst mal", begann von der Wehr, „danke ich euch dafür, dass ihr hier und heute so zahlreich erschienen seid. Gemeinsam wollen wir die grausame Bestie zur Strecke bringen, die uns so viele unserer Töchter genommen hat! Ich weiß, dass sich mancher von euch fragen mag, warum wir diesmal Erfolg haben sollten, wo wir die letzten beiden Male keinen hatten. Nun, uns stehen dieses Mal mehr Männer, mehr Hunde und mehr Treiber zur Verfügung, und auch wenn unser Appell an den König, uns in diesen schweren Stunden beizustehen, noch immer ungehört geblieben ist und wir ganz auf uns allein gestellt sind, so können wir uns doch gewiss sein, dass zumindest die Alten Götter auf uns herunterschauen und uns beistehen."

„Die Alten Götter können euch nicht retten", brummte Salieri mit grimmiger Stimme. Er wollte noch mehr sagen, doch Gregor D'Arc warf ihm einen scharfen Blick zu, der den Geistlichen verstummen ließ. Salieri starrte düster auf seine Füße, während Bürgermeister von der Wehr oben auf dem Pritschenwagen mit seiner Ansprache fortfuhr.

„Wir dürfen die Hoffnung nicht aufgeben, denn dann hätte die Bestie gewonnen. Denn ohne unsere Hoffnung und unseren Willen, was haben wir da noch, wofür es sich zu leben lohnt?" Er machte eine dramatische Pause, dann sprach er weiter: „Nein, wir dürfen die Hoffnung nicht aufgeben, dass sich am Ende alles zum Guten wendet, allein schon wegen unser Familien, wegen unserer Frauen und Töchter. Deshalb sind wir heute hier, ihr und ich: um für unsere Zukunft zu kämpfen und für die unserer Kinder! Deshalb sage ich euch, meine Freunde: Gebt die Hoffnung nicht auf! Glaubt daran, dass wir die Bestie hier und heute ein für alle Mal zur Strecke bringen können! Gebt Euer Bestes, dass ihr Schädel heute Abend auf einer Stange auf diesem Platz steckt, als Zeichen und Mahnmal gleichermaßen, dass wir das Grauen überwunden haben und wir wieder lächelnd in die Zukunft blicken können! – Wir werden die Bestie kriegen! Ja, wir werden sie kriegen! Für unsere Familien!"

Verschiedentlich erklang unter den Versammelten zustimmendes Gemurmel, doch die meisten standen einfach nur mit skeptischen Mienen da und behielten ihre Meinung für sich; vielleicht *hofften* sie, dass von der Wehrs Worte zutreffen würden, dass der wochenlange Albtraum, der sie heimsuchte, heute mit dem Schein der Dämmerung vergessen war, wie ein böser Traum, aus dem man einfach so erwachte, doch daran *glauben* konnten nur die wenigsten von ihnen.

Auch Zara schnaubte verächtlich. „Was für ein dämliches Gerede!", brummte sie mit Blick auf den Bürgermeister, der schwerfällig vom Wagen stieg. Dann erinnerte sie sich daran, dass Wanja neben ihr stand, und bereute ihre harschen Worte, doch die Tochter des Bürgermeisters lächelte verständnisvoll und auch ein bisschen traurig, so, als hätte Zara bloß das ausgesprochen, was ohnehin jeder hier dachte.

„Er ist ein guter Mensch", sagte Wanja leise. „Und er tut, was er kann … Aber manchmal ist das eben nicht genug."

Zara schwieg und wandte betreten den Blick ab, und auch keiner der anderen wusste so recht, was er sagen sollte, sodass Zara froh war, als Ela plötzlich eine Frau in einem weiten Mantel entdeckte, die allein, mit einem großen Wolfshund an der Leine, am gegenüberliegenden Rande des Platzes stand. Im ersten Moment glaubte Zara, die Frau sei mindestens doppelt so alt wie die beiden jungen Mädchen neben ihr, doch dann erkannte sie, dass das nicht stimmte; die Frau war noch jung, kaum älter als Wanja und Ela, doch Kummer und Tränen hatten sie vor ihrer Zeit altern lassen.

Ela fasste Wanja sanft am Arm. „Da drüben ist Elura. Seit die Bestie letzte Woche ihre beiden Schwestern geholt hat, habe ich sie nicht mehr gesehen. Sie sieht grauenvoll aus. Komm, lass uns rübergehen, Wanja, ob wir irgendetwas für sie tun können, ja?"

Wanja nickte mit fest zusammengepressten Lippen.

Die Treiber und Jäger rings um Zara und die anderen begannen sich allmählich zu verstreuen; die Jagdgesellschaft wappnete sich zum Aufbruch. Die meisten Männer machten nicht gerade einen entschlossenen Eindruck. Sie wirkten eher so, als wären sie nur hier, um eine lästige Pflicht hinter sich zu bringen, ehe sie in den *Güldenen Tropfen* einkehren und auf Kosten des Bürgermeisters ihren Frust hinunterspülen konnten. Nur die hohen Herrschaften schienen sich bei Glühwein und Gebäck bestens zu amüsieren, als wäre dies eine ihrer Freizeitveranstaltungen wie Fuchsjagd oder Polo oder womit auch immer sich diese feinen Damen und Herren sonst die Zeit vertreiben mochten. Ernst nahmen sie die Sache jedenfalls nicht; oder zumindest nicht so ernst, wie es angebracht gewesen wäre. Irgendwo lachte sogar jemand. Einen Moment später pfiff jemand anerkennend, dann noch einer. Als Zara sich umwandte, um zu sehen, was los war, bildete sich zwischen den Treibern und Jägern mit ihren Hunden eine Gasse, durch die eine junge Frau ging – nein, nicht ging: *schwebte*! Sie schien direkt den feuchten Träumen eines grünen Jungen entsprungen zu sein. Wenn die Alten Götter der Versuchung je eine Gestalt gegeben hatten, dann kam sie in diesem Moment mit majestätischen Schritten auf sie zu.

„Meine Herren …“, raunte Falk fasziniert, mit Augen, so groß wie Taubeneier. Er hatte Mühe, seinen Oberkiefer oben zu halten; fehlte nur noch, dass ihm Speichel aus den Mundwinkel lief. *„Wer ist das?“*

„Das“, sagte Jahn düster, „ist Drusilla von Drake.“

Alles an der jungen Frau schrie förmlich danach, dem „starken“ Geschlecht zu gefallen: die vollen, knallrot geschminkten Lippen, die mit dunklem Lidstrich umrahmten Augen, die dadurch einen fast schwermütigen Ausdruck bekamen, das lange braune Haar, das in weichen Wellen um ihre Schultern wogte, und nicht zuletzt das elegante, eng am Körper liegende grüne Jagdkostüm mit der miederbedingten Wespentaille, die selbst Zara Anerkennung abnötigte; ein Wunder, dass das junge Ding überhaupt Luft bekam, so eng, wie das Mieder geschnürt war. Als sie sich ihren Weg durch die Menge bahnte, war sie sich der gierigen Blicke all der Männer ringsum sehr wohl bewusst. Nur dafür hatte sie sich schließlich so aufgetakelt; sie *wollte* diese Blicke. Sie wollte im Mittelpunkt stehen, egal, um welchen Preis, und da ihr die Alten Götter außer einem perfekten Körper und einem nicht minder vollkommenen Gesicht nichts weiter mitgegeben hatten, setzte sie das, was sie hatte, so gut ein, wie sie eben konnte. Immerhin war alles, was sie im Leben erreichen musste, einen wohlhabenden Mann zu finden, der bereit war, sie zu heiraten und ihr den Rest ihres Lebens zu finanzieren. Moorbruch war für solche Ambitionen sicherlich nicht der rechte Ort, aber Zara war überzeugt davon, dass Drusilla in einer Stadt wie Hohenmut oder Mascarell keine Schwierigkeiten haben würde, einen entsprechenden Gatten zu finden – oder zumindest einen Bordellbesitzer, der sie nur zu gern in seine Dienste nehmen würde …

Ohne auf die anerkennenden Pfiffe und die gierigen Blicke zu achten, mit denen die Männer sie bis auf die Haut auszogen, schlenderte Drusilla über den Platz, direkt auf Zara und ihre beiden männlichen Begleiter zu. Doch während Falk bei ihrem Anblick seine liebe Mühe hatte, seinen Speichelfluss im Zaum zu halten, schien Jahn von der Schönen weit weniger angetan zu sein. Das beruhte offenbar auf Gegenseitigkeit, denn während er die junge Frau düster anstarrte, als sie – die Arme bis zu den Ellbogen in langen weißen Lederhandschuhen und in der einen Hand eine schwarze Reitgerte – mit wiegenden Hüften an ihnen vorbeischritt, strafte Drusilla das Trio mit arroganter Gleichgültigkeit. Falk schien das nicht zu stören; er sog den Duft ihres schweren, viel zu süßen Parfüms tief ein.

Nach ein paar Schritten wandte Drusilla leicht den Kopf und blinzelte Falk mit einem kleinen, süffisanten Lächeln zu, das kaum mehr als die Ränder ihrer vollen blutroten Lippen kräuselte, doch es genügte, um Falk voller Bewunderung seufzen zu lassen. Er sah ihr mit verträumtem Blick nach, wie sie sich entfernte. „Du liebe Güte", murmelte er. „Was für eine Frau!"

Jahn schnaubte verächtlich. „Drusilla ist ein Flittchen. Wenn ich für jeden, der bereits das Vergnügen mit ihr hatte, einen Goldtaler bekäme, müsste ich in diesem Leben keinen Handschlag mehr tun." Er sah der jungen Frau nach, wie sie divenhaft zu einer der Adelskutschen ging, und schüttelte den Kopf, als die Männer, an denen sie mit ihrer koketten Art vorbeiging, ihr gierig hinterherschauten, beinahe, als hätten sie in ihrem Leben noch nie eine Frau gesehen. „Wenn du schon eine anschmachten willst", wandte er sich an Falk, nur halb im Scherz, „dann meine Schwester. Sie kann zwar nicht mit so viel … *Erfahrung* aufwarten wie Drusilla, aber sie ist ein liebes Mädchen und keine falsche Schlange, die es bloß darauf anlegt, Unheil zu stiften. Meinen Segen hast du jedenfalls."

Falk riss den Blick von Drusilla los und schaute hinüber zu Ela und Wanja, die sich um Elura kümmerten, und die triebhafte Begierde in seinem Blick machte einem Ausdruck der Wärme und Zuneigung Platz. Und als würde Ela spüren, dass Falk sie ansah, drehte die junge Frau auf einmal den Kopf und erwiderte seinen Blick mit einem scheuen Lächeln. Falk bekam rote Ohren und sah verlegen zu Boden.

Dann blies einer der Jäger in sein Horn, und der Ernst der Situation holte Falk wieder auf den kalten, harten Boden der Tatsachen zurück.

„Es geht los“, sagte Jahn. „Ich hole die Pferde.“

„Ich komme mit und helfe dir“, sagte Falk.

„Lasst Kjell im Stall“, befahl Zara.

Die beiden jungen Männer sahen sie fragend und verwirrt an.

„Ich gehe zu Fuß auf die Jagd“, erklärte sie. „Auf diese Weise bin ich leiser und laufe nicht Gefahr, dass die Bestie Kjell wittert. Das gilt auch für euch“, sagte sie ernst, „deshalb werde ich allein gehen.“

Falk runzelte die Stirn. „Ohne uns?“

Zara nickte. „Ohne euch.“

„Aber ich dachte, wir sind ein Team.“

„Wir sind *kein* Team“, entgegnete Zara kühl. „Wir sind keine Partner, wir sind keine Freunde und wir sind keine Kumpels. Du hast dich an mich gehängt wie eine verfluchte Klette, und jetzt werde ich dich nicht mehr los. Ich war einverstanden, dass wir zusammen reisen, aber die Spielregeln bestimme ich. Falls du damit ein Problem hast, kannst du gern weiterziehen – allein!“ Sie sah Falk durchdringend an. „*Haben* wir ein Problem?“

Falk biss sich auf die Lippe und schüttelte den Kopf. „Kein Problem“, sagte er so kleinlaut, dass Zara ihre harschen Worte beinahe Leid taten, doch sie konnte Falk bei dem, was sie vorhatte, beim besten Willen nicht gebrauchen; weder ihn noch sonst jemanden.

Anders als Falk sah Jahn die Sache mit dem erforderlichem Maß Pragmatismus. „Dann reiten wir mit den Mädchen“, erklärte er. „Wenn wir bei ihnen bleiben, wird ihnen hoffentlich nichts zustoßen. Die Bestie hat noch nie eine Gruppe angegriffen, immer nur einzelne Opfer." Er sah Zara mit ernster Miene an. „Ich weiß nicht, was Ihr vorhabt, aber wenn Ihr Hilfe braucht, lasst es uns bitte wissen. Wir sind vielleicht keine so überragenden Kämpfer wie Ihr, aber auch Bauern wie ich wissen sich zu verteidigen." Um seinen Worten Nachdruck zu verleihen, schulterte er grimmig die schwere Armbrust, die er die ganze Zeit über in einer Hand gehalten hatte. Dann wandte er sich ab, legte Falk in einer kameradschaftlichen Geste einen Arm um die Schultern und zog ihn in Richtung des Stalls davon, um die Pferde zu holen; widerwillig ging Falk mit ihm. Vermutlich ahnten die beiden Männer, dass es keinen Sinn hatte, mit Zara zu diskutieren.

Zara sah zu, wie sich die Jagdgesellschaft zu einem bunten Treck aus Treibern, Hundeführern, Jägern und Adeligen formierte, der sich auf den Waldrand zuschob; Falk, Jahn und die beiden jungen Frauen ritten fast am Ende des Trosses aus Kutschen, Pferden und Fußvolk. Zara wartete, bis sich die Menschen noch weiter entfernt hatten, ehe sie sich umwandte – und so abrupt stehen blieb, als wäre sie gegen eine unsichtbare Wand gelaufen, ein nur halb unterdrücktes Keuchen auf den Lippen.

Direkt vor ihr stand Gregor D'Arc; sie hatte ihn nicht kommen hören.

Der Landgraf und Zara standen sich so dicht gegenüber, dass sich ihre Nasen berührt hätten, wäre Zara nicht fast einen halben Kopf kleiner als D'Arc gewesen, der mit einem kleinen, aber feinen Lächeln auf sie herabsah. „Wohin so allein, Madam?", fragte er höflich und trat einen Schritt zurück, um sie nicht mit seiner hoch gewachsenen Gestalt zu bedrängen. „Wollt Ihr Euch nicht der Jagdgesellschaft anschließen?"

Zara brauchte einen Moment, um sich zu fangen, dann schüttelte sie den Kopf. „Ich halte nicht viel von derlei Gruppenaktivitäten."

Er lächelte. „Verständlich. Die meisten dieser Burschen sind nichts als tumbe Bauern; sie tun nur, was man ihnen sagt, und würden die Bestie selbst dann nicht aufspüren, wenn sie ihnen in den Hintern beißt. Und die hohen Herrschaften, die diesen Jagdausflug allenfalls als kurzweiligen Zeitvertreib vor dem Vier-Uhr-Tee betrachten …" Er winkte verächtlich ab.

„Und trotzdem schickt Ihr sie raus in die Wälder", sagte Zara.

„O nein, Madam, das missversteht Ihr." Gregor schüttelte den Kopf. „Ich *schicke* niemanden da raus, und ich hege im Gegensatz zum Bürgermeister auch in keinster Weise die Hoffnung, dass es der Jagdgesellschaft gelingen wird, die Bestie diesmal zur Strecke zu bringen. Doch ich musste gestern Abend irgendwie verhindern, dass die von Wut und zu viel Alkohol aufgepeitschte Situation in der Taverne eskalierte, und da war dies das Beste, was mir auf die Schnelle einfiel, um die Leute zu beruhigen."

„Dann habt Ihr die Leute getäuscht", sagte Zara geradeheraus.

„Ich würde eher sagen, ich gab ihnen Hoffnung", widersprach Gregor D'Arc ruhig. „Und ich setze darauf, dass *Ihr* mir dabei helfen werdet, sie nicht zu enttäuschen."

Zaras Miene wurde hart. „Ich lasse mich nicht gern unter Druck setzen."

„Das ist auch nicht meine Absicht", widersprach Gregor. „Ich hege einfach nur den Glauben, dass Ihr dazu im Stande seid, die Bestie zur Strecke zu bringen, das ist alles." Er wandte den Kopf und ließ den Blick über den Treck schweifen, der sich von Moorbruch entfernte und zum Wald zog. „Manchmal frage ich mich, was ich hier überhaupt mache“, sagte Gregor plötzlich, scheinbar zusammenhanglos. „Ich wache morgens auf und habe das Gefühl, in einem Traum gefangen zu sein – im Traum eines anderen, aus dem ich nicht erwachen kann. Es ist vielleicht kein Albtraum, aber auch kein guter Traum.“ Er sah Zara wieder an. „Wisst Ihr, ursprünglich komme ich aus Hohenmut, doch in den drei Jahren, die ich nun schon hier bin, habe ich diese Gegend und die Menschen, die hier leben, ins Herz geschlossen. Sie mögen einfache Bauern sein, arm und ungebildet, doch sie haben ihre Prinzipien, und im Gegensatz zu den ganzen selbstverliebten Blaublütigen, die meinen, sie wären von Natur aus etwas Besseres, kennen sie Moral und Anstand; sie leben ihr Leben so, wie sie es für richtig halten, allen Widrigkeiten zum Trotz, und es käme mir nie in den Sinn, sie im Stich zu lassen. – Und“, jetzt sah er Zara direkt in die Augen, „ich hoffe sehr, dass *Ihr* es auch nicht tut, Madam.“

Zara hielt seinem Blick unbeirrt stand. „Ich bin nicht für diese Menschen verantwortlich“, erklärte sie selbstsicher. „Aber ich werde tun, was ich kann, um ihnen zu helfen.“

Gregor D'Arc lächelte sanft. „Mehr verlange ich auch gar nicht.“ Er strich sich mit einer Hand übers Kinn und sagte süffisant: „Ich nehme an, ich kann es mir sparen, Euch meine Hilfe anzubieten?“

Zara nickte. „Da habt Ihr Recht.“

„Dann will ich Euch auch nicht länger aufhalten.“ Er trat beiseite, um ihr den Weg freizumachen. „Passt auf Euch auf, und Weidmannsheil, wie der Jäger sagt.“ Damit wandte sich Gregor um und marschierte mit weiten, ausgreifenden Schritten auf einen der letzten Pritschenwagen zu, die sich noch auf dem Platz befanden. Zara blieb noch einen Moment, wo sie war, und widerstand dem Drang, dem Landgrafen nachzuschauen.

Dann riss sie sich aus ihren Gedanken und setzte sich mit einem unmerklichen Kopfschütteln in Bewegung. Die überhebliche Arroganz und unverfrorene Dreistigkeit, mit der D'Arc sie für seine Zwecke einspannte, ärgerte sie. Aber wirklich wütend war sie auf sich selbst, weil sie sich von seiner charmanten Art derart um den Finger wickeln ließ. Sie *wollte* auf den Landgrafen wütend sein, *konnte* es aber nicht, und Zara ertappte sich einmal mehr bei dem Gedanken, dass D'Arc ihr gefiel. Sie waren wie Gegensätze, die einander anzogen.

Zara versuchte, ihre widerstreitenden Gefühle im Zaum zu halten, während sie über den Platz ging. Vereinzelt hielten sich noch Einwohner hier auf oder musterten sie aus den Fenstern der Häuser, doch Zara achtete nicht darauf. Ihr Blick war ganz nach innen gerichtet, während sie sich auf all ihre Sinne konzentrierte und begann, sie zu sensibilisieren und zu regulieren wie Einstellungen an einer Waage, die man für feinste Gewichtsunterschiede einstellt.

Schließlich ließ sich der kalte Wind, der über ihr Gesicht strich, beinahe greifen, und Zara nahm die Gerüche, Farben und Geräusche rings um sich herum stärker wahr als sonst. Alles wirkte viel intensiver, viel *lebendiger*; sie hörte die leisesten Geräusche, und als sie durch den knöchelhohen Schnee auf den Waldrand zustapfte, hatte sie immer noch den Geruch von Drusilla von Drakes viel zu süßem Parfüm in der Nase, das sich vor ihrem inneren Auge, einem weithin sichtbaren leuchtend roten Band gleich, nach Norden zog: Orangenblütenwasser, Jasmin und Vanille mit einem Hauch Nelke.

Wenn die Bestie kein Gespenst war, sondern eine Kreatur aus Fleisch und Blut, *musste* sie irgendwo in den Wäldern Spuren hinterlassen haben, und wenn es Zara gelang, eine dieser Spuren zu finden, konnte sie ihr mit etwas Glück folgen. Sie musste nur darauf achten, dass sie bei all den Eindrücken, die auf sie einstürmten, nicht das Wesentliche übersah.

Mit entschlossenen Schritten legte Zara die letzten paar Meter zum Waldrand zurück und verschwand lautlos zwischen den Bäumen.

Die Jagd hatte begonnen.

XV.

Der Moorbrucher Forst war beinahe so dunkel wie der Finsterwald, durch den sie hierher gelangt waren, eine unzählige Quadratkilometer große Fläche aus Tannen und Fichten und Laubbäumen und Felsen und Lichtungen und Pfaden aus festgestampfter Erde, durchzogen von einem Gewirr von Bachläufen, die in die weiten graubraunen Torfmoore mündeten; die erstreckten sich immer wieder zwischen den uralten Baumriesen und konnten für unachtsame Wanderer schnell zu einer bösen Überraschung werden. Aus der Vogelperspektive musste der Forst wie ein gewaltiger Flickenteppich aus grünen und braunen Flächen wirken, der sich in jeder Himmelsrichtung bis zum Horizont und noch darüber hinaus erstreckte. Selbst das lang gezogene Tal, in dem Moorbuch errichtet worden war, ging in dieser Übermacht unbändiger grüner Natur einfach unter, wie ein Kiesel auf dem Grund eines Meers. In diesem Teil der Welt hatte sich die Natur die Vorherrschaft bewahrt, und die kläglichen Versuche der Menschen, dem Forst hier und da etwas abzutrotzen, wirkten vergleichen mit der unendlichen Weite dieser Wälder allenfalls lächerlich und unbedeutend.

In diesem Wirrwarr aus Schluchten, Tälern, Bäumen, Felsen und Sümpfen hätte sich eine ganze Armee verstecken können, ohne dass man sie gefunden hätte, selbst wenn zwei andere Armeen nach ihr suchten. In dieser Umgebung eine Kreatur von der ungefähren Größe eines Wolfs aufzuspüren, wurde dadurch zur sprichwörtlichen Suche nach der Nadel im Heuhaufen. Erschwerend kam hinzu, dass sich die Bestie in diesen Wäldern bestens auskannte; sie versuchten also, ihren Gegner auf eigenem Territorium zu schlagen, und daran waren schon ganz andere gescheitert. Mit anderen Worten: Das Ungeheuer war in jeder Hinsicht im Vorteil.

Nun, dachte Zara, während sie abseits der festen Pfade lautlos durch den dunklen Wald schlich, *vielleicht nicht in jeder …*

Seit sie Moorbruch vor zwei Stunden hinter sich gelassen hatte, hatte sie keine Menschenseele zu Gesicht bekommen, doch der Lärm der Jagdgesellschaft war allgegenwärtig, ein konstantes Rufen und Bellen und Stimmengemurmel in der Ferne, hin und wieder punktiert vom Knallen einer Muskete. Obwohl Zara sich alle Mühe gab, sich von der Jagdgesellschaft fernzuhalten, die sich schwerfällig und lautstark wie eine Horde Wildschweine durch den Forst schob, bekam sie doch mehr von dem mit, was geschah, als ihr lieb sein konnte. Vor einer Weile hatte sie von einem Hügel aus mehr zufällig einen Blick auf die Menschen erhascht. Die Jagdgesellschaft folgte dem klassischen Muster: Während die Treiber mit ihren Rasseln und Klappern zusammen mit den Hundeführern die Vorhut bildeten und in einer geschlossenen Linie durch das Unterholz walzten als eine geschlossene Wand aus Leibern, um alles aufzuscheuchen, was sich vor ihnen im Dickicht verstecken mochte, hielt sich das Fußvolk mit seinen Speeren und Heugabeln und Mistforken zwanzig Schritte hinter ihnen; einige versuchten, das Halbdunkel des Waldes mit Fackeln zu vertreiben. Wiederum zwanzig Schritte dahinter kamen die Jäger zu Pferde, und dahinter, quasi als Nachhut, der Tross der Adeligen, die plaudernd und scherzend auf ihren Gäulen saßen, begleitet von

Dienern und Leibeigenen, die ihnen ihre Waffen trugen. Ganz zum Schluss kamen die Pritschenwagen mit der Verpflegung und der Kadaverkarren, auf dem die Jagdbeute transportiert werden sollte. Es war kein Wunder, dass es den Moorbruchern bislang nicht gelungen war, die Bestie zur Strecke zu bringen; sie gingen so ungeschickt und tölpelhaft vor, dass es selbst einem Olifanten ohne größere Mühe gelungen wäre, durch ihre Maschen zu schlüpfen.

Gleichwohl, die Treibjagd erfüllte ihren Zweck; die Tiere des Waldes waren in hellem Aufruhr. Aufgescheucht vom Geräusch der Klappern und dem Bellen der Bluthunde, die wie verrückt an ihren Leinen zerrten, nahmen die Tiere Reißaus. Überall im Dickicht raschelte es; die Blätter von Büschen und Sträuchern wogten und bebten. Von ihrem erhöhten Standpunkt aus schien es Zara, als würde der ganze Forst leben. Eichhörnchen huschten erschrocken die Baumstämme hinauf, Gänse und Perlhühner stoben schnatternd und kreischend aus dem Gestrüpp in einer nebligen Senke auf, zwei junge Rehe flogen in wildem Zickzack tiefer in den Wald … Doch egal, wie viele Tiere die Häscher aufscheuchten, die Bestie war nicht darunter.

Nachdem Zara das Treiben der Jäger eine Minute lang verfolgt hatte, wandte sie sich kopfschüttelnd ab und rutschte auf der anderen Seite den Hügel hinunter, um ihre Suche nach Spuren der Bestie weiter südlich fortzusetzen, tiefer im Wald. Doch obwohl Zara eine versierte Fährtensucherin war und Augen und Ohren offen hielt, fand sie nicht eine Spur der Bestie; keine Fußabdrücke, keinen Kot, keine Haare – nichts, was man bei einem so großen Wesen eigentlich zu finden erwarten konnte.

Je weiter der Vormittag fortschritt, desto größer wurde Zaras Frust.

Sie arbeitete sich zu Fuß bis zum Rand eines großen Sumpfgebiets vor, wo eine windschiefe Holzhütte mit löchrigem Schindeldach und halb vermoderte Holzgerüste davon kündeten, dass in dieser Gegend Torf gestochen wurde, und als sie bei der Hütte einen Moment lang eine kurze Verschnaufpause einlegte, glaubte sie, aus dem Augenwinkel eine vage Bewegung in den Büschen zu ihrer Rechten wahrzunehmen, so, als würde sich etwas Großes, Massiges durch das Unterholz schieben. Doch als sie nachsah, entdeckte sie im Unterholz lediglich einen großen Eber mit borstigem Fell, der mit seinen verdreckten, leicht gebogenen Hauern im Laub nach Eicheln suchte.

Sie überließ den Eber seinen Eicheln und ging einmal um den gesamten Sumpf herum, doch vergebens: Die Bestie schien in diesem Teil des Waldes keine Spuren hinterlassen zu haben, und falls doch, dann waren sie der harschen Witterung zum Opfer gefallen. Zara zwang sich, nicht allzu niedergeschlagen zu sein, und ging auf einem anderen Weg in die Richtung zurück, aus der sie gekommen war. Dabei fiel ihr irgendwann auf, wie ungewöhnlich ruhig es war. Nachdem sie den ganzen Vormittag über im Hintergrund konstant das Klappern und Rasseln der Treiber und das Bellen der Hunde vernommen hatte, war es jetzt still. Alles, was an ihr Ohr drang, war das leise Wispern des Windes in den Bäumen und das Murmeln eines kleinen Bachlaufs, der sich in der Nähe durch das Unterholz wand. Selbst die Tiere des Waldes waren verstummt.

Im ersten Moment stieß sie ein erleichtertes Seufzen aus – *endlich Ruhe!* –, doch nach ein paar Minuten fing die ungewohnte Stille an, an ihren Nerven zu nagen. Neugierig, was die plötzliche Stille zu bedeuten hatte, änderte sie ihren Kurs und arbeitete sich in die Richtung vor, in der sie die Jagdgesellschaft zuletzt gehört hatte. Inzwischen war es Mittag, doch obwohl die Sonne irgendwo jenseits der dichten Wolkendecke längst hoch am Firmament stehen musste, war dieser Teil der Welt noch immer in vages Zwielicht getaucht, als weigere sich der Tag, anzubrechen. Der Wind hatte seit dem Morgen ein wenig aufgefrischt und ließ die Wipfel der Tannen schaukeln.

Zara folgte in der Nähe eines zugefrorenen kleinen Weihers einem Trampelpfad durch das Unterholz, und plötzlich stand sie am Rande einer Waldlichtung, auf der die Jagdgesellschaft ihr Mittagslager abhielt, in Wurfweite eines kleinen Bachs, aus dem die Diener eiskaltes Wasser schöpften, um damit die Pferde zu tränken und Teller zu waschen. Mitten auf der Lichtung stand der Proviantwagen; davor hatte man an einem riesigen Dreifuß einen gewaltigen Kupferkessel über dem Feuer aufgehängt, von dem der Duft von Fett und Suppe über die Lichtung trieb.

Während sich die hohen Herrschaften in einem eigens für sie errichteten Zelt tummelten, drängten sich die Jäger und Häscher um das Feuer, löffelten Suppe aus Blechtassen und Tellern und wirkten mehr wie auf einem Picknickausflug denn auf einer Treibjagd. Vermutlich glaubten sie, sich diesen Luxus nach dem anstrengenden Morgen, der hinter ihnen lag, verdient zu haben, denn wenn man ihnen eines nicht vorwerfen konnte, dann, dass sie untätig gewesen waren. Bis jetzt war die Jagd sogar ausgesprochen ertragreich gewesen.

Die „Ausbeute" des Vormittags lag fein säuberlich aufgereiht mitten auf der Lichtung, zur Schau gestellt wie Auslagen beim Schlachter: sieben Füchse, fünf Wildschweine, ein halbes Dutzend Wildschweinfrischlinge, mehrere Hasen und Kaninchen, zwei Dutzend Perlhühner, fünf Fasane und sogar ein Hirsch, ein stattlicher Siebenender, den jemand mit einem sauberen Blattschuss zur Strecke gebracht hatte. Messer blitzten;

mehrere Männer waren dabei, den Tieren mit geübten Handgriffen das Fell abzuziehen. Keines dieser Tiere sah auch nur entfernt wie die Bestie aus, und doch taten die feiernden Jäger so, als hätten sie das Ungeheuer zur Strecke gebracht.

Auf einmal trat Gregor D'Arc neben sie, dem ihre Ankunft nicht entgangen war, und hielt ihr eine Blechtasse mit Punsch hin; der Duft von Rotwein und Gewürzen stieg Zara in die Nase, doch sie schüttelte den Kopf. Sie hatte keinen Durst, von Appetit ganz zu schweigen. Gregor zuckte mit den Schultern, als hätte er nichts anderes erwartet, und trank selbst einen Schluck, ehe er sagte: „Und? Glück gehabt bei der Jagd?"

„Nicht halb soviel wie Ihr", erwiderte Zara voller Verachtung.

Gregor D'Arc folgte ihrem Blick zu den sinnlos dahingemetzelten Tieren. „Ich weiß, was Ihr denkt", sagte er, „und ich versichere Euch, dass dieses Treiben ganz und gar nicht meine Zustimmung findet. Aber schließlich … Wir sind auf der Jagd, und einigen dieser Leute ist es gleichgültig, was sie jagen, ob nun Ungeheuer, Wölfe oder Hasen."

„Denen geht's nicht um die Jagd", widersprach Zara, „sondern ums Töten."

„Schon möglich", stimmte Gregor zu. „Vielen geht es bei der Jagd nur darum, diesen ganz besonderen, verbotenen Reiz auszuleben, für einen kurzen Moment diese unglaubliche Macht zu spüren, Herr über Leben und Tod zu sein, zu bestimmen, wer stirbt und wer weiterleben darf. Das mag anrüchig und moralisch verwerflich sein. Allerdings glaube ich nicht, dass Ihr oder ich das Recht haben, andere für etwas zu verurteilen, was Ihr und ich bereits mehr als einmal getan haben, nicht wahr?"

„Ich habe getötet", stimmte Zara zu, „doch niemals aus Vergnügen."

Gregor musterte sie eindringlich und sah ihr einen endlosen Moment lang ins Gesicht; Zara fürchtete, er würde ihr die Lüge von den Augen ablesen, doch er sagte nichts. Stattdessen hob er den Blick zum düsteren Winterhimmel über der Lichtung und sagte: „An Tagen wie diesen – sieht es da nicht aus, als würde es nie wieder Sommer werden? Als würde die Sonne nie wieder scheinen?"

„Schon möglich", sagte Zara unwirsch, auch wenn sie keine Ahnung hatte, was diese seltsame Bemerkung zu bedeuten hatte. Sie sah sich auf der Lichtung um und entdeckte Falk, Jahn, Ela und Wanja, die ein Stückchen abseits auf einem umgestürzten Baumstamm saßen. Ela fütterte Falk lachend mit Erbsensuppe; die jungen Leute schienen sich prächtig zu verstehen. „Entschuldigt mich bitte", sagte Zara barsch. „Ich muss gehen."

Ohne eine Erwiderung D'Arcs abzuwarten, drehte sie sich auf dem Absatz um und ließ den Landgrafen einfach stehen. Sie spürte seine Blicke im Rücken, als er ihr verwirrt nachsah, doch Zara scherte sich nicht darum, ob er sie für unhöflich hielt. Sie wollte einfach weg von dieser dekadenten Meute gelangweilter Snobs, die so wenig Respekt vor dem Leben hatten. Natürlich hatte Gregor D'Arc Recht: Sie befand sich nicht in der Position, diese Menschen zu verurteilen, nach all dem Blut, das sie in ihrem Leben vergossen hatte. Doch das bedeutete nicht, dass man sich nicht ändern konnte. Oder zumindest konnte man es *versuchen*.

Zara überquerte die Lichtung, ohne anzuhalten. Weiter vorn hatten Falk und die anderen sie bemerkt und winkten ihr fröhlich zu, doch statt zu ihnen zu gehen, huschte Zara auf die Büsche zu, sobald sie Gregor D'Arcs durchdringenden Blick nicht mehr im Rücken spürte, und verschwand im Unterholz, um erneut ins Zwielicht des Forsts einzutauchen. Diesmal hieß die Kriegerin die Stille zwischen den Wäldern willkommen wie einen alten Freund.

Die Ruhe hielt ungefähr eine Stunde lang an. Dann scholl erneut das Bellen und Knurren der Bluthunde durch den Forst, als die Treiber ihren Weg durch den Wald fortsetzten. Zu diesem Zeitpunkt war Zara bereits ein ganzes Stück von der Lichtung entfernt; auf der Suche nach Spuren der Bestie bewegte sie sich nun nach Nordosten, in ein Gebiet, in dem der moderige Geruch des Torfs, der hier gestochen wurde, allgegenwärtig war. Die Bäume wiesen hier an der Wetterseite mehr Moos auf als in anderen Bereichen des Waldes, und bei jedem Schritt quoll Brackwasser aus dem nur halb gefrorenen Boden. Zaras Stiefel hinterließen deutliche Spuren im Erdreich, und als sie sich systematisch umschaute, entdeckte sie mehrere Dutzend Abdrücke im halb gefrorenen Schlammboden; die meisten stammten von Vögeln oder Kaninchen, und keiner ähnelte den großen Pfoten, die sie bei der Leiche am Weiher entdeckt hatte, sodass Zara sich nach einer Weile bei dem Gedanken ertappte, ob sie womöglich alle nur einem Hirngespinst hinterherjagten, einer hübsch ausstaffierten Legende, die sich irgendjemand zu Nutze machte, um unter dem Deckmantel der angeblich unsterblichen Bestie seinen verdorbenen Neigungen auszuleben. Was hatte Gregor D'Arc vorhin noch gesagt? „Vielen geht es bei der Jagd nur darum, diesen ganz besonderen, verbotenen Reiz auszuleben, für einen kurzen Moment diese unglaubliche Macht zu spüren, Herr über Leben und Tod zu sein, zu bestimmen, wer stirbt und wer weiterleben darf …“ Tiere kannten solche Gedanken nicht; sie töteten nur, wenn sie dazu gezwungen waren, ob es nun darum ging, sich zu ernähren, sich den Lebensraum zu sichern oder sich selbst und das Rudel zu verteidigen. Töten um des Tötens willen war eine rein menschliche Eigenschaft, und die Willkür, mit der die Bestie zuschlug, hatte etwas zutiefst Menschliches an sich. Dabei ging es nicht darum, ein Territorium zu verteidigen oder Beute zu machen.

In Gedanken versunken schlich Zara zwischen den Bäumen dahin, den Blick in sich gekehrt. In der Ferne hörte sie vage die Jagdgesellschaft durch das Dickicht brechen, doch sie nahm es kaum wahr, als sie konzentriert noch einmal alle Fakten durchging, die sie über die Bestie und ihre Opfer wusste, und versuchte, darin ein Muster zu erkennen, irgendetwas, das ihr bislang entgangen war …

Plötzlich blieb Zara stehen und hob angespannt den Kopf.

Da! Was war das?

Sie hielt die Nase in die Luft und schnupperte, wie ein Jagdhund, der eine Witterung aufnimmt.

Zunächst war der Geruch vage, weil er von zu zahlreichen anderen Gerüchen überlagert wurde, doch als Zara sich allein darauf konzentrierte und nach und nach alle anderen Eindrücke ausblendete, nahm sie diesen Geruch in aller Deutlichkeit wahr: den herben animalischen Geruch eines großen Tieres, vermischt mit dem bittersüßen Gestank von verwesendem Fleisch, der sich so deutlich durch das Unterholz zog wie eine Spur leuchtender Fußabdrücke, die von hier wegführten, nach Norden, tiefer in den Wald.

Zara zögerte keine Sekunde. Entschlossen folgte sie dem Geruch tiefer ins Unterholz, alle Sinne bis zum Äußersten gespannt, und mit jedem Schritt wurde der Geruch stärker. Leise, lautlos wie ein Geist, huschte Zara durch das Dickicht, immer ihrer Nase nach, die sie schließlich zum Fuß eines steil aufragenden Felsens führte, auf dessen Kuppe eine riesige, verkrüppelte Kiefer thronte. Das dichte Wurzelwerk zog sich wie ein Geflecht holziger, armdicker Adern und Venen über den Felsen. Efeu und Moos hatten den Stamm und die Äste der gewaltigen Kiefer überwuchert, und lange Efeustränge hingen von den Ästen des Baums herab wie Henkersschlingen von einem Galgen. Als Zara das Dickicht hinter sich ließ und auf den Pfad aus festgestampfter Erde trat, fiel ihr die seltsame Form des Felsens auf; beinahe erinnerte er sie an einen wuchtigen und doch seltsam hageren Schädel, mit einem vorstehenden Felsgrat als Nase, abbröckelnden Felsmulden anstelle der Augen und sonderbar geformten Stalaktiten, die wie zwei stumpfe Hörner aus der „Stirn" des grimmig dreinschauenden Felsgesichts sprossen.

Das hier musste der Teufelsfelsen sein, von dem Jahn ihnen erzählt hatte.

Hier hatte die Bestie mehrere ihrer Opfer gefunden, was darauf hinwies, dass sie sich in diesem Teil des Waldes öfter aufhielt. Das machte den Teufelsfelsen zu einer idealen Ausgangsposition für ihre Suche, aber auch für die Jagdgesellschaft, die bereits auf dem Weg hierher war; sie konnte das Hecheln und Kläffen der Hunde und die Rufe der Treiber ebenso deutlich hören wie das Pochen der Pferdehufe und das dumpfe Rumpeln der Kutschen auf der hart gefrorenen Erde. Noch waren die Treiber ein ganzes Stück entfernt, doch spätestens in zehn Minuten würden sie hier sein, um mit ihrer ungeschickten Art alle Spuren zu zerstören, die sie vielleicht zur Bestie führen könnten.

Zara musste sich beeilen.

Sie konzentrierte sich erneut auf den animalischen Geruch, der sie hergeführt hatte. Dann folgte sie dem Trampelpfad zur Südseite des Felsens, wo der Geruch schließlich so überwältigend wurde, dass es Zara schier den Atem verschlug. Sie verzog angewidert das Gesicht und ging unbeirrt weiter am Fuß des Felsens entlang, bis zu einer Stelle, wo ihr ein Vorhang aus Efeuranken und Moos in einer Felsnische den Blick auf die Quelle des animalischen Gestanks verwehrte. Bereit, sofort ihre Schwerter zu ziehen, falls Gefahr im Verzug war, blieb sie vor der Nische stehen, streckte nach kurzem Zögern die Hand nach dem natürlichen Vorhang aus und strich die Efeuranken beiseite. Dahinter kam eine schmale Felsnische zum Vorschein, die vielleicht drei oder vier Schritte in den Felsen führte. Auf dem Boden der Nische, die wie ein umgedrehtes V wirkte, häuften sich Laub und Kiefernnadeln, die den Kadaver eines Tieres, das Zara bei genauerem Hinsehen als Wildschwein erkannte, zum Teil bedeckten. Die Überreste des Tieres lagen auf der Seite, und Zara sah die tiefen Wunden, die gewaltige Pranken gerissen hatten. Leere Augenhöhlen starrten Zara entgegen; fünf tiefe Kratzer zogen sich parallel über den Schädel, fast so, als habe jemand mit einer Axt oder einem stumpfen Messer darauf eingeschlagen. Trotz des Gestanks nach Fäulnis und Verwesung beugte sich Zara vor und nahm den Kadaver eingehend in Augenschein. Überall zeigten sich lange, tiefe Wunden.

Doch da war noch etwas anderes. Ein animalischer, irgendwie *dunkler* Geruch, der vom Gestank des verwesten Kadavers fast verdeckt wurde, wie feuchtes Hundefell. Zara konnte sich nicht erinnern, so etwas schon einmal gerochen zu haben, doch sie war sich sicher, auf der richtigen Spur zu sein.

Nach einem letzten Blick auf das tote Schwein trat sie aus der Nische zurück und schaute sich neugierig in ihrer Umgebung um. Ihre Nasenflügel bebten leicht, als sie versuchte, der Witterung zu folgen. Was auch immer das Wildschwein getötet hatte, es hatte sich in südöstlicher Richtung vom Teufelsfelsen entfernt und war tiefer in den Wald vorgestoßen. Die Geruchsspur war zwar schon älter – das Wildschwein war mindestens schon seit zwei oder drei Tagen tot –, doch stark genug, dass Zara ihr folgen konnte. Sie tauchte wieder in das Unterholz ein, nicht weit von der Stelle entfernt, wo sie es vorhin verlassen hatte, nur dass sie jetzt in die entgegengesetzte Richtung ging, weg vom Teufelsfelsen und dem Tumult der Jagdgesellschaft, die mit jeder Minute näher kam. Dann umfing sie erneut dichtes Unterholz.

Zara folgte der Fährte durch ein Gewirr aus Büschen, Sträuchern und Farnen. Der dunkle, irgendwie *gefährliche* Geruch, den sie bei dem Kadaver des Wildschweins aufgenommen hatte, wurde intensiver. Doch Zara vermochte noch immer nicht zu sagen, was es war, dass ihr daran so seltsam vorkam; es war der Geruch eines Tiers, keine Frage, doch da war noch etwas anderes, etwas schwer Fassbares, das nur knapp außerhalb ihrer Wahrnehmung zu liegen schien, zum Greifen nahe und dennoch unerreichbar. Zara wusste nur eins: Was auch immer das für ein Wesen war, es war mit nichts vergleichbar, das sie bislang getroffen hatte. Zara spürte, wie sich in ihr eine gewisse Nervosität regte.

Bald verklangen das Bellen und die Rufe der Treiber in der Stille des Waldes, und Zara war allein mit sich und der Spur, von der sie hoffte, dass sie sie zu der Bestie führte. Doch selbst, wenn das zutraf, war es damit noch lange nicht getan; es gab einen kleinen, aber feinen Unterschied zwischen „die Bestie aufspüren“ und „die Bestie töten“. Angeblich war diese Kreatur, um was auch immer es sich dabei handeln mochte, ungeheuer stark und nicht zu verletzen. Zara hatte sich im Laufe der Zeit zwar so manches Mal gewünscht, den Tod und damit Frieden zu finden, trotzdem schreckte sie in letzter Konsequenz doch davor zurück. Auch wenn der Tod selbst seinen Schrecken für Zara verloren hatte, da war etwas, das sie davon abhielt, ihr Leben allzu leichtfertig aufs Spiel zu setzen: die Hoffnung auf Erlösung – und *die* würde sie im Tod mit Sicherheit nicht finden …

Nachdenklich folgte Zara dem zunehmend stärker werdenden Geruch durch den Wald. Ein vages, diffuses Zwielicht umfing sie, als würde jeden Moment die Nacht hereinbrechen, fast so, als würde das Dach des Waldes alles Licht absorbieren. Doch Zara hatte keine Mühe, sich zurechtzufinden, und nach einer Weile begann sich das Unterholz wieder zu lichten.

Auf einmal schälten sich die bedrohlichen, schartigen Umrisse einer alten Ruine aus dem Dickicht.

Die kläglichen Überreste deuteten darauf hin, dass das Gebäude einst ein prächtiges Herrenhaus gewesen war, mit Türmchen und Erkern und Balkonen vor den Fenstern, doch von der einstigen Pracht des Anwesens war längst nichts mehr zu sehen. Zurückgeblieben waren wuchtige, rußgeschwärzte Steinquader, verkohlte Balken und Bretter, teilweise eingestürzte, moosbewachsene Mauern und leere Fensterrahmen mit geschwärzten Glassplittern. Vom zweiten Stock und dem Dach waren bloß noch Fragmente übrig, und rußige Backsteine und Trümmer des Schornsteins und des hölzernen Dachfirsts lagen überall im vom Unkraut überwucherten Vorgarten, den der Schnee unregelmäßig bedeckte. Wind pfiffen durch das nackte Skelett des Dachfirsts.

Ein mannshoher Eisenzaun mit konischen Spitzen umgab Hausruine und Garten, in dem eine rostige Kinderschaukel leise im Wind quietschte. Das Gartentor gab es nicht mehr.

Noch jetzt, etliche Jahre nach dem Brand, lag ein Hauch von Feuer und Rauch über der düsteren Ruine; Zara hatte beinahe das Gefühl, noch das Prasseln des Feuers zu hören, das sich an dem Haus und allem, was darin war, gütlich tat, heiß und gierig. Sie fragte sich, was hier geschehen sein mochte. Warum war das Haus niedergebrannt? Und wer hatte darin gelebt, hier draußen, im Wald, fernab der nächsten Ortschaft?

In Gedanken versunken, ging sie weiter auf die Ruine zu, als sie plötzlich in den Augenwinkeln eine Bewegung gewahrte, zwischen den Trümmern nahe der Hauswand, dort, wo die Schatten am dichtesten waren. Dann vernahm sie ein leises Knurren, das tief aus der Kehle kam, und sofort blieb Zara stehen, während sich ihre Hände bereits um die Griffe ihrer Schwerter schlossen. Ihre Augen verengten sich zu Schlitzen, als sie mit ihren Blicken die Dunkelheit durchdrang und erkannte, was da in den Schatten der Ruine lauerte.

Keine zehn Schritte von ihr entfernt stand der größte Wolf, den Zara je gesehen hatte, mit schwarzgrauem, im Nacken drahtigem Fell. Das Tier maß mindestens zwei Meter von der Schnauze bis zur Schwanzspitze, und der Kopf des Wolfs war fast doppelt so groß wie der eines Menschen, mit einem pfeilförmigen Muster grauer Haare zwischen den funkelnden Augen, das sich zwischen den spitz aufgestellten Ohren quer über den halben Schädel zog. Die dunklen Lefzen waren zurückgezogen, und der Wolf starrte Zara mit seinen goldfarbenen Augen durchdringend an.

Langsam und ohne Hast zog Zara ihre Schwerter. Dabei ließ sie den Wolf keine Sekunde aus den Augen. All ihre Sinne waren bis zum Äußersten gespannt.

Dann sah Zara plötzlich, dass der Wolf mit dem linken Hinterlauf in eine Bärenfalle geraten war, die jemand im dichten, halb verrotteten Laub zu Füßen der Mauer ausgelegt hatte, und sie entspannte sich wieder. Der Wolf saß in der Falle; die eisernen Dreieckszähne hatten sich knapp oberhalb der Pfote in seinen Lauf gegraben. Offenbar hatte er versucht, sich selbst aus der Falle zu befreien, doch das hatte nur dazu geführt, dass sich die Eisenzacken noch tiefer in sein Fleisch gegraben hatten. Blut ließ sein Fell feucht glänzen, und als Zara dem Tier in seine Augen sah, erkannte sie darin mehr Furcht als Angriffswut. Vermutlich hatten die Einwohner von Moorbruch die Falle hier ausgelegt, um so die Bestie zur Strecke zu bringen; stattdessen war ihnen ein Wolf in die Falle gegangen – ein riesiger Wolf, fürwahr, jedoch nichtsdestotrotz nur ein Wolf.

Zara schob ihre Schwerter ebenso langsam wieder in die Scheiden zurück, wie sie sie herausgezogen hatte, und ging mit langsamen Schritten auf den Wolf zu. Der knurrte wieder, tief und drohend, zum Zeichen, dass sie nicht näher kommen sollte, und versuchte, nach hinten zurückzuweichen, doch die Bärenfalle hinderte ihn daran, mit der Folge, dass er noch heftiger knurrte. Doch Zara ließ sich nicht beirren. Sie ging langsam, ohne Hast, weiter und hob besänftigend die Hände, um dem Wolf zu zeigen, dass es nichts gab, wovor er Angst haben musste. „Ruhig, mein Freund, nur ruhig“, sagte sie, „ich werde dir nichts tun. Alles, was ich will, ist, dich aus dieser Falle zu befreien, bevor du es selbst tust …“ Zara war im Laufe ihrer Reisen mehr als einmal auf Wölfe oder Füchse gestoßen, die in Bärenfallen geraten waren, und es war nie ein schöner Anblick gewesen, denn Wölfe waren wie Ratten: Wenn sie in eine Falle gerieten, taten sie alles, um sich zu befreien, selbst wenn sie dafür ihr eigenes Bein durchbeißen mussten. Doch auch wenn diese „Amputation“ den Tieren kurzzeitig die Freiheit zurückgab, kamen die meisten nicht weit, entweder weil sie durch die Wunde zu viel Blut verloren und starben, oder weil sie durch ihr neues Handicap zu einer leuchten Beute für andere Jäger und Räuber wurden. Dieses Schicksal wollte sie diesem majestätischen Tier ersparen. Außerdem war es nur eine Frage der Zeit, bis die Hunde der Jagdgesellschaft die Witterung des verletzten Wolfes aufnehmen würden, wenn es noch länger hier in der Falle saß, und dann war der Wolf vermutlich so oder so geliefert. „Ruhig, nur ruhig, ich tue dir nichts. Ich will dir nur helfen ...“

Als würde der Wolf verstehen, was sie sagte, ließ das Knurren nach und verklang schließlich ganz. Doch das große Tier ließ Zara nicht aus den Augen und folgte jeder ihre Bewegungen mit dem wachsamen Blick seiner intelligenten bernsteinfarbenen Augen, als Zara Schritt für Schritt näher kam, bis sie schließlich nur noch eine Armlänge von dem Wolf entfernt war. Jetzt befand sie sich in Reichweite seiner mächtigen Fänge; wenn er wollte, hätte er problemlos nach ihr schnappen können. Doch obwohl das Nackenhaar noch immer aufgestellt war und der wachsame Blick des Wolfs jede ihrer Bewegungen taxierte, glitten die Lefzen langsam wieder nach unten und bedeckten die mächtigen Zahnreihen, als wüsste das Tier instinktiv, dass ihm von Zara keinerlei Gefahr drohte.

Zara ging langsam neben dem Wolf in die Knie, beugte sich vor und griff nach den beiden Bügeln der Falle; in dieser Situation wäre es dem Tier ein Leichtes gewesen, sich in ihrem ungeschützten Nacken zu verbeißen. Doch der Wolf rührte sich nicht. Er stand einfach nur da, musterte Zara mit aufmerksamem Blick und tat auch nichts, als sie mit beiden Händen die eisernen Bügel der Bärenfalle auseinander drückte, was sich als schwieriger erwies als erwartet; die Spannung auf den Bügeln war enorm. Fast war es ein Wunder, dass die zuschnappenden Bügel dem Wolf den Lauf nicht gleich amputiert hatten. Zara keuchte vor Anstrengung, doch es gelang ihr, die Eisenbügel soweit auseinander zu bekommen, dass der Wolf seinen verletzten Hinterlauf aus der Falle ziehen konnte.

Die Eisenbügel der Falle hatten sich tief in sein Fleisch gegraben, und als der Wolf langsam einen Schritt zurücktrat, zog er das verletzte Bein schwerfällig nach, doch kein Laut der Klage oder des Schmerzes kam über seine Lefzen. Stattdessen sank sein aufgestelltes Nackenhaar langsam in sich zusammen, als die Anspannung des Tieres nachließ, und ein kleines Lächeln huschte über Zaras Gesicht.

„Siehst du", sagte sie leise, während sie die beiden Bügel der Bärenfalle langsam wieder schloss, „ich sagte doch, ich würde dir helfen."

Der Wolf legte leicht den Kopf schief, als würde er versuchen, den Sinn ihrer Worte zu ergründen. Zara richtete sich langsam auf, die Hände wieder vor sich gestreckt, zum Zeichen, dass dem Tier keine Gefahr drohte, und musterte den riesigen Wolf ebenso aufmerksam, wie das Tier sie taxierte. Sie mochten vielleicht keine Feinde sein, doch Freunde waren sie ebenfalls nicht.

Zara blieb vor dem Wolf stehen und sah mit einem leisen Lächeln auf das mächtige Tier hinab, das ihr beinahe bis zum Bauchnabel reichte. Das seltsame gezackte Muster aus weißgrauem Fell, das von der Schnauze über den Schädel verlief, erinnerte an einen vom Himmel fahrenden Blitz. Einen Moment lang blieb sie, wo sie war; dann machte sie zögernd einen

Schritt auf den Wolf zu, und dann, als der Wolf keine Anstalten machte, zu fliehen, noch einen.

Sie wollte gerade vorsichtig die Hand nach dem Tier ausstrecken, um den Wolf zu streicheln, als irgendwo jenseits der Ruine plötzlich ein Zweig knackte!

Die Ohren des Wolfs stellten sich ruckartig auf.

Zaras Kopf ruckte herum, die Augen zu Schlitzen verengt.

Am Waldrand standen Jahn, Falk und die beiden Mädchen, in ihren Mienen nacktes Entsetzen, als sie sahen, wie sich Zara und der riesige Wolf Auge in Auge gegenüberstanden, nur eine Armlänge voneinander entfernt. Der wuchtige Schädel des Wolfs ruckte ebenfalls herum, und als das Tier die Neuankömmlinge sah, glitten die Lefzen wieder von seinen gewaltigen Hauern zurück, und ein tiefes, gefährliches Knurren scholl durch die Ruine.

Jahn handelte, ohne lange zu überlegen. Er legte mit seiner Armbrust, die er gespannt und einsatzbereit in den Händen gehalten hatte, auf den Wolf an und kniete sich vor die anderen. Sein Finger lag am Abzug und zitterte ein wenig, als er sein Ziel ins Visier nahm.

„Nicht!“, rief Zara.

Doch es war zu spät.

Der Bolzen schoss auf den Wolf zu.

Zara sog scharf die Luft ein. Schneller, als man mit bloßem Auge verfolgen konnte, riss sie eines ihrer Schwerter aus der Scheide, holte aus und schleuderte das Schwert wuchtig von sich – alles, was Falk und die anderen davon mitbekamen, war eine einzige verschwommene Bewegung, dann fiel der Armbrustbolzen keine fünf Schritte vor dem Wolf zu Boden, während sich das Schwert mit einem satten Krachen in den Stamm einer alten, verkrüppelten Trauerweide bohrte.

Jahn blinzelte ungläubig. „Bei allen Göttern“, murmelte er und starrte Zara benommen an. „Wie – wie habt Ihr das gemacht?“

Zara antwortete nicht.

Einen Moment lang rührte sich niemand, als wäre die Welt erstarrt. Dann lief ein Ruck durch den Wolf, das gewaltige Tier drehte sich um und lief humpelnd auf den Waldrand zu, so schnell es sein verletzter Lauf zuließ. Ehe es jedoch im Unterholz verschwand, wandte es den Kopf noch einmal Zara zu, und einen magischen Moment lang sahen sie sich in die Augen, der Wolf und die Kriegerin, verwandte Seelen.

Dann klackte es – die Sehne war in den Spanner der Armbrust einrastete –, und der Wolf machte einen Satz nach vorn und war im Dickicht verschwunden. Jahn fluchte, riss die Armbrust hoch und wollte ihm folgen, doch Zara lief ihm in den Weg und hielt ihn zurück: „Lass ihn!“

Jahn funkelte sie an. „Warum?“

„Weil das nicht die Bestie ist“, sagte Zara ruhig, „sondern nur ein Wolf.“

„Auch Wölfe stellen eine Gefahr für uns dar!“, hielt Jahn dagegen.

„Und wenn schon!“, brummte Zara, nicht bereit, sich auf Diskussionen einzulassen. Sie sah hinüber zu der Stelle, wo der Wolf im Dickicht verschwunden war, und ein kaum merkliches Lächeln kräuselte ihre Mundwinkel, bevor sie sich wieder den anderen zuwandte. Um das Thema zu wechseln, nickte sie in Richtung der verbrannten Ruine. „Was ist das hier für ein Ort?“

Langsam beruhigte sich Jahn wieder. Er ließ die Armbrust sinken, während Zara zu der Weide ging, um mit einem Ruck ihr Schwert aus dem Stamm zu ziehen. „Das hier“, erklärte er mit respektvoll gesenkter Stimme, „war einst das Anwesen eines Gelehrten, aber ich kann mich nicht mehr an seinen Namen erinnern …“

„Humbug“, sagte Wanja.

„Nein“, widersprach Jahn. „Hier hat *wirklich* ein Gelehrter gelebt …“

„Ja, und sein *Name* war *Humbug*“, sagte sie. „Swend von Humbug. Er war ein berühmter Historiker, wenn wohl auch recht umstritten. Sein Hauptwerk ist die so genannte *Chronik von Ancaria*, ein mehrbändiges Werk über die Historie von Ancaria, vom Anbeginn der Zeit bis heute. Mein Vater kannte ihn recht gut; wir haben eine ganze Reihe seiner Bücher zu Hause. Er hat sich auf seine ganz eigene Weise mit der Geschichte von Ancaria befasst, und einige seiner Thesen über die Entstehung von Ancaria sind wohl recht gewagt, wenn ich meinen Vater richtig verstanden habe. Deshalb hatte von Humbug in Historikerkreisen wohl auch nicht allzu viele Freunde; die meisten haben ihn nicht für voll genommen. Anfangs machte ihm das wohl nicht viel aus, doch irgendwann wurden der Druck und die Missachtung, denen seine Frau und seine Kinder ausgesetzt waren, so groß, dass er beschloss, aus Hohenmut wegzugehen, wo sie bis dahin gelebt hatten. So kamen sie hierher, nach Moorbruch. Sie bauten sich dieses Haus und hofften, hier, fern von dem Spott der Menschen, ein neues Leben beginnen zu können.“

Zara steckte ihr Schwert in die Scheide zurück. „Was ist dann passiert?“

Jahn wiegte den Kopf. „Niemand weiß es mit Bestimmtheit. Als ich noch ein Junge war, sahen die Bewohner von Moorbruch eines Nachts Feuerschein über dem Wald, und als sie herkamen, stand das Anwesen vom Keller bis zum Dach lichterloh in Flammen. Da es unmöglich war, das Feuer zu löschen, ließen sie das Haus niederbrennen und suchten anschließend in den Trümmern nach den Leichen der Bewohner, doch sie fanden keine einzige; die Hitze war wohl so groß, dass selbst die Knochen verbrannt sind. Jedenfalls fand man weder von Swend von Humbug noch von seiner Familie je eine Spur, doch manchmal, in hellen Vollmondnächten, soll man sie angeblich noch immer hier sehen, wie die Kinder auf der Schaukel sitzen und Swend und seine Frau daneben beim Picknick, friedlich beisammen, als wüssten sie gar nicht, dass sie tot sind."

„Nette Geschichte." Falk ließ seinen Blick unbehaglich über die verbrannte Ruine schweifen. „Die ideale Gute-Nacht-Geschichte für kleine Kinder …"

Jahn zuckte gleichmütig mit den Schultern. „So erzählt man sich's wenigstens." Er suchte Zaras Blick. „Was hat Euch überhaupt hier hergeführt?", fragte er. „Die Bestie?"

Bevor sie antworten konnte, schnitt plötzlich das grelle Schrillen einer Signalpfeife durch den Wald. Das Pfeifen kam von irgendwo weiter südlich, aus Richtung von Moorbruch, irgendwo aus dem Dickicht des Forsts.

Jahn riss entsetzt die Augen auf. „Das Alarmsignal!", zischte er.

„Die Bestie!", raunte Ela ängstlich. „Die Bestie hat wieder zugeschlagen!"

„Verdammt!" Falks Kopf ruckte zu Zara herum. „Und was machen wir …"

Er brach ab, als er merkte, dass Zara überhaupt nicht mehr neben ihm stand. In dem Moment, als das Pfeifen an ihr Ohr drang, war Zara bereits losgejagt, in die Richtung, aus der das Signal durch die Abenddämmerung scholl.

Obwohl sie genau wie alle anderen die Hoffnung hegte, dass der Alarm womöglich gar nichts mit der Bestie zu tun hatte, sagte ihr der Instinkt, dass auf dem Friedhof von Moorbruch bald ein neues Grab in die hartgefrorene schwarze Erde getrieben werden musste …

XVI.

Zara verließ den Schutz des Waldes und gelangte auf eine kleine Lichtung, von der das Schrillen der Signalpfeife hallte. Die junge Frau lag im Zentrum der Lichtung, auf dem Rücken, fast so, als würde sie schlafen, das Haar um den Kopf herum ausgebreitet, die Augen leer und blicklos empor zum wolkenverhangenen Himmel starrend. Das einstmals noble Jagdkostüm war nur noch ein blutiger Fetzen.

Zara ging in gebührendem Abstand um die Leiche herum, sorgsam darauf bedacht, nicht in das langsam gefrierende Blut zu treten. Das Einzige an Drusilla von Drake, das unversehrt zu sein schien, war ihr Gesicht, weiß und schön wie feines Porzellan, makellos und ohne einen einzigen Blutspritzer darauf.

Zara betrachtete die sterblichen Überreste zu ihren Füßen mit müdem Blick und seufzte resigniert, ohne auf den Jäger mit der Signalpfeife zu achten, der ein paar Schritte weiter stand und mit vor Schreck kreidebleichem Gesicht in seine Pfeife blies. Irgendwo im Unterholz am Rande der Lichtung wurden Hufgetrappel und wild durcheinander rufende Stimmen laut, doch Zara hatte nur Augen für die schöne Tote. Der Blutgeruch, der von der Toten ausging, war schwer und betäubend, wie Unmengen verschütteten Weins, doch als Zara die kupferschwangere Luft tief in ihre Lungen sog, war da noch etwas anderes, ein schwächerer, bitterer Geruch, der vom betäubenden Duft des Blutes fast verdeckt wurde, wie der fauligsüße Gestank von verfaulten Friedhofsblumen.

Zaras Stirn legte sich in grüblerische Falten, und sie ging neben Drusilla in die Knie. Aus unmittelbarer Nähe war der Blutgeruch noch betäubender, doch auch der Friedhofsblumengestank nahm zu, und als Zara sich mit leicht aufgeblähten Nüstern, wie ein Raubtier, das die Witterung seiner Beute aufnimmt, über die Tote beugte, nahm sie zudem noch den gleichen „sauberen", unbefleckte Geruch wahr, den sie auch bei der toten Frau im Weiher gerochen hatte. Mit anderen Worten: Egal, wie verdorben und männermordend sich Drusilla auch gegeben haben mochte, hätte Jahn sich *wirklich* für jeden, der angeblich bereits das Vergnügen mit ihr hatte, einen Goldtaler geben lassen, so wäre er jetzt keinen Heller reicher. Wie es schien, hatte Drusilla von Drake zu jenen Frauen gehört, die sich einen Spaß daraus machten, die Männer durch ihr kokettes Auftreten um den Finger zu wickeln, jedoch hastig den Rückzug antraten, wenn es ernst wurde. Zara vermochte nicht zu sagen, was dieses Verhalten Drusilla eingebracht hatte – mal abgesehen vielleicht davon, in aller Öffentlichkeit als loses Flittchen dazustehen –, sie nahm jedoch an, dass Drusilla die begehrlichen Blicke der Männer gebraucht hatte, um ihr schwaches Selbstwertgefühl zu steigern.

Der Geruch der Jungfräulichkeit war aber nicht die einzige Überraschung, die Drusillas Leichnam für Zara bereithielt. Nicht minder aufschlussreich war das seltsame gelb-silbrige Pulver am zerfetzten Kragen der Toten, das im Zwielicht glitzerte wie Diamantstaub und so intensiv im Geruch war, dass Zara bereits wusste, womit sie es zu tun hatte, bevor sie das Pulver auf dem Kragen der Leiche behutsam mit der Spitze ihres Zeigefingers berührte und das feingemahlene Pulver nachdenklich zwischen Daumen und Zeigefinger rieb. Der beißende Gestank von Schwefel stieg ihr in die Nase, vermischt mit den Gerüchen verschiedener Kräuter und Wurzeln, darunter Harnischwurz, Alraune, Tollkirsche, Gilgkraut und Mutterkorn, und die silbrigen Partikel, die in der Substanz glänzten, waren Sporen von Silberdisteln.

Der Gestank des Pulvers war so durchdringend, dass er Zara in der Nase stach, und auch wenn sie in den Dunklen Künsten alles andere als bewandert war, wusste sie dennoch genug darüber, um zu wissen, dass es sich bei dem Pulver um so genanntes Hexenpulver handelte, das seinerzeit von den Zauberkundigen des Landes verwendet worden war. Als König Aarnum I. alle Arten von Magie mit dem Zaubererlass gesetzlich und bei Todesstrafe verbot, war das Hexenpulver ebenso von der Bildfläche verschwunden wie alles andere, das mit Kräften spielte, die nicht von dieser Welt waren.

Zara konnte sich noch gut daran erinnern, wie die Soldaten des Königs durchs Land gezogen waren, um Zauberkundige einzufangen, in Ketten zu legen und in Käfigkarren zu deportieren wie Vieh auf dem Weg zum Schlachthof. Überall im Land hatten sich damals Zauberkundige auf der Flucht vor Aarnums Häschern befunden, und überall erhellte das grelle Flackern gewaltiger Feuer die Nacht, als die Soldaten des Königs ganze Bibliotheken von Zauberbüchern oder dem, was man dafür hielt, auf den Dorfplätzen zusammentrugen, mit Öl übergossen und mit ihren Fackeln in Brand steckten. Als im Zuge des „Königlichen Edikts wider die Nekromantie und Zauberei“ Zauberwirkende mit Meuchelmördern auf eine Stufe gestellt wurden, begann im wahrsten Sinne des Wortes eine Hexenjagd, die sich gegen all jene richtete, die in irgendeiner

Form mit den Dunklen Mächten in Verbindung standen – oder dem, was viele dafür hielten. Egal, ob Zauberer, Hexen, Nekromanten oder Heiler, sie alle standen auf Aarnums Liste, und wochenlang rollten Käfigkarren mit verzweifelten Männern und Frauen nach Sternental, wohin all jene verbannt wurden, die das Glück hatten, von gnädigen Inquisitoren abgeurteilt zu werden; viele gab es davon freilich nicht, und so blieb Sternental lange Zeit nahezu verlassen.

Später, unter der Ägide von Aarnums Erstgeborenem Morgast, wurde die Verfolgung Zauberkundiger mit unbarmherziger Härte fortgesetzt und sogar noch verschärft, denn einige Jahre lang fielen auch Schausteller und anderes fahrendes Volk ohne eigenes Zutun in den Rahmen des Edikts, und auch bei gewöhnlichen Bürgern genügte bereits der einfache Verdacht, um jemanden als Zauberkundigen einzukerkern oder ihn sofort zu verbrennen, denn obwohl zumindest Aarnum I. ein Mann von großer Rechtschaffenheit war, nutzten seine Untergebenen ihre plötzliche Macht über Leben und Tod schamlos aus, und nicht wenige Unschuldige fanden in den Flammen der Zauberinquisition ein grausiges Ende. Zuweilen genügte es schon, rote Haare zu haben oder die Missgunst eines Nachbarn auf sich zu ziehen, der einen daraufhin bei der Inquisition anprangerte, und wenn dies geschah, gab es in den seltensten Fällen eine Chance, diesen Verdacht zu widerlegen.

Jene finsteren Tage der Willkür waren seit vielen Jahrhunderten vorüber, doch seitdem herrschte unter der Bevölkerung Ancarias eine schleichende Paranoia, was Magie betraf. Niemand wollte in den Verdacht geraten, mit den Dunklen Mächten im Bunde zu sein, aus Furcht, die gesamte drakonische Härte des „Königlichen Edikts wider die Nekromantie und Zauberei" am eigenen Leibe zu erfahren. Dies hatte zur Folge, dass Zauberbücher, Zauberkräuter oder andere Dinge wie Drachenblut, Hasenpfoten oder ungeweihte Gebeine – mit anderen Worten: alles, das auch nur im Entferntesten zum Zaubern verwendet werden konnte – in Ancaria so schwer aufzutreiben waren wie eine ehrliche Dirne in den Armenvierteln von Burg Hohenmut.

Doch wie kam dann das Hexenpulver an die Kleidung der Toten?

Als sie genauer hinsah, stellte Zara fest, dass die Leiche noch an anderen Stellen Spuren des Hexenpulvers aufwies, nicht nur an ihrem Kragen; auch an den Armen, im Bereich des Bauches und an den Schultern fand sich das silbrig-gelbliche Pulver, fein zwar, manchmal nur ein paar Körnchen, doch unzweifelhaft vorhanden. Zara ging durch den Kopf, dass Drusilla womöglich nicht nur eine arrogante junge Frau gewesen war, die sich einen Spaß daraus machte, den Männern reihenweise den Kopf zu verdrehen, sondern auch eine überaus *neugierige* junge Frau, die sich mit Dingen beschäftigt hatte, die im Allgemeinen als Tabu galten. Sie nahm nicht an, dass Drusilla in den Dunklen Künsten bewandert gewesen war – in diesem Fall hätte sie mit Sicherheit irgendeine Art Schutzzauber bei sich getragen, einen Talisman oder ein Medaillon –, doch vielleicht hatte sie mit dem Dunklen Künsten gespielt, wie sie mit den Männern spielte, und schließlich: Gewann das Verbotene nicht gerade dadurch seinen besonderen Reiz, dass es verboten war?

Dann jedoch stellte Zara bei genauerer Betrachtung fest, dass das Pulver ausschließlich rings um die Wunden herum zu finden war, die die Bestie der jungen Frau zugefügt hatte, und nirgendwo sonst, was nur einen Schluss zuließ: Die Bestie hatte das Pulver an sich, an ihren Pfoten und Klauen. Vermutlich hatte auch die Leiche im Weiher ursprünglich Hexenpulver an sich gehabt, doch das Brackwasser hatte es fortgewaschen, sodass Zara bei der Untersuchung der Toten nichts davon wahrgenommen hatte. Zwar war das bloß eine Vermutung, und selbst, wenn zwei Opfer die gleichen Hinweise aufwiesen, konnte das noch immer Zufall sein, doch die Bestie wählte ihre Opfer mit Bedacht, und allein der rituelle Charakter der Tötungen, bei dem jedem Opfer das Herz aus dem Leib gerissen wurde – so war es auch hier –, ließ für Zufälle keinerlei Platz. Alles, was geschah, sollte genau so passieren, so und nicht anders, und wenn Zara nicht vollkommen daneben lag, dann galt dies auch für das Hexenpulver, das in irgendeiner Weise genauso zu diesem rituellen Morden gehörte wie der Umstand, dass allen Opfern das Herz aus dem Leib gerissen wurde, dass alle Opfer junge Frauen und dass keine dieser jungen Frauen bislang die Möglichkeit gehabt hatte, die Freuden der körperlichen Lust zu erfahren. Auch das Vorhandensein des Hexenpulvers konnte Zaras Meinung nach kein Zufall sein. Es *gab* gewisse Verbindungen zwischen den Opfern, und das bedeutete, dass jemand die jungen Frauen, die von der Bestie in Stücke gerissen wurden, explizit auswählte. Sie mussten ihr Leben lassen, weil sie sich alle in gewisser Weise ähnelten.

Weil sie alle *Jungfrauen* waren …

Das und das Hexenpulver auf der Leiche, das die Bestie offenbar an sich hatte, wiesen darauf hin, dass es sich hier nicht, wie Pater Salieri seine Schäfchen glauben machen wollte, um eine Strafe seines Gottes handelte. Soviel Zara wusste, gab es in der Magie kein stärkeres Zaubermittel als Jungfrauen und alles, was damit zusammenhing. Und das bedeutete, dass sie es hier nicht mit einem nur rudimentär denkfähigen wilden Tier zu tun hatte, sondern mit einem Geschöpf, das mit den Dunklen Mächten paktierte.

Nachdenklich über dem zerfleischten Leichnam kauernd, ließ Zara den Blick mit einem leisen Seufzen über die Lichtung schweifen – und hielt abrupt inne, als sie am südlichen Rand der Lichtung eine Bewegung in den Schatten des Dickichts wahrnahm, ein Schatten innerhalb von Schatten. Zaras Augen verengten sich zu schmalen Schlitzen, und sie sah zwischen den Bäumen eine Gestalt in einem weiten schwarzen Kapuzenmantel, die in ihre Richtung starrte. Das Gesicht unter der weiten Kapuze lag so tief im Schatten, dass Zara das Antlitz des Unbekannten nicht erkennen konnte, doch die Größe und Statur der Gestalt legten nahe, dass es sich um einen Mann handelte. Einen Moment lang stand er einfach nur zwischen den Bäumen und starrte in ihre Richtung. Dann richtete Zara sich langsam auf, ohne die Gestalt aus den Augen zu lassen, und das war der Moment, als dem Unbekannten aufging, dass er entdeckt worden war.

Plötzlich lief ein Ruck durch die Kapuzengestalt zwischen den Bäumen, sie wirbelte herum und ergriff die Flucht. Im nächsten Moment war sie im Schutz des Dickichts verschwunden. Doch da war Zara längst mit einem Satz über die Leiche gesprungen und lief über die Lichtung, so schnell sie konnte.

Als der Mann mit der Signalpfeife sie mit wippendem Pferdeschwanz und wallendem Mantel wie einen schwarzen Pfeil über die Lichtung schießen sah, riss er fassungslos die Augen auf, und die Pfeife, auf der er so hartnäckig geblasen hatte, fiel ihm aus dem offenen Mund, weil ihm vor Fassungslosigkeit der Unterkiefer herunterklappte. „Was zum Teufel …“, raunte er und verfolgte benommen, wie Zara zwischen den Bäumen verschwand. Der Mann schüttelte verwundert den Kopf, so, als könne er nicht glauben, was er gerade gesehen hatte, und das war auch der Grund, warum er nie jemandem etwas davon erzählte, was er an jenem Abend auf der Lichtung erlebt hatte, aus Angst, sich das Ganze bloß eingebildet zu haben. Wer hätte ihm auch allen Ernstes geglaubt, dass die seltsame fremde Frau mit dem dunklen Haar und den durchdringenden Augen die fünfzig Schritte bis zum Waldrand in weniger als drei Sekunden zurückgelegt hatte?

Niemand, der klaren Verstandes war.

XVII.

Zara lief durch den Wald, ein Schatten innerhalb von Schatten, umweht von ihrem Umhang, der sich hinter ihr bauschte wie die Flügel einer riesigen, grotesken Fledermaus. Obwohl ihr Gesicht so reglos und unbewegt wie immer war, flackerten ihre Augen vor Leben, rote Kohlengruben, angefacht vom Reiz der Jagd, der Zara mit aller Macht befallen hatte, als sie den Unbekannten fliehen sah. Geduckt, den Oberkörper tief nach unten gebeugt, hastete Zara durch das Unterholz, und obwohl sie so schnell lief, verursachte sie kaum einen Laut, als sie der Spur des Flüchtigen folgte. Ihr Blick war starr und unbeirrt nach vorn gerichtet, als wüsste sie genau, wohin sie laufen musste, und ihre Nasenflügel zitterten, als sie die kühle, nach Schnee und Tannen duftende Waldluft tief einsog.

Der Geruch des Unbekannten lag klar und deutlich in der Luft, eine Mischung aus kaltem Schweiß, Rauch und Leinen, angereichert durch den ach so süßen, unvergleichlichen Duft der Angst, den Zara so deutlich wahrnahm, als zöge der Unbekannte eine weithin sichtbare Leuchtspur hinter sich her, die sie so sicher durch das dichte Unterholz führte, als müsste sie einfach bloß einem erleuchteten Pfad in der Dunkelheit folgen. Mit jedem Schritt, den Zara so leichfüßig tat, dass ihre Füße kaum den Boden zu berühren schienen, nahm der Geruch weiter zu.

Zara setzte ihre Schritte schnell und lief unbeirrt durch das Wirrwarr aus Farnen, Büschen und Sträuchern, ohne dass auch nur ein Ast oder Farn über ihren wallenden Umhang strich, fast so, als wich die Fauna vor Zara zurück, um ihr nicht zu nahe zu kommen. Doch tatsächlich war es genau umgekehrt; es war Zara, die sich von allen potentiellen Lärmquellen fern hielt, nur bewegte sie sich dabei so schnell, dass niemand, der Zeuge dieser Szene geworden wäre, seinen Augen getraut hätte, ebenso wie der Mann mit der Signalpfeife.

Lautlos folgte Zara der Spur der Kapuzengestalt in den Wald, weg von der Lichtung. Hier und da konnte sie im Vorbeilaufen die verwischten Fußspuren des Flüchtenden ausmachen, Abdrücke klobiger Männerschuhe, die sie jedoch nicht brauchte, um der Spur des Unbekannten zu folgen; seine Angst allein genügte, um sie anzuziehen wie ein Magnet ein Stück Metall.

Und dann war da noch der Lärm, den der Unbekannte verursachte, während er sich seinen Weg durch das Dickicht bahnte: raschelnde Blätter, knackende Äste, Stoff, der an Bäumen entlangstrich, der gepresste, rasselnde Atem des Fliehenden, der mit jedem Schritt schwerer ging …

Zara hätte ihm selbst mit verbundenen Augen problemlos folgen können.

Nicht lange, und sie erhaschte weiter vor sich im Unterholz die hastigen Bewegungen der Kapuzengestalt, die unbeholfen durch das Dickicht trampelte und sich immer wieder umschaute. Zara hielt sich in den Schatten und folgte dem Mann auf einer fast parallelen Route durch den Wald, lautlos wie ein Raubtier, das sich seiner Beute nähert. Doch obwohl er sie nicht ausmachen konnte, schien er zu ahnen, dass sie hinter ihm her war, denn seine Angst nahm permanent zu, wurde immer intensiver und durchdringender, ein süßer, schwerer Geruch, betörend wie das Parfüm einer schönen Frau und für Zara nicht minder verführerisch, als es für einen Mann gewesen wäre.

Noch war der Flüchtende dreißig Schritte vor ihr, doch schon Sekunden später waren es nur noch zwanzig Schritte, dann achtzehn, sechzehn …

Zara spürte, wie das Adrenalin heiß und überbordend durch ihre Andern schoss und ihre Schritte beflügelte, als sie sich dem Flüchtenden von hinten lautlos durchs Dickicht näherte. Sie konnte seinen Mantel deutlich vor sich zwischen den Sträuchern ausmachen, sein in Schatten gehülltes Gesicht, wenn er sich immer wieder suchend umsah, ohne sie im Zwielicht des tiefen Waldes ausmachen zu können, und mit jedem Schritt, den Zara näher kam, wurden die Atemgeräusche des Mannes lauter, ein angestrengtes, halb unterdrücktes Keuchen, unter das sich mehr und mehr ein anderes Geräusch mischte, ein regelmäßiges, dumpfes, irgendwie unwiderstehliches Pochen, das in ihrem Kopf widerhallte wie ein Echo zwischen Berghängen.

Ba-bock, Ba-bock, Ba-bock.

Zara lief weiter, ein Raubtier in Menschengestalt, beherrscht von Trieben, die so ursprünglich und uralt waren wie das Leben selbst, und je näher sie dem Flüchtenden kam, desto stärker wurde das animalische Verlangen, ihre Beute zu stellen und …

Keine zehn Schritte vor ihr brach die Kapuzengestalt unvermittelt durch eine Wand von besonders dichtem Unterholz und verschwand aus ihrem Blick, doch sein Herzschlag dröhnte so laut in Zaras Kopf, als hätte sie ihr Ohr an seine Brust gelegt, und dann hatte auch sie das Dickicht erreicht und huschte wie ein Geist zwischen den dichtstehenden Büschen und Sträuchern hindurch – um sich unversehens am Beginn einer schmalen Felsschlucht mitten im Forst wiederzufinden. Links und rechts erhoben sich massige Schieferfelsen, schorfig wie die Schuppen eines Drachen, zu beiden Seiten flankiert von einer Wand hoher Tannen, die sich leicht in einer eisigen Brise wiegten.

Die Kapuzengestalt indes war fort; verschwunden, als hätte sich die Erde aufgetan und den Mann verschlungen. Zumindest war der Unbekannte nirgends zu entdecken, als Zara aus dem Schutz des Dickichts auf den verschneiten Pfad trat, der sich – aus dem nördlichen Teil des Forsts kommend – durch diese Tannenschonung schlängelte, um in der Felsschlucht zu verschwinden. Doch auch wenn sie ihn nicht sehen konnte, nahm sie seinen Geruch noch immer so deutlich wahr wie zuvor, und der betörende Duft der Furcht führte ebenso zum Beginn der Schlucht wie die verwischten Fußspuren im Schnee.

Zara ging neben den Schuhabdrücken her, jetzt ohne Eile. Der Geruch ihrer „Beute“ war nach wie vor stark; der Unbekannte musste hier irgendwo ganz in der Nähe sein. Gemächlich folgte Zara den Spuren den Pfad entlang zum Beginn der Schlucht, die vor ihr in die Höhe ragte wie ein gewaltiges V aus Fels. Der Pfad, der sich zwischen den Felswänden hindurchwand, war kaum breit genug, dass zwei Pferde nebeneinander hätten reiten können, und hier und da ragten in unterschiedlichen Höhen verkrüppelte Kiefern aus dem Schiefergestein, die mit gebogenem Stamm in die Höhe wuchsen, wie Pflanzen, die sich nach dem Licht recken. Schon nach zwanzig Schritten beschrieb die Schlucht eine Kurve, sodass Zara nicht ausmachen konnte, was dahinter lag. Doch das würde sie bald wissen.

Ohne zu zögern trat Zara in die Schlucht und folgte den Fußspuren. Zu beiden Seiten ragte das Schiefergestein fast senkrecht dreißig Meter in die Höhe. Im Schutz der Schlucht war es vollkommen windstill, und nicht einmal der verführerisch pochende Herzschlag des Unbekannten war mehr zu hören. Doch sein Geruch war nach wie vor sehr intensiv, und das bedeutete, dass er ganz in der Nähe war.

Zara folgte weiter dem Pfad, den Blick auf die Spuren am Boden gerichtet. Hinter der nächsten Ecke verbreiterte sich die schmale Felsschlucht zu einem Kessel von vielleicht zwanzig Schritten Durchmesser, bevor sich der Weg dahinter wieder verengte und wie zuvor als schmaler Schlauch weiter nach Osten führte. Außer Felsbrocken unterschiedlicher Größe, die von einer hauchdünnen Schicht aus weißem Pulverschnee bedeckt waren, gab es in dem Felskessel nichts zu sehen, doch als Zara den Fußspuren des Flüchtenden etwa bis zur Mitte des Kessels gefolgt war, hielt sie plötzlich inne. Ihr Blick glitt in die Runde, und ihre Augen verengten sich zu schmalen Schlitzen.

Da war der dumpfe, hypnotische Herzschlag der Kapuzengestalt wieder, ganz nahe jetzt – *Ba-bock, Ba-bock, Ba-bock* – doch als sie genauer hinhörte, stellte sie fest, dass es nicht nur ein Herz war, das sie da schlagen hörte, sondern *mehrere*.

Da prasselte rechts von ihr bereits eine Hand voll halb gefrorener, losgetretener Erde die Schieferwand hinab.

Zaras Kopf ruckte herum, und in dem Sekundenbruchteil, den sie brauchte, um den Bolzen auf sich zurasen zu sehen, zuckte bereits ihre Hand empor, fast schneller, als man mit bloßem Auge verfolgen konnte. Zara packte den Bolzen mit einer Hand, als die scharfe eiserne Spitze bloß noch Zentimeter von ihrem Gesicht entfernt war. Sie hob den Kopf und blickte nach oben, zum Rand des Felskessels, wo ein stämmiger Mann mit einer Armbrust stand und von oben boshaft zu ihr hinuntergrinste. Es war der Kerl in dem Kapuzenumhang, doch jetzt gab er sich keine Mühe mehr, sich zu verbergen oder sein Gesicht zu verhüllen; die Kapuze hatte er nach hinten geschlagen.

Er hatte sie in eine Falle gelockt!

Wie um ihren unguten Verdacht zu bestätigen, tauchten am oberen Rand des Felskessels weitere Gestalten auf, mindestens ein halbes Dutzend verwegen dreinschauender Kerle in Jagdkleidung, alten Militäruniformen und weiten, abgewetzten Mänteln, von denen sie einige wiedererkannte, hatten sie sich doch als Häscher bei der Treibjagd verdingt. Doch offenbar hatten sie sich jetzt eine andere Beute erkoren als die Bestie, denn der Anblick der Armbrüste, Schwerter, Speere und Musketen, die von oben auf Zara herabzielten, ließ keinen Zweifel daran, dass die Männer nicht hier waren, um ein gepflegtes Schwätzchen zu halten oder die Ruhe und Abgeschiedenheit dieses Ortes zu genießen. Plötzlich wurde die Stille, die über der Schlucht lastete, bedrohlich.

Zara zerbiss einen unflätigen, gar nicht damenhaften Fluch zwischen den Zähnen und schalt sich selbst eine Närrin.

Ein Hinterhalt!

Zum Teufel, wie hatte sie nur so unachtsam sein können, sehenden Auges in diese Falle zu laufen? Dabei war die Sache so offensichtlich: Der kaum verborgene Kapuzenträger bei der Lichtung mit der Leiche von Drusilla von Drake, die Fußspuren im Schnee, die einsame Felsschlucht, der Felskessel, in dem man eingepfercht war wie ein Tier in einer Fallgrube, sobald beide Ausgänge verschlossen waren …

In der Sekunde, in der Zara dieser Gedanke kam, wirbelte sie auch schon herum, zu der Felsschlucht, durch die sie gerade gekommen war, doch da kamen bereits drei Männer mit Knüppeln und Schwertern um die Ecke, um ihr den Fluchtweg zu versperren, und als Zara sich zum zweiten Pfad umwandte, der auf der anderen Seite wieder aus dem Kessel hinausführte, erwartete sie dort ein ähnliches Bild: noch drei Männer, noch mehr Waffen und noch mehr Häscher, die sie zu ihrer Beute erkoren hatten, selbst wenn sie nicht zu sagen vermochte, warum.

Zara drehte sich langsam im Kreis, ließ den Blick in die Runde schweifen und versuchte, ihre Lage einzuschätzen, während die Männer die Zugänge zu den Felsschluchten schlossen und drohend ihre Waffen hoben. Zara sah junge und alte Gesichter, verfilzte graue Bärte, lange Haare und jede Menge müder Augen, um die sich die Qual des Überlebenskampfes in diesem ungastlichen Landstrich mit tiefen Linien eingegraben hatten. Die Kleidung der meisten Männer war abgewetzt und verwaschen, und in gewisser Weise erinnerten sie Zara an die Strauchdiebe, die sie im Dunkelforst getötet hatte: einfache, vom Leben benachteiligte Burschen, die Zeit ihres Lebens auf eine Chance gewartet hatten, ihrer Armut zu entkommen, ohne dieses Ziel je erreicht zu haben.

Das hier waren keine Meuchelmörder; das waren Strauchdiebe, die taten, was man ihnen aufgetragen hatte, um sich ein paar Taler zu verdienen. Doch wer konnte ein Interesse daran haben, Zara aus dem Weg zu räumen? Schließlich war sie hier hergekommen, um die Einwohner von Moorbruch von der Bestie zu befreien. Doch vielleicht war genau das der Dreh- und Angelpunkt bei alldem: Offenbar wollte irgendjemand genau das verhindern und hatte diese Horde verlauster Strauchdiebe angeheuert, um dafür zu sorgen, dass Zara der Bestie nicht gefährlich werden konnte. Das warf wiederum die Frage auf, was für ein Nutzen jemand davon haben konnte, dass die Bestie weiterhin ihr Unwesen trieb und eine junge Frau nach der anderen umbrachte?

Bevor Zara diesen Gedanken weiterverfolgen konnte, warfen die Männer oben Seile über den Rand des Felskessels und ließen sich daran nach unten gleiten, allen voran der Mann mit der Armbrust, ein stämmiger Bursche mit breiten Schultern und einem von dunklen Bartstoppeln gespickten Antlitz, dem man ansah, dass es bereits in so manche Kneipenschlägerei verstrickt gewesen war. Der Kerl glitt an dem Seil nach unten, kam stapfend auf dem Boden auf, nahm seine geschulterte Armbrust wieder zur Hand und wandte sich Zara zu; sein rechtes Auge quoll unnatürlich weit aus der Höhle, doch der Blick, mit dem er Zara fixierte, war kalt und gnadenlos.

„Nach allem, was ich über dich gehört habe, dachte ich, du wärst mindestens zwei Köpfe größer“, sagte er höhnisch, während er mit der Armbrust im Anschlag näher kam, die Spitze des Bolzen auf Zaras Brust gerichtet, auf ihr Herz, was belegte, dass der Kerl keine Ahnung hatte, mit wem – oder besser: *was* – er es hier zu tun hatte. „Aber so ist das im Leben, nicht wahr? Wenn man dem Mythos sein Geheimnis nimmt, bleibt nur öde Mittelmäßigkeit.“ Er grinste breit und dreckig.

Zaras Blick war überall und nirgends, ihre Sinne gespannt wie Stahlfedern. „Ich wusste nicht, dass mir mein Ruf derart vorauseilt“, sagte sie ruhig, ohne irgendein Anzeichen von Nervosität ob ihrer verzwickten Situation.

Glupschauge grinste und entblößte einen Mund voll halb verwitterter brauner Zähne. „Du solltest dir nicht zu viel darauf einbilden, Schlampe.“

Zara seufzte gelangweilt. „Warum kommen wir nicht endlich zur Sache? Entweder ihr rückt langsam damit raus, was ihr eigentlich von mir wollt, oder ihr lasst mich in Ruhe meiner

Wege ziehen und geht nach Hause. Ich habe für derlei Kinderkram keine Zeit."

Das Glupschauge grinste hinterhältig. „Ich fürchte, du wirst dir die Zeit nehmen müssen", sagte er – und machte mit der freien linken Hand eine kreisförmige Bewegung in der Luft, woraufhin sich die Männer unisono in Bewegung setzten. Die Männer – alles in allem ein Dutzend – umzingelten Zara mit Bedacht, jedoch ohne Hast, überzeugt davon, dass ihre Beute ihnen nicht entkommen konnte, und während sich der Kreis um sie langsam schloss, stand Zara einfach nur da und rührte keinen Finger; alles, was sich bewegte, waren ihre Augen, die unstet hin- und herzuckten und jede noch so kleine Regung ihrer Gegner registrierten. Ihre Nasenflügel bebten leicht; Glubschauge und seine Handlanger stanken geradezu vor Furcht, ein überwältigender, intensiver, bittersüßer Gestank, der ihr von allen Seiten entgegenschlug und das Auftreten der Kerle, die sich alle Mühe gaben, kalt und unbeteiligt zu wirken, Lügen strafte. In Wahrheit war nicht einer unter ihnen, der nicht vor Angst die Hosen voll hatte, und diese Erkenntnis erfüllte sie mit einer gewissen Genugtuung; offenbar war ihr Ruf ihr *tatsächlich* vorausgeeilt.

Zaras Blick glitt unauffällig in die Runde, und obgleich sie die Männer hinter sich nicht sehen konnte, wusste sie, dass sich ihre Hände gerade fester um die Knäufe ihrer Schwerter und um die Griffe ihrer Äxte spannten. Trotzdem war Zara nach außen hin völlig ruhig. Langsam, ohne Hast, griff sie über ihre Schultern nach den Griffen ihrer Schwerter, die X-förmig über ihren Rücken geschnallt waren, und zog die beiden langen, leicht gebogenen Klingen über Kreuz aus der Scheide, begleitet von einem hohen, irgendwie *singenden* Schleifgeräusch.

„Ich an eurer Stelle würde mir die Sache noch mal überlegen“, sagte Zara, ohne den Rädelsführer aus den Augen zu lassen; die Klingen der Schwerter, die sie jeweils mit einer Hand hielt, wiesen zu Boden, doch die Muskeln an ihren Armen waren angespannt wie Stahlfedern, bereit, loszuschnellen, wenn es erforderlich war. „Im Grunde wollen wir doch dasselbe, ihr und ich: Ich will euch nicht töten, und ihr wollt nicht tot sein.“

Glubschauge grinste, doch sein Grinsen war bei weitem nicht mehr so breit und selbstsicher wie noch vor ein paar Augenblicken; er *stank* förmlich vor Angst, vermutlich, weil Zara nicht den geringsten Hinweis darauf zeigte, dass sie sich von dem Dutzend bewaffneter Strolche, die in einem dichten Kreis um sie herumstanden, bedroht fühlte. „Wie kommst du darauf, dass du auch nur einem von uns so nahe kommen wirst, dass du von deinen Käseschneidern Gebrauch machen kannst?“

Zara zuckte gleichmütig mit den Schultern. „Ach, nur so ein Gefühl …“

Mehr gab es nicht zu sagen; Zara wusste, dass sie die Strauchdiebe nicht dazu bringen würde, sie in Ruhe zu lassen – nicht ohne ihnen gezeigt zu haben, dass sie gut daran taten, vor ihr Angst zu haben. Und dazu gab es nur einen Weg …

Bevor einer der umstehenden Männer den Finger um den Abzug seiner Armbrust oder Muskete krümmen konnte, ergriff Zara die Initiative. Plötzlich wirbelte sie wie ein Derwisch durch den Felskessel, schoss mit gezückten Schwertern auf die nächststehenden Männer zu und ließ ihre Klingen so schnell durch die Luft zischen, dass man es mit bloßem Auge kaum verfolgen konnte. Begleitet von einem hohen, unheilvollen Pfeifen zuckten die Schwertklingen wie eiserne Blitze durch die kalte Luft. Zara führte ihre Schritte mit meisterhafter Präzision, die lediglich jahrelange Übung mit sich bringt.

Dann schlug sie zu!

Es waren bloß ein paar Spritzer, die den Schnee sprenkelten, und ehe die Strauchdiebe auch nur begriffen, was geschehen war, zog Zara sich auch schon wieder von dem großen, kräftigen Burschen mit dem Bierbauch und der ungepflegten Mähne zurück. Sie huschte zu der Stelle, wo sie eben noch gestanden hatte, und auf einmal schien die Welt erstarrt zu sein. Alle Augenpaare waren auf den Kerl mit dem Bierbauch gerichtet, der Zara fassungslos anstarrte, die Augen groß und weit vor Schreck. Sein Mund klappte mehrmals auf und zu, wie bei einem Fisch auf dem Trockenen, doch alles, was über seine Lippen kam, war ein rotes Rinnsaal, das zu Boden tropfte.

Der Bierbauch starrte auf die Blutstropfen im Schnee zu seinen Füßen und dann hinüber zu Zara, die reglos an derselben Stelle stand wie vor zwei Sekunden, den Kopf leicht gesenkt, sodass ihr langes schwarzes Haar ihr Gesicht in Schatten tauchte. Die Klingen ihrer Schwerter waren blank und rein, ohne eine Spur von Blut daran, so schnell hatten sie ihr tödliches Werk verrichtet. Einen langen Moment starrte der Kerl mit dem Bierbauch sie an, dann begann er zu wanken, taumelte wie ein Betrunkener von einer Seite zur anderen, und plötzlich war zu erkennen, dass seine Kleidung an zwei Stellen über der Brust zerschnitten war; darunter quoll jetzt das Blut hervor, aus den Wunden, die Zaras Klingen ihm zugefügt hatten. Noch immer zeigte sein Gesicht keinen Schmerz, lediglich eine gelinde Verblüffung – dann kippte er um und bleib reglos auf der kalten Erde liegen, so schnell gestorben, dass er es selbst nicht begriffen hatte.

Glubschauge und seine Häscher standen reglos da und starrten fassungslos auf den toten Kumpan im Schnee.

„Noch einmal", sagte Zara düster. „Wenn euch euer Leben lieb ist, trollt euch!"

Der Mann mit dem Glubschauge starrte Zara an und versuchte verzweifelt, seiner Panik Herr zu werden, was ihm aber allenfalls ansatzweise gelang. „Du bist bereits tot", raunte er unheilvoll. „Du weißt es nur noch nicht!"

Trotz ihrer Anspannung musste Zara lachen, ein hartes, humorloses Lachen, das den Umstehenden eine Gänsehaut über den Rücken jagte. „Du ahnst gar nicht, wie Recht du damit hast …" Sie warf einen Blick in die düsteren, ängstlichen Gesichter der umstehenden Männer, die sich an ihre Prügel und Schwerter und Armbrüste klammerten, als wären es Rettungsanker, und ihre eigenen Hände fassten die Griffe ihrer Schwerter unwillkürlich fester, als der Kerl mit dem Glubschauge tief Luft holte, seine Armbrust hochriss, gleichzeitig den Bolzen abschoss und aus voller Kehle brüllte: „Schneidet sie in Stücke!"

Der Bolzen zischte von der Seite her auf Zara zu, während die Männer mit den Schwertern und Äxten wie eine Wand von allen Seiten auf sie zukamen. Zara wich ihm geschickt aus, erkannte, dass es keine Möglichkeit gab, den Kampf abzuwenden, und fügte sich in das Unvermeidliche.

Bevor auch nur einer der Männer dicht genug an sie heranwar, um seine Waffe einzusetzen, setzte sich Zara mit der animalischen, tödlichen Eleganz eines Raubtiers in Bewegung. Sie riss ihre Schwerter hoch und schoss vorwärts, um wie eine Primaballerina an den Männern vorbeizutänzeln. Die Schwerter waren lang und Zara schnell, und schon befand sie sich in Reichweite ihrer Widersacher, und dann zuckten die Klingen mit blitzartigen, präzisen Hieben hin und her, auf und nieder, und ihr hohes Singen scholl wie eine unheilvolle Melodie durch den Felskessel, nur unterbrochen von den schmerzerfüllten Schreien der Gegner.

So schnell schlug sie zu, dass die Männer kaum wussten, wie ihnen geschah, während Zara zwischen ihren Gegnern hin und her wischte, ihren vagen Hieben auswich und von einem zum anderen eilte. Es sah aus, als würde sie einen exakt choreographierten Tanz vollführen, und jedes Mal, wenn ihre Schwerter hernieder sausten, ging einer ihrer „Tanzpartner" zu Boden, bis ein feiner Schleier aus winzigen roten Tropfen wie ein makabrer roter Vorhang in der Luft hing, durch den Zara mit ihren Schwertern wirbelte wie eine orientalische Tuchtänzerin.

Zara wurde sich vage bewusst, dass es genug war, dass die Männer ihre Lektion vermutlich gelernt hatten und sie nun sicherlich in Ruhe ließen. Doch da war diese hartnäckige Stimme in ihrem Kopf, die ihr zuraunte, weiterzumachen, es zu Ende zu bringen, *denn das ist es, was du willst, nicht wahr? Genau das ist es, was du willst!*

Nein, das ist es nicht!, schoss es Zara durch den Kopf. *Ich habe sie gewarnt; es ist ihre Schuld. Ich kann nichts dafür!*

Doch die Stimme in ihrem Hinterkopf, die zunehmend lauter wurde und mit jedem ausgelöschten Leben stärker in den Vordergrund drängte, lachte, leise und hämisch. *Wem willst du hier eigentlich etwas vormachen?,* raunte sie. *Du tust es, weil du selbst es tun willst!*

Es war, als habe sie Opium geraucht und hätte sich selbst nicht mehr vollends unter Kontrolle, und wie im Rausch wirbelte sie weiter. Fast konnte man den Eindruck gewinnen, als wären die Schwerter mit ihr verwachsen, als seien die Klingen nichts weiter als rasiermesserscharfe Fortsätze ihrer Arme, etwas, das zu ihr gehörte wie ihr Kopf oder ihre Füße.

Da traf sie unvermittelt ein harter Hieb in den Rücken, in Höhe ihrer linken Schulter. Die Wucht schleuderte Zara nach vorn. Sie spürte einen stechenden Schmerz, der ihre gesamte Schulter in Flammen setzte, und stolperte unbeholfen vorwärts, plötzlich aus dem „Takt". Die Klingen verfehlten ihr anvisiertes Opfer und zischten gefahrlos ins Leere. Im ersten Moment glaubte sie, von einem Keulenhieb getroffen worden zu sein, doch dann krachte das Dröhnen eines weiteren Musketenschusses durch den Felskessel, und nur einen Lidschlag später durchschlug eine zweite Kugel ihre linke Wade.

Mit einem Keuchen, in dem sich Schmerz und Überraschung die Waage hielten, knickte sie ein, sank in die Knie und stützte sich mit beiden Armen auf die Griffe ihrer Schwerter, die vor ihr in der hartgefrorenen Erde staken. Beide Schusswunden sandten dumpfe Schmerzen durch ihren Leib, die das siedende Adrenalin in ihren Adern gefrieren ließen wie Eis und dafür sorgten, dass sie wieder halbwegs klar im Kopf wurde.

Plötzlich war der Opiumrausch verfolgen, und alles, was blieb, war die bittere Erkenntnis, dass sie gerade so ziemlich jede Regel gebrochen hatte, die sie sich selbst auferlegt hatte. Dass sie Menschen getötet hatte, war nicht das Problem; es hatte ihr *Vergnügen* bereitet, diese Leben auszulöschen, und als sie den Kopf hob und den Blick benommen durch den Felskessel gleiten ließ, stieg unbändiger Hass auf sich selbst in ihr auf: Hass und die Erkenntnis, dass die grässliche kleine Stimme in ihrem Kopf am Ende vielleicht doch Recht hatte, so sehr Zara sich auch bemühte, sich selbst das Gegenteil zu beweisen.

Das ist es, was ich bin, dachte sie, *und daran wird auch die Ewigkeit nichts ändern …*

Plötzlich fühlte Zara sich unendlich müde, als wäre schlagartig all ihre Energie aus ihr gewichen, und als sie versuchte, aufzustehen, knickte sie mit dem linken Bein wieder ein und fiel mit schmerzverzerrtem Gesicht in den Schnee zurück. Die Pein war mehr seelisch als körperlich, doch das reichte aus, dass die verbliebenen Männer im Felsenkessel plötzlich ihre Chance wittern, das Blatt doch noch zu ihren Gunsten zu wenden. Innerhalb von Sekunden verwandelten sich Angst und Panik in blinden, rasenden Hass, und plötzlich waren die Männer nur noch von einem Gedanken beseelt: Zara zu töten, ihr all das heimzuzahlen, was sie ihnen angetan hatte!

Zara sah es in den weit aufgerissenen Augen ihrer Häscher, die sie starr und seltsam gläsern fixierten; sie hatte diesen Blick schon oft gesehen, meist bei Rittern, die auf dem Schlachtfeld im Angesicht einer blutigen Niederlage plötzlich zum Angriff übergingen, statt den Rückzug anzutreten. Mit Heldenmut hatte dies nichts zu tun, vielmehr war es, als würde im Verstand dieser Männer irgendetwas zerbrechen und derart dafür sorgte, dass sie sich brüllend und außer sich vor Zorn in die aussichtsloseste Schlacht stürzten. Ähnliches ging nun auch mit den überlebenden Banditen vor, die angesichts der am Boden knienden Frau ihren „Mut" zurückgewannen, und unversehens stürzte sich die Meute wie auf ein unhörbares Signal hin auf Zara.

Heulend vor Wut, wüste Verwünschungen auf den Lippen, fielen die Männer wie ein Rudel wilder, ausgehungerter Wölfe über ihre Beute her, und schlagartig fand sich Zara in einem Käfig aus Beinen wieder, die rings um sie herum aufragten wie Gitterstäbe. Dann prasselte ein brutales Stakkato von Stöcken und Keulen und Knüppeln und Fäusten auf sie ein, doch statt sich zur Wehr zu setzen, versuchte Zara lediglich, ihren Kopf vor den Schlägen zu schützen, so gut es ging, und fügte sich in ihr Schicksal.

Auf einmal war ihr *alles* gleichgültig, und ihr Verstand leerte sich wie ein Badezuber, aus dem man das Wasser abfließen lässt. Schließlich waren in ihrem Kopf nur mehr die Gesichter jener Männer, die gerade durch ihre Hand ihr Leben verloren hatten; nein, sie hatten nicht nur ihr Leben verloren, sie waren daraus *herausgerissen* worden, wie blühende Blumen, die man aus einem Beet zupfte. Zara versuchte sich einzureden, dass sie nur getan hatte, was sie tun musste, dass es Selbstverteidigung gewesen war und sie gar keine andere Wahl gehabt hatte. Doch selbst in ihren eigenen Ohren klang dies wie eine Lüge, und die kleine fiese Stimme in ihrem Hinterkopf begann zu lachen, sie lachte immer lauter, während die Männer mit ihren Knüppeln und Keulen und Stöcken auf Zara einprügelten und nach ihr traten.

Bald gab es keine Stelle ihres Körpers mehr, die nicht schmerzte, doch Zara registrierte es kaum; je mehr die Männer ihr zusetzten, desto mehr zog sie sich in sich selbst zurück, und je mehr sie sich in sich zurückzog, desto lauter und deutlicher wurde die Stimme in ihrem Verstand, die gleichzeitig so fremd und doch so vertraut klang. Ein Stockhieb traf Zara am Ohr, und ein schriller pfeifender Schmerz zuckte durch ihren Schädel, und als das Pfeifen nachließ, war es plötzlich ganz still geworden.

Im ersten Moment glaubte Zara, die Männer hätten aufgehört, zu jaulen und zu schreien und auf sie einzuprügeln, doch als sie mühsam die Augen verdrehte, sah sie über sich dieselben vor Wut verzerrten Männergesichter, dieselben schreienden Münder wie zuvor, doch die Welt um sie herum war verstummt; alles, was sie hörte, war das vielstimmige dumpfe Pochen der Herzen ihrer Peiniger, ein wirres Durcheinander wild schlagender Herzen, das sich anhörte, als würde ein halbes Dutzend Musiker gleichzeitig ihre Trommeln schlagen – *Ba-bock, Ba-bock, Ba-bock* –, und mit jeder Sekunde wurde das Schlagen der Trommeln lauter, immer lauter, bis sich die wild pochenden Herzschläge der Männer in ihrem Kopf zu einem ohrenbetäubenden Crescendo vereinten, das ihren Schädel bis in den letzten Winkel ausfüllte. Selbst da schwoll der Lärm ihrer Herzen noch weiter an – *Ba-bock, Ba-bock, Ba-BOCK!* –, doch jetzt klang ihr Herzschlag nicht mehr wie Trommeln, er klang wie das Dröhnen der Kirchenglocke von Moorbruch, wie *acht* dieser Glocken, die immer schneller gegen den Klöppel schlugen, und mit jedem Schlag des Klöppels hatte Zara das Gefühl, ihr Kopf würde stetig weiter und immer weiter anschwellen. Sie riss auf einmal den Mund auf, bäumte sich unter den Schlägen ihrer Häscher auf und schrie ihren Schmerz, ihren Zorn und ihre Verzweiflung hinaus, so laut, dass man es noch eine Meile entfernt hören konnte. Doch keiner, der den durch den nächtlichen Wald hallenden Schrei vernahm, hätte geglaubt, dass es der Schrei eines Menschen war.

Zaras Häscher hielten erschrocken inne; die Stöcke und Knüppel erstarrten über ihrem Opfer, und ein oder zwei der Kerle rissen sogar die Hände an die Ohren, so laut war Zaras Schrei. Und Zara hörte nicht auf zu schreien. Sie schrie alles Elend und Leid heraus, das sich in ihr angesammelt hatte, ein ansteigender, ohrenbetäubender gequälter Schrei, der – auch wenn das kaum möglich schien – noch lauter wurde, immer lauter, bevor er sich auf einmal in Gelächter verwandelte, und plötzlich schrie Zara nicht mehr, sondern *lachte*, ein hohles, schallendes Gelächter bar jeder Fröhlichkeit, das von den Wänden des Felskessels wiederhallte wie ein Echo zwischen Berghängen. Und spätestens jetzt bekamen es auch all jene, die bei Zaras Schrei nicht vor Schreck erstarrt waren, mit der Angst zu tun, denn dieses Lachen war Grauen erregender als der schlimmste Schrei, so höhnisch und schallend und *dunkel*, so bar jeder Menschlichkeit, als entstamme es der Hölle selbst, und wie auf einen unhörbaren Befehl hin wichen die Männer ängstlich zwei, drei, vier Schritte vor der Frau zurück. Und Zara kauerte im Schnee, noch immer aus voller Kehle lachend, das Gesicht gesenkt und von einem Schwall dunklen Haars verhüllt wie von einem Schleier.

Zara lachte, während die Männer sie ängstlich anstarrten, unfähig, sich zu rühren, und nach und nach wurde Zaras Gelächter leiser, abgehakter, klang zu einem spöttischen Kichern ab, um schließlich ganz zu verstummen, und wieder legte sich Stille über den Wald, eine unheilvolle Stille, die alle anderen Geräusche unterdrückte. Im ersten Moment waren die meisten Männer froh, dass das diabolische Gelächter endlich verstummt war, doch wie zuvor das Gelächter schlimmer gewesen war als der Schrei, so war die Stille nun furchteinflößender als das grauenvolle Gelächter. Mit ängstlich zusammengekniffenen Augen standen die Männer im Kreis um Zara herum, ein paar Schritte dahinter die Kerle mit den Musketen, und alle starrten die in ihrer Mitte kauernde Frau furchtsam an. Niemand sagte ein Wort.

Einige Herzschläge lang, die den meisten Männern wie eine Ewigkeit vorkamen, geschah nichts. Dann lief ein Ruck durch Zara, und plötzlich geschah etwas Seltsames. Es war, als würde sie unter ihrer Kleidung *wachsen* – nicht viel, gerade so, als würden sich an ihrem Leib überall Muskeln bilden, die zuvor nicht da gewesen waren, sodass ihr die ohnehin schon enge schwarze Lederkleidung mit einem Mal hauteng am Körper lag. Auch ihre Körperhaltung veränderte sich auf subtile Weise und zeigte eine Art selbstbewusster Arroganz – anders konnte man es nicht in Worte fassen. Hinzu kam eine Kälte, die so deutlich von ihr abstrahlte, dass man sie körperlich zu spüren glaubte.

Unwillkürlich fröstelten die Männer.

Dann hob Zara den Kopf, sodass das lange schwarze Haar wie ein Vorhang von ihrem Gesicht zurückglitt und ihr porzellanweißes Antlitz offenbarte, und genau wie ihr Körper schien auch ihr Gesicht eine subtile Metamorphose durchlaufen zu haben, als habe sich ein Maler ein Porträt vorgenommen und mit einigen wenigen meisterhaften Pinselstrichen aus der Person auf dem Bild eine andere Person geschaffen, die zwar noch immer *aussah* wie das Original, aber nicht mehr diese Person war, weil einige bestimmte Merkmale jetzt mehr betont waren. Es schien auch, als wäre ihre blasse Haut noch blasser geworden und so durchscheinend, dass man unter dem feinen Pergament ihrer Haut ein Netzwerk feiner blauer Adern ausmachen konnte. Ihre Wangenknochen schienen stärker hervorzutreten, ebenso die Wülste ihrer Brauen und ihre Kieferknochen. Auch bestanden ihre Augen nur noch aus dem Schwarz ihrer Pupillen; da war nichts Weißes mehr, keine Iris, bloß Schwärze, wie ein bodenloses Loch, in dessen Untiefen irgendwo ein verzehrendes Feuer brannte.

Zara bleckte wie ein tollwütiger Hund die kräftigen, schimmernd weißen Zähne, die auf sonderbare Weise *länger* zu sein schienen wie bei normalen Menschen.

„Jetzt“, sagte sie, und irgendwie klang ihre Stimme wesentlich tiefer und gutturaler als zuvor. „Jetzt bin ich *wirklich* wütend …“

Und bevor sich einer der Männer von seinem Schreck erholen und reagieren konnte, sprang Zara bereits auf, so agil wie eh und je, und innerhalb eines Herzschlags stand sie vor dem Kerl, der ihr am nächsten war. Die Schwerter hatte sie im Boden stecken lassen. Sie hatte andere Waffen.

Sie war die Waffe …

Zaras Hand schoss nach vorn, und bevor ihr Gegner auch nur daran denken konnte, zurückzuweichen, gruben sich ihre langen Nägel, die ebenso gewachsen waren wie ihre Zähne, in seinen Hals – und rissen dem Mann den Kehlkopf heraus!

Ein Schwall Blut schoss aus der Wunde, traf Zaras Gesicht, und sie stöhnte leise, erfüllt von unbändiger Erregung. Sie leckte sich gierig die Lippen, die ebenfalls vom Blut des Opfers getroffen waren, und genoss einen Moment lang den süßen Geschmack, während der Mann vor ihr in die Knie brach.

„Verdammt!“, brüllte einer der Banditen, außer sich vor Entsetzen und Frucht. „Verdammt, macht das elende Miststück endlich kalt! Schießt sie nieder, zum Teufel! Knallt sie ab!“

Die drei oder vier mit Musketen bewaffneten Männer zogen die Abzüge ihrer Schusswaffen durch. Gespannte Hähne klackten auf Schlagbolzen. Dann spuckten drei Läufe Feuer, und das Dröhnen der Schüsse übertönte für einen Moment sogar das Rauschen des aufgepeitschten Blutes in Zaras Adern; das Flackern des Mündungsfeuers zuckte durch den Kessel wie Blitze.

Zara zischte wütend, mit gebleckten Zähnen, und versuchte, den Kugeln auszuweichen, doch die Bleigeschosse kamen von drei Seiten gleichzeitig, und zwei davon erwischten sie, eins in der linken Schulter, unterhalb des Schulterbeins, das andere schlug ihr in die rechte Seite, über der Hüfte.

Zara zuckte herum, erst nach links, dann nach rechts, als würde sie von Hammerschlägen getroffen oder einen seltsamen Tanz aufführen. Die Bleikugeln rissen nussgroße Löchern in ihre Lederkluft, und Blut sickerte aus den Wunden, aber bloß ein paar Tropfen. Zara schwankte einen Moment lang hin und her, dann hatte sie sich wieder gefangen, warf mit einer schwungvollen Kopfbewegung das schwarze Haar aus dem Gesicht und schaute in die Runde. „Mist“, sagte sie, aber es klang eher spöttisch, „das hat *weh* getan!“

Die Männer starrten sie fassungslos an. Gerade war sie von zwei weiteren Kugeln getroffen worden, doch sie war noch immer auf den Beinen. Einen Moment lang standen die Männer nur da; dann brach kopflose Panik aus. Die meisten wichen so hastig vor Zara zurück, als wäre sie der Leibhaftige persönlich, doch ein, zwei ganz Mutige rissen ihre Schwerter hoch und stürzten sich auf sie.

Doch Zara bereitete es keinerlei Mühe, unter dem Schwerthieb des ersten Mannes wegzutauchen, und bevor der zweite zum Schlag ausholen konnte, fuhr Zara ihm mit allen fünf Fingern einmal quer durchs Gesicht. Ihre langen, scharfen Nägel hinterließen fünf parallele Spuren, die sich quer vom linken Ohr bis hinunter zum rechten Kiefer zogen. Zara wurde vage bewusst, dass die Wunden, die die Bestie riss, beinahe genauso aussahen, doch der rationale Teil ihres Verstandes lag unter den Trümmern ihrer Hilflosigkeit begraben.

Der zweite Schwertkämpfer ließ seine Klinge in einem flachen Bogen auf Zara hernieder sausen. Sie sah das Aufblitzen im Augenwinkel und wirbelte herum, um sich ihrem Gegner zu stellen. Das Schwert teilte pfeifend die kalte Luft und schlitzte Zaras rechten Oberarm, als sie versuchte, unter dem Hieb wegzutauchen. Zara stieß ein wütendes Zischen aus, ignorierte den Schmerz und packte den Mann mit einer Hand am Hals, bevor er ein zweites Mal zuschlagen konnte. Ohne die geringste Anstrengung hob Zara den hilflos mit seinem Schwert in die Luft schlagenden Burschen mit einem Arm in die Höhe und weidete sich grinsend an dem schmerzverzerrten Gesicht des Mannes, der japsend nach Luft schnappte. Sie drückte seine Luftröhre noch weiter zu, und er lief rot an. Seine Lider flatterten, als seine Gegenwehr immer mehr erschlaffte; das Schwert entglitt seinen kraftlosen Fingern und blieb wippend im Schnee stecken.

Dann krachten wieder Schüsse, und Zara wurde von Treffern in die Brust und den Rücken durchgeschüttelt. Überrascht lockerte sie ihren Griff, und der Mann stürzte schwer zu Boden, wo er reglos im Schnee liegen blieb. Zara wandte sich den Schützen zu, die bereits hektisch dabei waren, ihre Musketen nachzuladen. Bevor sie aber auch nur dazu kamen, nach ihren Pulverfläschchen zu greifen, geschweige denn, mit dem Stopfer eine Bleikugel in den Lauf ihrer Waffe zu schieben, tauchte Zara mit zwei langen Sätzen geradewegs in ihrer Mitte auf, und im nächsten Moment färbte sich der Schnee rot von Blut.

Dann stand Zara vor dem letzten der vier Schützen, und schlagartig hörte der Mann auf, wie ein Verrückter an seiner Muskete herumzufingern; stattdessen schluckte er schwer, warf die Muskete vor Zara in den Schnee und wich ängstlich einen Schritt zurück. Seine Lippen zitterten, und mit vor Furcht bebender Stimme flehte er: „Bitte, verschont mich! Ich bitte Euch. Ich habe eine Gemahlin. Ich habe Kinder und …“

„Und ich habe *Durst*“, erwiderte Zara, dann sprang sie vor. Sie riss den Mann mit einem brutalen Ruck an sich und bog seinen Kopf beiseite, sodass sein Hals frei lag. Ihr Kopf sank in die Halsbeuge des Mannes, der sich verzweifelt in ihrem Griff wand, doch Zara hielt ihn so mühelos fest wie ein kleines Kind. Sie riss den Mund auf, weiter, als es einem normalen Menschen jemals möglich gewesen wäre, und ihre Eckzähne wurden länger und länger. Einen Moment später gruben sie sich in den Hals des zappelnden Mannes und zerfetzten die Halsschlagader.

Zara stöhnte wohlig, als das Blut über ihre Zunge spülte und ihre Kehle herabströmte, ein steter Strom des Lebens, der ihr neue Kraft gab und ihre Gier nach Blut nur noch mehr anfachte. Während sie den Mann mit beiden Händen festhielt, trank sie in vollen Zügen, saugte das Leben aus ihm heraus und nahm es in sich selbst auf, und mit jedem Schluck, den sie nahm, wurden ihre Wangen und ihre Lippen röter.

Als Zara kurz den Kopf hob, gänzlich erfüllt von diesem süßen Gefühl der Freiheit, bemerkte sie, dass der Anführer der Bande sie mit schreckweiten Augen anstarrte. Er drückte sich mit dem Rücken gegen die Wand des Felskessels, sein Schwert mit beiden Händen vor seine Brust gepresst wie einen Schutzschild, und zitterte wie Espenlaub.

„O ihr Götter“, raunte er fassungslos, als ihn Zaras Blick traf, brennend und durchdringend wie Feuer. „O ihr Götter …“

Zara kümmerte es nicht, sie vergrub ihre Zähne erneut im Hals ihres Opfers und saugte den Mann mit gierigen, schmatzenden, irgendwie *feuchten* Lauten aus, bis kein einziger Tropfen Blut mehr in seinen Adern pulste. Dann packte sie mit beiden Händen seinen Kopf und brach ihm mit einer ruckartigen Bewegung das Genick, damit er nicht als Vampir wieder auferstand. Sie ließ die Leiche achtlos zu Boden fallen, richtete sich zu voller Größe auf und seufzte zufrieden. Ihre Blässe war einem sanften Zartrosa gewichen, das ihre Wagen mit Leben füllte, und ihre Lippen schimmerten voll und blutrot. Ihre Augen glühten vor Energie, und wenn die langen Fangzähne nicht gewesen wären und das blutverschmierte Maul, hätte ihre einnehmende Schönheit einen unbeteiligten Betrachter blenden können.

Über der ausgesaugten Leiche ihres letzten Opfers stehend, ließ sie den Blick voller Zufriedenheit durch den Felskessel gleiten. Überall lagen zusammengekrümmte Leiber, und mit einer Mischung aus Genugtuung und Enttäuschung stellte Zara fest, dass außer ihr nur noch der Kerl mit dem Glubschauge auf den Beinen war; sonst war keiner ihrer Angreifer mehr am Leben.

Zaras Blick richtete sich auf den Mann, der sich mit dem Rücken gegen den Fels presste, als wolle er darin verschwinden. Er stank vor Furcht, die ihn umgab wie eine übel riechende gelbe Schwefelwolke und nicht nur seinen Verstand, sondern auch seinen Körper lähmte wie ein schleichendes Gift. Er versuchte gar nicht erst, zu einem der beiden Ausgänge aus dem Felskessel zu laufen, entweder, weil die Angst ihn lähmte oder weil er wusste, dass sie ihn sowieso einholen würde. Vielleicht glaubte er auch, dass das hier nur ein Traum war, ein Albtraum, aus dem er jeden Moment erwachen würde, doch das hier war die Wirklichkeit, und das einzige Erwachen, das ihm bevorstand, würde ein böses werden.

Der beißende Gestank von verbranntem Schwarzpulver waberte über dem Schnee; der Rauch teilte sich vor ihr wie Bodennebel, als Zara langsam, ohne Hast, auf den Mann zuschritt.

„Nun zu uns beiden“, raunte sie und schürzte verführerisch die Lippen. „Der letzte Tanz des Abends …“

Der Bandit bekam keinen Laut heraus; er stand einfach nur schreckensstarr da, die Augen groß wie Taubeneier. Er war leichenblass, und all die überhebliche Arroganz, die er noch vor zwei Minuten an den Tag gelegt hatte, war verflogen, ebenso tot wie all seine Kameraden, die nun nie wieder zusammen mit ihm durch die Wälder streifen und unschuldigen jungen Frauen auflauern würden.

Zara blieb unmittelbar vor ihm stehen, riss ihm mit übermenschlicher Schnelligkeit das Schwert aus der Hand, schleuderte es achtlos weg, packte den Mann am Kragen seines Rocks und riss ihn mit der linken Hand so leicht hoch, als wöge er nicht mehr als ein Bündel Stoff. Ihre Gesichter waren nur eine Handbreit voneinander entfernt, und als Zara sprach, schlug dem Mann ihr Atem entgegen, bittersüß und schwer vom Kupfergeschmack des Blutes, das sie getrunken hatte.

„Jetzt“, sagte sie mit leuchtenden, rot geäderten Augen, in denen ein dunkles, unseliges Feuer glomm, „sind wir ganz unter uns, du und ich! Keiner deiner Schergen ist mehr am Leben, der etwas über unser Gespräch verraten könnte, deshalb wird es dir wohl nichts ausmachen, mir zu verraten, wem ich die Ehre eurer Aufmerksamkeit verdanke?“ Sie sah ihm direkt ins Gesicht, und ihre langen Fangzähne schimmerten bleich. Blutspritzer glänzten auf ihrer Haut wie makabre Sommersprossen. „Wer will mich tot sehen – oder zumindest noch toter, als ich ohnehin schon bin?“

Der Mann starrte sie an, und sie bemerkte, dass sein Blick auf einmal seltsam glasig wurde. Als er den Mund öffnete, um etwas zu sagen, quoll blutiger Schaum über seine Lippen. Jetzt erst fiel Zara die tiefe, blutende Wunde auf, die er an seiner rechten Seite hatte. Offenbar hatte sie ihm diese schlimme Verletzung beigebracht, als sie mit ihren beiden Schwertern ihren tödlichen Tanz aufgeführt hatte. Die Lunge war von einer ihrer Klingen durchbohrt worden, Blut nässte an der Seite seine Kleidung, und jetzt rann es auch gurgelnd aus seinem Mund.

Der Mann starb, er hatte nur noch wenige Herzschläge zu leben. Antworten auf ihre Fragen würde sie von ihm nicht mehr erhalten.

Mühsam presste er zwischen den gurgelnden Lauten hervor: „Der Teufel … soll dich … holen …“

„Das“, sagte Zara ungerührt, „hat er bereits!“

Dann biss sie zu, bohrte ihre Blutzähne in den Hals des Mannes. Gierig trank sie seinen roten Lebenssaft, bevor er starb, dann packte sie mit beiden Händen auch seinen Kopf und drehte ihn mit einem brutalen Ruck auf den Rücken.

Schlagartig erschlaffte der Körper in Zaras Griff, und sie ließ den Toten achtlos zu Boden fallen, von vager Enttäuschung erfüllt. Sie hätte liebend gern gewusst, welchem dieser Hinterwäldler sie so sehr auf die Zehen getreten war, dass er meinte, sie aus dem Weg räumen zu müssen. Doch dass sie den Auftraggeber dieser Strolche früher oder später aufspüren würde, daran hegte Zara keinen Zweifel; und wenn sie nicht ihn fand, dann fand *er* mit Sicherheit *sie*.

Zara blickte auf – und sah Falk keine zehn Schritte vor sich stehen. Er stand da wie angewurzelt und glotzte sie fassungslos an. Zara erstarrte mitten in der Bewegung, die Fangzähne gebleckt, das Gesicht blutig, unter den Nägeln das Blut ihrer Opfer. Über die Leiche hinweg starrten sie sich geradewegs in die Augen, und das namenlose Entsetzen in Falks Blick bohrte sich wie ein Stachel in Zaras Seele. Als würde sie das daran erinnern, wer sie wirklich war – oder zumindest zu sein *versuchte* –, bildeten sich ihre Fangzähne innerhalb eines Herzschlags zurück, und als Zara blinzelte, kam es Falk vor, als hätte er plötzlich eine vollkommen andere Kreatur vor sich als noch einen Herzschlag zuvor. Von einem Moment zum anderen veränderte sich ihre ganze Körperhaltung; die Pinselstriche, die der

Maler zuvor hinzugefügt hatte, verschwanden wie von Geisterhand. Die herzlose, eisige Arroganz wich aus ihrem Blick, um einem Ausdruck von Resignation, Trauer und Verzweiflung Platz zu machen, der Falk tiefer ging als es das Blut an ihren Händen.

„Zara?“, sagte er unsicher.

Zara senkte den Blick, als könne sie es nicht ertragen, ihm in die Augen zu schauen. „Du hättest das hier nicht sehen sollen“, sagte sie leise.

Falk schluckte. „Was … was soll das heißen? Willst du mich jetzt auch umbringen wie das arme Schwein da?“ Er wies auf den toten Mann zu ihren Füßen, doch in seiner Stimme schwang mehr Zorn als Angst mit. „Willst du mir vielleicht auch den Hals umdrehen?“

„Du wirst sterben“, sagte Zara ruhig, und ihre Worte trafen Falk mit der Wucht eines Schmiedehammers. „Doch nicht hier, nicht heute – und nicht durch meine Hand.“ Sie warf einen Blick auf die Leiche zu ihren Füßen. „Heute wurde schon genug Blut vergossen.“ Zara verstummte mit hängenden Schultern, den Blick zu Boden gerichtet. Als sie den Kopf schließlich wieder hob, waren ihre Augen schmal und ernst, und als sie sprach, klangen ihre Worte hektisch, als wäre ihr gerade etwas Wichtiges eingefallen. „Wo sind die anderen?“, wollte sie besorgt wissen.

„Bei Drusillas Leichnam“, erklärte Falk. „Keine Sorge; wir sind allein – mal abgesehen von den ganzen Toten hier …“ Er sah hinüber zu den Leichen, und eine kleine Weile sagte keiner ein Wort. In den letzten Minuten hatte es wieder stärker zu schneien begonnen, und dicke weiße Flocken wirbelten lautlos durch die Schlucht, von eisigen Winden getragen, um sich auf den erkaltenden Leibern der Toten niederzulassen.

Falk war der Erste, der seine Sprache wiederfand. „Verdammt, Zara …“ Er sah sie durchdringend an, doch sie sah in seinem Blick mehr Neugierde als Furcht. „Was, zum Teufel … bist du?“

„Ich“, sagte Zara düster, „bin der schlimmste Albtraum, den du dir vorstellen kannst.“

„Ohne Frage“, bestätigte Falk trocken. „Aber könntest du meine Frage etwas genauer beantworten?“

„Ich denke, du weißt, was ich bin!“

Falk konnte es nicht fassen. „Aber … aber …“

„Es ist die Wahrheit“, erwiderte Zara knapp.

Falks schüttelte den Kopf. „Unfassbar“, raunte er. „Du bist ein … ein Vampir. Ein Nosferatu. Ein Jaracara. Ein Mulo. Ein Neuntöter. Ein Blutsauger. Ein Kind der Nacht. Ein …“

„Ich bin Zara“, unterbrach sie ihn. „Nicht mehr, und nicht weniger.“

„Schon, aber …“ Falk brach ab und rang nach Worten; man konnte förmlich sehen, wie es hinter seiner Stirn arbeitete, als er versuchte, für all das eine plausible Erklärung zu finden. „Vampire“, sagte er fassungslos. „Die meisten Menschen glauben nicht daran, dass es euch *wirklich* gibt.“

„Und genau deshalb existieren wir noch“, erwiderte Zara.

„Und … wie viele wie dich gibt es in Ancaria?“

Zara zuckte die Schultern. „Nicht viele“, sagte sie. „Wenn auch genug, um euch weiterhin in euren Albträumen heimzusuchen.“

Falk wiegte den Kopf. „Du findest diese orakelhaften Antworten großartig, oder? Vielleicht gefällst du dir aber auch nur darin, dich selbst als etwas darzustellen, das du eigentlich gar nicht bist.“ Er ließ den Blick von dem toten Mann zu Zaras Füßen über die Leichen im Talkessel schweifen, die der Schnee langsam unter einer weißen Decke bettete. „Ich habe keine Ahnung, was dich dazu gebracht hat, all diese Männer umzubringen, und ich bin auch gar nicht sicher, ob ich es wissen will. Aber egal, ob du nun ein Vampir bist oder nicht: Ich weiß, dass du das hier nicht tun *wolltest*. Was auch immer dich dazu getrieben hat, dieses Massaker anzurichten, in dem Moment warst du nicht du selbst."

„Doch, das war ich", widersprach Zara. „In diesem Moment war ich mehr ich selbst, als ich es jetzt bin." Sie schüttelte den Kopf. Der Kloß in ihrer Kehle schien mit jeder Sekunde größer zu werden. Sie starrte zu Boden, und der wirbelnde Schnee umwehte sie, eine finstere Gestalt, der die Verzweiflung wie ein schwerer Mantel um die hängenden Schultern lag.

Falk sah sie noch einen Moment lang an, als wollte er noch etwas darauf erwidern, doch letztlich kam er zu dem Schluss, dass es sinnlos war, mit Zara über Dinge diskutieren zu wollen, von denen sie mehr Ahnung hatte als er. Er deutete auf die Einschusslöcher, die ihre Kleidung perforierten, und auch sonst hatte sie in diesem einen Kampf mehr Blessuren davongetragen als in den zehn Jahren davor zusammen. „Du siehst schlimm aus", sagte Falk. „Wir müssen dich verbinden und die Kugeln aus dir rausholen, ehe sich die Wunden entzünden." Er sah ihr direkt in die Augen, und die Furcht, die ihn vorhin zu lähmen schien, war fort. „Das heißt, natürlich, wenn sich deine Wunden entzünden *können*."

Zara schüttelte müde den Kopf; mit einem Mal hatte sie Mühe, sich auf den Beinen zu halten. „Nein, können sie nicht", sagte sie leise. „Mein Gewebe ist in dem Sinne nicht vital. Aber ich spüre die verdammten Kugeln bei jeder Bewegung in mir, und das Jucken ist *mörderisch*, sag ich dir." Sie hielt Falks

Blick stand, und als sich seine Mundwinkel zu einem kleinen Lächeln verzogen, erwiderte sie es, von Dankbarkeit erfüllt, weil Falk sie als das akzeptierte, was sie war: als Zara und nicht als das *Ding*, das all diese Leute niedergemetzelt hatte, auch wenn sie in diesem Moment selbst nicht recht zu sagen vermochte, wer sie eigentlich war. Nicht, dass sie das jemals wirklich gewusst hätte seit dem Tag, als sie den Blutkuss empfangen hatte …

Falk setzte an, etwas zu sagen, doch bevor er dazu kam, ruckte Zaras Kopf herum, als hätte sie etwas gehört.

Falks Augen verengten sich zu Schlitzen. „Was ist los?"

„Männer", raunte Zara. „Da kommen Männer zu Pferde …" Sie schnappte sich ihre beiden Schwerter und steckte sie zurück in die Scheiden auf ihrem Rücken.

Falk runzelte die Stirn und lauschte angestrengt in die Nacht. „Woher weißt du das?" Er hörte keinen Laut.

„Ich kann sie riechen", erwiderte Zara. „Sie sind gleich hier …"

„Verdammter Mist!" Sein Blick schweifte durch den Felskessel; dort legte der Schnee allmählich ein weißes Leichentuch über die toten Gestalten, das jedoch hier und da immer wieder von roten Flecken durchdrungen wurde. Falk wurde unruhig. „Wie, zum Teufel, sollen wir *das hier* erklären? Dafür wird man dich hängen … und mich dazu!" Er sah Zara fragend an. „*Hängen* kann man dich doch, oder?" Bevor Zara darauf etwas erwidern konnte, rief er: „Dein Mund, Zara! Das Blut!"

Sie begriff, nahm sich eine Hand voll Schnee und rieb sich damit den Mund, um das Blut ihrer Opfer, das noch daran klebte, zu entfernen.

Das Klappern von Hufen auf Stein erklang, und Zara war gerade mit ihrer Reinigungsaktion fertig, da tauchten nacheinander ein halbes Dutzend Reiter in der Felsschlucht auf, allen voran Bürgermeister von der Wehr. Hinter ihm tauchten Gregor D'Arc und Salieri auf, gefolgt von drei Männern in schlichten Jagdröcken. Als der Bürgermeister Zara und Falk vor sich im Schneegestöber sah, riss er überrascht an den Zügeln und brachte seinen Wallach so überhastig zum Stehen, dass das Pferd wütend schnaubte. „Die Schüsse!“, stieß von der Wehr aufgeregt hervor. „Was waren das für Schüsse? Habt Ihr die Bestie erwischt?“

Dann fiel sein Blick auf das grausige Schachtfeld, und sein Gesicht wurde noch eine Nuance bleicher, als es ohnehin schon war. Mit regloser Miene starrte er von Zara zu dem Massaker im Felskessel und wieder zurück. „Was …?“ Der Bürgermeister schluckte, die Stimme brüchig vor Entsetzen. Er brauchte mehrere Anläufe, ehe ihm die Frage schließlich über die bebenden Lippen kam. „Was, um alles in der Welt, ist hier passiert?“

„Das ist das Werk des Teufels“, zischte Salieri neben ihm. „Das *kann* nur das Werk des Teufels sein!“

„Nein“, sagte Falk schnell, „das war die Bestie! Die Bestie hat das getan!“

Bürgermeister von der Wehr sah ihn durchdringend an, um Fassung bemüht. „Und warum sollte die Bestie diese Männer angreifen?“, wollte er wissen. „Die Bestie tötet keine Männer; sie ist nur an Frauen interessiert – wie an der armen Drusilla von Drake, die tot eine halbe Meile von hier in ihrem eigenen Blut liegt.“

„Dann hat sie diesmal offenbar eine Ausnahme gemacht“, entgegnete Falk mit unbewegter Miene. „Vielleicht haben diese Männer die Bestie im Wald aufgespürt und hier in die Enge getrieben, oder sie hat sich sonst wie von ihnen bedroht gefühlt. Als wir hier eintrafen, waren die meisten dieser Männer jedenfalls bereits tot. Zara hat noch versucht, zu retten, was zu retten war, doch die Bestie hat getobt wie von Sinnen und niemanden am Leben gelassen; nur wir sind ihr mit knapper Not entronnen."

Gregor D'Arc runzelte die Stirn, und der durchdringende Blick seiner eisblauen Augen ruhte auf Zara. „Dann habt Ihr die Bestie gesehen, Madam?"

Zara wurde klar, dass sie nun in der Patsche steckte. Sie warf Falk einen grimmigen Seitenblick zu und nickte dann widerwillig. „Flüchtig", sagte sie. „Doch alles ging zu schnell, …" Sie zuckte mit den Schultern. „Viel erkennen konnte ich nicht; ich war zu sehr damit beschäftigt, am Leben zu bleiben."

D'Arc sah sie an, und einen Moment lang schien es, als wollte er noch etwas sagen. Dann jedoch ließ er es dabei bewenden – ganz im Gegensatz zu von der Wehr, der von seinem Gaul gestiegen war, zwei Schritte auf Zara zutat, das Gesicht noch immer bleich wie Kreide, und sie durchdringend musterte. „Aber irgendetwas müsst Ihr von der Bestie doch gesehen haben … Könnt Ihr uns nicht einen Anhaltspunkt geben, wie die Bestie aussieht? Ist sie … groß?"

Zara nickte. „Gewaltig", sagte sie, und das war nicht einmal gelogen, wie sie aufgrund der Fuß- und Bisswunden wusste. „Mindestens anderthalb Meter groß, eher zwei. Sie hat kurzes, drahtiges Fell, riesige Tatzen und ein Maul voller Reißzähne, lang wie Messer." Das war reine Spekulation, doch Zara nahm an, dass diese Beschreibung am ehesten auf das Untier zutraf.

„Und die Augen?", hakte von der Wehr fasziniert nach. „Was ist mit den Augen?"

„Die Augen der Bestie waren wie Feuer", sagte Zara, die diesem Spiel allmählich überdrüssig wurde; sie fühlte sich elend und wollte nur weg von hier, weg von diesem Ort des Todes, an dem alles nach Blut und Tod stank. „Lodernd rot wie Flammen.“

Sie begriff ihren Fehler in dem Moment, als Salieri nach vorn drängte und mit triumphierender Stimme verkündete: „Ich hab’s Euch doch gesagt! ‚Augen wie Feuer!‘ Diese Kreatur ist nicht von dieser Welt!“

Hinter ihm bekreuzigten sich die Lakaien hastig und sahen sich besorgt um, als fürchteten sie, die Bestie oder der Teufel oder beide zusammen könnten jeden Moment aus ihrem Versteck springen und sich auf sie stürzen.

„Das ist Teufelswerk!“, fuhr Salieri mit lauter Stimme fort; er hatte endlich eine Bestätigung für seine These erhalten, und diesen Triumph kostete er voll aus. „Eine Strafe Gottes, um uns arme Sünder auf den rechten Pfad zurückzuführen! Und es gibt bloß eins, was wir tun können, um den Herrn zu besänftigen: Wir müssen Buße tun! Wir müssen Buße tun und Gott zeigen, dass wir noch immer Seine Schäfchen sind!“

„Amen“, flüsterte Bürgermeister von der Wehr tonlos. Sein Gesicht war blass und schimmernd von Schweiß, und er stand so gekrümmt da, als läge die Last der ganzen Welt auf seinen Schultern. „Amen, o Herr …“

Gregor sagte nichts, doch seine ausdruckslose Miene sprach Bände. Er warf Zara einen Seitenblick zu. „Seid Ihr auch der Ansicht, dass Gott uns diese Bestie geschickt hat, dass sie eine Strafe für unsere Sünden ist?“

„Selbst wenn“, erwiderte Zara, „würde das irgendetwas ändern?“ Sie verzog ächzend das Gesicht, als sie sich zu hastig bewegte und spürte, wie sich die Kugeln in ihren Wunden schmerzhaft verschoben. Falk neben ihr stützte sie, und Zara hoffte, dass niemand etwas bemerkte, doch zumindest Gregor D’Arc war ihre Reaktion nicht entgangen. Seine Miene drückte

Besorgnis aus, als er behutsam fragte: „Seid Ihr verletzt, Madam? Hat die Bestie Euch etwa erwischt?"

„Nicht so, dass ich damit prahlen könnte", log Zara.

„Trotzdem solltet Ihr Euch besser zurückziehen", sagte D'Arc; sein Blick war noch immer voller Sorge, doch da war noch etwas anderes, ein Ausdruck, den Zara nicht recht zu deuten vermochte. „Ruht Euch aus und lasst Eure Wunden versorgen, damit Ihr möglichst rasch wieder auf der Höhe seid, denn die Bestie streift noch immer durch diese Wälder, und jetzt, da Ihr wisst, womit wir es zu tun haben, benötigen wir Eure Hilfe mehr denn je."

Zara nickte müde. „Zählt auf mich", murmelte sie. Falk legte ihr einen Arm um die Schultern und stützte sie, als die den Felsenkessel verließen. Die Lakaien wichen ängstlich vor ihnen zurück und machten ihnen Platz, als Zara an ihnen vorbeihumpelte. Bei jedem Schritt spürte sie die Bleikugeln in ihrem Fleisch, und obwohl sich der Schmerz in Grenzen hielt, hätte Zara doch gern darauf verzichtet.

Falks Pferd stand am Ausgang der Schlucht, die Zügel an einer Krüppelkiefer festgezurrt, doch bevor sie es erreichten, hörte Zara plötzlich schnelle Schritte im Schnee, und dann tauchte Gregor D'Arc neben ihnen auf. Im ersten Moment glaubte Zara, er habe ihr Lügengespinst, dass die Bestie all diese Männer getötet hätte, durchschaut und wollte sie zur Rede stellen, und instinktiv glitt ihre Hand in Richtung Schwertgriff. Aber als D'Arc vor ihr stehen blieb und sie ansah, war da keine Feindseligkeit in seinem Blick, bloß echte Sorge – Sorge um sie …

„Bitte verzeiht meine Aufdringlichkeit", begann D'Arc, und ganz entgegen seines sonstigen staatsmännischen Auftretens wirkte er auf einmal linkisch und unbeholfen, als wisse er nicht recht, wie er sich verhalten sollte. „Hättet Ihr vielleicht die Güte, mich über den Fortgang Eurer Genesung auf dem Laufenden zu halten? Euer Wohl liegt mir wirklich sehr am Herzen, und wenn ich Euch in irgendeiner Form Hilfe zukommen lassen kann, sei es durch Medikamente, Personal oder sonst irgendetwas, so zögert bitte nicht, es mich wissen zu lassen."

„Nun", sagte Zara scherzhaft, „ein Schnaps auf den Schrecken wäre wahrhaftig nicht verkehrt."

Gregor D'Arc stutzte einen Moment, als überlegte er, sich möglicherweise verhört zu haben. Dann teilte dieses gewinnende Lächeln sein Gesicht, das Zara bereits am Vorabend in der Schenke aufgefallen war, und schlagartig war seine Unsicherheit wie fortgeblasen. Er strahlte. „Nichts lieber als das!", erklärte er hocherfreut. „Es wäre mir eine Ehre, wenn Ihr mir bei einem kleinen Umtrunk am Abend in meinem Haus Gesellschaft leisten würdet. Ein paar Gläser Wein, vielleicht einen Happen zu Essen, alles völlig ungezwungen. Und natürlich nur, wenn Ihr Euch danach fühlt." Er sah sie erwartungsvoll an, und da war wieder dieser Ausdruck in seinen Augen, den sie nicht recht zu deuten wusste. War es Neugierde? Interesse? Oder etwas anderes?

Einen Augenblick überlegte sie noch, dann hatte sie sich entschieden und nickte. „Ein Gute-Nacht-Trunk wäre fein."

„Dann sehen wir uns später", erklärte D'Arc lächelnd. „Ich werde Euch eine Kutsche schicken." Damit machte er auf dem Absatz kehrt und ging zurück zu seinen Begleitern. Er schaute sich nicht noch einmal nach ihnen um; vielleicht, weil er wusste, dass Zara genau darauf wartete, und er seine Motive, sie einzuladen, nicht zu deutlich zeigen wollte.

Falk sah ihm nach, wie er sich wieder zu seinen Begleitern gesellte. „Wenn diese Treibjagd schon nichts gebracht hat außer einem Dutzend sinnlos dahingeschlachteter Tiere, einem zerfetzten Mädchen und einer Bande toter Strauchdiebe, dann doch zumindest eine Einladung zum abendlichen Tete-a-tete mit dem Herrn Landgrafen." Er schnalzte mit der Zunge. „Immerhin etwas."

„Das ist *kein* Tete-a-tete", protestierte Zara, ein wenig zu rigoros, um glaubhaft zu wirken.

„Na, was denn sonst?", fragte Falk, während er ihr wieder den Arm um die Schultern legte und sie nebeneinander durch den dichter werdenden Schneefall zu seinem Pferd humpelten. „*Durst* kannst du nach diesem Saufgelage ja nun beim besten Willen nicht mehr haben …"

XVIII.

Klong!

Das Geräusch, mit dem die kirschgroße Bleikugel in die Waschschüssel fiel, klang blechern und im höchsten Maße angenehm. Zara war heilfroh, die Kugeln endlich loszuwerden, die sich fingertief in ihr Fleisch gegraben hatten. Daran, wie sie vom Felskessel zurück in ihr Quartier im *Güldenen Tropfen* gelangt waren, konnte sie sich nur noch vage erinnern, denn sobald Gregor D'Arc außer Sicht gewesen war und sie zusammen mit Falk auf seinem Pferd saß, war die Erschöpfung über sie hereingebrochen wie eine gewaltige schwarze Welle. Teilweise lag das daran, dass der Kampf gegen die Meuchelmörder Zara mehr mitgenommen hatte, als sie zugeben wollte; größtenteils jedoch war dieser Schwächeanfall psychologischer Natur – ein Schutzmechanismus, damit sie sich nicht mit dem auseinander setzen musste, das sie eben getan hatte. Es war einfacher, sich dem Dunkel des Vergessens hinzugeben, als sich mit dem Gedanken abzufinden, dass sie innerhalb von Minuten mit allem gebrochen und alles in Frage gestellt hatte, wonach sie jahrelang gestrebt hatte, sich damit abzufinden, dass sie noch immer ein Monster war, ein Dämon, ein untoter Blutsauger ohne Gewissen, getrieben vom Durst und der Gier zu töten.

Zara stieß ein unterdrücktes Zischen aus, als ein dumpfer

Schmerz durch ihre Schulter zuckte. Sie riss den Kopf herum, und Falk zuckte entschuldigend mit den Schultern.

„Tut mir Leid“, sagte er, in der linken Hand eine klobige Eisenpinzette, die ihnen die Frau des Wirts überlassen hatte, als sie vorhin in ihr Quartier zurückgekehrt waren, in der anderen eine Flasche Brandwein, der eigentlich dazu dienen sollte, Zaras Wunden zu desinfizieren, doch der Großteil des Alkohols hatte dafür herhalten müssen, Falks Hemmungen fortzuspülen. Zwei Kugeln hatte er bereits aus ihr rausgeholt, und bis er alle entfernt haben würde, war die Flasche mit Sicherheit leer. „Tut mir Leid, ich bin abgerutscht.“

„Schon gut“, brummte Zara und legte sich wieder auf den Bauch; ihre von einem halben Dutzend Kugeln durchlöcherte Bluse lag zusammengeknüllt neben dem Bett, und bis zur Hüfte war sie nackt. „Mach weiter.“

Falk nickte, zögerte, trank noch einen kräftigen Schluck und stellte die Flasche auf den Nachttisch, ehe er sich entschlossen mit Pinzette und Messer in den Händen über Zara beugte, die vor ihm auf dem Bett lag, nur noch mit Hosen und Stiefeln bekleidet. Unter anderen Umständen hätte es ihn vermutlich erregt, eine schöne junge Frau halbnackt vor sich auf dem Nachtlager liegen zu sehen, doch in diesem Moment hatte er nur Augen für die drei Einschusswunden, die Zaras Rücken zierten.

Falk setzte sich neben Zara auf die Bettkante, rückte die Öllampe auf dem Nachttisch so zurecht, dass ihr Schein flackernd über Zaras nackte Haut glitt, und nahm all seinen Mut zusammen, als er sich erneut über die Wunde in Zaras linker Schulter beugte und mit der Pinzette in den Wundkrater abtauchte. Zara verzog das Gesicht, als Falk bei dem Versuch, die Kugel zu fassen, erneut abrutschte.

„Autsch", kommentierte Falk, wie um ihr die Worte aus dem Mund zu nehmen, und fügte scheinheilig hinzu: „Tut's weh?"

Zara schnaubte. „Na, was denkst du wohl?", blaffte sie. Dann merkte sie, dass sie Falk angeschnauzt hatte, und ihr Ton wurde sanfter. „Ich mag vielleicht nicht durch und durch menschlich sein", sagte sie, „aber ich empfinde Schmerzen genauso wie jeder von euch, und wenn man mich töten will, dann ist nicht mehr nötig als bei euresgleichen, auch wenn ich ein wenig … na ja, *robuster* bin als ihr und mehr einstecken kann."

„Es blutet jedenfalls kaum", sagte Falk, während er mit Messer und Pinzette weiter in der Wunde an Zaras rechter Schulter nach der Bleikugel fischte.

„Nur Lebende bluten", sagte Zara und verzog erneut schmerzhaft das Gesicht. Falk zog die Pinzette mit einem Ruck aus der Wunde und hielt die Bleikugel in die Höhe. „Na, da haben wir den Übeltäter ja!", meinte er triumphierend und ließ sie zu den anderen in die Schale plumpsen.

Klong!

„Das war die dritte", kommentierte er. „Die Hälfte haben wir."

Zara nickte. „Jetzt die in der Brust." Sie drehte sich auf den Rücken. Als sie merkte, wie Falk beim Anblick ihrer nackten Brüste trocken schluckte, lachte sie leise, doch ohne Spott. „Nur ruhig", sagte sie beschwichtigend. „Ich bin wohl kaum die erste nackte Frau, die du in deinem Leben siehst, oder?"

Falk schüttelte hastig den Kopf. Sie verkniff sich ein schiefes Grinsen und legte sich zurück in die Kissen. „Keine Angst", sagte sie sanft, die Arme lose hinter dem Kopf verschränkt, „ich beiße nicht."

Falk trank noch einen Schluck und machte sich dann wieder ans Werk, auch wenn es ihn sichtlich Überwindung kostete, die

Wunde vorsichtig mit den Händen abzutasten, um herauszufinden, wo die Kugel steckte. Als er die Erhärtung zwei, drei Zentimeter rechts der Eintrittswunde unter seinen Fingern spürte, nickte er unmerklich und fing an, mit konzentrierter Miene nach der Bleikugel in Zaras Bauch zu fischen, eine Handbreit neben ihrem Bauchnabel. Wieder fiel ihm auf, wie wenig Blut aus der Wunde quoll, als er darin herumfuhrwerkte, und er war dankbar dafür; so konnte er sich leichter einreden, dass er in einem Brotlaib oder einer Melone oder etwas anderem herumpulte, das keinen Schmerz empfand; das machte es für ihn viel einfacher, die Kugel in der Wunde zu fassen zu bekommen. Abgesehen von ihrem Vampirdasein war Zara genau wie jede andere Frau; ihre Haut war weich und warm – nun, vielleicht nicht so warm wie bei anderen, aber es genügte, um einem vorzugaukeln, dass sie lebte –, und Schweiß ließ ihre Haut im Licht der Lampe glänzen, als wäre sie mit Öl eingerieben.

„Stimmen diese ganzen Dinge eigentlich, die man über euch sagt?“, fragte er schließlich.

„Welche Dinge?“, fragte Zara.

Er wiegte den Kopf. „Na, du weißt schon … Dass ihr kein Weihwasser und keine Kruzifixe mögt und Knoblauch nicht riechen könnt und man euch bloß töten kann, wenn man euch einen Pflock ins Herz rammt … *Diese* Dinge.“

Zara war nicht im Geringsten überrascht, dass Falk diese Frage stellte; wäre sie an seiner Stelle gewesen, hätte sie das auch brennend interessiert. „Nun, einiges davon stimmt tatsächlich, aber das mit dem Pflock durchs Herz oder die Sache mit dem Knoblauch … das sind alles Ammenmärchen, die von ängstlichen Gelehrten in die Welt gesetzt wurden, um die Menschen vor meinesgleichen in Sicherheit zu wiegen.“

Klong!

Die nächste Kugel fiel in die Blechschale.

„Wenn so vieles, was man über euch sagt, Ammenmärchen sind“, wollte Falk wissen, während er sich erneut über Zara beugte und – jetzt mit weit weniger Scheu als noch vor einer Minute –, die Schusswunde zwischen Zaras dritter und vierter Rippe abtastete, nur um festzustellen, dass ihr Herz nicht schlug, „wie verhält es sich dann mit dem Mythos, dass man nur dann zum Vampir wird, wenn man von einem anderen Vampir gebissen wird?“ Er sah von ihrer Verletzung auf und schaute ihr fragend ins Gesicht; im Schein der Lampe krochen wabernde Schatten über seine Züge. „Stimmt *das* denn?“

Zara nickte. „Mehr oder weniger.“

„Und wie …“ Falk stockte, brach ab, suchte nach den richtigen Worten, doch selbst, als sie ihm schon auf der Zunge lang, scheute er sich, die Frage zu formulieren.

Doch Zara wusste auch so, was er fragen wollte. „Wie ich zu dem wurde, was ich bin?“

Falk nickte zögerlich.

Zara schaute ihn an und spürte, dass die Kerkertür, hinter der sie all ihre schlechten Erinnerungen weggesperrt hatte, bei Falks Frage einen Spaltbreit aufgegangen war. Zum ersten Mal seit einer halben Ewigkeit dachte sie daran, wie sie zu dem geworden war, was sie war, und in dem Maße, in dem sich die Tür ihrer Erinnerung weiter öffnete und die Geister der Vergangenheit vor ihrem inneren Auge Gestalt annahmen, wurde ihr klar, dass sich manche Dinge nun mal nicht einfach wegsperren ließen; egal, wie viele Schlösser man an der Tür anbrachte und wie sehr man sich auch bemühte, sie zu vergessen, eines Tages krochen sie doch wieder aus ihrem Grab hervor, stinkend und vermodert zwar, aber immer noch so lebendig wie eh und je, und wenn es schließlich soweit war, tat man gut daran, darauf vorbereitet zu sein – oder zumindest jemanden zu haben, der einem dann den Rücken stärkte …

Zara zögerte noch einen Moment, dann blinzelte sie, und als sie die Augen wieder öffnete, war ihr Blick in weitere Ferne gerichtet, in eine Zeit, die so lange zurücklag, dass die meisten in Ancaria sie nur aus Legenden und den Geschichten ihrer Eltern und Großeltern kannten. „In Ancaria herrschte Krieg, als ich den Blutkuss empfing", begann sie mit leiser, aber fester Stimme. „Aarnum I. war unser König, und ich stritt an seiner Seite gegen die Dunkelelfen, die damals weite Teile des Landes beherrschten. Vor allem in den östlichen und südlichen Gebieten des Reichs stöhnte das Volk unter der Mordlust und Knechtschaft der Dunkelelfen, die immer wieder aus den wolkenverhangenen grauen Bergen im Osten kamen und brandschatzend durch die Lande zogen. Zahllose Ortschaften im Osten des Landes gingen dank ihrer in Rauch und Flammen auf, doch an materiellen Gütern hatten sie keinerlei Interesse; alles, was sie wollten, war, Seelen für ihren Blutgott zu sammeln, um dank seiner Gnade die Unsterblichkeit zu erlangen, auf dass sie diese Welt ewig tyrannisieren könnten. Es war ihnen vollkommen gleich, ob es die Seelen von Männern, Frauen oder Kindern waren. Das Rauben und Plündern übernahmen später die Orks, mit denen sie eine unheilige Allianz geschlossen hatten und die all das in Schutt und Asche legten, was die Dunkelelfen verschonten. Es war eine Symbiose des Grauens, die Ancaria an den Rand des Untergangs brachte." Zara brach ab und griff nach der Brandweinflasche auf dem Nachttisch, um einen kräftigen Schluck zu nehmen, während Falk nachdenklich nickte, die Pinzette nutzlos in der Hand; er kannte die alten Geschichten vom Großen Krieg und wie die Orks und Dunkelelfen das

Land terrorisiert und Tausende Opfer gefordert hatten. Nur hatte er noch nie jemanden getroffen, der selbst dabei gewesen war. Kein Wunder: Die Tage, in denen Aarnum I. in Ancaria regierte, lagen über tausend Jahre zurück, ein ganzes Millennium, bevor er auch nur geboren wurde …

Zara verzog das Gesicht, als sich der Alkohol seinen Weg ihre Kehle hinabbrannte, und fuhr fort, ohne die Flasche wieder wegzustellen: „Ich weiß nicht, wie viele damals ums Leben kamen, aber es müssen Zehntausende und Aberzehntausende gewesen sein. Anfangs versuchten die Menschen, sich zur Wehr zu setzen; der König sandte Truppen aus, in der Hoffnung, der Lage mit militärischer Gewalt Herr zu werden, doch das führte nur dazu, dass noch mehr starben, denn wenn die Dunkelelfen allein schon ein schwer zu besiegender Gegner waren, so waren sie mit den Orks an ihrer Seite praktisch unbezwingbar." Zara trank noch einen Schluck. „Aarnum I. konnte nicht verhindern, dass sich die Dunkelelfen wie eine Pest immer weiter in Ancaria ausbreiteten, und am Ende musste er sogar selbst fliehen, um nicht in ihre Gewalt zu fallen. Mit einer Hand voll seiner letzten Getreuen suchte er Zuflucht in der Waldfestung Tyr-Fasul, in den Wäldern der Elben nahe der westlichen Grenze, von wo er Boten nach ganz Ancaria entsandte, um ein Heer von Söldnern und fahrenden Rittern um sich zu sammeln. Einer dieser Boten klopfte schließlich an die Tore einer alten königstreuen Familie: derer von Lahnstein. Roderik von Lahnstein hatte einst als Feldmarschall unter Aarnums Vater gedient, ebenso wie sein Vater zuvor und sein Vater davor, und Aarnum I. hoffte, noch immer auf seine Dienste zählen zu können. Doch Roderik von Lahnstein war bereits zu alt und krank, als dass er imstande gewesen wäre, ein Schwert zu führen, und um die Familienehre aufrecht zu erhalten und ihrem Land ebensolche Dienste zu erweisen wie ihre Vorfahren, beschloss die Tochter des Feldmarschalls – sein einziges Kind –, dem Ruf zu den Waffen zu folgen und ihr Leben in den Dienst der Krone zu stellen, in der Absicht, Ancaria zu befreien."

„Das warst du, oder?", fragte Falk. „Die Tochter?"

Zara antwortete nicht; vermutlich hatte sie Falks Frage nicht einmal gehört, so vertieft war sie in ihre Erinnerung. „Das Mädchen war zwanzig, als sie in die Dienste des Königs trat und in Tyr-Fasul zur Ritterin geschlagen wurde. Anfangs war alles ein großes Abenteuer; Aarnums bunt zusammengewürfeltes Heer griff auf dieselbe Taktik zurück wie die Dunkelelfen und verließ die Waldfeste nur, um kurze, gezielte Angriffe auf feindliche Außenposten oder Nachschubtransporte zu führen; unsere Verluste waren gering, und unser Selbstverstrauen wuchs von Tag zu Tag. Eines Tages dann beschloss unser König, dass es nun Zeit wäre, Ancaria zurückzuerobern, und wir zogen aus, um das Land von der mordenden Plage der Dunkelelfen und Orks zu säubern, und plötzlich wurde aus dem Abenteuer blutiger Ernst, denn da wir an zwei Fronten gleichzeitig kämpften, um die Dunkelelfen nach Osten und die Orks nach Süden zurückzudrängen, mussten wir unsere Kräfte teilen, mit der Folge, dass unsere zahlenmäßige Überlegenheit dahin war. Bald türmten sich die Opfer auf unserer Seite ebenso wie die auf Seiten unserer Gegner. Viele starben – so viele …" Ihre Stimme wurde für einen Moment leiser, bevor sie fast trotzig fortfuhr: „Doch wir gaben nicht auf, und obwohl wir mehr als einmal auf verlorenem Posten kämpften, gelang es uns, unsere Feinde zurückzudrängen und viele Gebiete zurückzuerobern. Irgendwann stellten sich auch die Zwerge auf unsere Seite, die fürchteten, jetzt, wo die Dämonen aus der Oberwelt verdrängt wurden, könnten sie sich in die Unterwelt flüchten, um ihnen ihr Reich streitig zu machen; die Zwerge dachten, wenn sie den Menschen dabei halfen, die Plage vollkommen auszurotten, wäre die Gefahr damit gebannt, und so schloss sich uns ein beachtliches Heer aus der Zwergenstadt Gnarlstadt tief im Innern der Erde an, um Seite an Seite mit uns in die Schlacht zu ziehen. Eines Tages, mehrere Jahre, nachdem die junge Ritterin zu ihrem ach so hehren Kreuzzug aufgebrochen war, stand die Streitmacht des Königs schließlich vor den Toren der Burg Mhurag-Nar, dem letzten großen Bollwerk der Dunkelelfen, am Rande der Dunklen Gebiete." Sie trank noch einen Schluck, um sich die Kehle zu befeuchten. „Seit einigen Wochen schon war uns aufgefallen, dass der Widerstand der Dunkelelfen schwächer geworden war, je weiter unser Heer nach Nordosten zog, und als Mhurag-Nar in Sichtweite kam, zeigte sich, was der Grund dafür war: Die Seelenräuber hatten all ihre Kräfte in der Burg zusammengezogen – zehntausend blutgierige Dunkelelfen, geborene Krieger, die den Tod nicht fürchteten und alles tun würden, um die Feste zu halten, die auch so schon als uneinnehmbar galt; viele hatten es bereits zuvor im Laufe der Geschichte versucht und waren daran gescheitert, und alles, was wir aufzubieten hatten, war ein Heer von sechstausend Mann, kaum halb so viele wie die Dunkelelfen. Doch wir nahmen die Herausforderung an, und so begann eine Belagerung der Burg, die beinahe drei Monate währte. Niemand gelangte in dieser Zeit in die Burg oder hinaus, und die ganze Zeit beharkten wir die Festung mit Katapultbeschuss und Feuerpfeilen, bis Aarnum und seine Berater zu dem Schluss kamen, die Dunkelelfen müssten jetzt so ausgehungert und geschwächt sein, dass wir versuchen konnten, die Burg zu stürmen. Doch der König hatte sich geirrt …"

Falk runzelte die Stirn. „Inwiefern?“

„Die Dunkelelfen waren noch zäher, als irgendjemand ihnen zugetraut hätte“, erklärte Zara. „Zäher – und noch viel, viel grausamer. Denn als ihnen die Vorräte ausgegangen waren, hatten sie nicht etwa gehungert, sondern sich vom Fleisch ihrer Gefallenen ernährt, und als keine Toten mehr da waren, töteten sie Dutzende ihrer Kameraden, um diese zu verspeisen. Diese Monster fraßen ihre eigenen Leichen, um bei Kräften zu bleiben, indes wir seit Wochen nichts Anständiges mehr gegessen hatten.“ Die Erinnerung ließ ihre Züge hart werden. „Als wir die Burg stürmten, erwarteten sie uns bereits“, fuhr sie tonlos fort. „Und sie waren entschlossen, keinen Zoll nachzugeben, jeden Zentimeter mit ihrem Blut zu verteidigen …“ Sie brach ab und fuhr dann tonlos fort: „Der Sturm auf die Feste währte dreißig Tage und Nächte. Dreißig Tage und Nächte, in denen nahezu jeder fiel, den ich kannte, in denen ich knietief durch das Blut der Gefallenen watete und die Schreie der Verletzten und Sterbenden niemals zu verklingen schienen …“ Sie trank hastig noch einen Schluck Branntwein, wie um die grausamen Bilder fortzuspülen, die ihr im Kopf herumspukten. „Irgendwann gelang es uns, eine der Burgmauern niederzureißen und in die Festung einzudringen, wo das Gemetzel mit unverminderter Härte weiterging, drei Tage lang … bis auch noch der letzte Dunkelelfenkopf auf einem Pfahl auf den Burgzinnen stak … Ich suchte in den labyrinthischen Gewölben unter der Burg nach weiteren Dunkelelfen … Und da fand ich *sie*, angekettet in einem der Verliese.“

Falk hob eine Augenbraue. „Sie?“

„Eine junge Frau“, sagte Zara. „Oder zumindest sah sie wie eine junge Frau aus. Vielleicht zwanzig, vielleicht nicht mal das. Sie hatten sie in diesem dunklen, feuchten Verlies mit Eisenmanschetten an Händen und Füßen an die Wand gekettet. Ihre Kleidung hing in Fetzen, und ihr halbnackter Körper war mit unzähligen Narben übersäht – seltsamen Narben; einige sahen aus wie Brandzeichen in Form eines Kruzifixes, tief eingegraben ins Fleisch. Da waren weiße, wulstige Flecken wie Tropfen, als hätte man ihren Leib mit siedendem Öl besprenkelt. Alle möglichen Arten von Stich- und Brandwunden … eigentlich hätte niemand so eine Tortur überleben dürfen, doch sie lebte noch – oder zumindest hielt ich ihren Zustand für Leben, denn als ich näher trat, um mich zu vergewissern, dass sie tot war, schlug sie auf einmal die Augen auf und sah mich mit diesen großen grünen Augen an, geschlitzt wie die einer Katze … oder einer Schlange … Sie war wunderschön; trotz allem, was sie ihr angetan hatten, sah sie immer noch aus wie ein Engel: langes, gelocktes blondes Haar, große strahlende Augen und ein Gesicht, wie von Künstlerhand modelliert … Sie sah mich an und fehlte ihr zu helfen, sie loszuketten, sie zu retten … Sie wirkte so zart und hilflos, so verletzlich … Ich versicherte ihr, dass jetzt alles gut werden würde, und beeilte mich, sie von ihren Fesseln zu befreien, doch ich hatte kaum die eisernen Manschetten um ihre Hände gelöst, als sie sich wie ein Tier auf mich stürzte und ihre Fänge voller Gier in meinen Hals grub … Sie war vollkommen ausgehungert … trank wie eine Verdurstende …“ Zaras Blick war in weite Ferne gerichtet, in ein schummriges Kerkergewölbe tief im Innern der Burg Mhurag-Nar, wo die verzweifelte Gegenwehr einer jungen Ritterin, die jahrelang Tod und Teufel getrotzt hatte, mit jedem gierigen Zug, den die Vampirin aus ihrer Halsschlagader nahm, mehr und mehr nachließ, bis sich nur noch ihre Augen bewegten, weiße, hektisch zuckende Kugeln in ihren Höhlen … „Die Dunkelelfen müssen sie dort über Wochen oder gar Monate gefangen gehalten haben“, führte Zara mit leiser Stimme aus. „Allein dort im Dunkeln, ohne einen Tropfen Blut, und immer wieder kamen sie und trieben ihre Spielchen mit ihr, um zu sehen, wie ihr Organismus auf Dinge wie Weihwasser, Knoblauch oder Kreuze reagierte. Sie müssen sie monatelang derart gequält haben – Monate, bevor wir kamen, um Mhurag-Nar zu befreien, und irgendwann hatte sie dabei wohl den Verstand verloren …“ Sie seufzte, voll der Erinnerung. „Sie hätte mich bis auf den letzten Tropfen ausgesaugt und getötet, aber ehe es dazu kam, tauchten drei meiner Kameraden auf. Wäre die Untote besser bei Kräften gewesen, hätte sie sich mit Sicherheit auf sie gestürzt, um sich auch an ihrem Lebenssaft zu laben, doch offenbar hatte die monatelange Tortur so an ihren Kräften gezehrt, dass sie sich lieber mit einem wütenden Fauchen durch das Labyrinth der Katakomben davonmachte, ehe einer der Männer sie aufhalten konnte. Sie verschwand in der Dunkelheit, und ich starb in den Armen meiner Kameraden.“

Falk stutzte. „Du bist gestorben? Dann bist du … tot?“

Zara nickte. „Organisch gesehen, ja“, bestätigte sie. „Wie auch immer: Sie begruben mich zusammen mit den übrigen Gefallenen der Schlacht in einem riesigen Massengrab hinter der Feste, zwischen Hunderten toter Zwerge und Menschen; die Dunkelelfen hingegen wurden nicht in der Erde verscharrt, sondern verbrannt. Als ich zwei Tage später wieder zu mir kam und mich verwirrt und benommen durch Hunderte und Aberhunderte verfaulender Toter und meterdicke Schichten Erde nach oben an die Oberfläche wühlte, stieg noch immer Rauch von den Scheiterhaufen …“ Sie trank noch einen Schluck Schnaps. „Ich taumelte über das Feld vor der Burg, und der Löschkalk brannte sich wie Feuer in meine Haut, doch ich merkte es kaum. Ich wusste zunächst nicht mal, wo ich war – oder was mit mir passiert war. Mein Kopf war leer, erst nach und nach kam die Erinnerung zurück, und als ich begriff, war mir widerfahren war – was ich *bin* –, da starb Sara von Lahnstein ein zweites Mal, und Zara wurde geboren …“ Sie verstummte und sagte nichts mehr, den Blick in die Vergangenheit gerichtet, den Geruch von brennenden Dunkelelfen in der Nase.

Falk schwieg ebenfalls, von Zaras Bericht in gleichem Maße fasziniert und erschüttert. Er kannte all die Schauergeschichten über Wiederkehrer und Nachzehrer. Aus ihren Gräbern hörte man tagsüber ein verstohlenes Schmatzen und Schaben. Nachts aber erhoben sie sich, um als Untote jene Menschen heimzusuchen, die sie einst liebten, um sie zu sich in die kalte, tote Erde zu holen. In Schiefersal, dem kleinen Dorf im nordwestlichen Hinterland von Ancaria, in dem Falk aufgewachsen war, ging damals, als Falk noch ein Kind gewesen war, das Gerücht um, ein Wiederkehrer triebe des nachts auf dem Friedhof sein Unwesen. Man wusste, wer es war – sein Name war Argon. Bis zu seinem Tod war er der angesehenste Mann von Schiefersal gewesen, wohlhabend, respektiert und von den Göttern mit so vielen Kindern und Kindeskindern gesegnet, dass das größte Haus im Dorf nötig war, sie alle unter einem Dach zu versammeln. Dann verschwand der Händler Argon eines Tages auf dem Weg nach Krähenfels, wo er Geschäfte zu tätigen hatte. Man suchte eine Woche lang nach ihm, bis man seinen zerschundenen Leichnam schließlich halb verscharrt im Wald fand; wie es schien, war er überfallen, beraubt und erschlagen worden. Das ganze Dorf versammelte sich, um Argon auf dem Totenacker neben der kleinen Kirche zu Grabe zu tragen. Sechs Monate nach seinem Begräbnis schwor der Küster,

Argon über den Friedhof wandeln gesehen zu haben; am nächsten Tag sahen ihn noch zwei Menschen im Dorf, wie er um sein altes Haus schlich. Tagsüber hörte man angeblich seltsame Laute aus Argons Grab, und schnell wurden Stimmen laut, dass Argons Geist, voller Wut und Hass über das große Unglück, das ihm wiederfahren war, in seinen Körper zurückgekehrt war, um als lebender Toter nach dem Blut der Seinen zu trachten. Hysterie machte sich breit. Der Priester des Orts versuchte, die aufgebrachte Meute davon abzuhalten, seinen Friedhof zu entweihen, doch die Angst trieb die Leute an, und so gruben sie mittags an einem strahlenden Frühsommertag Argons Sarg aus und wuchteten ihn mit Seilen nach oben auf den Friedhof. Falk, damals noch ein kleiner Junge, hatte sich mit all den anderen Schaulustigen auf dem Friedhof eingefunden, um sich das Spektakel nicht entgehen zu lassen. Als die Männer den Sarg bei strahlendem Sonnenlicht öffneten, hatte er insgeheim damit gerechnet, dass der Tote die leuchtend roten Augen aufreißen, seine Vampirzähne fletschen und in einem gewaltigen Feuerball zu Staub zerfallen würde, doch obwohl die Sonnenstrahlen ihm voll ins Gesicht schienen, geschah nichts. Der Tote lag einfach nur reglos in seinem Sarg, die Augen geschlossen, die Arme in einer betenden Pose über der Brust verschränkt, so, wie man ihn zu Grabe getragen hatte. Nichts deutete darauf hin, dass er seinen Sarg jemals verlassen hatte. Und doch jagte der Anblick des friedlich daliegenden Toten dem jungen Falk mehr Angst ein als alles davor und so manches danach. Denn *etwas* an Argon war anders als an dem Tag, als man ihn zu Grabe getragen hatte: Sein Haar war länger geworden und wallte in langen Locken um seine Schultern, und unter seinen langen, scharfen Fingernägeln klebte etwas, das entweder Erde oder getrocknetes Blut sein mochte. Doch viel wichtiger noch war, dass Argon überhaupt nicht *aussah*, als wäre er seit einem halben Jahr tot. Obwohl er bereits seit sechs Monaten in der Erde ruhte, zeigte sein Körper keinerlei Anzeichen von Verwesung; im Gegenteil. Argons Lippen waren rot und voll, über seinen Wangen lag ein Hauch von Röte, und auch wenn Falk sich damals einredete, dass er sich das nur einbildete, fand er, dass Argon irgendwie *wohlgenährt* aussah, wie nach einem guten, üppigen Mahl …

Gleichwohl, nichts deutete darauf hin, dass Argon der Nachzehrer war, vor dem die Alten sie gewarnt hatten, und so hämmerten sie Argons Sag wieder zu und ließen ihn wieder in die Erde hinab – jedoch erst, nachdem sie ihm den Kopf abgetrennt und ihn mit dem Gesicht nach unten wieder in die Totenkiste gelegt hatten. „Zur Sicherheit", wie Falks Großmutter ihm erklärte, als sie ihn wie jeden Abend zu Bett brachte. „Damit er seinen Frieden findet."

Offenbar hatte Argon tatsächlich seinen Frieden gefunden, denn fortan sah ihn niemand mehr des nachts durchs Dorf schleichen, und auch die seltsamen Laute aus seinem Grab hörte niemand mehr, was jedoch wenig dazu beitrug, Falk die Angst vor einem Spaziergang über den Friedhof zu nehmen. Insgeheim fürchtete er stets, aus den Gräbern würden bleiche Hände nach seinen Fußgelenken greifen, wenn er den Pfad zwischen den Gräberreihen entlangging, um ihn hinunter in die Erde zu ziehen.

Doch seit heute wusste er, dass er sich vor Friedhöfen nicht zu fürchten brauchte; die Untoten lagen nicht in ihren Gräbern – sie weilten unter den Lebenden, spazierten durch die belebten Straßen der Städte, auf den ersten Blick nicht von denen zu unterscheiden, an denen sie sich labten, unscheinbare Gestalten, denen niemand etwas Böses zutraute.

Doch war das nicht gerade die größte Gefahr, die dem Bösen innewohnte? Dass es sich mit dem Deckmantel der Normalität getarnt mitten unter den Sterblichen befand, unerkannt und unangefochten?

Der Nordwind wehte Schnee wie Puderzucker gegen das Fenster, und der Wind pfiff leise durch die Winkel und Ecken des Hauses, doch das, was sonst unheimlich gewirkt hätte, wirkte jetzt eher beruhigend auf Falk. Er machte sich wieder an Zaras Wunden zu schaffen und bemühte sich eine Weile schweigend, die letzte Bleikugel aus Zaras Oberschenkel zu entfernen, während sie schweigend dalag, den Blick in sich gekehrt, ganz in ihren Erinnerungen gefangen.

„Was ist aus ihr geworden?“, fragte Falk nach einer Weile.

„Hm?“, machte Zara; es war, als würde sie aus einem tiefen Traum erwachen.

„Die Vampirin, die dir den Blutkuss gab“, sagte Falk. „Was wurde aus ihr?“

Zara zuckte mit den Schultern. „Keine Ahnung“, gestand sie. „Nachdem sie in den Stollen unter der Burg verschwunden war, sah ich sie nie wieder. Ich weiß bis heute nicht, wer sie war, obwohl es nicht allzu viele von uns gibt. Vampire mögen keine Konkurrenz ums Futter; aus diesem Grund töten sie jeden, an dem sie sich laben, um keine Nachkommen zu schaffen. Dass ich ‚geboren‘ wurde, war ein Versehen, keine Absicht.“

„Vielleicht ist das der Grund“, mutmaßte Falk.

„Der Grund wofür?“, fragte Zara.

„Dass du versuchst, den Menschen zu helfen“, sagte Falk. „Ich meine, in all den Geschichten, die man über euch hört, geht es immer nur darum, wie böse Vampire sind, aber du versuchst, Gutes zu tu…“

„Ich *bin* böse“, unterbrach Zara ihn harsch und wurde unvermittelt laut. „Sonst hätte ich wohl kaum diese armen Männer heute Abend abgeschlachtet, oder hast du das etwa schon vergessen?“ Sie sah Falk an, und jetzt war ihr Blick zugleich hart und von großer Traurigkeit erfüllt. „Vergiss nie, was ich *bin*“, sagte sie eindringlich. „Dass ich Dinge getan habe, die so abscheulich sind, dass du sie dir nicht einmal vorstellen kannst. Vergiss nie, dass ich dich und jeden anderen innerhalb eines Wimpernschlags zu euren Göttern schicken könnte. Oder, noch schlimmer, ich könnte euch zu meinesgleichen machen: wandelnde Tote, seelenlos und grausam, dazu verdammt, auf ewig nach dem Blut der Lebenden zu gieren und Tod und Verzweiflung über die Menschen zu bringen.“ Sie starrte Falk durchdringend an und sagte leise: „Findest du wirklich, dass *das* etwas Gutes ist?“

Falk hielt ihrem durchdringenden Blick einen Moment lang stand. Dann senkte er den Kopf, weil er nicht wusste, was er darauf erwidern sollte, pulte weiter mit der Pinzette in der Wunde herum, bekam die Bleikugel endlich zu fassen und riss sie mit einem harten Ruck aus der Wunde.

Klong!

„Evoilá“, kommentierte Falk, als er die Kugel in die Schale plumpsen ließ. „Das war die letzte.“

„Danke“, murmelte Zara, die es plötzlich sehr eilig hatte, ihre Blöße zu bedecken. Sie richtete sich hastig auf. Ihre Satteltaschen hingen über dem Stuhl neben der Tür. Sie kramte darin herum und förderte nicht nur eine unversehrte Bluse aus weißem Stoff zutage, sondern auch ein bodenlanges schwarzes Kleid mit einem atemberaubenden Ausschnitt an Rücken und Dekolleté, einem zarten Spitzengeflecht an den Säumen und einem in den Stoff eingearbeiteten Korsett. Sich Falks neugieriger Blicke wohl bewusst, schlüpfte sie aus ihren Lederhosen, zog die weiße Bluse an und streifte sich das Kleid über den Kopf; es raschelte leise, als der Stoff an ihrem nackten Körper hinab zu Boden glitt. Das Korsett ließ sich seitlich schnüren, sodass sie Falk nicht um Hilfe bitten musste, und das war ihr nur recht; irgendetwas war plötzlich anders zwischen ihnen. Lag es daran, dass er nun Dinge über sie wusste, von denen sie zuvor noch niemanden erzählt hatte? Dass er jetzt wusste, wer sie wirklich war? Oder lag es daran, dass seine Weigerung, zu akzeptieren, dass sie *böse* war, ihr Hoffnung gab? So oder so, nach dem heutigen Tag würde zwischen ihnen nichts mehr so sein wie zuvor, doch ob das gut oder schlecht war, musste sich erst zeigen.

Zara rückte das Kleid zurecht und schnürte das Korsett so fest, dass ihre Taille noch schmaler wurde und ihr Busen unter der dünnen weißen Bluse verführerisch hervorgehoben wurde. Sie konnte sich nicht entsinnen, wann sie das Kleid zum letzten Mal getragen hatte, doch es passte immer noch wie angegossen und brachte ihre weiblichen Rundungen auf eine Weise zur Geltung, dass Falk leise durch die Zähne pfiff.

„Du liebe Güte“, raunte er fassungslos, als sie sich im Schein der Öllampe umdrehte. „Du siehst…“, er schluckte, „fantastisch aus.“

„Glaubst du, ich werde ihm gefallen?“, fragte Zara zaghaft.

„Oh, meine Liebe“, schwärmte Falk hingerissen. „Selbst ein *Blinder* würde dich in diesem Aufzug atemberaubend finden!“

Zara lächelte schüchtern, doch obwohl sie zugeben musste, dass es ein gutes Gefühl war, das Kleid zu tragen – wenn auch ein ungewohntes –, war ihr doch irgendwie seltsam zu Mute, als hätte sie mit ihrer Kleidung auch ihre Persönlichkeit gewechselt. Voller Befangenheit starrte sie auf ihre Hände; unter ihren Fingernägeln zeichneten sich noch immer dunkle Halbmonde getrockneten Blutes ab, wie Erinnerungen, die sie nicht abzuschütteln vermochte. Als würde Falk irgendwie ihre Gedanken lesen, legte er das Messer und die Pinzette in die Schale mit den Bleikugeln, kam zu ihr herüber und legte ihr sanft links und rechts die Hände auf die Schultern, um sie so mit sanftem Druck dazu zu zwingen, ihn anzusehen.

„Ich habe keine Angst vor dir", sagte er ruhig. „Und egal, was du früher getan haben magst, jetzt sehe ich, dass du gut sein *willst*, und das ist mehr, als die meisten normalen Menschen von sich behaupten können – mich eingeschlossen. Also hör auf, dich schlechter zu machen, als du bist, und lass den Tod endlich hinter dir. Du bist schon so lange tot, dass du fast schon verlernt hast, was es bedeutet, zu leben. Doch das muss nicht so sein. Folge einfach weiter dem Weg, den du eingeschlagen hast, dann wird dir eines Tages die Absolution zuteil werden, nach der du dich so sehnst."

Zara schluckte; sie konnte sich nicht erinnern, dass jemals jemand so mit ihr gesprochen und mit so einfachen Worten auf den Punkt gebracht hatte, was ihr ganzes Dasein bestimmte. Sie überlegte, was sie sagen, wie sie sich *verhalten* sollte, jetzt, da er von ihrem schlimmen Geheimnis wusste, doch bevor noch ein Wort über ihre Lippen kam, klopfte es an der Tür.

Poch! Poch! Poch!

Falk wandte den Kopf. „Das muss Ela sein."

Zara runzelte die Stirn. „Ela? Jahns Schwester?"

Falk nickte, bevor er lächelnd in seinen Mantel schlüpfte. „Nicht nur du hast heute Nacht ein Tete-a-tete", erklärte er, während er einen Blick in den halb blinden Spiegel neben der Tür warf, um sich mit allen zehn Fingern ordnend durch die zerwühlte Haarpracht zu fahren.

„Es ist kein Tete-a-tete“, sagte Zara erneut, doch dann erinnerte sie sich daran, wie sie aussah, und lächelte schuldig. „Nun ja, vielleicht doch.“

„Dann genieß es“, sagte Falk auf dem Weg zur Tür. „*Ich* werde es jedenfalls tun!“

Er öffnete die Tür, und draußen auf dem schmalen Korridor stand tatsächlich Ela, die schlanke Gestalt in einen einfachen, wenn auch kleidsamen Mantel gehüllt, die Haare unter einer großen Ledermütze verborgen, die Wangen gerötet von der Kälte; Schnee schmolz auf ihren Schultern. Als Falk vor sie trat und ihr zur Begrüßung einen schüchternen Kuss auf die Wange hauchte, lächelte sie nicht nur, sie *strahlte*, und die sanfte Röte in ihrem Gesicht schien noch eine Spur intensiver zu werden. Ela winkte Zara im Zimmer schüchtern zu, dann legte Falk den Arm um sie, und die Tür fiel hinter ihnen ins Schloss. Zara blieb allein zurück.

Sie hörte, wie sich die Schritte der beiden auf dem Gang entfernten, hörte das dumpfe Pumpern, mit dem sie die Stufen ins Erdgeschoss hinabstiegen, und das leise, fröhliche Lachen, das ihre Schritte begleitete, war so frei und unschuldig, dass Zara einen Anflug von Neid verspürte. Sie konnte sich beim besten Willen nicht entsinnen, wann sie sich das letzte Mal so frei und unbeschwert gefühlt hatte. Oder ob überhaupt jemals.

Sie trat ans Fenster und sah, wie Falk und Ela draußen über den Platz gingen. Falk hielt die junge Frau fest im Arm, und sie schmiegte sich zärtlich an ihn, während sie beschwingten Schritts durch den wirbelnden Schneefall davongingen. Was immer sie auch vorhatten, sie würden gewiss ihren Spaß dabei haben …

Zara seufzte schwer und sah den beiden Turteltauben nach, wie sie sich im dichter werdenden Schneegestöber eng umschlungen entfernten. Dann vernahm sie von draußen ein Rumpeln und Knarzen und das verhaltene Schnauben mehrerer Gäule, und als sie den Blick senkte, sah sie unten vor der Schenke ein Gespann mit vier Pferden anhalten. Der Kutscher auf dem Bock hielt seine Peitsche lose in der Hand, das Gesicht in den Schatten des breitkrempigen Huts verborgen, und wartete. Jedes Mal, wenn die Pferde schnaubten, schoss weißer Atem wie Rauch aus ihren Nüstern. Auf der Seitentür der Kutsche prangte ein goldenes Wappen; es zeigte zwei Löwen, die über einer mit Eichenlaub bekränzten Krone mit drohend erhobenen Klauen und wütend aufgerissenen Mäulern gegeneinander kämpften. Sie hatte dieses Wappen schon einmal gesehen, heute Morgen. Auf dem Schild von Gregor D'Arc.

Zara zögerte noch einen Moment, unschlüssig, ob es so klug war, was sie vorhatte. Dann wandte sich mit einem Ruck vom Fenster ab. Falk hatte Recht: Sie war schon zu lange tot; es wurde allmählich Zeit, dass sie ins Leben zurückkehrte!

Und sei es auch nur für eine Nacht.

XIX.

Die Kutsche rollte durch die Nacht, ein dunkler Schemen vor dem Schwarz des Forsts, das nur dann erhellt wurde, wenn der auffrischende Westwind die Wolken einen Moment auseinander riss, sodass ein paar schwache Strahlen Mondlicht die Welt mit ihrem silbrigen, matten Schein tünchten. Seit Zara die Taverne verlassen hatte, hatte der Wind noch weiter aufgefrischt, und nun wiegten sich die Wipfel der Bäume am Waldrand in einer eisigen Brise, die den Geruch von noch mehr Schnee und Kälte in sich trug. Die letzten Häuser von Moorbruch lagen bereits seit einigen Minuten hinter ihnen; jetzt rumpelte die Kutsche einen Pfad aus festgestampfter Erde entlang durch die Dunkelheit, und alles, was noch an Zivilisation erinnerte, waren die halb vermoderten, windschiefen Holzzäune, die den Pfad vom Moor abgrenzten.

Zara schaute aus dem Fenster auf die Landschaft, die draußen im Zwielicht vorbeihuschte, und versuchte, ihrer Unruhe Herr zu werden. Vielleicht war es *doch* keine so gute Idee gewesen, ihrem inneren Drang nachzugeben und in die Kutsche zu steigen; vielleicht hätte sie besser daran getan, allein in ihrem Zimmer zu bleiben und auf Falks Rückkehr zu warten. Doch nun war es zu spät; nun war sie auf dem Weg zum Anwesen von Gregor D'Arc, und alles, was geschehen sollte, würde geschehen.

Das war nun mal der Lauf der Dinge.

Sie lehnte sich auf der Sitzbank zurück und schloss für einen Moment die Augen. Von den Wunden, aus denen Falk die Kugeln entfernt hatte, ging noch immer ein dumpfer Schmerz aus, wie von einem kaputten Zahn, doch spätestens morgen würden ihre Verletzungen vollkommen verheilt sein, und alles, was dann noch an das Geschehen im Talkessel erinnerte, waren die Narben auf ihrer geschundenen Seele. Nicht, dass diese Narben zwischen all den anderen, die ihre Seele im Laufe des letzten Millenniums erhalten hatte, großartig aufgefallen wären …

Sie schreckte aus ihren Grübeleien auf, als sich die Kutsche in eine lang gezogene Rechtskurve legte; die Wälder am Wegesrand wichen weiter zurück, und dann tauchte das Anwesen von Gregor D'Arc im Fenster auf, ein riesiges zweigeschossiges Herrenhaus mit einem palastähnlichen Hauptgebäude und zwei kleineren Flügeln links und rechts. Früher einmal musste der Stuck des Bauwerks weiß gewesen sein, doch die Zeit und die Witterung hatten ihn grau und brüchig werden lassen; hier und da waren große Brocken aus dem Mauerwerk gebrochen, und mehr als eins der vielen Fenster war zersprungen oder blind vom Alter. Doch das änderte nichts an der Imposanz des Gebäudes, das man eher in einem Vorort von Mascarell erwartet hätte als hier im hintersten Winkel der bekannten Welt.

Die Kutsche folgte dem Pfad in einem geschwungenen Bogen um ein Rondell herum zur Haupttreppe des Anwesens. Entlang der Auffahrt brannten Ölfeuer in Schalen auf Dreifüßen, und der unstete Schein der Flammen glitt über die Fassade des Haupthauses wie ein lebendes Wesen, geschaffen einzig aus Licht und Schatten. Dann kam die Kutsche ruckend vor der

Treppe zum Stehen, und bevor Zara nach dem Türknauf greifen konnte, war der Kutscher bereits da, hielt ihr die Tür auf und zog sich hastig den Hut vom Kopf, um fast unterwürfig zu Boden zu schauen. Doch obwohl der Kutscher nichts sagte und sie nicht offen anschaute, spürte sie deutlich seine Blicke im Rücken, als sie durch den Schnee zur Treppe ging, und einen Moment lang glaubte sie, er wüsste, was sie heute getan hatte, und starrte sie deshalb so an – weil er wusste, was für ein Monstrum sie in Wirklichkeit war. Doch das war natürlich Blödsinn; außer Falk wusste niemand, was sich wirklich in dem Felskessel zugetragen hatte. Wäre es anders gewesen und hätte von der Wehr oder Salieri oder sonst jemand aus Moorbruch auch nur den leisteten Verdacht gehabt, wäre längst ein aufgebrachter Lynchmob – angeführt von Salieri, die Heilige Schrift in den Händen und Feuer im Blick – mit Forken und Lanzen und Fackeln hinter ihr hergewesen, um das Böse „auszutreiben". Wie vor ein paar Stunden im Wald drangen Rufe aus ihrer Vergangenheit an ihr inneres Ohr – *Monster! Tötet das Monster!* –, doch Zara schob diese schlimmen Erinnerungen beiseite, bevor sie sich in ihrem Verstand festsetzen konnten, raffte ihren Rock und stieg entschlossen die breiten, ausgetretenen Steinstufen hinauf.

Aus den Fenstern des Haupthauses fiel warmer rotgoldener Lichtschein nach draußen in den Schnee. Dann stand Zara oben vor dem mit schweren eisernen Türbeschlägen versehenen Eichentor, das sie fast ums Doppelte überragte, streckte die Hand aus und schlug den schweren Türklopfer in Form eines Löwenschädels gegen das dunkle Holz. Nur wenige Augenblicke später schwang der rechte Türflügel bereits mit einem verhaltenen Quietschen auf, und Zara schaute in das hagere, ja, beinahe asketische Antlitz eines ältlichen Mannes, den sein dunkler Anzug und sein steifes Auftreten als Diener brandmarkten.

„Mademoiselle", sagte er huldvoll und verneigte sich leicht. „Der Herr erwartet Euch bereits. Wenn Ihr mir bitte folgen würdet …"

Er schloss den Torflügel hinter ihr und führte sie mit gesetzten Schritten durch die Eingangshalle und das anschließende Labyrinth aus Korridoren in den Westflügel des Hauses. Von außen hatte das Anwesen bereits groß gewirkt, doch von innen schien es noch gewaltiger. Die Korridore, durch die sie dem alten Diener folgte, waren beinahe drei Meter breit, die Decke doppelt so hoch wie sie selbst, und von dem Hauch von Verwahrlosung, der sich an der Fassade des Bauwerks zeigte, war drinnen nichts zu sehen. Im Gegenteil, die dicken Teppiche, die jeden Zentimeter Boden bedeckten, die gerahmten Gemälde und Gobelins an den Wänden und die edlen alten Möbel, die hier und da für Akzente sorgten, schufen eine Atmosphäre von Gediegenheit und Luxus, die von den pompösen Kronleuchtern, den edlen Stofftapeten und den geschickt in die Architektur des Gebäudes eingefassten Säulen noch verstärkt wurde. Überall brannten Kerzen in siebenarmigen Ständern, von denen der angenehme Duft von parfümiertem Wachs aufstieg; es duftete nach Jasmin und Veilchen und Sommer, und Zara atmete den Duft tief ein.

Als sie an einem fast deckenhohen Spiegel mit goldenem Brokatrahmen vorbeikamen, erhaschte Zara eher zufällig einen Blick auf ihr Spiegelbild. Durch ihren Hinterkopf huschte der Gedanke, dass Vampire der Legende nach kein Spiegelbild hatten. Vielleicht traf das sogar auf einige der Untoten zu – sie wusste es nicht –, bei ihr allerdings nicht, und trotzdem vermied sie es normalerweise, sich im Spiegel zu betrachten, als fürchtete sie sich vor dem, was sie zu sehen bekam. Doch als sie sich jetzt im Vorbeigehen darin erblickte – eine hoch gewachsene, schlanke Frau in einem wallenden schwarzen Kleid, einen Umhang locker um die schlanken Schultern geworfen, mit langem schwarzem Haar und einem schönen, fein geschnittenen Gesicht mit großen grünen Augen und vollen Lippen –, stellte sie zu ihrer eigenen Überraschung fest, dass sie gut aussah; sogar besser, als sie angesichts der jüngsten Ereignisse für möglich gehalten hätte.

Sie sah aus wie das blühende Leben. Doch noch verblüffender war, dass sie sich auch so *fühlte*. Sie vermochte nicht zu sagen, ob es an dem Blut lag, das sie getrunken hatte, oder daran, dass sie so aufgeregt war wie seit langem nicht mehr; doch was auch immer es war, es sorgte dafür, dass Zara sich stark fühlte, energiegeladen und – lebendig …

Der Diener blieb vor einer deckenhohen Flügeltür am Ende eines weiteren Korridors stehen, ergriff beide Türknäufe und schob beide Flügel gleichzeitig auf. Sie schwangen lautlos nach innen, und warmer, goldener Feuerschein fiel durch den größer werdenden Spalt.

Dann stand die Tür offen, und der Boden des Speisesaals breitete sich vor Zara in einem Karomuster aus schwarzen, braunen und mattweißen Fliesen bis ans ferne Ende des riesigen Raums aus. Genau wie der Rest des Hauses erwies sich auch der Speisesaal als Hort von schlichtem Luxus: Von der Decke hingen lange goldbestickte Wandteppiche mit Jagdmotiven, hier und da bedeckten dicke handgewebte Teppiche den Boden, und in dem mannshohen Kamin prasselte ein wärmendes Feuer. Entlang der Wände standen halb hohe, säulenartige Podeste, auf denen Marmorbüsten von Männerköpfen thronten. Beherrscht wurde der Saal jedoch von einem riesigen, beinahe acht Meter langen Ungetüm von einem Eichentisch, an dessen Längsseiten jeweils über ein Dutzend Stühle standen. An den Kopfenden befanden sich wuchtige Ledersessel mit hohen Lehnen, und nur dort war der Tisch eingedeckt mit edlem Geschirr und blitzendem Kristall. Trotzdem reihten sich auf der Tafel unzählige mit Silberhauben abgedeckte Schlüsseln, Terrinen, Servierplatten und Kasserollen, als würde der Hausherr ein ganzes Bataillon Gäste erwarten. Dazwischen standen gewaltige Kerzenleuchter mit brennenden Duftkerzen, und in großen Vasen staken Sträuße frischer Blumen, deren Duft sich mit dem Rauchgeruch des Feuers und dem Parfüm des schmelzenden Kerzenwachses zu einer betörenden Mixtur verband.

Gregor D'Arc stand am Kamin und schürte mit einem Eisenhaken das Feuer, als der Diener über die Schwelle trat, sich kurz verneigte und dann mit ebenso respektvoller wie unterwürfiger Stimme verkündete: „Mademoiselle Zara, mein Herr …"

Gregor schob den Schürhaken in den Ständer zurück und kam lächelnd auf sie zu. Er hatte sein Jagdkostüm gegen einen blauen Hausanzug aus feinster mascarellischer Seide eingetauscht, über den er einen Hausmantel mit goldenen Stickereien an den Ärmeln und am Revers trug. Ein weißes Tuch schmückte seinen Hals und verlieh ihm etwas Burschenhaftes, als er zwei Schritte von Zara entfernt stehen blieb. „Ah, Zara!", sagte er mit einem breiten Lächeln, das seine weißen, perfekten Zähne sehen ließ. „Ich bin hocherfreut, Euch zu sehen! Ihr seht wahrlich hinreißend aus!"

„Monsieur D'Arc", sagte Zara und reichte dem Edelmann ihre behandschuhte Hand, die Gregor D'Arc alsdann ergriff, um einen Handkuss anzudeuten, „ich danke Euch für Eure Einladung."

„Oh, bitte“, sagte D’Arc tadelnd, ohne Anstalten zu machen, Zaras Hand loszulassen. „Bitte, nennt mich doch Gregor. Ich mag es nicht, in meinen eigenen vier Wänden wie ein Fremder angesprochen zu werden.“

Zara verzog keine Miene. „Dann Gregor“, sagte sie kühl, doch unter ihrer allzu distanzierten Oberfläche brodelte es. Zudem gefiel es ihr, endlich einmal wieder wie die junge Dame aus gutem Hause behandelt zu werden, als die sie beim ersten Mal in diese Welt geboren worden war.

Gregor erwies sich als echter Gentleman. Er streckte zuvorkommend die Hand aus. „Gestattet Ihr, dass ich Euch Euren Umhang abnehme?“

Zara nickte, und als Gregor den Umhang von ihren Schultern zog, kamen darunter ihre Schwerter zum Vorschein, die X-förmig über Zaras Rücken geschnallt waren.

Gregor runzelte die Stirn, ihren Umhang in der Hand. „Ich lade Euch zu einem entspannten Abendessen ein, und Ihr erscheint bewaffnet?“, sagte er, doch er schien nicht beleidigt darüber, eher überrascht. „Fürchtet Ihr, ich könnte Euch etwas antun?“

„Nichts, was ich nicht wollen würde“, erwiderte Zara kühl. „Im Übrigen trage ich meine Schwerter immer bei mir. Ich bin niemals unbewaffnet; in den Gefilden, aus denen ich komme, ist dergleichen alles andere als ratsam. Dort geht man sogar mit seiner Klinge unterm Kopfkissen ins Bett.“ Bevor sie die Taverne verlassen und in die Kutsche gestiegen war, hatte sie einen Moment lang ernsthaft darüber nachgedacht, die Schwerter in ihrem Zimmer zu lassen, einfach, um weniger martialisch und mehr damenhaft zu erscheinen, doch dann hatte sie sich an die Männer erinnert, die sie im Felskessel überfallen hatten. „Was mich angeht, so fühle ich mich ohne meine

Schwerter … *nackt.*“ Als sie das Wort aussprach, trafen sich ihre Blicke, und Gregors Mundwinkel verzogen sich zu einem kleinen wissenden Grinsen.

„Ich weiß genau, was Ihr meint“, sagte er und deutete auf die beiden Schwerter, deren reich verzierte Griffe über ihre Schultern aufragten wie seltsame Deformationen. „Das sind interessante Waffe, mit denen Ihr Euch da schmückt. Wo stammen sie her? Ich kann mich nicht entsinnen, schon einmal Schwerter dieser Art gesehen zu haben.“

„Das wundert mich nicht“, sagte Zara, „stammen sie doch von weit jenseits der Grenzen Ancarias, von einer großen Insel weit draußen hinter dem Westmeer; aus einem Land, in dem dieSonne niemals untergeht und die Menschen seltsame Gewohnheiten pflegen. Doch die Schwertschmiedekunst dort ist unübertroffen.“

Gregor händigte seinem Diener Zaras Umhang aus, wies ihn an, sich bis auf weiteres zurückzuziehen, und geleitete Zara zum Stuhl, während der Diener rückwärts und mit geneigtem Haupt aus dem Speisesaal trat und die beiden Türflügel dabei ebenso synchron hinter sich zuzog, wie er sie zuvor geöffnet hatte. Dann waren sie allein.

Gregor rückte ihr den Stuhl zurecht, beugte sich von hinten über sie, sodass sein Mund dicht neben ihrem Ohr war, und sagte: „Ich hoffe, Ihr habt Appetit mitgebracht. H’oro, mein Koch, ließ sich nicht davon abbringen, einige Kleinigkeiten für uns zuzubereiten. Ich bin sicher, er hat sich wie immer selbst übertroffen; er ist ein wahrer Meister der Küche.“

Er trat vor und fing an, die Hauben von den vielen Schlüsseln und Schalen zu nehmen; jedes Mal stieg eine köstlich duftende Wolke empor, und obwohl Zara eigentlich gar keinen Hunger hatte, konnte sie dennoch nicht umhin, Gregor Recht zu geben. Wie es schien, war H'oro wirklich ein Meister der Küche, zumindest nach den Gerichten zu urteilen, die unter den Abdeckungen zu Tage kamen. Da gab es knusperige Wachteln mit Käsefüllung; zartrosa Rinderfilet auf einem Bett aus Reis und wilden Kräutern; fein gedünstete Wildschweinkeule auf Rotkraut; gratinierte Kartoffeln mit Quark; gefüllte Waldpilze; Datteln im Speckmantel; jede Menge frische Salate und Gratins; Kuchen, Kirschen, Trauben und ein halbes Dutzend Desserts, von denen eins verlockender aussah als das andere – sodass Zara schließlich doch schwach wurde. Sie sah neugierig zu, wie Gregor ihr eine Reihe von Speisen auf einem riesigen Teller arrangierte, ehe er sich daran machte, gekonnt eine Flasche Rotwein zu entkorken. Der edle Tropfen floss duftend und dickflüssig wie Sherry in das fein geschliffene Kristallglas neben ihrem Gedeck, und während Gregor zum anderen Ende des langen Tisches ging und sich selbst einschenkte, hatte sie zum zweiten Mal an diesem Tag Gelegenheit, festzustellen, dass Gregor D'Arc ein sehr attraktiver Mann war; nicht schön, aber auf eine herbe, maskuline Weise anziehend, was eher mit seinem selbstbewussten Auftreten zu tun hatte als mit seinem Aussehen. Er strahlte ein Selbstbewusstsein und eine Ruhe aus, als könne ihn nichts auf der Welt erschüttern, und als er ihr über den Tisch hinweg zuprostete, spürte sie, wie sie mehr und mehr in seinen Bann geriet.

„Auf diesen Abend", toastete Gregor lächelnd. „Möge er so viel versprechend weitergehen, wie er begonnen hat."

Zara hob lächelnd ihr Glas. „Darauf trinke ich", sagte sie.

Sie tranken, ohne sich dabei aus den Augen zu lassen. Dann senkten sie ihre Gläser, und Gregor D'Arc sagte: „Lasst Euch's munden, Verehrteste."

Zara nickte und griff nach ihrem Silberbesteck. Gregor hatte nicht zu viel versprochen. Das, was sein Koch H'oro da kredenzt hatte, war in höchstem Maße köstlich: das Fleisch so butterzart rosa, dass man es mühelos mit der Gabel zerteilen konnte; die Sauce so fein und punktgenau abgestimmt, dass es unmöglich war, zu sagen, welche einzelnen Ingredienzien sie enthielt; das Gratin saftig und raffiniert gewürzt, mit einer goldgelben Käsehaube, die verführerisch knackte, als Zara sie mit der Gabel aufbrach. Mit jedem köstlichen Bissen, den sie nahm, erwachte ihr Appetit mehr, und schließlich fiel sie mit einem wahren Heißhunger über das Mahl her. Erst, als sie ihren Teller bereits zu Dreiviertel geleert hatte, fiel ihr auf, dass Gregor selbst nichts aß. Stattdessen saß er entspannt in seinem Lehnstuhl, ein Glas Wein in der Hand, das er regelmäßig wieder füllte, und begnügte sich damit, Zara über den Tisch hinweg nachdenklich zu betrachten und gepflegte Konversation zu treiben; er sorgte dafür, dass ihr Gespräch nicht abstarb, während Zara weiterhin aß, doch nun, da sie wusste, dass Gregor sie nicht aus den Augen ließ, war ihr anfänglicher Heißhunger verflogen, und nachdem sie noch ein paar Happen von ihrem Teller genommen hatte, legte sie das Besteck ab, schob den Teller von sich und tupfte sich mit der weißen Leinenserviette die Lippen.

„Und?", fragte Gregor mit fragend gewölbten Brauen.

„Ein Gedicht", kommentierte Zara und legte die Serviette beiseite. „Es ist lange her, seit ich das letzte Mal so gut gespeist habe." Sie griff nach ihrem Glas und trank einen Schluck. „Euer Koch ist wahrlich ein Könner."

„Wie ich sagte." Gregor lächelte zufrieden, nippte an seinem Kristallglas und setzte ihr Gespräch nahtlos fort. Ihre Konversation war angenehm, aber belanglos. Sie redeten über Gott und die Welt. Obwohl die Bestie wie ein dunkler Schatten über ihnen lag, kam keiner von ihnen explizit auf dieses Thema zu sprechen, als würden beide instinktiv wissen, dass sie damit nur die Stimmung zunichte machen würden. Außerdem hatte auch der heutige Tag keinen Durchbruch gebracht, und auch wenn Zara das eine oder andere über die Kreatur erfahren hatte, sie wollte ihr Wissen für sich behalten, nicht deshalb, weil sie Gregor nicht traute – was sie nicht tat, egal, was sie für ihn empfinden mochte –, sondern um sich weiterhin der Illusion hinzugeben, dass dies nichts weiter als ein ganz normales Abendessen sei und sie beide nur ein normaler Mann und eine normale Frau bei einem ganz gewöhnlichen Tete-a-tete – denn dies *war* ein Tete-a-tete, das wurde Zara mit jedem innigen Blickwechsel, jeder dezenten zweideutigen Bemerkung und jeder Schmeichelei deutlicher bewusst. Gregors Interesse an ihr ging über bloße Freundlichkeit oder Gastfreundschaft weit hinaus, und obwohl ihr dies ein bisschen Angst einjagte und sie nicht recht wusste, wie sie sich verhalten sollte, genoss sie seine Aufmerksamkeiten und Komplimente dennoch aus vollstem Herzen; für eine Weile gelang es ihr sogar, zu vergessen, wer sie war, was sie war und warum sie hier war.

Dann wechselte ihr Gegenüber unversehens das Thema.

„Ihr seid eine schöne Frau, Zara", sagte Gregor bedächtig und sah sie über den Tisch hinweg durchdringend an. „Mysteriös und geheimnisvoll … Ich bin sicher, auf Eurem Weg durchs Leben habt Ihr schon vielen Männern das Herz gebrochen."

„Nicht so, wie Ihr vielleicht denkt", antwortete Zara ausweichend. Um nicht weiter über sich selbst sprechen zu müssen, deutete sie auf Gregors rechte Hand, an dessen Ringfinger sich ein schmaler weißer Streifen Haut abzeichnete. „Wie steht es mit Euch?", sagte sie. „Wo ist der Ring an Eurem Finger geblieben?"

Gregor hob seine Hand und betrachtete sie gedankenverloren, wie etwas, das er lange nicht gesehen hatte, und Schatten zogen über sein Gesicht. „Ihr habt scharfe Augen“, sagte er, keineswegs brüskiert über die Frage, wenn auch wesentlich ernster als zuvor. „Tatsächlich habe ich zwölf Jahre lang an diesem Finger einen Ring getragen – einen Ehering, um genau zu sein.“

Plötzlich spürte Zara einen dicken Kloß im Hals. „Dann seid Ihr …“ Sie wagte es kaum, die Frage zu stellen, aus Angst vor der Antwort.

„Verheiratet?“ Gregor schüttelte den Kopf. „Nicht mehr.“

„Warum nicht?“, fragte Zara, seltsam erleichtert.

„Sie ist gestorben“, sagte Gregor leise. Einen Moment zögerte er, unschlüssig darüber, ob er ihr die Geschichte erzählen sollte. Er nahm noch einen Schluck Wein und lehnte sich zurück, bevor er schließlich weitersprach: „Sie hieß Kathrina. Sie kam als Hofdame ins Haus meiner Eltern in Hohenmut, und wir verliebten uns ineinander. Es gab viele, die Vorbehalte gegen unsere Verbindung hegten, nicht zuletzt meine Mutter, die der Meinung war, es wäre unschicklich, unter meinem Stand zu heiraten. Doch wir liebten einander, und wir wollten den Rest unseres Lebens miteinander verbringen. Als meine Eltern erkannten, dass sie mich nicht von meinem Entschluss abbringen konnten, gaben sie uns schließlich ihren Segen, und wir schlossen den Heiligen Bund. Wir lebten in einem schönen großen Haus in einem Vorort von Hohenmut, nahe der Blumengärten, und alles, was uns noch fehlte, um unser Glück vollkommen zu machen, waren Kinder. Doch unser Kinderwunsch blieb zunächst unerfüllt, und als es endlich doch klappte und Kathrina schwanger wurde, waren sieben Jahre vergangen. Um so mehr freuten wir uns auf unser Kind, doch manchmal sind die Götter grausam: Bei der Geburt starb meine geliebte Kathrina ebenso wie der Junge, den sie mir schenken wollte …"

Er verstummte für Sekunden, doch als er dann fortfuhr, klang seine Stimme gefasst und ruhig: „Wir begruben sie auf dem Familienfriedhof, neben unserem tot geborenen Sohn. Nach der Beisetzung packte ich meine Sachen und verließ Hohenmut, um anderswo ein neues Leben zu beginnen, an einem Ort, wo mich nicht bei jedem Schritt die Geister der Vergangenheit verfolgten, und schließlich verschlug es mich hierher." Er vollführte eine winkende Geste, die nicht nur den Speisesaal oder das Anwesen einschloss, sondern ganz Moorbruch. „Das ist jetzt drei Jahre her, und doch konnte ich meinen Ring nicht ablegen, so sehr er mich auch an das erinnerte, was geschehen war. Ich war noch nicht bereit dafür, es war, als wäre dieser Teil meines Lebens trotz Kathrinas Tod noch nicht vorüber. Dann jedoch wachte ich vor einigen Tagen morgens auf, und irgendetwas war anders; plötzlich fühlte ich mich wieder frei, als ob man mir Fesseln abgenommen hätte, die mich jahrelang gefangen gehalten hatten, und ich kam zu dem Schluss, dass ich jetzt bereit sei für eine neue Liebe, und so nahm ich den Ring ab." Er sah Zara mit dem Glas in der Hand an. „Die Männer im Wald …", sagte er plötzlich zusammenhanglos und schaute Zara direkt in die Augen. „Das wart Ihr, nicht wahr? Ihr habt all diese Männer getötet, nicht die Bestie." Es war keine Frage, und wenn, dann allenfalls eine rhetorische.

„Und wenn?", entgegnete Zara, und sie war dabei ganz ruhig, hatte sie doch damit gerechnet, dass Gregor sich nicht so leicht täuschen ließ. Insgeheim hatte sie nur darauf gewartet, dass dieses Thema zur Sprache kam. „Was, wenn ich sie getötet hätte?"

Gregor schob die Unterlippe vor und zuckte mit den Schultern. „Dann nehme ich an, dass Ihr einen triftigen Grund dafür hattet.“ Er trank einen Schluck Wein; nichts an seiner Haltung verriet, dass dieser schlimme Verdacht ihn mit Sorge erfüllte.

Zara legte den Kopf schief. „Sagt mir: Welcher Grund könnte wohl triftig genug sein, dass ein Dutzend Männer dafür ihr Leben lassen müssen?“

„Sagt Ihr's mir“, erwiderte Gregor gelassen.

Zara sah ihn über den Tisch hinweg an und suchte in seinem Gesicht nach Hinweisen darauf, dass er ein Spielchen mit ihr trieb, dass er all das nur inszeniert hatte, um sie zu diesem Thema zu befragen und nach Möglichkeit ein Geständnis von ihr zu bekommen, und einen irrwitzigen Moment lang musste sie gegen den Drang ankämpfen, sich zur Tür umzudrehen, um zu sehen, ob Salieri und sein Lynchmob bereits mit Fackeln und Forken hinter ihrem Stuhl standen, um sie am nächsten Baum aufzuknüpfen. Dann jedoch schalt sie sich eine Närrin: Gregor D'Arc mochte für sie vielleicht ein Fremder sein, doch ihr Instinkt sagte ihr, dass er nicht ihr Feind war – ganz abgesehen davon, dass sie gerochen hätte, wenn er ängstlich oder nervös gewesen wäre, doch ihr Gastgeber saß vollkommen entspannt am anderen Ende des Tischs, nippte gelassen an seinem Rotwein und wartete geduldig auf ihre Antwort.

Schließlich sagte Zara: „Diese Männer … sie haben mir aufgelauert, in diesem Felskessel im Wald. Plötzlich waren sie da und eröffneten das Feuer auf mich … griffen mich an – ohne jeden Grund, ohne jede Provokation. Sie wollten mich tot sehen, und mir blieb nichts anderes übrig, als mich zu verteidigen.“

„Dann war es Notwehr“, sagte Gregor überzeugt und suchte ihren Blick. „Wisst Ihr denn, wer diese Männer geschickt hat, um Euch zu töten?“

Zara schüttelte den Kopf. „Vielleicht könnt *Ihr* es mir sagen? Wem in Moorbruch bin ich ein Dorn im Auge? Wenn jemand das weiß, dann doch wohl Ihr, oder nicht? Immerhin genießt Ihr hier den Respekt, der von Rechts wegen eigentlich dem Bürgermeister zustünde."

„Das mag wohl sein", antwortete ihr Gastgeber mit dem Anflug eines Lächelns auf den Lippen. „Doch Ihr stellt die falschen Fragen. Die Frage sollte nicht lauten, wem in Moorbruch Ihr ein Dorn im Auge seid, sondern *warum*?" Er sah sie neugierig an. „Seid Ihr vielleicht irgendjemandem seit Eurer Ankunft zu nahe getreten? Gab es Streit? Habt Ihr vielleicht jemanden beleidigt?"

Zara schüttelte den Kopf. „Nicht, dass ich wüsste."

„Aber was könnte dann der Grund für den Anschlag gewesen sein?"

Zara wollte sagen: *Vielleicht bin ich der Bestie schon so nahe, dass einer unter euch, der in irgendeiner Art und Weise vom Treiben der Bestie profitiert, mich aus dem Weg haben will …* Doch obwohl ihr die Worte bereits auf der Zunge lagen, schluckte sie sie nach kurzem Zögern herunter und sagte stattdessen: „Ich habe nicht die geringste Ahnung."

Einen Moment lang sah Gregor sie durchdringend an, als wäre er sich sicher, dass sie log, doch bevor er Gelegenheit hatte, seine Zweifel zu äußern, ergriff Zara die Initiative und sagte forsch: „Sagt mir: Wie seid Ihr darauf gekommen, dass es nicht die Bestie war?"

Wider Erwarten lächelte Gregor. „Das war offensichtlich. Ich meine, die Bestie hat noch nie Männer angegriffen, und sie hat stets nur einzelne Personen attackiert, keine Gruppen; dazu ist die Bestie zu vorsichtig. Und dann waren da noch die Wunden der Opfer – gerade, saubere Schnitte wie von einem Rasiermesser. Oder wie von einem so außergewöhnlichen Schwert, wie Ihr sie auf dem Rücken tragt."

„Und was werdet Ihr jetzt mit Eurem Wissen anfangen?", fragte sie. Eigentlich hätte sie beunruhigt sein müssen, doch stattdessen war sie seltsam entspannt, als wüsste sie genau, dass sie von Gregor nichts zu befürchten hatte.

„Wie ich schon sagte, es war Notwehr", sagte er. „Ich wüsste nicht, warum man Gewese um diese Angelegenheit machen sollte, außer um in Erfahrung zu bringen, wer Euch nach dem Leben trachtet."

„Dieser Frage werde ich zu gegebener Zeit selbst nachgehen", sagte Zara.

„Um so besser." Gregor nickte zufrieden. „Dann ist doch alles geklärt."

Damit war die Sache für ihn erledigt, und so schwenkte er wieder zu den belanglosen Themen zurück. Zara zog mit, und dann unterhielten sie sich wieder so angeregt wie zuvor, tranken Wein und taten so, als wäre nichts gewesen. Trotzdem hatte sich etwas zwischen ihnen verändert; nicht in negativer Hinsicht, im Gegenteil. Es war, als bestünde auf einmal eine gewisse Intimität zwischen ihnen, ein Vertrauen, das zuvor nicht da gewesen war, und als sie darüber nachdachte, wurde Zara schließlich klar, was der Grund dafür war: Sie teilten jetzt ein Geheimnis miteinander. Abgesehen von Falk, über den Gregor kein Wort verlor, waren sie beide die Einzigen, die wussten, was sich heute *wirklich* in dem Felskessel zugetragen hatte, und irgendwie schuf dieses geheime Wissen eine Art Band zwischen ihnen. Mehr noch: Mit jedem weiteren Glas Wein und jedem weiteren tiefen Blick baute sich eine Spannung im Speisesaal auf, so unsichtbar und real wie die Wärme des prasselnden Kaminfeuers oder der betörende Duft der Kerzen, der jeden Atemzug verzauberte. Zara wusste, dass irgendetwas passieren *musste*.

„Ihr seid eine interessante Frau, Zara“, sagte Gregor schließlich, nachdem er die dritte Flasche Wein entkorkt und ihnen beiden nachgegossen hatte; jetzt saß er wieder an seinem Platz am anderen Ende des Tischs, und der Kerzenschein ließ den Rotwein in dem geschliffenen Kristallglas tiefdunkel schimmern wie Blut. „Ihr seid eine angenehme und wortgewandte Unterhalterin, doch was hinter Eurer Stirn vorgeht, bleibt ein Geheimnis, nicht wahr?“

Zara sah den jungen Landgrafen über den langen Tisch hinweg an und verzog die Mundwinkel zu einem kleinen, süffisanten Lächeln. „Und Ihr seid ein aufmerksamer Beobachter, Monsieur“, erwiderte sie. Sie hob ihr Glas, ließ den Rotwein langsam in dem edlen Kristall kreisen und sah zu, wie das Licht in der rubinroten Flüssigkeit funkelte. „Doch warum hört Ihr nicht auf, den Seelenforscher zu spielen, und nehmt das, was Ihr kriegen könnt, statt nach Dingen zu greifen, die für Euch unerreichbar sind?“ Zara trank einen Schluck Wein, ohne Gregor dabei aus den Augen zu lassen; er schmeckte trocken und dickflüssig, fast wie Blut. Doch das Prickeln, das über ihr Rückgrat lief, als Gregor ihren Blick erwiderte und sich seine Mundwinkel zu einem wissenden Lächeln verzogen, hatte nichts mit Wein oder Blut zu tun.

„Und was *ist* für mich erreichbar?“, wollte Gregor wissen.

Zara wiegte den Kopf. „Es ist an Euch, das herauszufinden, Monsieur.“

Einen endlosen Moment lang schauten sie sich über den Tisch hinweg direkt in die Augen, und Zara genoss die Begierde, die in Gregors durchdringendem Blick lag. Sie spürte, wie eine Wärme in ihr aufstieg, die ihren ganzen Körper durchdrang. Die Empfindung war so intensiv, dass Zara überrascht darüber war; zu lange war es bereits her, dass sie zum letzten Mal etwas Vergleichbares verspürt hatte.

Der Moment zog sich auf magische Weise in die Länge, und obwohl er tatsächlich nur Sekunden währte, schien es Zara, als wäre eine Lebensspanne vergangen, bis Gregor einen letzten Schluck Wein trank, das Glas bedächtig sinken ließ und nach der feinen weißen Leinenserviette griff, um sich mit provozierender Langsamkeit die Lippen abzutupfen. Dann warf er die Serviette achtlos auf den Tisch, schob seinen Stuhl zurück und schritt auf sie zu, wobei er Zara nicht einen Herzschlag lang aus den Augen ließ. Ihr war es, als würde sich der Tisch mit jedem Schritt, den Gregor tat, ausdehnen, als würde er immer länger, um zu verhindern, dass Gregor zu ihr fand.

Doch schließlich war er bei ihr. Er blieb neben ihrem Stuhl stehen und beugte sich über sie, bis ihre Gesichter nur eine gute Handbreit voneinander entfernt waren. Als er sprach, konnte Zara seinen Atem riechen, warm und erfüllt vom Duft des Weins, den er getrunken hatte. „Wenn ich Euch jetzt küsse", sagte er leise, „laufe ich dann Gefahr, von Euren Schwertern in Streifen geschnitten zu werden?"

Zara lächelte. „Probiert es aus, dann wisst Ihr's."

Gregor musterte sie aus brennenden Augen und zeigte schließlich ein leises, charmantes Lächeln. „Was soll's?", murmelte er. „Wer nicht wagt, der nicht gewinnt …" Damit beugte er sich noch weiter über sie, und im nächsten Moment spürte Zara seinen Mund auf dem ihren.

Sie schloss die Augen, ließ sich einfach fallen und erwiderte seinen Kuss nicht minder leidenschaftlich. Dann ließ Gregor seine Lippen über ihren weißen, schwanengleichen Hals gleiten, und sie legte den Kopf in den Nacken und stieß ein zufriedenes Seufzen aus. Als Gregors Mund wieder den ihren suchte, zog er sie erneut in einen tiefen, leidenschaftlichen Kuss, der Zaras Begierde hochsprudeln ließ wie Magma aus einem Vulkan, heiß und rot und alles verzehrend.

Sie sprang so heftig auf, dass ihr Stuhl kreischend über den Marmor kratzte und klappernd zu Boden fiel, doch keiner von ihnen scherte sich darum. Nun küssten sie sich im Stehen, begierig und leidenschaftlich, drehten sich in inniger Umarmung, eng umschlungen, als würden sie zu einer unhörbaren Melodie tanzen, und Gregors Hände schienen überall auf ihrem Körper zu sein: auf ihrem Rücken, an ihren Hüften – überall!

Zara genoss Gregors Berührungen und gab sich seiner Leidenschaft hin. Sie stolperte rückwärts, ohne sich aus Gregors Umarmung zu lösen, stieß mit der Hüfte gegen die Tischkante und wischte mit dem Arm achtlos Teller, Gläser und das Besteck vom Tisch, die klirrend und scheppernd zu Boden fielen.

Zara schob sich auf den Tisch, legte sich halb hin und zog Gregor über sich; sein Atem strich heiß und sengend über ihr ohnehin schon erhitztes Antlitz, und sie konnte sein wild hämmerndes Herz durch ihre Kleidung spüren. Erneut bedeckten seine Lippen ihren Hals mit feuchten Küssen, glitten immer tiefer, zu ihrem Dekolleté, während er zugleich mit flinken Fingern die Verschnürung ihres Mieders löste.

Zara vergrub ihre Finger in sein Haar und ergab sich ganz dem Gefühl, das sie vom Scheitel bis zur Sohle erfüllte.

Schließlich hörte sie seine geflüsterten Worte an ihrem Ohr. „Komm!“, sagte er leise und drängend. „Willst du mit mir nach oben gehen?“

Zara nickte. „Ja“, raunte sie und erhob sich. „Ja, das will ich.“

Sie wollte ihre Kleider ordnen, für den Fall, dass sie auf dem Weg in Gregors Schlafzimmer auf irgendwelches Dienstpersonal stießen, doch Gregor schüttelte nur ungeduldig den Kopf, ergriff mit sanfter Gewalt ihr Handgelenk und führte die junge Frau in den hinteren Teil des Speisesaals, dorthin, wo der Kamin einen Großteil der Wand einnahm. Rechts davon hing das goldgerahmte Gemälde eines Ritters in voller Rüstung in Lebensgröße. Das offene Visier gab den Blick auf ein maskulines bärtiges Gesicht frei, das eine nicht zu übersehende Ähnlichkeit mit Gregor aufwies. Eine Hand stützte sich auf ein Schild mit dem Familienwappen, die andere ruhte auf dem wuchtigen Griff eines zu Boden zeigenden Breitschwerts. Von einer Tür jedoch oder einer Treppe, die sie hinauf in Gregors Schlafgemach gebracht hätte, war weit und breit nichts zu sehen.

Zara warf Gregor einen irritierten Blick zu, er aber trat lächelnd vor, um den Kopf der nächststehenden Marmorbüste umzulegen, woraufhin das Rittergemälde mit einem vernehmlichen Knarren nach innen schwang und den Blick auf eine verborgene Wendeltreppe freigab. Der kühle, leicht muffige Lufthauch, der aus dem Geheimgang drang, strich über Zaras Miene und kühlte ihr heißes Gesicht. Verstaubte Spinnweben zwischen den Streben der Treppe wiesen darauf hin, dass Gregor diesen Weg nicht besonders oft wählte; Geheimnisse waren eben nicht immer auch praktisch.

Gregor vollführte eine einladende Geste. „Nach dir."

Sie nickte und trat an ihm vorbei in den Geheimgang, der vom flackernden Schein des Feuers, das aus dem Speisesaal über die Schwelle fiel, in ein dämmriges Zwielicht getaucht wurde. Als Zara die ersten steinernen Stufen hinaufgestiegen war, ertönte erneut ein verhaltenes, leises Quietschen, und das

Zwielicht verwandelte sich in tintige Schwärze. Schlagartig war es stockfinster.

Zara blieb stehen und drehte sich zur Geheimtür um; ihr selbst machte die Dunkelheit nichts aus, konnte sie doch selbst in finsterster Nacht sehen wie am helllichten Tage, aber ihr Begleiter musste in der Dunkelheit blind sein wie ein Maulwurf. „Gregor?“

Vor der Treppe flammte ratschend ein Streichholz auf, und Zara nahm den Geruch von Schwefel wahr. Gregor hielt das Zündholz in die Höhe und lächelte. „Ich bin hier“, sagte er ruhig. Der Schein der winzigen Flamme, die zwischen seinen Fingern tanzte, warf zuckende Schatten an die schartigen nackten Steinwände. „Keine Angst! Geh einfach weiter.“

Zara kam seinem Wunsch nach, und nach dreißig gewundenen Stufen, die sich einem Korkenzieher gleich in die Höhe schraubten, stand sie am oberen Ende der Wendeltreppe. Gregor trat neben sie, legte einen unscheinbaren Hebel neben einem helleren Rechteck im rissigen Grauschwarz des Mauerwerks um und schüttelte das Streichholz aus, bevor ihm die heruntergebrannte Flamme die Fingerkuppen versengen konnte.

Die Wand vor ihnen öffnete sich wie eine Tür. Dahinter befand sich ein Raum, der vom Schein eines kleinen Kaminfeuers sanft erhellt wurde. Links stand ein riesiges Himmelbett mit unzähligen Decken und Kissen; dahinter sah man jenseits der hohen Facettenfenster den verwaisten Garten des Anwesens und den angrenzenden nächtlichen Wald. Der Vollmond zeichnete sich als mattes silbriges Rund hinter der dichten Wolkendecke ab.

Gregor schob sie aus dem Geheimgang in sein Schlafgemach, und Zara stellte fest, dass die Geheimtür hier als großer goldverzierter Spiegel getarnt war. Sie schaute sich im Zimmer um: das große Himmelbett, eine Waschkommode gegenüber, eine kleine Sitzecke mit einer Chaiselongue, zwei edle stoffbezogene Sesseln und ein Tischchen aus dunklem Kirschholz, auf dem Boden dicke, flauschige Teppiche, die jeden ihrer Schritte verschluckten.

Unwillkürlich schritt Zara auf das breite Himmelbett zu, doch bevor sie es erreichte, war Gregor bei ihr, packte sanft ihren Arm, zog sie zu sich herum – und dann presste er seine heiße Lippen erneut auf ihren Mund.

Gemeinsam sanken sie auf das Bett …

XX.

Als Zara erwachte, streichelten die ersten blassen grauen Strahlen des neuen Tages ihr Gesicht. Sie brauchte einen Moment, um sich zu entsinnen, wo sie sich befand und wer der Mann war, der neben ihr leise vor sich hinschnarchte. Eins aber wusste sie sofort: Sie war zum ersten Mal seit Ewigkeiten nicht von Albträumen heimgesucht worden. Zum ersten Mal seit Ewigkeiten hatte sie einfach nur *geschlafen*. Doch sonderlich ausgeruht war sie deshalb nicht; im Gegenteil. Ihr Kopf drohte vor Kopfschmerzen zu zerspringen, sie hatte einen Geschmack im Mund, als hätte sie mit zu lange gegorenem Traubensaft gegurgelt, und als sie sich aufrichten wollte, war es, als schlüge ihr jemand mit einem Brett brutal gegen die Stirn. Stöhnend fasste Zara sich an den Kopf und ließ sich in die Kissen zurücksinken. Die Decke über ihr schien sich träge zu drehen, ebenso wie ihr Magen. Ob es nun an dem Wein lag, den sie gestern Abend getrunken hatte, oder an dem Blut vom Nachmittag – sie hatte offenbar von *irgendetwas* mehr getrunken, als gut für sie war, und jetzt plagte sie ein Kater allererster Güte, der für einen Moment sogar den Gedanken daran verscheuchte, was es gewesen war, das sie so unvermittelt aus Morpheus' Armen gerissen hatte. Dann flog ein weiterer Kiesel klackend gegen das Fenster, und Zara wurde klar, was sie geweckt hatte.

Bemüht, Gregor nicht zu wecken, schob sie seine Hand vorsichtig von ihrem nackten Bauch, schlug die Decke zurück und glitt leise aus dem Bett, sorgsam bemüht, sich nicht zu abrupt zu bewegen, um weiteren Hieben mit dem Brett vor den Kopf vorzubeugen. Der dicke Teppich auf dem Boden verschluckte die Schritte ihrer bloßen Füße, als sie nackt zum Fenster huschte. Das Feuer im Kamin war erloschen, doch die Glut strahlte noch immer eine angenehme Wärme ab; offenbar hatte sie nicht besonders lang geschlafen. Aber immerhin *hatte* sie überhaupt eine Weile traumlos und in Ruhe geschlafen; das war eine Gnade, auf die sie nach Jahrhunderten kaum mehr zu hoffen gewagt hatte …

Sie stieg über ihre auf dem Holzboden verstreuten Kleider hinweg und trat ans Fenster, vor dem die Morgensonne ein graues Rechteck auf das Parkett warf. Der Himmel jenseits des Fensters war grau, voll von dicken Wolken, und eine kalte Brise wirbelte vereinzelte Schneeflocken in tanzenden Wirbeln über den verschneiten hinteren Garten des Anwesens. Über den Bäumen des Waldes zeichnete sich die Morgensonne als heller Schemen hinter den Wolken ab, und als Zara nach dem Riegel griff und das Fenster öffnete, trug eine eisige Bö wirbelnde Schneeflocken ins Zimmer.

Unten vor dem Fenster des Schlafzimmers, zehn Meter tiefer, standen Falk und Ela auf dem verschneiten Rasen, und Falk hielt drei Pferde am Zaumzeug – Elas, sein eigenes und Kjell. Just als Zara das Fenster öffnete, warf Ela einen dritten Kiesel, den Zara mit einer raschen Handbewegung auffing, ehe sie sich halb hinausbeugte; erst jetzt, als die eisige Kälte mit unsichtbaren Fingern nach ihr griff, kam ihr zu Bewusstsein, dass sie nackt war, und sie verschränkte schnell die Arme vor ihren Brüsten. „Bei allen Göttern, was macht ihr hier?“, rief sie mit gedämpfter Stimme, um Gregor nicht zu wecken. Die Fragen, woher die beiden wussten, dass sie noch hier war, dass sie sich im Schlafzimmer des Landgrafen aufhielt und welches der unzähligen Zimmer des Herrenhauses das Schlafgemach war, verkniff sie sich. Sie nahm an, dass die Antworten auf die ersten beiden Fragen logische Schlussfolgerungen waren, weil sie heute Nacht nicht in die Taverne zurückgekehrt war. Die Antwort auf die dritte Frage war wohl, dass Ela als Einheimische wahrscheinlich schon einmal hier zu Gast gewesen war. „Was ist geschehen? Hat die Bestie wieder zugeschlagen?"

Falk schüttelte atemlos den Kopf, und in seinem bleichen Gesicht schimmerten hektische rote Flecken. „Der Bürgermeister!", stieß er aufgeregt hervor; im Gegensatz zu Zara gab er sich keine Mühe, leise zu sein. „Er ist verrückt geworden!"

„Von der Wehr?" Zara runzelte die Stirn. „Was ist los?"

„Wanja!", rief Falk. „Ihr Vater will sie der Bestie opfern, weil er glaubt, so den Zorn seines Gottes besänftigen zu können! Er glaubt, das ist der einzige Weg, wenigstens eine seiner Töchter zu retten – so wie Salieri gesagt hat!"

„Dieser Verrückte!" Zara war fassungslos, auch wenn sie nach all den Hetzreden des Geistlichen insgeheim damit gerechnet hatte, dass so etwas passieren würde. In ihrer momentanen aufgeheizten und panischen Stimmung waren die Einwohner von Moorbruch *zu allem* fähig. „Von der Wehr will eine seiner Tochter retten, indem er die andere der Bestie zum Fraß vorwirft?" Jetzt gab sie sich ebenfalls keine Mühe mehr, leise zu sein.

Falk nickte. „Wir müssen sie retten! Bevor es zu spät ist!"

Zara zwang sich, ruhig zu bleiben. „Wo bringt er sie hin?"

„Zum Teufelsfelsen!", rief Ela aufgebracht; ihre Stimme überschlug sich fast. „Im Wald. Die Bestie hat sich an dieser

Stelle schon mehrere Opfer geholt! Jahn ist sofort losgelaufen, um Wanja zu retten, nachdem er uns davon erzählte!"

Das gefiel Zara gar nicht; nicht auszudenken, was Jahn mit dem mörderischen Vater seiner Geliebten anstellen würde, wenn er ihn in die Finger bekam – oder umgekehrt! „Wie lange ist das schon her?"

„Vielleicht zehn Minuten, vielleicht länger."

Zara nickte. Sie hatte genug gehört. „Eine Minute!", rief sie, wandte sich vom Fenster ab und schaute sich eilig im Zimmer nach ihren Sachen um; sie hatten keine Zeit zu verlieren, nicht nur, weil der Bürgermeister bereits einigen Vorsprung hatte, sondern auch, weil die Gefahr bestand, dass von der Wehr durch sein wahnwitziges Vorhaben alles noch schlimmer machte. Er wollte sein eigen Fleisch und Blut opfern, um sein eigen Fleisch und Blut zu schützen. Das war einfach verrückt!

Hinter ihr erklang ein Rascheln, als Gregor sich unter der Decke hervorwühlte, geweckt von dem frühmorgendlichen Tumult. Er blinzelte irritiert, als er sah, wie Zara am Fuß des Bettes hastig ihre Kleidung zusammensuchte, und setzte sich auf. „Was ist los?", fragte er verwirrt, die Stimme trunken von Schlaf. „Ist irgendwas passiert?"

„Der Bürgermeister", sagte Zara knapp, während sie in ihr Kleid schlüpfte und mit hastigen Bewegungen begann, ihr Mieder zuzuschnüren. „Er will Wanja der Bestie opfern."

Sofort war Gregor hellwach. „Wanja? Seine älteste Tochter?"

Zara nickte und schlüpfte in ihre Lederstiefel. „Er glaubt, wenn er seine Tochter aus freien Stücken als Opfer darbringt, würde er damit den Zorn seines Gottes besänftigen, und die Bestie würde auf ewig verschwinden."

Gregor fluchte. „Dieser Verrückte!"

„Kann man wohl sagen", knurrte Zara, mehr zu sich als zu

Gregor; dabei ging ihr beiläufig durch den Kopf, dass sie wohl kaum in der Position war, andere als verrückt zu bezeichnen, immerhin war es ebenfalls nicht normal, ein Dutzend Männer kaltblütig zu massakrieren und sich an ihrem Blut zu laben wie an einem guten Wein. Doch das stand in diesem Moment nicht zur Debatte, deshalb schloss sie hastig die letzten Schnallen ihrer Lederstiefel und sah sich nach ihrem Umhang um, doch dann fiel ihr ein, dass der Diener ihn gestern Abend an sich genommen hatte. Mit großen Schritten eilte Zara durch den Raum zur Tür – zur Zimmertür, nicht zu der, die zum Geheimgang führte.

„Was hast du jetzt vor?“, wollte Gregor wissen.

Zara warf ihm einen kühlen Blick über die Schulter zu. „Was schon? Ihn aufhalten.“

Ohne Gregor noch eines Blickes zu würdigen oder sich noch länger aufzuhalten, schnappte sie sich ihre beiden Schwerter von dem Sessel neben dem Kamin und schnallte sie sich mit geübten Griffen über den Rücken, während sie zur Zimmertür eilte und die beiden Türflügel gleichzeitig wuchtig nach außen aufstieß. Hinter ihr sprang Gregor aus dem Bett, doch Zara hatte nicht vor, auf ihn zu warten. Ohne sich noch einmal umzuschauen, lief sie den Korridor entlang und sprang dann, immer mehrere Stufen auf einmal nehmend, die Treppe hinunter; die Absätze ihrer Stiefel klapperten hohl auf den Marmorstufen.

Unten in der Halle kam ihr der Diener entgegen. Seine Augenbrauen glitten fragend in die Höhe, als Zara mit wehendem Kleid die letzten Treppenstufen hinter sich brachte und im Eilschritt durch die Eingangshalle lief.

„Madam?“, fragte er. „Kann ich etwas für Euch …“

Zara rauschte an ihm vorbei, ohne ihn auch nur eines Blickes zu würdigen. Sie schnappte sich ihren Kapuzenmantel von der Garderobe, warf ihn über und stieß den linken Torflügel des großen Portals auf. Draußen vor dem Haus warteten bereits Falk und Ela. Ohne innezuhalten, schwang sich Zara mit einer einzigen fließenden Bewegung in den Sattel ihres Pferdes, das Falk am Zügel gehalten hatte, und sah die beiden jungen Leute an. „Zeigt mir den Weg!"

Ela nickte entschlossen, stieß ihrem Pferd die Hacken in die Flanken und preschte über den Vorplatz davon; Schnee und Erde spritzten unter den Hufen des Tieres hoch. Falk folgte ihr dichtauf. Zara hatte noch nicht mit der Zunge geschnalzt, als auch Kjell mit einem abenteuerlustigen Wiehern vorpreschte und hinter den beiden herjagte, auf den nahen Waldrand zu.

Eine halbe Minute später eilte Gregor D'Arc aus dem Hauseingang. Er hatte sich hastig einen Hausmantel übergeworfen und stapfte in seinen Seidenpantoffeln auf dem Vorplatz hinaus, wo der Schnee die Hufspuren der Pferde bereits wieder zudeckte. Das Haar zu allen Seiten vom Kopf abstehend, sah er, wie die im gestreckten Galopp davonpreschenden Reiter zwischen den Bäumen des nahen Waldrands verschwanden. Er blieb noch einen Moment, wo er war. Dann trieb eine eisige Bö weiteren Schnee über den Vorplatz, und Gregor schlang fröstelnd die Arme um sich, machte kehrt und ging ins Haus zurück …

XXI.

Obwohl die letzten Schleier des Schlafs längst wie fortgeweht waren, bekam Zara von dem wilden Ritt zum Teufelsfelsen kaum etwas mit. Zu aufgewühlt waren ihre Emotionen. Allmählich begann diese Angelegenheit ihr an die Nieren zu gehen. Sich die zerrissenen Leichen junger Frauen ansehen zu müssen, die sie nicht kannte, war eine Sache – doch sie *kannte* Wanja. Sie war ein liebes, herzensgutes junges Ding, das niemandem etwas zuleide getan hatte; alles, was sie wollte, war, eines Tages ein friedvolles Leben mit ihrem geliebten Jahn zu führen, vielleicht ein paar Kinder zu haben, denen sie beim Aufwachsen zuschauen und sich daran erfreuen konnte. Das war wahrlich nicht zu viel verlangt. Doch offenbar sah ihr Vater das anders …

Als Zara an Bürgermeister von der Wehr dachte, krallten sich ihre Hände so fest um die Zügel, dass ihre Knöchel weiß hervortraten. Dieser wahnsinnige, rückgratlose Kerl! Glaubte er tatsächlich, dass dieser Albtraum ein Ende fand, indem er noch mehr Unglück heraufbeschwor?

Nein, korrigierte sich Zara, *nicht er glaubt das, sondern dieser Pfaffe, dieser Salieri, der den Einwohnern von Moorbruch auf Teufel komm raus einreden will, die Bestie sei eine Strafe seines Gottes …*

Doch das änderte nichts daran, dass von der Wehr derjenige

war, der sich dazu entschlossen hatte, seine älteste Tochter zu opfern. Unter anderen Umständen hätte dies Zara vielleicht sogar Respekt abgenötigt, denn er tat dies in dem Glauben, zum Wohle der Gemeinschaft zu handeln, doch nicht in diesem Fall, wusste sie doch, dass von der Wehr nicht aus innerer Größe und Überzeugung heraus so handelte, sondern aus Schwäche.

In Zaras Ohren hallten die Worte wider, die Wanja gestern Morgen vor Beginn der Treibjagd über ihren Vater gesagt hatte: „Er ist ein guter Mensch. Und er tut, was er kann … Aber manchmal ist das eben nicht genug."

Fluchend trieb sie Kjell die Absätze ihrer Stiefel in die Flanken, um ihn noch weiter anzutreiben. Aus den Augenwinkeln sah sie Bäume und Sträucher vorbeihuschen, eine vage Wand aus Grün und Braun. Äste und Zweige ragten auf den Pfad, und einmal ritten sie in vollem Galopp durch eine mannstiefe Bodensenke, über der ein moosbewachsener Baumstamm ruhte; Zara spürte, wie der Stamm ihre Haarspitzen kitzelte, so dicht war er ihrem Haupt. Dann preschte sie auf der gegenüberliegenden Seite der Senke den Hang hinauf, immer hinter den anderen beiden Reitern her, und der eisige Wind, der ihr entgegenschlug, ließ ihr Haar wild um ihren Kopf wehen.

Vor ihr drehte sich Ela in vollem Galopp halb zu ihr um. „Weiter!", rief sie Zara über das Pochen der Hufe hinweg aufgeregt zu. „Wir sind gleich da!"

Zara nickte und kauerte sich auf dem Pferderücken noch mehr zusammen, um dem Wind so wenig Angriffsfläche wie möglich zu bieten. Ihr Umhang flatterte hinter ihr, während die Pferde in gestrecktem Galopp durch den dunklen Wald preschten. Die schweren, beschlagenen Hufe trommelten auf den gefrorenen Boden und hallten dumpf wie Donnergrollen von der

Wand aus Bäumen wider. Sie schmiegte sich an Kjell und spürte das Spiel seiner Muskeln unter dem seidigen Fell. Dann teilte sich der Wald vor ihnen, und aus dem frühmorgendlichen Zwielicht schälte sich die markante Form des Teufelsfelsens: ein wuchtiger, annähernd dreieckiger Felsen aus grauem, beinahe schwarzem Schiefer, mit markanten Felsvorsprüngen, die an zwei aus der Stirn ragende Hörner erinnerten, und einer verkrüppelten Kiefer obendrauf.

Zara erkannte den Felsen wieder. Sie war gestern bereits hier gewesen; in der kleinen Felsnische hatte sie die Überreste des Wildschweins entdeckt. Ein feiner Nebelschleier waberte über dem Boden und quoll wie kleine Wolken über die Ränder des Teufelsfelsens in die Tiefe.

Jetzt sah sie Wanja.

Die junge Frau stand oben auf dem vielleicht sechs oder sieben Meter hoch aufragenden Teufelsfelsen; ihr weißes Kleid – nein, kein Kleid, korrigierte sich Zara, ein Nachthemd – flatterte in einer eisigen Brise, ebenso wie ihr langes braunes Haar, das ihr wirr um den Kopf wehte. Ihre Hände waren mit einem Seil, das um den borkigen Stamm des Baums geschlungen war, nach hinten gebunden. Ihre Füße waren nackt und verklebt mit Dreck und Tannennadeln, ebenso wie ihr Nachthemd, das aussah, als hätte man sie darin mit Gewalt durch den halben Wald hierher geschleift. Wanjas Gesicht war eine Miene des Unglaubens, als könne sie nicht fassen, dass all das wirklich geschah. Von ihrem Vater war nichts zu sehen; der Feigling hatte nicht einmal genug Mumm, bis zum bitteren Ende bei seiner Tochter zu bleiben.

Ganz anders Jahn. Er war in diesem Moment dabei, den Felsen zu erklimmen, um zu ihr hochzusteigen und sie zu befreien. Sein Pferd war nirgends zu sehen, und er war vollkommen außer Atem, als wäre er den gesamten Weg von Moorbruch hierher gerannt. Als die Reiter aus dem Dickicht des Waldes auftauchten, wandte er kurz den Kopf, dann galt seine ganze Aufmerksamkeit wieder seiner Geliebten, die oben auf dem Felsen stand und erfolglos versuchte, sich aus ihren Fesseln zu winden.

„Hilfe!“, rief Wanja, als sie die Reiter sah. „Helft mir!“

„Keine Sorge, Liebste!“, rief Jahn ihr keuchend zu. „Ich bin gleich bei dir! Nur noch einen Augenblick …“

„O Gott, beeil dich!“, schrie Wanja. Dann ruckte ihr Kopf plötzlich zur Seite, als hätte sie hinter sich etwas gehört, und dann trat Panik in ihren Blick; nackte, von Entsetzen angefachte Panik. „Ich glaube, da ist etwas“, raunte sie mit leiser, gedämpfter Stimme. „O lieber Gott, ich glaube, hinter mir ist irgendwas …“

Und dann, als hätte sie nur auf ihr Stichwort gewartet, tauchte plötzlich die Bestie hinter ihr auf dem Felsen auf; Zara vermochte nicht zu sagen, woher sie so plötzlich gekommen war. Die Pferde scheuten, und sie hatten auch allen Grund dazu, denn das, was sich ihren Blicken darbot, war so außergewöhnlich grotesk, dass es selbst Zara den Atem verschlug.

Die Bestie kam nach und nach in Sicht, als sie mit langsamen, majestätischen Schritten auf den Baum am Rand des Teufelsfelsens zuschritt, ein massiges, furchteinflößendes Ungetüm von der Größe eines ausgewachsenen Braunbären, mindestens ebenso schwer und mit dem wuchtigen Schädel eines Löwen, bloß ohne Fell. Das fiel Zara als Erstes ins Auge: dass die Kreatur kein Fell hatte. Der gesamte massige Körper war komplett haarlos, und die schartige, von wulstigen Narben und Geschwüren überwucherte Haut war von dem blassen Grau alter Asche. Die im Verhältnis zum Rest des massigen Körpers recht kurzen Beine endeten in mächtigen Pfoten mit langen, gebogenen Klauen. Die Vorderläufe der Kreatur waren länger als die hinteren Gliedmaße und schienen mehr Gelenke aufzuweisen, was der Bestie trotz ihrer Ähnlichkeit mit einem Bären etwas seltsam Affenartiges verlieh. Sie hatte zudem einen langen, peitschenden Schwanz, so nackt wie der Rest des unförmigen Körpers, und trotz seiner massigen Gestalt zeichneten sich unter der nackten grauen Haut die scharfen Umrisse der Schulterknochen, der Rippen und der Gelenke ab, fast so, als wäre die Bestie in Wahrheit nichts weiter als ein Skelett, über das jemand Haut gespannt hatte wie Zeltplane. Doch das Furchterregendste an der Kreatur war ohne Frage der Schädel; dieser riesige, wuchtige Schädel mit der langen, flachen Schnauze, die zu beiden Seiten von kurzen, schartigen gelben Stoßzähnen flankiert wurde. Die weit aus dem Kopf quellenden pupillenlosen Augen, die von Blutäderchen durchzogen waren, dass sie blutrot zu glühen schienen, wirkte abstoßend und abnorm. Jedes Mal, wenn sich der gewaltige knochige Brustkorb hob und senkte, drangen Atemwolken wie Rauch aus den Nüstern der Bestie, die bis zum Rand des Felsens vorkam, fast so, als wolle sie sich zur Schau stellen. Sie fletschte die in drei Reihen nebeneinander angeordneten Zähne, die scharf und spitz wie Dolche waren; fast war es, als würde das Ungetüm Zara und die anderen Reiter am Fuß des Felsens höhnisch angrinsen.

„Bei allen Göttern", murmelte Falk fassungslos. *„Was ist das?"*

Niemand antwortete.

Oben auf dem Felsen stieß die Bestie ein abfälliges Schnauben aus, so als käme sie zu dem Schluss, dass ihr von den Reitern keine Gefahr drohte. Dann drehte sich die Bestie um und ging langsam auf den Baum mit der zitternden Wanja zu.

Als die junge Frau die Bestie auf sich zutrotten sah, begann sie zu schreien; sie schrie so hysterisch, dass es Zara in den Ohren schmerzte, doch die Bestie zeigte sich davon unbeeindruckt und trottete gemächlich weiter auf das gefesselte Mädchen zu, das so weit vor der Bestie zurückwich, wie es die Fesseln zuließen. Zwischen Wanda und dem Ungeheuer lagen vielleicht fünf oder sechs Schritte.

Jahn fand als Erster seine Stimme wieder. „Wanja!“, brüllte er, an der Seite des Felsens hängend. „Wanja, halte aus! Ich komme!“ Angetrieben von Wut und Angst um die Geliebte, kletterte er hastig die letzten zwei Meter hoch, ohne auf die spitzen Steine zu achten, die sich in seine Hände gruben, krallte die Finger oben an den Felsrand und schwang frei über dem sieben Meter tiefen Abgrund; einen Augenblick lang hing sein ganzes Gewicht an seinen Fingerspitzen, als Jahn seine Kräfte sammelte. Dann zog er sich mit einem gewaltigen Klimmzug in einer einzigen fließenden Bewegung nach oben auf das kleine Plateau, schwang ein Bein über den Rand, rappelte sich keuchend auf und packte einen armdicken Ast, der auf dem Boden gelegen hatte. Einen Moment lang wog er den Ast in der Hand wie einen Knüppel oder eine Keule; dann heftete sich sein vor Hass brennender Blick auf die Kreatur, die nun direkt vor Wanja stand und die gefesselte junge Frau mit ihrer grotesken Schnauze neugierig beschnüffelte, und er stürmte wütend vor, den Ast mit beiden Händen schwingend.

„Nimm das, du Teufel!“, brüllte Jahn, außer sich vor Wut, stürmte vor und schlug den Ast mit aller Kraft auf die Flanke der Bestie, die fast so groß war wie er selbst. Doch ebenso gut hätte er versuchen können, einen Olifanten mit einer Stecknadel zu verletzen; die Bestie ließ nicht einmal erkennen, dass sie den Hieb überhaupt gespürt hatte. Ihre Aufmerksamkeit galt ganz Wanja von der Wehr, die verzweifelt versuchte, vor der Bestie zurückzuweichen, doch die Fesseln hielten sie an Ort und Stelle, und alles, was sie tun konnte, war, darauf zu hoffen, dass ihr geliebter Jahn sie rettete, dass es ihm irgendwie gelang, sie vor dem schrecklichen Schicksal zu bewahren, zu dem ihr eigener Vater sie verdammt hatte …

„Du verfluchtes Ungetüm!", brüllte Jahn und schlug immer wieder mit dem Ast auf die Bestie ein, die wie eine Wand aus Fleisch und Muskeln vor ihm aufragte. „Lass sie in Ruhe, du Scheusal! Ich töte dich!" Er holte wieder und wieder aus und hieb mit dem Ast auf die Bestie ein, erst auf die Flanke, dann auf den Schädel, ohne auf seine eigene Sicherheit zu achten. Dabei erwischte er eher zufällig die Schnauze des Untiers, das unvermittelt ein aggressives Fauchen ausstieß und sich ihm nun zuwandte. Die Bestie starrte ihn mit diesen flammenden, rotgeäderten Augen an, zog die wulstigen schwarzen Lefzen knurrend von den Zähnen, und die drei nebeneinander liegenden Reihen rasiermesserscharfer Hauer, die vor stinkendem Speichel glänzten, funkelten im Zwielicht. Einen Moment lang regten sich weder Jahn noch die Bestie; sie standen einfach nur oben auf dem Felsen und starrten sich an. Dann lief plötzlich ein Ruck durch Jahn, und er riss den Knüppel hoch. Der Ast sauste hernieder und traf so hart den Schädel, dass das Holz splitterte. Die Bestie knurrte grollend und wich einen Schritt zurück. Ermutigt schlug Jahn noch einmal zu, das Gesicht zu einer Fratze unbändiger Wut verzerrt, doch diesmal wich die Bestie dem Hieb mit einer eleganten, fließenden Bewegung aus – und schnappte zu!

Jahn schrie auf vor Schmerz, als sich die gewaltigen Hauer knapp unterhalb der Schulter um seinen linken Arm schlossen. Stoff, Haut und Muskeln zerrissen, und Blut spritzte. Mit einem wütenden, *irgendwie* verärgerten Ruck drehte die Bestie ihren riesigen Schädel zur Seite und riss Jahn von den Füßen, ehe das Ungeheuer sein Haupt ebenso ruckartig wieder auf die andere Seite bewegte. Jahn hing wie eine Stoffpuppe zwischen den Kiefern der Kreatur, die ihn schüttelte.

Doch Jahn gab nicht auf. Die ganze Zeit über hieb er, außer sich vor Schmerz, auf den wuchtigen Schädel ein, bis der Ast zersplitterte. Die Bestie ließ nicht von ihm ab, schüttelte ihn, bis sie ihn schließlich über den Rand des Felsens schleuderte.

Jahn krachte durch das Geäst eines Baums, und Büsche und Sträucher linderten seinen Aufprall, sonst hätte er sich auf der hartgefrorenen Erde sämtliche Knochen gebrochen.

Wanja kreischte vor Entsetzen.

„Bei allen Göttern!“, raunte Falk entsetzt. Jahn war kaum noch bei Bewusstsein, in seinen Augen war fast nur noch das Weiße zu sehen.

Seit Jahn sich den Ast geschnappt und auf die Bestie losgegangen war, war keine halbe Minute vergangen.

„Kümmer dich um ihn!“, rief Zara, sprang mit einem Satz von ihrem Pferd und lief zum Teufelsfelsen, auf dem sich die Bestie in aller Ruhe wieder ihrem Opfer zuwandte. Wanja war schreckensbleich, und je näher die Bestie kam, desto leiser wurden ihre Schreie, und schließlich begann Wanja durch einen Schleier aus Tränen in halb verzweifeltem, halb beruhigendem Ton auf die Kreatur einzureden.

„Oh, bitte, tu mir nichts“, flehte sie die Bestie an, die mit gemächlichen Bewegungen auf sie zukam und ihr Opfer dabei keine Sekunde aus den Augen ließ. Die Schnauze der Bestie war blutbesudelt, die Zähne gefletscht. Ein dunkles, tiefes Grollen drang aus dem Rachen der Kreatur, die zwei Schritte vor Wanja stehen blieb und die junge Frau gierig musterte. Die Nüstern der Kreatur bebten, als sie schnüffelnd den Duft ihres Opfers einsog, das weinend um sein Leben flehte. „Oh, bitte, verschon mich“, wimmerte Wanja. „Was hab ich dir denn getan? Was hab ich …“

Weiter kam sie nicht, denn mit einem Mal spannten sich die Muskeln unter der Aschehaut des Ungetüms, und dann schnellte die gewaltige Kreatur einem angreifenden Panter gleich auf Wanja zu, die den Mund aufriss und schrie. Die gewaltigen Kiefer schnappten zu, und Wanja schrie nicht mehr.

„Nein!“, brüllte Zara, die in diesem Moment den Teufelsfelsen erklommen hatte und sich gerade über den Rand des Felsens hoch auf das Plateau zog. „Nein, verdammt!“ Noch während sie aufstand, zog sie mit beiden Händen ihre Schwerter aus den Scheiden und stürmte vorwärts. *„Lass sie in Ruhe, verdammt!“* Einen Herzschlag später ließ sie beide Klingen in einem sirrenden, flirrenden Bogen durch die Luft sausen.

Ein gut unterarmlanges Stück Schwanz fiel zu Boden, sauber abgetrennt; das Schwanzstück zuckte träge im Laub, wie eine Schlage oder ein Regenwurm, den man in zwei Hälften zerteilt hatte. Es floss nur wenig Blut.

Die Bestie stieß ein gequältes Jaulen aus, ließ von ihrem Opfer ab und wandte Zara mit gefletschten Zähnen den Kopf zu, ein wütendes Fauchen auf den Lefzen. Die Schnauze der Kreatur war blutbesudelt, und blutiger Geifer troff von ihren Fängen. Das Ungetüm starrte Zara mit seinen Augen durchdringend an, und der tödliche Hass darin brannte wie Feuer, während der abgetrennte Teil des Schwanzes zwischen ihnen noch ein paar Mal zuckte und dann still lag.

Zara und die Bestie sahen sich in die Augen, keine vier Schritte voneinander entfernt, und der warme, stinkende Atem der Kreatur schlug der Vampirin entgegen. Sie verzog angeekelt das Gesicht. „Bei den Göttern, stinkst du …“

Weiter kam sie nicht, denn das Biest riss sein riesiges Maul auf, das groß genug war, um Zaras Kopf auf einmal zu umfassen, und stieß ein aggressives, wütendes Brüllen aus, das teils nach Bär, teils nach Löwe und teils so klang, als wäre es definitiv nicht von dieser Welt.

Dann geriet unversehens Bewegung in die Bestie; die gewaltigen Muskeln unter der pergamentartigen Aschehaut spannten sich, und das Untier schoss vor und schnappte nach Zara, die den zermalmenden, zähnestarrenden Kiefern durch einen schnellen Schritt zur Seite haarscharf entging. Sie wirbelte herum, riss in der Drehung ihre Schwerter hoch und schlug zu. Doch die Bestie war wendiger, als ihr monströser Leib vermuten ließ. Sie wich den blitzenden Klingen geschickt aus und stieß unversehens mit ihrem Schädel vor wie mit einem Rammbock, so schnell, dass es selbst die Vampirin überraschte. Bevor sie reagieren konnte, krachte der gewaltige Schädel seitlich gegen sie, dass sie fast von den Beinen geworfen wurde; hätte sie geatmet, es hätte ihr alle Luft aus den Lungen getrieben. Die riesigen gelben Fänge der Kreatur schnappten blind nach ihr; das Klacken, als die Kiefer aufeinander schlugen, klang wie das Zuschnappen einer Bärenfalle, und einen Augenblick lang durchzuckte Zara ein Anflug von Panik bei dem Gedanken, was diese Kiefer mit ihrem untoten Körper machen würden. Sie taumelte keuchend ein Stück zurück, doch die Bestie setzte ihr bereits nach, schnappte erneut nach ihr und zwang sie immer weiter nach hinten, Schritt für Schnitt. Aus den Augenwinkeln sah Zara, dass sie dem Rand des kleinen Plateaus immer näher kam; irgendwo unter ihr kümmerten sich Falk und Ela um den verwundeten Jahn, doch mit einem Auge blickte jeder von ihnen hinauf auf den Teufelsfelsen, wo Zara in letzter Sekunde einem weiteren Vorstoß der Bestie entging. Langsam, ohne Hast, setzte das Ungeheuer ihr nach, als wüsste es genau, dass Zara ihm nicht entkommen konnte. Wieder schnappten die Kiefer nach ihrer Beute; Zara tauchte darunter weg, sprang rückwärts und stand einen endlosen Moment lang gefährlich nah an der Kante des Plateaus, nur Zentimeter vom Abgrund entfernt. Die Bestie witterte ihre Chance und schlug mit ihrer Pranke zu, doch ehe die messerscharfen Klauen Zara zerfetzen konnten, sprang die Vampirin wieder vor, tauchte erneut unter dem Hieb weg – und hechtete unter dem Bauch der Bestie hindurch, ihre Schwerter an sich gedrückt, um sich auf der anderen Seite geschickt über die Schulter abzurollen und federnd wieder auf die Beine zu gelangen.

Die Bestie fauchte wütend, als sie erkannte, dass ihre Beute sie zum Narren gehalten hatte, wirbelte herum – und stieß ein schmerzerfülltes Kreischen aus, als sich die vorstoßenden Klingen handbreit in ihre Brust bohrten. Schwarzes, dickflüssiges Blut quoll aus den Wunden, doch ehe Zara dazu kam, die Klingen tiefer in den Leib der Bestie zu rammen, schlug das Monster voll blinder Wut mit der rechten Pranke zu. Die Vampirin versuchte zwar noch, dem Hieb auszuweichen, doch sie war zu langsam.

Die messerscharfen Krallen zerfetzen ihr Gewand, gruben sich tief in ihre Seite, zogen fünf parallele Furchen in ihr Fleisch, von ihrer linken Schulter bis hinunter zum Nabel. Zara erstarrte, schier überwältigt vor Pein, und für einen Moment wurde ihr schwarz vor Augen. Wie aus weiter Ferne hörte sie jemanden laut aufschreien, und es dauerte einen Moment, bis ihr bewusst wurde, dass sie selbst es war, die schrie. Sie blinzelte, versuchte, die Benommenheit abzuschütteln, und wich wankend zurück; die Schwertklingen glitten aus dem Fleisch der Bestie, kleine blutende Wunden hinterlassend, die in dem gewaltigen Brustkorb des Ungetüms winzig wie Mückenstiche wirkten. Die Bestie blieb einen Moment, wo sie war, als würde sie sich überlegen, was sie tun sollte. Ihre roten Augen folgten jeder Bewegung der Vampirin, und als wüsste das Ungetüm genau, dass sich ihm keine bessere Gelegenheit bieten würde als jetzt, da der Schmerz Zara fest in seinen Klauen hielt und ihr Blickfeld von schwarzen Schleiern getrübt war, stieß die Bestie erneut dieses wütende, durchdringende Brüllen aus, schüttelte ihren gewaltigen Schädel – und sprang mit gefletschten Zähnen vor, um die Sache zu Ende zu bringen.

Zara sah das Ungetüm durch den trüben Schleier ihrer Benommenheit wie eine Mauer aus Fleisch, Muskeln und Klauen auf sich zukommen, sah die gebleckten Zähne und die funkelnden roten Augen, sah, wie die gewaltige Pranke, an der noch ihr Blut klebte, erneut in einem kraftvollen Bogen auf sie zuschoss, und beugte ihren Oberkörper mit unglaublicher Anmut und Schnelligkeit nach hinten, sodass die Tatze nur Millimeter über ihr Gesicht hinwegpfiff, so nah, dass die Spitzen der Krallen ihre linke Wange ritzten. Im nächsten Moment schnellte Zara schon wieder hoch – nur um geradewegs in den Hieb der *anderen* Pranke zu geraten, die von rechts herangewischt kam. Und *diesmal* blieb es nicht bei ein paar oberflächlichen Kratzern: Die rasiermesserscharfen Krallen trafen die Vampirin mit solcher Wucht, dass es sie von den Füßen riss. Während der Schmerz alles verzehrend über sie hinwegtoste und ihr Gehirn in einem Inferno der Pein zu sprengen drohte, flog Zara mit hilflos wedelnden Armen nach hinten. Als sie neben der Eiche hart auf dem Boden schlug, entglitt eines ihrer Schwerter ihren Fingern, fiel klirrend auf den Fels, rutschte über den Rand des

Plateaus und verschwand in der Tiefe. Doch das bekam Zara kaum mit. Alles, was sie wahrnahm, war Schmerz: gleißender, so überwältigender Schmerz, dass er die ganze Welt auszufüllen schien. Ihre Seite, ihr Kopf, ihr *ganzer Körper* schien lichterloh in Flammen zu stehen, eine einzige lodernde Quelle der Pein, die sie in den Irrsinn treiben wollte. *Wahnsinnig vor Schmerzen* – jetzt wusste sie, was das bedeutete …

Stöhnend wand sie sich am Boden, kaum mehr bei Sinnen. Es war sonderbar; obwohl sie einerseits das Gefühl hatte, jemand hätte sie mit Salzsäure übergossen, die sich brennend und siedend durch ihren Körper fraß, spürte sie gleichzeitig eine unheimliche Kälte, die von innen nach außen durch ihren gepeinigten Leib zu dringen schien und ihre Glieder lähmte, und trotz ihrer Benommenheit war Zara bewusst, dass sie erledigt war, wenn sie zuließ, dass die Kälte die Oberhand gewann; wenn sie einfach nur hier liegen blieb und nichts tat; wenn sie nur darauf wartete, dass all dies ein Ende fand. Doch so verlockend die Aussicht auch war, den Schmerz hinter sich zu lassen und *nichts mehr* zu fühlen, sie kämpfte gegen die Kälte und die Lähmung an. Sie hatte noch nie in ihren zwei Leben aufgegeben, weder in ihrem richtigen noch in ihrem untoten, und das würde sie auch jetzt nicht!

Als sie mühsam den Kopf hob und mit tränenverschleierten Augen zu Wanja sah, die reglos und blutüberströmt in ihren Fesseln hing, wusste sie, dass sie so nicht enden wollte. Sie wollte leben, um jeden Preis, egal, wie schmerzvoll dieses Leben auch sein mochte!

Der Überlebenswille loderte in ihrem Inneren auf wie eine Flamme, so heiß, dass ihre Hitze selbst die Schleier der Benommenheit verbrannte. Die Vampirin wälzte sich schwerfällig auf den Rücken, und mit jedem hektischen Blinzeln sah sie ein wenig besser. Doch was sie sah, ließ sie beinahe erneut verzweifeln, denn schon stapfte die Bestie wieder auf sie zu, langsam, ohne Eile, sich ihrer Beute gewiss. In den kalten roten Augen lag fast so etwas wie Häme, als sich die Kreatur über der am Boden liegenden Frau aufbaute und die Zähne bleckte. Die Kiefer öffneten sich, das Maul gähnte über ihr wie ein Abgrund, tief und schwarz wie die Ewigkeit, und dann war da wieder dieser stinkende Odem nach geronnenem Blut und verwesendem Fleisch. Der gewaltige Kiefer schoss auf sie zu, um nach ihrem Kopf zu schnappen und ihn zu zermalmen – und Zara riss mit einer Hand ihr verbliebenes Schwert hoch und stieß es der Bestie mit aller Kraft, die noch in ihr steckte, in den Oberschenkel des rechten Vorderlaufs.

Die beidseitig geschliffene Klinge drang tief ein. Zara spürte, wie der Stahl am Knochen entlangschrammte, und riss den Griff mit der Kraft der Verzweiflung nach rechts. Die Klinge durchtrennte Andern, Muskelstränge und auch die Beinsehnen.

Die Bestie jaulte auf, als der Vorderlauf unter ihrem Gewicht nachgab und die Kreatur zusammensackte wie eine Marionette, der man die Fäden durchgeschnitten hatte. Schnaufend richtete sich das Biest wieder auf, und humpelnd zog es sich zurück, so hastig, dass es Zara beinahe das Schwert aus der Hand riss, so tief steckte die Klinge im Oberschenkel der Kreatur. Während sie sich langsam aufrappelte, noch immer halb von Sinnen vor Schmerzen, schwankte die Bestie unsicher hin und her, wie ein Matrose bei schwerem Seegang. Der riesige kahle Schädel schwang ruckartig von einer Seite zur anderen, die Bestie kämpfte mühsam darum, ihr Gleichgewicht zu halten. Blut rann aus den durchtrennten Adern das Bein hinab und benetzte bei jedem Schritt den Schnee. Es hatte wieder stärker zu schneien begonnen, und Tausende zarter schlohweißer Flocken umwirbelten sie, als sich Zara mühsam auf die Beine stemmte, ihr Schwert als Stütze benutzend. Ihre linke Gesichtshälfte war über und über mit Blut besudelt, das in warmen, klebrigen Rinnsalen ihren Hals hinabrann. Bei jeder Bewegung klaffte die Wunde in ihrer Seite auf. Doch Zara biss die Zähne zusammen, das Schwert halb erhoben, die freie Hand gegen ihre verletzte Seite gepresst; Blut quoll zwischen ihren Fingern hervor.

Die Vampirin starrte die Bestie an, die rückwärts vor ihr zurückwich, wobei sie den verletzten Vorderlauf merklich nachzog, doch die funkelnden roten Augen loderten noch immer vor Hass, und zwischen den halb geöffneten Kiefern drang ein tiefes, gutturales Knurren hervor – eine unmissverständliche Warnung, nicht näher zu kommen.

Doch Zara zeigte sich unbeeindruckt, selbst wenn es ihr schwer fiel, sich auf den Beinen zu halten, doch das ließ sie sich nicht anmerken. *Keine Schwäche zeigen*, sagte sie sich, *das Biest wittert deine Schwäche...* Sie hatte einen metallischen Kupfergeschmack im Mund und spie blutigen Speichel in den Schnee. „Ich steh zwar auf Blut“, sagte sie düster, „aber nicht auf mein eigenes …“ Ohne das Biest aus den Augen zu lassen, hob sie das Schwert. „Na, los!“, grollte sie. „Bringen wir’s hinter uns!“

Die Worte waren kaum über ihre Lippen, als sie auch schon einen Satz nach vorn machte, das Schwert hoch über den Kopf schwang und mit einem angestrengten Keuchen zuschlug. Die Klinge sauste als stählerner Blitz hernieder, doch offenbar hatte das Biest ihr nur vorgemacht, es habe Angst vor ihr, denn plötzlich wirbelte das Untier herum, und der armdicke Schwanzstumpf peitschte Zara entgegen wie eine Schlange. Ohne zu überlegen, hieb sie erneut zu, trennte eine weitere

Handbreit Schwanz ab – und wurde unversehens von den Hinterbeinen der Kreatur erwischt, als die Bestie austrat wie ein störrischer Esel. Die mächtigen Pranken trafen sie mit ungeheurer Wucht in den Bauch und rissen Zara von den Füßen. Wie eine Strohpuppe segelte sie nach hinten und krachte rücklings gegen den Fels. Sofort kamen die Boten der Benommenheit wieder aus ihrem Versteck, doch Zara schüttelte sie ab – und schrak mit weit aufgerissenen Augen zurück, als sich die Bestie vor ihr auf einmal mit einem wütenden Knurren auf die Hinterbeine aufrichtete, wie ein Hund, der Männchen macht. Plötzlich überragte die Kreatur Zara um nahezu fünf Köpfe, ein gewaltiges Monstrum, das wütend knurrend mit *beiden* Vordertatzen nach ihr schlug.

Zara wich hastig zurück, um den Klauen ein weiteres Mal zu entgehen. Die Bestie schlug immer wieder nach ihr, und Zara parierte die Hiebe mit ihrer Schwertklinge, als würden sie miteinander fechten. Immer, wenn der geschliffene Stahl und die eisenharten Krallen mit einem metallischen Kreischen aufeinander trafen, sprühten Funken, als schlüge Metall auf Metall. Die mörderischen Klauen zischten unbarmherzig auf Zara zu, dahinter der knurrende Schädel des Ungeheuers. Sie hielt sich die Bestie vom Leib, so gut sie konnte, doch die Pranken der Bestie schienen überall gleichzeitig zu sein, und Zara blieb nichts anderes übrig, als fechtend von der hoch aufragenden Bestie zurückzuweichen, die ihr auf den Hinterpfoten staksend nachkam. Der Anblick war fast lächerlich, wäre es nicht um Leben und Tod gegangen. Zara parierte die Attacken der Kreatur, so gut sie konnte, aber mit jedem wuchtigen Hieb, den sie abwehrte, ließ ihre Kraft mehr nach, und auch der Blutverlust machte ihr zu schaffen; schon bereitete es ihr Mühe, sich auf den Beinen zu halten. Doch sie gab nicht auf, wich aber Schritt für Schritt vor der Bestie zurück – und stieß mit dem Rücken gegen den borkigen Stamm der Eiche.

Einen Moment lang war sie abgelenkt, und darauf hatte die Bestie offenbar nur gewartet, denn plötzlich ließ sie sich zurück auf alle viere fallen, und kaum, dass die Vordertatzen den Boden wieder berührten, lief ein Ruck durch Körper der Bestie, die Muskeln an den Hinterbeinen spannten sich – und dann sprang sie fauchend auf Zara zu, massig und schwer. Zara versuchte noch, sich wegzudrehen, doch da krachte die Bestie bereits mit ihrem gesamten Körpergewicht gegen die Kriegerin, die dem nicht das Geringste entgegenzusetzen hatte und abermals durch die Luft geschleudert wurde.

Der Schwung der Bestie trug sie und das Untier mehrere Meter weit nach hinten. Sie spürte den riesigen, muskulösen Körper direkt über sich. Dann krachte sie zu Boden, und als der schwere Leib auf ihren Körper prallte, glaubte sie zu hören, wie ihre Knochen knackten; das Biest musste *Tonnen* wiegen. Sie schielte nach oben und sah die nackte, vernarbte Haut der Kreatur direkt über sich, die sich anfühlte wie Schlangenschuppen. Die Bestie lag seitlich auf ihr, und während Zara noch verwirrt zu realisieren versuchte, was geschehen war, sprang das Biest plötzlich auf. Der Schädel zuckte vor, die Kiefer fielen krachend aufeinander, und Zara schrie wieder, als sich die langen gelben Hauer in ihre Schwerthand gruben. Plötzlich verlor sie jedes Gefühl in den Fingern. Das Schwert fiel zu Boden, und Zara spürte, wie sich die Hauer in ihrer Hand bewegten. Sie keuchte vor Schmerz, die Zähne fest zusammengebissen, um nicht zu schreien, während die Kreatur wild an ihrer Hand zerrte, um sie ihr abzureißen. Zara zwang sich, die Nerven zu behalten – *Nicht durchdrehen! Jetzt bloß nicht durchdrehen!* –, während sie mit der freien Hand nach dem Messer in ihrem Stiefelschaft tastete, es mit einem Ruck herauszog und die scharfe, leicht gewundene Klinge mit einem wütenden Keuchen bis zum Heft in die wuchtige Schnauze der Kreatur stieß. Dampfendes schwarzes Blut spritzte auf ihre Hand.

Die Bestie riss das Maul zu einem schmerzerfüllten Heulen auf und ließ von Zara ab. Das Biest schüttelte sich, und Blut sprühte aus der Wunde an seiner Schnauze.

Zara nutzte die Gelegenheit, um sich mit weichen Knien aufzurappeln, das blutige Messer fest umklammert, und obwohl sie kaum genug Kraft hatte, sich auf den Beinen zu halten, setzte sie der Bestie sofort nach. Das schrille Schmerzgeheul der Kreatur gab ihr neue Kraft. Sie taumelte vor, stieß das Messer nach unten und erwischte die Bestie an der Flanke. Das Biest jaulte wieder und schnappte nach ihr, doch Zara wich den mahlenden Kiefern aus, riss das Messer heraus und stieß noch einmal zu. Und noch einmal. Und ein viertes Mal. „Stirb, du Miststück!", stieß sie wütend hervor. „Stirb schon!" Die Klinge sauste wieder nach unten. Und noch einmal. Und wieder. Und jedes Mal wurde das Jaulen der Bestie schriller und durchdringender. Blut quoll in Strömen aus den Wunden und rann über die nackte Narbenhaut.

Doch die Bestie war noch längst nicht am Ende. Als sich Zara gerade anschickte, die Klinge ein weiteres Mal nach unten sausen zu lassen, wischten unvermittelt die Tatzen vor und schlugen Zara das Messer aus der Hand. Die Klinge wurde ein gutes Stück weit fortgeschleudert, unerreichbar für Zara, die sich der Bestie plötzlich unbewaffnet gegenübersah.

Egal, wie sehr sie sich einredete, keine Angst zu haben – *Keine Schwäche zu zeigen, verdammt! Keine Schwäche zeigen!* –, so wie Zara die Furcht der Menschen riechen konnte, roch die

Bestie, dass Zara vor Panik schier verging. Die Kreatur war zwar schwer verletzt, doch sie hatte noch genug Kraft, die Sache zu Ende zu bringen.

Ein tiefes, dunkles Grollen wie ferner Donner entrang der Kehle der Kreatur, als sie sich mit nahezu majestätischer Eleganz in Bewegung setzte und langsam auf Zara zukam, die mit leeren Händen Schritt für Schritt zurückwich. Ihr Blick glitt unstet hin und her, auf der Suche nach irgendetwas, das sie als Waffe benutzen konnte. Sie sah den Schnee, ein paar Felsbrocken, den Baum und – nur ein paar Schritte zu ihrer Rechten, nicht weit von der Kante des Plateaus entfernt – das Schwert, das ihr aus der Hand geglitten war, als sie und die Bestie zusammen zu Boden gestürzt waren! Der Stahl schimmerte kalt im Schneegestöber, Stahl auf blutigem Schnee. Zara bewegte sich langsam in die entsprechende Richtung, ohne die Bestie aus den Augen zu lassen. Als wüsste das verdammte Biest genau, was sie im Sinn hatte, riss die Kreatur mit einem Mal den Kopf in den Nacken und stieß ein wütendes Brüllen aus, das gleichzeitig Warnung und Angriffssignal war. Im nächsten Moment schoss das Biest vor, doch Zara war schneller. Sie sprang hastig zur Seite, rollte sich über die Schulter ab, schnappte sich das im Schnee liegende Schwert, kam wieder auf die Beine und wirbelte herum, just in dem Moment, als die Bestie mit weit aufgerissenem Maul auf sie zustürmte.

Zara sah das gähnende, zähnestarrende Maul auf sich zukommen wie einen Abgrund und wusste instinktiv, dass dies der Moment der Entscheidung war. Ihre gesunde Hand schloss sich fester um den Griff des Schwerts. Sie zwang sich abzuwarten, nichts zu überstürzen, während das gewaltige Ungetüm wie eine lebende Wand aus Klauen und Krallen und Tod auf sie zuschoss. Drei Meter wurden zu zweien, zwei Meter zu einem, der Schädel des Biests schnellte vor, bereit, ihr den Kopf abzubeißen …

… und Zara sprang aus dem Stand, so hoch sie nur konnte, schnellte in die Höhe wie ein Kastenteufel, entging den tödlichen Kiefern um Haaresbreite, packte mit der verletzten Hand in die fleischigen Hautfalten am stämmigen Hals der Kreatur, schwang sich auf den Rücken der Bestie, als würde sie sich auf Kjell schwingen, und sobald sie auf der verwirrten Kreatur saß, vor sich den wuchtigen Schädel der Bestie, die – von ihrem eigenen Schwung vorwärtsgetragen – immer noch weiterlief, riss Zara ihr Schwert empor – und stieß die blitzende Klinge mit aller Kraft, die sie noch aufbringen konnte, nach unten!

„Stirb endlich, du elendes Scheusal!“

Die Schwertklinge drang fast senkrecht in den Kopf der Bestie ein, mit solcher Wucht, dass sie die dicke Schädeldecke durchstieß und an der Unterseite des Schädels wieder zum Vorschein kam.

Die Bestie stieß ein durchdringendes, unmenschliches Kreischen aus, das Zara in den Ohren schmerzte, und bäumte sich auf. Zara wurde vom Rücken der Kreatur beschleudert, die wild um sich schnappte, und landete ein paar Schritte weiter im Schnee. Sie krabbelte hastig weiter zurück, als sich die funkelnden roten Augen der Kreatur auf sie richteten und die Bestie schwankend auf sie zukam, das Schwert noch immer senkrecht im Kopf, und einen endlosen Moment fürchtete die Vampirin, dass selbst *das* die Bestie nicht umbrachte, dass die Bestie tatsächlich unsterblich war, so wie es Salieri und die ängstlichen Einwohner von Moorbruch behauptet hatten. Dann jedoch geriet die Bestie ins Straucheln, die Beine unter dem gewaltigen Körper gaben nach, und mit einen letzten dumpfen, irgendwie resignierten Grollen krachte sie keine drei Schritte vor Zara in den Schnee. Eine letzte stinkende Atemwolke drang aus den Nüstern des Tiers, um in der kalten Morgenluft zu Nichts zu vergehen. Schließlich lag die Bestie ruhig, und plötzlich war es, als würde die Welt stillstehen; alles, was sich rührte, war der Schnee, der lautlos vom Himmel fiel, und das Blut, das aus einem Dutzend kleiner und großer Wunden in den Schnee rann.

Der Augenblick zog sich wie magisch dahin, obwohl nichts Magisches daran war; es war nur die reumütige, dankbare Stille nach einem schweren Kampf, den man mit heiler Haut überstanden hatte.

Nun ja, mit *fast* heiler Haut …

Zara verzog das Gesicht, als der Schmerz jetzt, da sie den Kampf hinter sich hatte, mit großer Wucht zurückkehrte und jeder Knochen ihres Leibes gleichzeitig vor Pein aufzuschreien schien. Sie hob keuchend den Kopf, das Gesicht von Blut und Dreck verschmiert, und starrte durch den Vorhang ihrer Haare auf die Bestie hinab, die reglos zu ihren Füßen lag. Erst jetzt, da das Biest reglos dalag, wurde das ganze Ausmaß seiner Monstrosität deutlich, doch das Untier war tot – das war alles, was zählte.

Sie trat neben den Kadaver, zog mit einem Ruck ihr Schwert aus dem Schädel und schaute zu Wanja hinüber, die blutüberströmt in ihren Fesseln hing. Ihr Kopf war nach vorn gesackt, sodass ihr Kinn auf ihrer Brust ruhte, und ihre Augen waren geschlossen. In ihrer Brust klaffte eine tiefe Wunden, und doch … Auf eine schreckliche, unbeschreibliche Art wirkte sie wunderschön, wie ein Engel, der darauf wartet, seine weißen Schwingen auszubreiten und zum Himmel emporzusteigen. Zara konnte nur hoffen, dass Wanja dort ein schöneres, ausgefüllteres Leben führen würde, als es ihr hier auf Erden zuteil geworden war. Wenn es bei alldem überhaupt einen Trost gab, dann vielleicht diesen.

An der Rückseite des Felsen entdeckte Zara einen Hang, über den man den Waldboden erreichen konnte, ohne klettern zu müssen. Jahn hatte die gefährliche Kletterei vorhin wahrscheinlich nur auf sich genommen, weil über diesem Pfad bereits die Bestie zum Plateau hochgetrottet war; er hatte die irrsinnige Hoffnung gehegt, eher bei Wanja anzugelangen als das Untier.

Zara nahm den Pfad nach unten und ging zu ihren Gefährten. Falk und Ela schauten sie aus großen Augen an. Jahn lag am Boden, sein Gesicht weiß wie Kreide. Falk hatte seinen Arm notdürftig verbunden und dafür einen Teil seines Hemdes geopfert.

Auch er starrte sie an, und über seine zitternden, blutleeren Lippen floss nur ein Wort, ein Name: „Wanja …?“

Zara schüttelte nur den Kopf.

Seine Miene zuckte, und tausend Emotionen gleichzeitig spiegelten sich auf seinen Zügen wieder. „O nein …“, murmelte er immer wieder mit heiserer Stimme. „O lieber Gott, nein …“ Vor noch nicht allzu langer Zeit hatte ihm die Bestie die jüngste Schwester genommen, jetzt hatte er auch die Frau verloren, die er liebte.

Zara ging neben ihm in die Knie. „Es tut mir Leid“, sagte sie leise. „Ich konnte sie nicht retten …“

Jahn sah zu ihr auf, doch wenn sie erwartet hatte, Hass darin zu sehen, weil sie seine Geliebte hatte sterben lassen, irrte sie; da war bloß eine endlose Traurigkeit, die ihr wie ein Messer ins Herz schnitt, und eine Ahnung der grauenvollen Einsamkeit und Leere, die jetzt in seinem Inneren herrschte. Er hatte das Kostbarste verloren, was er auf der Welt besessen hatte, und es gab nicht, was er tun konnte, um es wiederzuerlangen. Es war für immer verloren, vollkommen und unwiederbringlich, von jetzt an bis in alle Ewigkeit.

Diese Erkenntnis hatte schon ganz andere um den Verstand gebracht.

Zara hätte ihm gern geholfen, ihm gesagt, dass alles gut werden würde, dass das Leben weiterging … Doch ihr war klar, dass nichts, was sie sagen oder tun konnte, den Schmerz und den Kummer des jungen Mannes lindern würde. Deshalb blieb sie einfach nur schweigend neben ihm knien.

Endlose traurige Minuten später stieg sie dann zusammen mit Falk zurück auf das Plateau, wo der Kampf gegen die Bestie stattgefunden hatte; Ela blieb bei Jahn und kümmerte sich um den gebrochenen jungen Mann.

Zara besah sich das Untier, unter dem sich ein wahrer See aus Blut gebildet hatte, der in der Kälte dampfte. Sie starrte den gewaltigen Schädel der Kreatur an, in dem die roten Augen staken wie Rubine in einem unförmigen Tonklumpen, und selbst jetzt noch schien das Biest Zara hasserfüllt anzustarren. Zara lief ein eisiger Schauder über den Rücken; soviel Bosheit auf einmal hatte sie selten gesehen.

„Unfassbar“, raunte Falk, der neben Zara stand und den monströsen Kadaver ebenfalls anstarrte. „Was ist das für ein Ding?“

„Ein Wargh-Wolf“, sagte Zara düster.

Falk runzelte die Stirn. „Ein Wargh-Wolf? Nie davon gehört.“

„Kein Wunder“, sagte Zara. „Wargh-Wölfe gelten als ausgestorben. Ursprünglich waren es gewöhnliche Grauwölfe, doch dann gerieten sie den Dunkelelfen in die Finger, die sie über die Jahrhunderte hinweg in den düsteren Zwingern von Mhurag-Nar mit anderen Spezies kreuzten, um eine neue, stärkere und blutrünstigere Art zu züchten, die allein einem einzigen Zweck diente."

„Um Jagd auf Unwürdige zu machen", mutmaßte Falk.

Zara nickte. „Bei der Schlacht um Mhurag-Nar schickten die Dunkelelfen eine Hand voll dieser Kreaturen gegen unsere Armeen in die Schlacht, und viele von uns fanden durch ihre Krallen den Tod. Wir ließen keine am Leben, und seitdem habe ich nie wieder einen gesehen."

„Bis jetzt", sagte Falk.

Zara schüttelte den Kopf. „Diese Kreatur hier war um einiges größer und stärker als die Wölfe von Mhurag-Nar, viel widerstandsfähiger, und auch sonst sieht die Bestie anders aus." Sie stieß den Kadaver mit der Stiefelspitze an. „Irgendetwas hat diese Kreatur – *verwandelt*."

„Aber wie?", wollte Falk wissen.

„Magie", sagte Zara düster. „Schwärzeste, verbotene Magie." Mit knappen Worten erzählte sie ihm von dem Hexenpulver, das sie bei der Leiche von Drusilla von Drake gefunden hatte, und schloss mit den Worten: „Irgendjemand hat diese Kreatur erschaffen, und zwar zu einem ganz bestimmten Zweck. Das hier ist Menschenwerk", schloss sie, „nicht das eines Gottes."

„Wie auch immer", sagte Falk. „Die Bestie ist tot." Er sah hinüber zu Wanja, und Trauer umwölkte seinen Blick. „Und Wanja hat ihren Teil dazu beigetragen. Dafür sollten wir dankbar sein."

Zaras Blick glitt über die Baumwipfel in Richtung Moorbruch; ihre Miene wurde hart. „Jemand wird dafür bezahlen." Dann verengten sich ihre Augen plötzlich zu Schlitzen. „Was war das?"

Falk runzelte die Stirn. „Was war wa…", sagte er und brach ab, denn nun hörte auch er es.

Ein dunkles, gutturales, auf- und abschwellendes Grollen, wie in der Ferne rollender Donner.

Doch es war kein Donner.

Es war Knurren.

Ein vielstimmiges aggressives Knurren, so düster, so bösartig, dass sich Zaras Kopfhaut zusammenzog. Ihre Nackenhaare sträubten sich, und unwillkürlich schlossen sich ihre Finger fester um den Griff ihres Schwerts.

„Was … was ist das?“

„Gesellschaft“, knurrte Zara düster, während das Knurren immer näher kam, lauter wurde und sich dann aufzuteilen schien, um unversehens von überall und nirgends zu kommen: von links, von rechts, von vorn, von hinten. „Schnell!“, rief Zara, und Panik schwang in ihrer Stimme. „Ela und Jahn müssen da unten weg!“

Sie riefen nach der jungen Frau und stiegen den Felsen wieder hinunter, während sich das aggressive Knurren weiter näherte. Dann schafften sie Ela und den verletzten Jahn, der sich selbst kaum auf den Beinen halten konnte, über den Hang auf den Teufelsfelsen.

Als sie oben auf dem Plateau anlangten, brach Jahn endgültig zusammen und versank in einer gnädigen Ohnmacht, sodass er die blutüberströmte, zerrissene Leiche seiner geliebten Wanja nicht sehen musste. Zara war dankbar dafür.

Das Knurren war jetzt überall. Als Zara an den Rand des Felsens trat, konnte sie im ersten Moment nichts erkennen als dunkles, unheildräuendes Dickicht, doch dann begannen die Pferde unten vor dem Teufelsfelsen mit einem Mal zu scheuen und rissen an den Riemen, mit denen sie an die Äste einer Kiefer gebunden waren. Kjell trabte unruhig hin und her, und sein ängstliches Schnauben vermischte sich mit dem wütenden

Knurren und dem leisen Knacken und Rascheln, als sich nicht weit von den Tieren langsam ein gewaltiger, monströser Schatten aus dem Dickicht löste und gemächlich auf die freie Fläche vor dem Teufelsfelsen trat, umweht von Schneeflocken, die auf die fahle, nackte Narbenhaut trafen und dort zu glitzernder Nässe schmolzen.

„O nein“, raunte Falk entgeistert, der wieder neben Zara getreten war. „Es ist nicht nur eine Bestie; es sind *zwei*!“

„Nicht zwei“, widersprach Zara. „Mehr.“

Sie hatte Recht. Während die erste Bestie beinahe demonstrativ am Fuß des Felsens in Stellung ging, sodass die Gefährten jede scheußliche Einzelheit genau wahrnehmen konnten, lösten sich auch in den anderen Himmelsrichtungen massige, monströse Schatten aus dem Dickicht und näherten sich langsam und lauernd dem Teufelsfelsen wie einem Beutetier. Die kamen von allen Seiten aus dem Wald, gut ein halbes Dutzend Blutbestien, die sich ohne Hast rings um den Teufelsfelsen in Stellung brachten und sie umzingelten.

„Bei allen Göttern …“, raunte Falk ängstlich, und die Furcht ließ seine Stimme zittern. „Es gibt ein ganzes Rudel von diesen Biestern …“

Zara schwieg. Ihr Blick glitt von einer Bestie zur anderen, die jetzt nicht mehr knurrten, sondern still und reglos wie Statuen aus Fleisch und Blut dastanden, und die gleiche Furcht, die Falk verzagen ließ, griff auch nach ihrem eigenen untoten Herzen. Ein ganzes Rudel dieser verdammten Biester hatten den Felsen umzingelt und standen einfach nur da, reglos, lauernd, ein Ungeheuer dem anderen so ähnlich wie Zwillingsbrüder, ein tödlicher Ring aus Klauen und schnappenden Kiefern, der sich um den Teufelsfelsen zugezogen hatte wie eine Schlinge um den Hals eines Gehängten.

Sie saßen in der Falle!

Zara sah hinüber zu den Pferden und stöhnte. Sie war keine sentimentale Natur, aber zusehen zu müssen, wie ihr treuer Gefährte Kjell von diesen Biestern in Stücke gerissen wurde, war etwas, worauf sie gern verzichtet hätte; wenigstens *darauf* …

Wie sich zeigte, brauchte sie sich *deswegen* keine Sorgen zu machen, denn die Bestien zeigten nicht das geringste Interesse an den nervösen Pferden, die unruhig auf der Stelle scharrten und soweit zurückwichen, wie es ihre Leinen zuließen. Die Kreaturen hatten nur Augen für die Menschen oben auf dem Felsen, fast so, als wüssten sie, dass ihnen von den Pferden keinerlei Gefahr drohte. Und vermutlich wussten sie das *tatsächlich*, denn dass die Biester den Felsen von allen Seiten umzingelt und ihnen so jeden Fluchtweg abgeschnitten hatten, zeugte von einer Intelligenz, die Zara auch von anderen wilden Tieren kannte.

Denn das *waren* sie: nur Tiere. Keine Monstren. Sie hatten nichts Übernatürliches an sich. Sie waren stark und widerstandsfähig, aber wenn man sie schnitt, dann bluteten sie, und wenn man ihnen das Hirn durchbohrte, dann starben sie, so wie jedes andere Lebewesen auch. Doch es waren einfach zu viele; schon *eins* dieser Biester zu bezwingen, hatte Zara alles abverlangt. Aber gegen ein halbes Dutzend …

Diesen Kampf konnte sie unmöglich gewinnen, selbst wenn ihre Verletzungen ihr nicht zu schaffen gemacht hätten.

Offenbar ahnte Falk, was sie dachte, denn er packte sie am Arm und fragte mit zitternder Stimme und flehendem Blick, als wünschte er sich, Zara würde dem widersprechen, als für ihn selbst längst Gewissheit war: „Das war's dann wohl, hm?“

Zara schwieg. Was hätte sie auch sagen sollen?

Was sind schon Worte im Angesicht des Todes?

Das verbliebene Schwert in der unverletzten Hand, starrte sie vom Rand des Plateaus auf die Bestien hinab, die reglos um den Fels herumstanden. Dann setzten sie sich wie auf ein für Zara unhörbares Signal hin in Bewegung, um den Kreis um den Felsen mit langsamen, vorsichtigen Bewegungen noch enger zusammenzuziehen, während sich die hinteren Tiere gleichzeitig dem Hang näherten, der hoch auf das Plateau führte. Und die ganze Zeit über gab keine der Kreaturen einen Laut von sich; alles geschah in vollkommener Stille, die noch viel furchteinflößender war, als Knurren jemals hätte sein können. Selbst der Wind in den Bäumen schien den Atem anzuhalten.

Zara verfolgte, wie die Bestien immer näher kamen, Schritt für Schritte, ohne Hast, mit lauernder Vorsicht. Sie hatte dem Tod schon häufig in sein knöchernes Antlitz geblickt, und immer war es ihr irgendwie gelungen, ihm doch noch von der Schippe zu springen. Doch beim Anblick der Bestien, die sich von allen Seiten an sie heranpirschten, konnte sie nicht umhin, Falks lakonischem Kommentar zuzustimmen.

Das war's dann wohl ...

Doch sie wollte nicht kampflos untergehen! Sie klaubte ihr Messer vom Boden auf, das sie der toten Bestie vorhin in die Schnauze gerammt hatte, und hielt es Falk hin. Er starrte die blutige Klinge einen Augenblick lang verwirrt an, als wüsste er nicht recht, worum es sich handelte oder was er damit anfangen sollte, dann schüttelte er nur den Kopf, zog sein eigenes, kleineres Messer aus der Schneide an seinem Gürtel, und irgendwie gelang es ihm, ein trauriges Lächeln zu Stande zu bringen, in dem sich die Todesangst und die Gewissheit, dass es kein Entrinnen gab, die Waage hielten. „Danke“, sagte er, „aber ich bin versorgt.“

Zara nickte und schob das Messer in die Schneide in ihrem

Stiefel zurück, ehe sie wieder hinunter zu den Bestien schaute – und erschrocken den Kopf zurückzog, als eine der Kreaturen unvermittelt vorpreschte und mit einem gewaltigen Sprung die Felswand zu erklimmen versuchte. Die Bestie schoss am Felsen hinauf, schlug mit ihren Klauen fauchend nach Zara und versuchte sich an der Felswand festzukrallen. Doch der Fels war zu steil und zu glatt, und mit einem wütenden Grollen fiel die Bestie auf den Boden zurück, um es gleich noch einmal zu versuchen.

Zara wich zurück und schob Falk mit der freien Hand von der Kante weg.

Hinter ihnen erscholl bei dem schmalen, gewundenen Weg, der hinauf auf den Felsen führte, bereits ein tiefes, wütendes Knurren, in das sich ein zweites, nicht minder wütendes Grollen mischte, und Zara wusste, dass ihnen der Fluchtweg abgeschnitten war. Sie allein würde den Sprung die Felswand hinunter sicherlich schaffen, und wenn es ihr gelang, sich zu Kjell durchzuschlagen, hatte sie vielleicht sogar eine Chance, zu entkommen. Aber sie konnte die anderen nicht allein lassen!

Sie stellte sich vor Falk und Ela und starrte den beiden Bestien, die nebeneinander den Weg hinaufkamen, grimmig entgegen, den Schwertgriff fest umklammert. Die Wunden, die ihr das erste Biest beigebracht hatten, schmerzten höllisch, aber Zara achtete nicht darauf. Ihr Blick war auf die beiden Bestien gerichtet, die langsam, bedächtig, näher kamen, gefolgt von einem dritten Ungetüm, das die Schnauze in die Luft hielt und hörbar schnupperte, als könne es die Angst auf dem Plateau wittern. Falk hinter ihr hielt sein Messer zitternd vor sich und Ela, die sich ängstlich an ihn klammerte und leise betete. Jahn lag noch immer bewusstlos am Boden hinter ihnen.

Die funkelnden, blutunterlaufenen roten Augen der Bestien

ruhten auf Zara – vielleicht, weil sie diejenige war, die den Kreaturen am nächsten war, unter Umständen aber auch, weil diese instinktiv spürten, dass ihnen von ihr die größte Gefahr drohte. Noch waren die Untiere zwanzig Schritte entfernt, doch sie kamen mit jeder Sekunde näher, und mit ihnen der Tod; Zara konnte es spüren, doch sie zwang sich, nicht zu verzagen, und starrte den Ungeheuern trotzig entgegen.

„Kommt nur, ihr Ausgeburten der Hölle!“, flüsterte sie. „Kommt zu Mama …“

Die Blutbestien trotteten gemächlich näher; ihre Schulterknochen hoben und senkten sich bei jedem Schritt, und weißer, stinkender Dampf drang aus ihren Nüstern. Ihre riesigen gelben Hauer glänzten, und Speichelfäden, dick wie Finger, hingen ihnen vor Gier aus den Mäulern. Ihre nackten Schwänze peitschten unruhig den Schnee.

Als die Bestien noch zehn Schritte von Zara entfernt waren, gingen sie unversehens zum Angriff über. Auf einmal stürmten die beiden vorderen gleichzeitig auf Zara zu; ihre krallenbewährten Pfoten wirbelten Dreck und Schnee auf. Zara spürte, wie der Boden unter ihren Füßen unter dem Gewicht der Ungetüme zu zittern begann. Nebeneinander jagten die Kreaturen auf die Vampirin zu. Die linke der Bestien riss in vollem Lauf das Maul auf und stieß ein wütendes Brüllen aus. Zara blieb kaum Zeit, ihr Schwert hochzureißen. Dann waren die Bestien bei ihr. Zara wich dem zuschnappenden Maul der rechten Bestie geschickt aus, um der linken Kreatur gleichzeitig einen wuchtigen Hieb mit dem Schwert zu verpassen. Blut spritzte in den Schnee, als die Klinge den Hals der Kreatur seitlich aufschlitzte und die Schlagader durchtrennte. Das Ungetüm stieß einen schrillen Schmerzenslaut aus und versuchte instinktiv, nach Zara zu beißen. Doch die Vampirin sprang geschickt zur

Seite, schwang ihr Schwert erneut und hieb damit nach dem anderen Biest, das bereits wieder zum Angriff übergegangen war. Die Kreatur schlug mit den gewaltigen Pranken fauchend und knurrend nach der sirrenden Klinge, und als Krallen und Stahl aufeinander prallten, stoben wieder Funken. Jetzt wurde Zara von vorn und hinten bedrängt. Und die übrigen Bestien kamen bereits den verschneiten Pfad empor …

Doch Zara zwang sich, nicht daran zu denken und sich auf das zu konzentrieren, was unmittelbar vor ihr war – und das waren in diesem Moment die mächtigen Bärenfallenkiefer der beiden Blutbestien, die Zara in die Zange genommen hatten und sie gleichzeitig von zwei Seiten attackierten, sodass sie ihr ganzes Geschick aufwenden musste, um wie eine Tänzerin zwischen den langen gelben Zähnen der Kreaturen umherzuhuschen, mal abtauchend, mal zur Seite springend, während sie gleichzeitig ihr Schwert wirbeln ließ und versuchte, ein paar wirkungsvolle Treffer anzubringen. Doch obwohl die Klinge mehr als einmal Fleisch und Blut kostete, ließen die Bestien in ihrem Bemühen, sie in Stücke zu reißen, nicht nach; im Gegenteil! Je mehr Widerstand Zara ihnen leistete, desto wütender gingen sie zu Werke. Voller Hass setzten sie Zara zu, und ihre Kiefer und Klauen schienen überall zu sein. Wie durch ein Wunder gelang es Zara, keinen weiteren Schaden zu nehmen – bis sich plötzlich die dritte Bestie, die sich bisher im Hintergrund gehalten hatte, mit angriffslustigem Fauchen in das Getümmel warf, und unversehens spürte Zara, wie sich die messerscharfen Klauen der Bestie knapp unterhalb der rechten Schulter wie Messer in ihren Rücken bohrten. Sie riss keuchend die Augen auf, von stechendem Schmerz übermannt, taumelte blindlings vorwärts – und stolperte geradewegs in den Prankenhieb einer anderen Bestie, der ihr die Brust aufschlitzte und sie wieder näher an den Rand des Plateaus trieb. Zara konnte einen Blick auf Falk und Ela erhaschen, die sich dicht aneinander drängten, dann schlug ihr bereits der Atem der nächsten angreifenden Bestie ins Gesicht, und sie warf sich keuchend zur Seite, um den heransausenden Klauen um Haaresbreite zu entgehen. Sie fiel benommen in den Schnee, schielte empor – und sah schon die nächste Tatze auf sich niederfahren. Ohne zu überlegen, rollte sie sich zur Seite, und noch einmal, als die Bestie ihr nachsetzte und immer wieder mit ihren langen, leicht gekrümmten Klauen nach ihr schlug, wie eine Katze, die mit einem Wollknäuel spielt.

Zara rollte weiter über den felsigen Boden, bis sie unversehens gegen die stämmigen Beine einer anderen Bestie stieß, die sich ihr von der Seite genähert hatte, und plötzlich ging es nicht mehr weiter. Auf dem Rücken liegend wie ein umgefallener Käfer, wich sie der heranschnellenden Schnauze aus und riss ihr Schwert hoch, um es der Kreatur durch den Hals zu rammen. Doch da war auch schon die andere Kreatur über ihr, ihre Tatze sauste herab, aber statt Zara das Gesicht wegzureißen, krachte sie auf die flache Seite der Klinge, trieb sie nach unten – und die Bestie nagelte das Schwert mit ihrem ganzen Gewicht auf dem gefrorenen Boden fest. Plötzlich konnte Zara das Schwert nicht mehr heben, weil die Kreatur darauf stand. Sie zerbiss einen Fluch zwischen den Zähnen, suchte panisch nach einem Ausweg, doch da schnappte die andere Bestie bereits nach ihr, das Maul groß wie ein Scheunentor, um Zara mit einem einzigen Haps den Kopf abzubeißen und …

„Zara! Fang!“

Eine Frau hatte ihren Namen gerufen – mit einer Stimme, die sie das letzte Mal vor Jahrhunderten gehört hatte.

Als Zara überrascht den Kopf wandte, sah sie über den Rand

des Plateaus hinweg eine hoch gewachsene, schlanke Frau unten am Teufelsfelsen stehen. Sie trug ein wallendes beigefarbenes Kostüm mit lose fallendem, bodenlangem Rock und beigem Kapuzenumhang. Die Kapuze war zurückgeschlagen, sodass das feingeschnittene porzellanblasse Gesicht mit den großen grünen Augen, der geraden, irgendwie *aristokratischen* Nase und den majestätischen Wangenknochen freilag. Das wie gesponnenes Gold lose über die Schultern fallende Haar war so weizenblond, dass es fast weiß wirkte. Und obwohl der Himmel bewölkt war, war es, als würde die Gestalt im Licht stehen; in einem seltsamen matten Licht, das wie ein einzelner Sonnenstrahl geradewegs auf sie fiel, ohne irgendetwas anderes in ihrer unmittelbaren Umgebung zu erhellen. Es war fast so, als würde sie das Licht irgendwie *erfüllen*, wie ein Kerzendocht, der in einer Laterne tanzt.

Der rechte Arm der Blonden schnellte vor, ein flirrender stählerner Wirbel sauste mit einem unheilvollen Sirren nach oben, und bevor Zara ihre Überraschung noch verwinden konnte, griff ihre freie Hand bereits in die Luft, packte den Knauf ihres schwirrenden, sich um sich selbst drehenden Schwerts, das die Frau ihr hochgeworfen hatte, mitten im Flug – und rammte die Klinge mit einer fließenden Bewegung in das klaffende schwarze Maul der Kreatur.

Die Klinge verschwand fast bis zum Heft im dem riesigen Maul und durchstieß die hintere Rachenwand. Schwarzes Blut spritzte in Zaras Gesicht. Sie drehte den Kopf und riss das Schwert mit einem harten Ruck wieder heraus, um es noch in der Bewegung gegen die andere Kreatur zu führen, die mit ihrer Tatze auf ihrem Schwert stand.

Die Klinge bohrte sich tief in den Leib der Bestie, die schwer zu Boden krachte, um reglos im blutigen Schnee liegen zu blieben. Zara sprang federnd und ohne sich abzustützen auf die Beine, in jeder Hand eines ihrer Schwerter. Sie war ebenso fassungslos darüber, dass sie noch lebte, wie die Bestien es zu sein schienen, die sich inzwischen alle am anderen Ende des Plateaus drängten, lauernd, abwartend, mächtige Kampfmaschinen, Boten des Todes, doch keines der Ungetüme rührte sich.

Hinter Zara befanden sich Ela und Falk, und sämtliche Blicke waren auf die blonde Frau gerichtet, die so plötzlich aus dem Nichts aufgetaucht zu sein schien, um Zara das Leben zu retten.

Aus dem Nichts aufgetaucht? Nicht ganz. Zara sah, dass ein Schimmel am Rande des Dickichts stand, ein majestätisches Tier mit makellos weißem Fell; vermutlich hätte sie den Hufschlag gehört, wenn sie nicht so angestrengt um ihr Leben gekämpft hätte. Das Tier stand ebenso ruhig und reglos da wie seine Herrin, die stoisch im dichter werdenden Schneefall vom Fuße des Felsens zu ihnen aufsah – nein, nicht zu *ihnen*, zu Zara. Ihre großen grünen Augen ruhten auf der Vampirin, so wie sie es vor so vielen Jahrhunderten schon einmal getan hatten, an einem anderen Bluttag wie diesem. Die Erinnerung daran bereitete Zara größere Schmerzen als die Wunden, die die Bestien ihr zugefügt hatten, und anders als jede leibliche Wunde würde die in ihrer Seele wohl nie verheilen.

Eine trügerische Ruhe senkte sich über den Teufelsfelsen; es war, als hielte die Welt den Atem an. Die Bestien warteten lauernd, was geschehen würde, als müssten sie die Situation erst einmal neu abschätzen, ehe sie ihren Angriff fortsetzten, und in dieser reglosen Stille setzte sich die blonde Frau – Jael – plötzlich in Bewegung und war mit wenigen Schritten an der Felswand, wo ihr das gelang, was die Bestie vorhin nicht geschafft hatte: Sie sprang ein gutes Stück die steile Felswand hinauf, klammerte sich mit den Fingerspitzen in irgendwelchen winzigen Nischen und Lücken im Gestein fest, suchte mit den Zehenspitzen Halt auf kleinsten Vorsprüngen – und kletterte scheinbar ohne jede Mühe den fast senkrechten Felsen hoch. Eine Windbö fegte über den Teufelsfelsen und ließ ihren Umhang flattern wie beige Schwingen, als sie innerhalb von Sekunden den oberen Rand des Felsens erreichte, sich mit einem gewaltigen Klimmzug hoch auf das Plateau zog, federnd aufsprang – und noch im Aufstehen ihr Schwert mit dem geschwungenen, mit reichlichen Verzierungen versehenen Griff aus der lederbezogenen Schneide an ihrem Gürtel zog, ohne dass ihr blasses, makelloses Gesicht auch nur einen Hauch von Anstrengung verriet.

„Jael …“, raunte die Vampirin und starrte die Blonde ebenso fassungslos wie finster an.

Die blonde Frau lächelte grimmig. „Hallo, Zara …“

xxii.

Die beiden Frauen schauten einander in die Augen, und es war, als würden sich zwei Raubtiere gegenseitig belauern. Selbst die Blutbestien schienen die Spannung zwischen ihnen zu spüren; sie warteten im Hintergrund still und teuflisch auf den richtigen Moment, um zuzuschlagen, indes die blonde Frau weiter dieses kalte Lächeln lächelte und Zara sich alle Mühe gab, sich den Aufruhr der Emotionen, der in ihr tobte, nicht anmerken zu lassen. Entschlossen, beinahe trotzig, hielt sie dem Blick der geheimnisvollen Frau stand, die – umweht von lautlos fallenden Schneeflocken – am Rand des Plateaus stand, den Griff ihres Schwerts mit beiden Händen umklammert, und angesichts der grotesken Kreaturen, die nur zwanzig Schritte entfernt lauerten, nicht eine Miene verzog, geschweige denn irgendwie erkennen ließ, dass sie geschockt oder verwirrt war. Zara schoss durch den Kopf, dass Jael vermutlich eine verdammt gute Kartenspielerin abgegeben hätte; es war unmöglich zu sagen, was hinter ihren großen grünen Augen vorging.

„Zara“, sagte Jael und nickte der Vampirin wie zum Gruße zu, doch ihre feinen, eleganten Züge, die eine Erhabenheit ausstrahlten, wie Falk sie noch nie bei einer Frau gesehen hatte, waren kalt, „es ist lange her.“

„Das ist es“, stimmte Zara düster zu.

Falk hinter ihnen runzelte verwirrt die Stirn. „Dann *kennt* ihr euch?" Der junge Mann war vom plötzlichen Auftauchen der blonden Frau ebenso verwirrt und verblüfft wie alle anderen.

„Flüchtig", brummte Zara düster, ohne den Blick von Jael abzuwenden.

Jael hingegen lächelte, ohne dass ihr Lächeln die Augen erreichte. „Du untertreibst", sagte sie. „Man könnte sagen, wir sind alte Freundinnen." Sie sagte es fast im Plauderton, als säßen sie bei Gebäck und einer Tasse Tee zusammen und würden nicht von einem halben Dutzend brutaler Bestien bedroht.

Alte Freundinnen …

Wäre die Situation nicht so ernst gewesen, hätte Zara fast gelacht. Dass Jael sie als „alte Freundin" bezeichnete, war ungefähr so, als würde sie die Blutbestien als „treue Haustiere" titulieren. Doch bevor sie etwas Angemessenes darauf erwidern konnte, holte Ela in Falks Arm hörbar Luft, den Blick auf die Bestien hinter Zaras Rücken gerichtet. Mehr war nicht nötig, um Zara herumwirbeln zu lassen. Die erste Blutbestie war unvermittelt losgeprescht, um den Kampf wieder aufzunehmen, der durch Jaels unerwartetes Auftauchen unterbrochen worden war. Blutigen Schnee aufwirbelnd, schoss die Kreatur auf die Vampirin zu, das gewaltige Maul klaffte auf, und dann stürmten auch die anderen Bestien vor, eine mörderische Horde, denen der Blutdurst aus den Augen leuchtete. Zaras Klingen zerschnitten zischend die Luft, als sie der Attacke der ersten Bestie geschickt auswich und gleichzeitig zuschlug. Blut spritzte. Die Kreatur jaulte auf, setzte aber sofort nach. Die riesigen gelben Zähne schnappten nach Zaras Gesicht. Sie ließ sich auf die Knie fallen, führte ihre Schwerter in mächtigen Halbkreisen von außen nach innen, schlitzte der Bestie gleichzeitig beide Oberschenkel auf und rollte sich über die Schulter geschickt nach hinten ab, als ein zweites Biest heranstürmte und sie angriff. Und noch eins. Und ehe Zara sich's versah, attackieren sie die Bestien von allen Seiten, überall zuschlagende Tatzen, schnappende Kiefer und bösartige rote Augen. Sie hatte alle Mühe, den Angriffen auszuweichen, doch dann war plötzlich Jael neben ihr, ihre breite, ungewöhnlich kurze Klinge teilte pfeifend die Luft, und das wütende Knurren einer Bestie verwandelte sich in ein hohes, gepeinigtes Heulen, als die Klinge ihr sauber das linke Ohr abtrennte. Dann schlug Jael erneut zu, und die Klinge zog eine tiefe, klaffende Spur durch den Brustkorb der Bestie, die knurrend zurücksprang und Platz für das nächste Biest schuf, das unverzagt seine Stelle einnahm und furchtlos nach Jael schnappte. Die wich den mächtigen Hauern durch eine elegante Drehung aus.

Eine Bestie stürzte sich fauchend auf Zara. Die Kriegerin tänzelte beiseite und ließ ihre beiden Klingen wirbeln, während sich Jael ein paar Schritte weiter gleich zwei Blutbestien auf einmal erwehrte, die abwechselnd, wie die beiden Köpfe eines Zerberus, vorstießen und nach ihr schnappten. Ihr Kurzschwert zuckte mit erstaunlicher Gelassenheit hin und her; Jael führte die Waffe mit ruhiger Hand und ungeheurem Selbstbewusstsein, als wüsste sie genau, dass ihr nichts geschehen konnte, und möglicherweise, schoss es Zara durch den Kopf, als sie an Jaels Herkunft dachte, stimmte das sogar. Sie selbst hingegen konnte auf solcherlei glückliche Fügung nicht hoffen und holte keuchend aus, um einen weiteren wuchtigen Schlag gegen die Bestie zu führen, die ihr zunehmend aggressiver zu Leibe rückte. Das Untier wich zurück, entging Zaras Attacke und schlug seinerseits knurrend mit seiner Tatze nach ihr. Zara parierte den Hieb mit flinker Klinge. Aus den Augenwinkeln sah sie, wie Jael vor den beiden Bestien zurückwich, die ihr wie ein Geschöpf zusetzten, doch die blonde Frau konnte ihren

Angriffen immer wieder geschickt entkommen, wirbelte hin und her, sprang vor und zurück, bis es ihr schließlich nach einer genau abgepassten Parade gelang, mit einem gewagten Satz *zwischen* die beiden Monstren zu springen. Bevor die Biester noch recht begriffen, wie ihnen geschah, stützte sich Jael mit der freien Hand auf dem Rücken der linken Bestie ab, sprang hoch, drehte sich halb um sich selbst – und rammte der Bestie die Schwertklinge knapp unterhalb der dicken Schädelknochen am Kopfansatz bis zum Heft in den fleischigen Nacken. Einen Moment lang, während Jael zwei Schritte zurücktrat und sich außer Reichweite der anderen Bestie brachte, stand die Kreatur reglos da, wie gelähmt. Dann quollen blutige Tränen aus den Augenwinkeln, der Blick der roten Augen brach, und die Bestie stürzte zu Boden, ohne noch einen einzigen Laut von sich zu geben.

Zara glaubte, für eine Sekunde ein überhebliches, triumphierendes Lächeln auf den Zügen der Blonden zu sehen, doch dann wurde sie abgelenkt, als *ihr* Gegner zu einer neuerlichen Attacke ansetzte. Messerscharfe Krallen zuckten auf sie zu, begleitet von wütendem Gefauche, dahinter hasserfüllte rote Augen. Die Vampirin tauchte unter den Hieben weg, entging den tödlichen Tatzen um Haaresbreite und ließ ihre beiden Schwerter gleichzeitig wie Dreschflegel vor sich kreisen, ein tödlicher Wirbel aus messerscharfen Klingen, der wie ein Schild wirkte. Doch die Wut machte die Bestie ebenso unvorsichtig wie unberechenbar, und als die Kreatur vollkommen unerwartet lossprang, direkt in die wirbelnden Klingen hinein, war Zara so überrascht, dass sie zu spät reagierte. Zwar trafen die Klingen den massigen Körper mindestens zweimal, doch die Verletzungen waren keineswegs tödlich, und dann war die Bestie über ihr, krachte mit der Schulter gegen sie und schleuderte Zara wuchtig nach hinten. Die Vampirin taumelte rückwärts, kämpfte keuchend um ihr Gleichgewicht und ging sofort wieder in Angriffsposition, sobald sie sich wieder gefangen hatte, beide Schwerter halb vor ihrem Gesicht. Sie rechnete damit, dass die Bestie ihr nachsetzen würde, doch sie irrte; die Kreatur war ein paar Schritte vor ihr zurückgewichen, aus mehreren Wunden blutend, doch die lauernde, angespannte Körperhaltung der Bestie verriet, dass das Biest noch längst nicht am Ende war; im Gegenteil. Das Ungetüm wartete bloß darauf, dass sie einen Fehler machte.

Zara versuchte mühsam, ihr angestrengtes Keuchen zu unterdrücken, während sie den starrenden Blick der Kreatur mit erhobenen Schwertern erwiderte, der Blick so hart wie der geschmiedete Stahl, den sie in den Händen hielt. Sie achtete auf jede Regung, jedes noch so kleine Muskelzucken der Bestie, aber das Untier kauerte einfach nur da, der Körper wie zum Sprung gespannt, und belauerte sie. Dünne Atemwölkchen drangen aus den Nüstern, und ein tiefes, unheilvolles Grollen entrang sich der Kehle der Kreatur, die Zara keine Sekunde aus den Augen ließ.

„Na, komm schon“, murmelte Zara düster, das Gesicht verdreckt von Blut und Schmutz, in den kalter Schweiß weiße Bahnen gewachsen hatte. „Greif mich an. Bringen wir es zu Ende …“

Doch die Bestie rührte sich nicht.

Langsam wurde Zara unruhig.

Dann sah sie in der blutigen Klinge eines ihrer Schwerter plötzlich eine verschwommene Bewegung hinter sich, und sie wirbelte herum, schwang beide Schwerter gleichzeitig über Kreuz, und so, wie die beiden Schenkel einer Schere ein Stück Büttenpapier zerschnitten, so zerschnitten die beiden Klingen von links und rechts den stämmigen Hals der heranstürmenden Kreatur. Das schwere Haupt der Bestie rutschte vom Hals und plumpste in den Schnee, wo er mit träge schnappenden Kiefern liegen blieb.

Zara starrte nur kurz auf den abgetrennten Schädel, dann vernahm sie hinter sich ein gedämpftes, gutturales Knurren und wirbelte mit schlagbereiten Schwertern herum – doch Jael nahm ihr die Arbeit bereits ab und stieß der Kreatur kraftvoll die Klinge durch das linke Auge direkt ins Gehirn.

Die Bestie stieß ein schrilles, durchdringendes Heulen aus, bäumte ihren muskulösen Vorderkörper auf wie ein scheuendes Pferd – und krachte mit der Schnauze voran so schwer zu Boden, dass Zara spürte, wie die gefrorene Erde unter ihr erzitterte.

Und dann – war es vorüber …

Stille senkte sich über das Plateau.

Todesstille …

Zara richtete sich keuchend auf, ließ ihren Blick über den Teufelsfelsen schweifen und sah die letzte der Blutbestien durch den Vorhang aus fallendem Schnee den Pfad in den Wald hinabhumpeln, ein Bein nachziehend, aus einem halben Dutzend Wunden blutend. Zara unternahm keinen Versuch, ihr zu folgen, und auch Jael sah nur mit unbewegter Miene zu, wie sich die Bestie mühsam zum Rand des Dickichts schleppte, kaum imstande, sich auf den Beinen zu halten.

„Beeilt euch!“, rief Falk hinter ihnen. „Die Bestie flieht!“

„Dann lass sie fliehen“, erwiderte Zara gelassen. „Sie ist schwer verletzt. In diesem Zustand wird sie nicht weit kommen.“

Sie wandte sich zu den anderen um, und ihr Blick blieb an Jael haften, die reglos ein paar Meter weiter stand, ihr feines

Kostüm so rein wie vor der Schlacht, während das Blut Zara von Kopf bis Fuß bedeckte.

„Was, zum Teufel, machst du hier?", rief Zara.

„Das Gleiche wie du, würde ich mal sagen", erwiderte Jael ruhig, „dem Morden ein Ende bereiten." Sie ließ den Blick über die Kadaver der Bestien gleiten. „Und wie's aussieht, hat das auch ganz gut geklappt."

Zara starrte sie einen Moment lang schweigend an. Dann grollte sie: „Hör zu, *Freundin*. Ich bin dir dankbar, dass du mir geholfen hast, diese Bestien zur Strecke zu bringen, und vielleicht schließe ich dich heute sogar in mein Nachtgebet ein. Aber das bedeutet nicht, dass ich dir irgendetwas schuldig bin, verstanden? Und wenn du darauf abzielst, dich zu rächen", sie ließ ihre Schwerter demonstrativ in ihren Handtellern kreisen, „sollten wir es jetzt gleich hinter uns bringen."

Jael verzog keine Miene. „Warum so aggressiv? Wir sind keine Feinde."

„Aber *Freunde* auch nicht", entgegnete Zara eisig. „Hör zu, es ist mir gleich, was dich hier hergeführt hat oder was du von mir willst. Und egal, wie viele Jahre wir uns jetzt nicht gesehen haben – es waren nicht genug." Selbst in ihren eigenen Ohren klangen ihre Worte schroffer als angebracht – immerhin *hatte* Jael ihnen das Leben gerettet, daran gab es keinen Zweifel. Doch ihre Schroffheit war nur eine Tarnung, um ihre wahren Gefühle nicht preisgeben zu müssen – Gefühle, die sich all die Jahre tief in ihr verborgen hatten. Die Wahrheit war: Jael nach all dieser Zeit wieder zu sehen, war ein Schock für sie, der sie ohne jede Vorwarnung traf, und obwohl Jaels Miene unergründlich war, war sich Zara sicher, dass sie ähnlich empfand. Auch sie hatte wohl damit gerechnet, dass sie sich nach jenem Tag auf dem Friedhof von Mascarell nie wieder sehen würden, dass Zara vielleicht gar nicht mehr am Leben wäre. Doch hier waren sie, alle beide, äußerlich keinen Tag älter als damals, innerlich aber war Zara eine vollkommen andere als an jenem Tage, an dem ihr untotes Leben endete und gleichzeitig neu begann.

Jael zeigte sich von Zaras schroffer Ablehnung nicht im Mindesten beeindruckt. „Wir sind keine Feinde“, sagte sie noch einmal, mit ruhiger Stimme. „Diese Zeiten sind lange vergangen. Was mich angeht, so habe ich mit dem, was einst war, abgeschlossen. Ich gebe zu, dich hier zu sehen, trifft mich gänzlich unvorbereitet, doch wie mir scheint, stehen wir auf derselben Seite.“ Ihr Blick glitt zu Falk und Ela, die sich noch immer ängstlich aneinander klammerten, und wieder glaubte Zara, einen flüchtigen Moment lang dieses zufriedene, triumphierende kleine Lächeln auf ihrem Gesicht zu sehen. „Viele Menschen verdanken dir ihr Leben.“

„Mag sein“, sagte Zara kühl. Sie schaute hinüber zu der Stelle, wo die Bestie in den Büschen verschwunden war. „Eins dieser Biester ist noch übrig, und mit dem werde ich auch allein fertig. Also tu uns beiden einen Gefallen – geh dahin zurück, wo du hergekommen bist. Ich bin durchaus in der Lage, diese Sache allein zu Ende zu bringen.“

„Keine Frage“, stimmte Jael zu und nickte. „Gegen *eine* Bestie wirst du dich sicher behaupten können. Vielleicht auch gegen zwei. Aber was, wenn du es erneut mit einem ganzen *Rudel* dieser Kreaturen zu tun kriegst? Wenn es in diesen Wäldern noch viel mehr dieser Biester gibt und das hier bloß die Vorhut war?“ Da war kein Spott in Jaels Stimme, kein arroganter Hohn, und doch funkelte Zara sie an, als hätte die blonde Frau ihr heftig ins Gesicht geschlagen. Es war nicht so sehr der Umstand, dass Jael die Wahrheit sagte, der Zara so verbitterte – allein *war* sie nicht stark genug, mehreren Bestien die Stirn zu bieten, das hatten die letzten Minuten deutlich gezeigt –, sondern dass sie – Zara – keine Sekunden lang daran gedacht hatte, dass die entkommene Bestie womöglich *nicht* die letzte dieser monströsen Kreaturen war; dass es dort, wo auch immer sich das Nest dieser Bestien befand, noch mehr von diesen Kreaturen gab, unter Umständen sogar *Dutzende*.

So schwer es ihr auch fiel, das zuzugeben: Sie konnte Jaels Hilfe gut gebrauchen. Und in dem Maße, wie diese Erkenntnis sich in ihr festsetzte, beruhigte sie sich allmählich. Sie zwang sich, ihre Gefühle in den Griff zu kriegen, und ließ ihre Schwerter sinken, und es schien, als würde sich auch Jael unmerklich entspannen. „Also", sagte Zara, nachdem sie ihre Schwerter über Kreuz in die Scheiden über ihrem Rücken zurückgeschoben hatte. „Was machst du hier?"

„Ich sagte es schon", erwiderte Jael. „Ich bin hier, um dem Morden ein Ende zu machen." Sie schob ihr Schwert ebenfalls in die Scheide zurück, langsam und bedächtig. „Der König schickt mich", erklärte sie. „Vor einigen Tagen erreichte die Kunde sein Ohr, dass in den Wäldern von Moorbruch eine Bestie ihr Unwesen treibe, der schon viele zum Opfer gefallen seien, eine unheimliche Bestie, der mit *gewöhnlichen* Mitteln nicht beizukommen wäre, und so sandte er mich her, um den Vorkommnissen auf den Grund zu gehen. Und hier bin ich." Sie lächelte. „Gerade zur rechten Zeit, wie mir scheint."

Zara schwieg.

Hinter ihr kamen Falk und Ela neugierig näher. Der junge Mann starrte Jael fasziniert an; er hielt noch immer sein Messer in den Händen, doch Jael hatte nicht einmal einen Blick dafür. Er starrte sie an wie ein Gemälde im Museum – ihre vollen roten Lippen, den blassen Teint –, und angesichts ihrer außergewöhnlichen Fähigkeiten, die sie gerade hinreichend unter Beweis gestellt hatte, konnte er bloß zu einem Schluss kommen. „Und seid Ihr auch …" Er suchte nach den richtigen Worten, da er ihr nicht zu nahe treten wollte, doch Jael schien zu wissen, was er hatte fragen wollen, und schüttelte den Kopf.

„Nein, ich bin *kein* Kind der Nacht", sagte sie lächelnd, nicht im Mindesten pikiert. „Man könnte eher sagen, ich gehöre dem *anderen* Verein an."

„Dem *anderen* …" Falk stockte, als ihm klar wurde, was das bedeutete. Er konnte es nicht glauben. „Heißt das, Ihr … Ihr … Ihr seid eine …" Bereits die Vorstellung war so ungeheuerlich, dass Falk sie nicht über die Lippen brachte.

Doch Jael nickte. „Eine Seraphim, genau."

„Unglaublich. Eine Hüterin des Lichts …" Er konnte bloß fassungslos den Kopf schütteln.

Zara räusperte sich und sagte: „So ungern ich euch auch unterbreche – selbst wenn die Bestie verletzt ist, kann sie uns noch immer entkommen, und wenn sich in den Wäldern wirklich noch weitere dieser Kreaturen herumtreiben …"

Jael nickte. „Wir sollten keine Zeit verlieren. Am besten gehen wir zu Fuß", schlug sie vor. „Die Hufgeräusche könnten die verletzte Bestie warnen – oder andere auf uns aufmerksam machen. Außerdem", fügte sie hinzu, „ist es leicht, Spuren zu übersehen, wenn man auf einem Pferderücken sitzt."

Zara brummte zustimmend und strich sich ein paar verirrte, schmutzstarrende Haarsträhnen aus der Stirn. „Auf geht's."

„Und was machen *wir*?", wollte Falk wissen.

„Ihr bringt Jahn zurück nach Moorbruch", sagte Zara und bedachte den noch immer bewusstlosen jungen Mann mit einem besorgten Blick. „Er muss dringend behandelt werden." Sie sah Ela fragend an. „Gibt es in Moorbruch einen Heiler?"

Die junge Frau nickte ängstlich. „Manoly. Er wohnt in der Nähe der Kirche. Ich kenne den Weg.“

„Dann los“, sagte Zara entschlossen. „Und nehmt die Pferde mit!“

XXIII.

Es war nicht schwer, der Spur der Bestie zu folgen; der Geruch der Kreatur zog sich durch das Dickicht, und dann waren da auch noch die Blutspritzer im Schnee. Doch Zara hätte weder das eine noch das andere gebraucht, um den Weg zu finden. Sie wusste längst, wohin das Biest wollte. Sie kannte diesen Weg; es war keinen Tag her, seit sie ihn das letzte Mal gegangen war.

Unterwegs sprach keine der beiden Frauen ein Wort; zudem vermied Zara es, Jael anzuschauen, auch wenn sie den Blick der anderen regelmäßig auf sich lasten spürte. Sie konnte noch immer nicht fassen, dass Jael hier war, nach all den Jahren, in denen Zara versucht hatte, Jael und alles, wofür sie stand, zu vergessen, doch die Vergangenheit holte sie immer wieder ein.

„Nichts, was begraben liegt, ist wirklich tot", hatte mal irgendjemand zu ihr gesagt, und anscheinend war das die Wahrheit; war sie selbst nicht der beste Beweis dafür?

Dann tauchte aus dem Dickicht zwischen ihnen die Ruine des Anwesens derer von Humbug auf, und Zara verdrängte ihre Grübeleien.

Zara blieb vor den verrußten Überresten des Herrenhauses stehen, die sich in den grauen Himmel erhoben, und ließ den Blick über die kleine Lichtung schweifen. Von der Bestie selbst war nichts zu sehen, doch ihr Geruch war nach wie vor stark.

Sie sah hinüber zu der Bärenfalle, die zusammengeschnappt und ungefährlich im Laub bei der schwarzen Hauswand lag; dann ging sie, ohne auf Jael zu warten oder sich auch nur zu vergewissern, dass sie noch hinter ihr war, zum Haupteingang der Ruine, vorbei an der rostigen Kinderschaukel, die leicht im Wind schwang. Die Trostlosigkeit und Traurigkeit dieses Ortes drückte ihr aufs Gemüt. Beiläufig fragte sie sich, was in jener Nacht geschehen sein mochte, als die Einwohner von Moorbruch den Feuerschein über den Wipfeln der Bäume leuchten sahen, doch dann zwang sie sich, sich aufs Wesentliche zu konzentrieren. Das Hier und Jetzt war von Bedeutung, nicht, was sich vor über einem Jahrzehnt an diesem Ort zugetragen hatte.

Der linke Flügel der wuchtigen Eingangstür war verschwunden, von dem rechten hingen noch schwarz verkohlte Fragmente im Türrahmen. Zara schob sich daran vorbei über die Schwelle und stand in dem, was früher einmal die Eingangshalle gewesen war. Hier und da lugte ein kunstvolles schwarzweißes Fliesenmuster unter all dem Laub, dem Dreck und den Trümmern hervor. Die verkohlten Überreste von Möbeln lagen kreuz und quer im Raum verteilt. Rechts führte eine breite, gewundene Treppe nach oben, nur um in Höhe des ersten Stocks abrupt abzubrechen, wo das Mauerwerk komplett eingestürzt war. Auch die Decke existierte nicht mehr. Doch die von den Flammen geschwärzten Mauerreste und die schwarzen Balken über ihren Köpfen vermittelten noch einen recht guten Eindruck davon, wie das Haus einst von innen ausgesehen hatte.

Zara hielt die Augen offen und entdeckte Blutspuren auf dem Boden, winzige rote Spritzer. Sie führten durch die Eingangshalle in den hinteren Teil des Hauses. Behutsam einen Fuß vor den anderen setzend, folgte Zara der Spur der Bestie durch die Ruine, jederzeit bereit, ihre Schwerter zu ziehen, falls sie angegriffen wurde, schließlich mochte allein der Himmel wissen, wie viele dieser mörderischen Bestien sich noch in den Wäldern von Moorbruch tummelten …

Obwohl der Boden mit Laub und Schutt bedeckt war, bewegten sich die beiden Frauen nahezu lautlos durch die Ruine. Rechts von ihnen zweigte ein kurzer Gang ab, der vermutlich einst in den Speisesaal geführt hatte; die Wände waren auf Brusthöhe eingebrochen, und hier und da schimmerten durch den alles überdeckenden Ruß die verschimmelten Überreste einer Blumentapete. Der eisige Wind strich durch die Balken und Erker der Ruine und sang sein leises, wimmerndes Klagelied. Längst hatte die Natur begonnen, sich das, was man ihr genommen hatte, wieder zurückzuholen, und so wurzelten Büsche und Sträucher in der nährstoffreichen Asche, indes sich Efeuranken an den verkohlten Balken in die Höhe wanden und Moos und Schimmel die durch die Hitze des Feuers zersplitterten Backsteine unter einer flauschigen grünen Schicht verbargen, wo immer sie konnten. In drei oder vier Jahren war die Ruine wahrscheinlich vollkommen zugewuchert – nicht, dass das ein großer Verlust für die Zivilisation gewesen wäre …

Zara ging vorsichtig weiter. Ihre Anspannung wuchs mit jedem Schritt. Links an der Wand zeichnete sich ein verschmierter blutiger Abdruck ab, als wäre die Bestie hier am Mauerwerk entlanggeschliffen, und ein paar Meter weiter setzte sich die Spur aus Blutstropfen fort. Die Tropfen wurden zunehmend größer und die Abstände zwischen ihnen kleiner. Die beiden Kriegerinnen folgten der Blutspur um die Ecke einer vergleichsweise intakten Zwischenwand und standen in dem, was einst die Küche des Hauses gewesen war: ein großer, quadratischer Raum mit einem gemauerten Ofen in der Mitte, in dem Vögel ihr Nest errichtet hatten. An einer Wand hingen Halterungen für Töpfe und Pfannen, und an der Wand gegenüber der nicht mehr vorhandenen Tür sahen sie rußige Fragmente des Spülbeckens, das sich dort früher befunden hatte. Obwohl die Mauern gleich oberhalb des Erdgeschosses in schartigen Trümmern endeten, waren die Fenster noch teilweise erhalten, die Rahmen schwarz angekokelt, die Scheiben – die, die nicht unter der Hitze geplatzt waren – gesprungen und blind von Dreck und Ruß. In der Ecke neben der schief in den Angeln hängenden Tür zur Speisekammer lag das Skelett eines Ebers oder Wildschweins, durch dessen gähnende Augenhöhle sich die jungen Triebe einer kleinen Esche ihren Weg gesucht hatten, und dahinter bedeckten Efeu, Schlingpflanzen und Schlingmoos einen Großteil der Mauer wie ein natürlicher Gobelin.

Jael trat neben Zara in die Küche und sah sich um. Die Blutspuren auf dem Fußboden führten zu dem Pflanzenvorhang an der Wand gegenüber des Ofens und endeten abrupt, als wäre die verwundete Bestie wie ein Geist durch Stein und Mörtel gelaufen.

Zara ging an dem Ofen vorbei, streckte die Hand aus und strich den Vorhang aus Efeu und Schlingmoos beiseite. Dahinter führten breite, ausgetretene Steinstufen in die Tiefe. Aus der Dunkelheit drang Zara ein scharfer animalischer Geruch entgegen, so stark, dass sie die Nase rümpfte.

Der Gestank der Bestien …

Jael trat neben sie. „Der Keller“, sagte sie. „Ist die Bestie dort unten?“

„Das werden wir bald wissen“, erwiderte Zara düster. Sie schlüpfte durch den Vorhang aus Grünzeug und stieg die Stufen hinab in die Tiefe. Vermutlich hätte sie den Zugang zum

Keller gestern schon gefunden, wenn sie sich noch weiter umgesehen hätte, doch der Zwischenfall mit dem Wolf und der Tod von Drusilla von Drake hatte sie abgelenkt. Dann wurde ihr bewusst, dass das allenfalls klägliche Ausreden waren, um ihre eigenen unverzeihlichen Fehler zu kaschieren; wenn sie gestern nicht so nachlässig gewesen wäre, würde Wanja vielleicht noch leben …

Zara verdrängte den Gedanken und folgte den Stufen hinab in den Keller des Hauses. Die Treppe war schmal und die Decke niedrig, sodass sie den Kopf einziehen musste, um nicht anzustoßen. An den Wänden wucherten Schimmel und Moos, und so wie der Gestank der Bestien zunahm, je weiter sie hinabstieg, desto mehr nahm auch ihre Anspannung von Stufe zu Stufe zu, denn irgendetwas *war* hier unten sie spürte es mit all ihren Sinnen.

Jael nahm es ebenfalls wahr. „Böse Schwingungen“, raunte sie hinter Zara, die Stimme respektvoll gedämpft. „*Ganz böse* Schwingungen …“

Zara sagte nichts und ging unbeirrt weiter. Längst waren die letzten Reste Morgenlicht hinter ihnen zurückgeblieben, als fürchtete sich das Licht, in diese dunklen Tiefen vorzudringen. Doch sowohl Zara als auch Jael hatten keine Schwierigkeiten, sich im Dunkeln zurecht zu finden. Und dann hatten sie schließlich die letzte der dreiundvierzig Stufen hinter sich gelassen und standen in dem gewölbeartigen Keller des alten Herrenhauses, der sich vor ihnen etliche Meter weit in die tintige Schwärze erstreckte. Wie es schien, verlief der Keller unter dem gesamten Anwesen, ein gewaltiges, ausgedehntes Gewölbe mit einer hohen, wabenförmigen Decke und gemauerten Stützpfeilern, die das trugen, was vom Haus über ihnen noch übrig war. In eisernen Ösen entlang der Wände staken in regelmäßigen Abständen Fackeln, doch keine von ihnen brannte, und die beiden Frauen benötigten sie nicht, um hier unten sehen zu können. Außerdem wirkte dieser Ort, als wäre er eher für die Dunkelheit geschaffen und nicht fürs Licht.

Am Fuß der Treppe stehend, ließ Zara ihren Blick durch das Kellergewölbe schweifen, und das, was sie sah, verursachte ihr Übelkeit.

Dies hier war das Versteck der Blutbestien, daran bestand kein Zweifel, und doch erinnerte der Keller mehr an einen Stall als an eine Höhle. Vor ihnen befanden sich ein halbes Dutzend massive Holzverschläge mit schweren Schlössern an den Türen sowie mehrere Käfige aus armdicken Eisenstangen, groß genug, dass darin eine Bestie Platz finden konnte. Um die Verschläge herum waren Kreise aus Hexenpulver gezogen, und überall auf dem Boden lag Stroh verstreut, das betäubend nach Urin stank, doch die Vampirin unterdrückte ihren Ekel, setzte sich mit einem Ruck in Bewegung und ging weiter in das Kellergewölbe hinein.

Alles, was sie sah, führte nur zu einem einzigen Schluss.

Jael sprach aus, was auch Zara dachte: „Irgendjemand hat die Blutbestien hier gehalten wie Haustiere“, raunte sie gepresst, während sie Zara durch den Parcours der Käfige folgte.

Zara antwortete ihr nicht. Ihr Blick glitt konzentriert zwischen den einzelnen Verschlägen hin und her, immer in der Erwartung, aus einem der Käfige von einer Blutbestie angesprungen zu werden. Doch alle Verschläge, an denen sie vorbeikamen, waren leer. Alles, was sich darin fand, waren von Fäkalien besudeltes Stroh und zerbeulte Blechschüsseln, in denen eine stinkende dickflüssige, schwarzbraune Masse schwappte, von der brummend Heerscharen von Fliegen aufstiegen, als

Zara in einen der Verschläge trat, in die Knie ging und ihren Zeigefinger in die Brühe steckte. Sie rieb die rotbraune feuchte Masse zwischen den Fingern und schnupperte. „Blut“, sagte sie knapp. „Von Jungfrauen.“

„Dann wurden die Bestien so auf den ‚Geschmack‘ gebracht“, sagte Jael.

Zara nickte düster.

„Jungfrauenblut wird nur für die allerschwärzeste Magie gebraucht“, sagte Jael düster. „Was auch immer hier vorgeht, wir haben es hier mit starken schwarzmagischen Kräften zu tun.“

Die Vampirin richtete sich auf, breitete die Arme aus und weis auf die Kellerwände. „Na, darauf wäre ich jetzt beim besten Willen nicht gekommen“, meinte sie spöttisch.

Jael schaute sich stirnrunzelnd um, und ihr ohnehin schon blasser Teint wurde noch bleicher, als sie die unzähligen schwarzmagischen Kritzeleien und Symbole gewahrte, mit denen jeder Zentimeter der Kellerwände, der Boden und sogar die Decke vollgekritzelt waren: Drudenfüße, auf dem Kopf stehende Pentagramme, umgedrehte Kreuze, altancarianische Ziffernfolgen, seltsam ineinander verschlungene Symbole, die Zara noch nie gesehen hatte, alle möglichen Hexenkreise und Beschwörungsformeln und lange Textpassagen in uralten verbotenen Sprachen, manche davon so alt, dass selbst Jael sie nicht kannte. Viele der Kritzeleien waren mit schwarzer Kreide auf den Stein geschmiert, doch der Großteil war mit Blut geschrieben, und von der Decke hingen alle möglichen Arten seltsamer Amulette, Traumfänger und Talismane, die meisten davon aus Menschenknochen oder irgendwelchen verwesten Tierinnereien, deren bittersüßer Verwesungsgestank Schwärme von Fliegen angelockt hatte, dicke, grünblau glänzende Brummer, die hier unten, fernab der Winterkälte, fett und träge wurden.

„Grauenvoll“, sagte Jael, seltsam matt, fast so, als würde ihr der Anblick all dieser schwarzmagischen Symbole und Zeichen auf mystische Weise die Kraft aussaugen, doch sie konnte die Augen nicht von der Blasphemie an den Wänden wenden. „Wer immer für das hier verantwortlich ist, er kennt sich bestens in den Verbotenen Küsten aus. Manche dieser Beschwörungen und Symbole sind älter, als selbst ich zu sagen vermag.“

„Ich nehme an, es sind Bannsprüche“, sagte Zara.

Jael sah sie verwundert an. „Woher …“

Zara deutete auf das Hexenpulver auf dem Boden. „Das sind Bannkreise, die derjenige, wer auch immer für all das hier verantwortlich ist, um die Käfige der Bestien gezogen hat, um sie dort zu halten, wo er sie haben wollte. Alles hier, all dieser Hokuspokus, diente allein dazu, die Bestien zu kontrollieren und ihnen den eigenen Willen aufzuzwängen.“ Sie machte eine kleine Pause, ehe sie hinzufügte: „Jemand hat die Bestien zum Töten gezwungen, sie zu dem gemacht, was sie jetzt sind …“

„Monster“, sagte Jael.

Zara schüttelte den Kopf. „Marionetten.“

Irgendwo in der stinkenden Dunkelheit jenseits der Verschläge erklang ein leises pfeifendes Grollen.

Zaras Augen verengten sich zu Schlitzen, als sie in die Richtung starrte, aus der das Geräusch kam, doch die Verschläge versperrten ihr die Sicht auf das, was dahinter lag. Zara und Jael lösten sich aus dem Schatten des Käfigs und schlichen zwischen den Verschlägen auf das Geräusch zu, das sich in ein gequältes Keuchen verwandelte.

Als sie die Verschläge umrundeten und weiter in den hinteren Teil des Kellers vordrangen, entdeckten sie die Bestie, die in einer Ecke des Kellers ausgestreckt auf einem Stoß Stroh lag, das sich zunehmend dunkel färbte. Aus mehreren tiefen Wunden floss das Leben aus der Kreatur heraus. Als die Bestie die beiden Frauen auf sich zukommen sah, versuchte sie, vor ihnen wegzukriechen, doch ihr fehlte die Kraft dazu. Die knochige Brust hob und senkte sich unregelmäßig, und der pfeifende Atem, der aus den Nüstern drang, wurde von blutigem Schaum begleitet. Die Bestie schaffte es kaum noch, Zara und Jael mit dem Blick ihrer großen rotgeäderten Augen zu folgen, als sie langsam näher kamen, so schwach war sie.

Zara blieb neben der Bestie stehen und sah auf sie hinunter.

Dieses Wesen tat niemandem mehr etwas. Es hatte sich schwer verletzt hierher zurückgezogen, in die einzige vertraute Umgebung, die es kannte, um hier zu sterben. Zara fand, dass das ein Wunsch war, den man respektieren musste. Ohne sich um Jaels warnende Worte zu scheren, ging Zara langsam neben der Kreatur in die Knie, die sie mit ihren rotgeäderten Augen fixierte. Als Zara langsam die Hand nach ihrem wuchtigen Schädel ausstreckte, hob die Bestie mit einer ungeheuren Kraftanstrengung ihren Kopf vom Stroh, doch ihre Kiefer schnappten kraftlos ins Leere, und dann sank die Bestie auf ihr Lager zurück und stieß ein lang gezogenes Winseln aus.

Die Bestie lag im Sterben.

Und sie litt Schmerzen.

„Ruhig“, sagte Zara mit sanfter Stimme und streckte erneut die Hand nach dem Kopf der Bestie aus. „Nur ruhig …“

Diesmal lag die Bestie ganz still, entweder, weil sie zu schwach war, oder weil sie begriffen hatte, dass Zara ihr nichts tun würde. Sie blinzelte, als Zara ihr die flache Hand auf die Schnauze legte und sanft über die ledrige, warme Haut strich. Die Kreatur stieß wieder dieses gequälte Winseln aus und drückte sich dann kraftlos gegen Zaras Hand, wie um ihre Berührung in diesen dunklen Momenten noch intensiver zu spüren. Längst war aller Hass aus den Augen des Wesens verschwunden; alles, was Zara nun darin sah, war Angst und der Wunsch nach Erlösung.

Zara streichelte mit der linken Hand die nackte Schnauze der sterbenden Kreatur, während sie mit der anderen langsam ihr Messer zog. Sie redete beruhigend auf die Bestie ein und richtete die Spitze der Klinge auf die mächtige Brust des Wesens. Die Kreatur winselte wieder, und Zaras Finger schlossen sich so fest um den Griff des Messers, dass ihre Knöchel weiß hervortraten.

„Finde Frieden", murmelte sie.

Dann stieß sie der Bestie die Klinge bis zum Heft in die Brust, da, wo das Herz unter der aschgrauen Haut schlug, während sie dem Biest mit der anderen, freien Hand sanft über die blutige Schnauze strich. Die Kreatur bäumte sich einen Augenblick lang auf und sank dann kraftlos auf das Strohpolster zurück. Die ewige Nacht legte sich über ihre Augen, der haarlose Schwanz zuckte noch ein paar Mal, dann lag die Bestie reglos.

Es dauerte einen Moment, bis sich Zara wieder soweit gefangen hatte, dass sie imstande war, das Messer aus der Brust der toten Bestie zu ziehen.

„Du hast dich sehr verändert", sagte Jael, als die Vampirin langsam aufstand, das Messer an ihrem Umhang abwischte und es wortlos zurück in die Scheide an ihrem Gürtel steckte, ohne Triumph, ohne Befriedigung.

Zara schaute sie mit versteinerter Miene an, erwiderte aber nichts. Stattdessen wandte sie mit einem Ruck das Gesicht ab, damit die andere Frau das verräterische feuchte Funkeln in ihren Augen nicht sah, und tat so, als würde sie sich in dem düsteren Kellergewölbe umschauen. Sie wusste selbst nicht, was mit ihr los war, warum ihr der Tod der Bestie so naheging. Vielleicht lag es daran, dass sie sich in gewisser Weise ähnelten, dass sie beide gegen ihren Willen zu etwas gemacht worden waren, was sie nie sein wollten.

Mörder.

Bestien …

Zara zwang sich, nicht weiter daran zu denken, und bemühte sich, ihrer Stimme einen harten, entschlossenen Klang zu geben, als sie sagte: „Wir sind noch nicht mit dieser Sache fertig."

„Nein", stimmte Jael zu. „Noch nicht. Aber wie geht's jetzt weiter?" Sie sah sich ein wenig verloren in dem riesigen Kellergewölbe um. „Ich meine, die Bestien sind tot, und wir haben weder die geringste Ahnung, wer hinter all dem steckt, noch wie wir ihm auf die Spur kommen sollen."

„Das würde ich so nicht sagen", erwiderte Zara kryptisch.

Jael wollte gerade nachfragen, was sie damit meinte, als sie ein leises, lang gezogenes Ratschen hörte, und dann blinzelte sie in der plötzlichen Helligkeit der kleinen rotgoldenen Flamme, die zwischen Zaras Fingern zu einer unhörbaren Melodie tanzte und unförmige, monströse Schatten an die schartigen Wände des Kellergewölbes warf. Zuerst wusste sie nicht recht, was sie davon halten sollte, doch dann hielt Zara das Streichholz in die Höhe und fing an, sich langsam im Kreis um die eigene Achse zu drehen, und als die kleine Flamme unruhig in einem steten Luftzug zu flattern begann, wurde Jael klar, dass ihr Pessimismus vielleicht ein wenig voreilig gewesen war.

Der flackernde Schein der Streichholzflamme umschmeichelte Zaras bleiche, von Blut, Schmutz und Trauer gezeichnete Züge. „Immer, wenn du denkst, es geht nicht mehr, kommt von irgendwo ein Lichtlein her", rezitierte sie mit ungewohnt weicher Stimme. „Das hat meine Großmutter immer gesagt, als ich noch klein war.“

Jael lächelte. „Eine weise Frau, deine Großmama.“

„Tot und begraben“, murmelte Zara, unvermittelt wieder ernst, und richtete die kleine Flamme an dem schwachen, kaum spürbaren Luftzug aus, der durch das Kellergewölbe strich. Dann setzte sie sich in Bewegung und ging in die Richtung, aus der der Luftzug kam; dabei vermied sie es, sich noch einmal nach der toten Bestie umzudrehen.

Jael folgte ihr neugierig, als Zara mit der winzigen Flamme zwischen den Fingern durch das düstere Kellergewölbe ging, geradewegs auf den Luftzug zu, der mit jedem Schritt stärker wurde und schließlich deutlich spürbar über die warme Haut der Seraphim strich, ein eisiger, nach feuchter Erde und Dunkelheit riechender Hauch, wie ein Odem aus einem frisch geöffneten Grab.

„Na, was haben wir denn da …“, murmelte Zara schließlich, als sie die hinterste südliche Ecke des Kellers erreichten.

Hinter einem Stapel leerer alter Weinfässer führte ein schmaler Tunnel in die Erde, fort vom Versteck der Blutbestien. Der Schein der Streichholzflamme verlor sich bereits nach wenigen Metern in der tintigen Schwärze des Tunnels. Zara schüttelte das Streichholz aus, als die Flamme ihr die Finger zu versengen drohte, und die Finsternis wurde wieder allumfassend.

„Wohin mag der Tunnel führen?“, fragte Jael neben ihr.

Zara schnalzte mit der Zunge. „Keine Ahnung.“ Sie warf das abgebrannten Streichholz achtlos weg und trat entschlossen in den dunklen Tunnel. „Ich schätze, es gibt nur eine Möglichkeit, das rauszufinden …“

XXIV.

Der Tunnel erweis sich als bedeutend länger, als eine der beiden Frauen für möglich gehalten hatte. Nach den ersten hundert Metern war Jael sicher, dass sie das Ende jeden Moment erreichen mussten, nach vierhundert Metern *hoffte* Jael, dass es bald soweit sein würde, und nach siebenhundert Metern fand sie sich schließlich damit ab, dass dies unter Umständen ein *sehr langer* Spaziergang werden würde. Zara hingegen hielt sich gar nicht erst mit irgendwelchen Mutmaßungen auf; sie nahm die Dinge so, wie sie kamen, und marschierte mit entschlossenen, weit ausholenden Schritten durch den kaum einen Meter breiten Tunnel, der in einer schnurgeraden Linie von den Ruinen des Herrenhauses aus nach Süden führte, vom Teufelsfelsen weg, in Richtung Moorbruch.

Waren die ersten paar Hundert Meter noch mit roten Backsteinen gemauert, machte das Mauerwerk nach ungefähr einem halben Kilometer Fels und schwarzer Erde Platz. Die Decke wurde von Holzbalken gestützt, in denen Generationen von Weberspinnen ihre Netze gesponnen hatten. Tropfendes Wasser begleitete die Schritte der beiden Frauen, und hier und da ragte Wurzelwerk aus den Wänden oder der Tunneldecke, knotige Strünken, die wie Hände nach ihnen griffen, fast so, als wollten sie die beiden Kriegerinnen daran hindern, weiter in den Tunnel vorzudringen.

Der Tunnel beschrieb nach ungefähr zwei Kilometern eine Rechtskurve, um danach in nordöstlicher Richtung zu verlaufen. Noch immer war kein Ende in Sicht. Anfangs versuchte Zara noch, die Entfernung, die sie zurückgelegt hatten, anhand ihres Schrittmaßes zu schätzen, doch irgendwann gab sie es auf.

Weiter, immer weiter durch den finsteren Tunnel …

Hin und wieder nahmen Ratten oder Mäuse vor ihnen Reißaus, aufgescheucht von ihren Schritten, und einmal huschte vor ihnen ein Tausendfüßler von der Länge eines Unterarms über den Weg. Aber abgesehen davon waren sie allein mit sich und dem Geräusch ihrer Schritte auf dem unebenen Boden.

Irgendwann glaubte Zara, weiter vorn einen helleren Fleck auszumachen, einen dunklen Schatten innerhalb tiefschwarzer Schatten. Zunächst hielt sie es für eine Einbildung, doch als der Fleck nach ein paar Dutzend Schritten nicht verschwand, sondern heller wurde, ein matter grauer Schemen in der allumfassenden Schwärze des Tunnels, gab sie sich der vagen Hoffnung hin, dass dort hinten in der Ferne irgendwo der Ausgang war.

Von neuer Energie erfüllt, schritt sie schneller aus, die Augen unbeirrt auf den vagen grauen Fleck in der Ferne gerichtet, der allmählich heller und größer wurde, bis Zara schließlich überzeugt war, dass es dort vorn Licht gab; ob Sonnenlicht oder das einer Laterne, vermochte sie nicht zu sagen.

Zara war vielleicht ein Kind der Nacht, doch die Düsternis und Enge des Tunnels schlugen ihr allmählich aufs Gemüt.

Sie dachte an Wanja und daran, wie schön sie aussah, als sie dort tot am Baum hing, das Gesicht weiß und makellos wie Porzellan, die Augen geschlossen, so friedlich, als würde sie schlafen, und Wut und Trauer kochten gleichermaßen in Zara hoch.

Alles in ihr schrie nach Rache.

Rache für Wanja.

Rache für Jahn.

Rache für all die anderen armen, unschuldigen Seelen, die diesem Albtraum zum Opfer gefallen waren …

Der graue Fleck wurde zunehmend heller und größer, bis sich ein Rechteck aus der Dunkelheit schälte, wie eine offene Tür, hinter der ein sanftes, stetes Licht brannte. Sie gingen unbeirrt darauf zu, und gerade, als sie nah genug waren, dass Zara auffiel, dass irgendetwas an dem Licht *seltsam* war, flüsterte Jael hinter ihr eindringlich ihren Namen: „Zara."

Die Vampirin drehte sich fragend um.

Die Seraphim deutete mit grimmiger Miene auf die Wand des Tunnels, aus der mehrere Strünken Wurzelwerk ragten, dicke runde Baumwurzel, wie sie sie auf dem Weg durch den Tunnel zu Hunderten gesehen hatten. Deshalb war Zara im ersten Moment nicht sicher, was Jael von ihr wollte. Dann jedoch schaute sie genauer hin und stellte fest, dass es keine Wurzeln waren, die da aus dem Erdreich lugten, sondern – Knochen! Und als sie sich überrascht umschaute, erkannte Zara, dass rings um sie überall Knochen aus den Tunnelwänden und der Decke ragten – Schädel, Schienbeine, Ellbogen, Rippen – und dazwischen unzählige verfaulte, wurmzerfressene Holzsplitter, die aussahen, als stammten sie von …

„*Särge*", murmelte Zara. „Das sind Särge." Sie brauchte einen Moment, bis ihr klar wurde, was das bedeutete. „Wir sind unter dem Friedhof!" Sie sah wieder nach vorn, zu dem Licht. „Dann muss das da die Kirche sein."

„Oder die Pfarrei", sagte Jael.

„Wir werden sehen", brummte Zara grimmig, setzte sich wieder in Bewegung und folgte dem von menschlichen Gebeinen gespickten Tunnel weiter auf das Licht zu, das mit jedem Schritt heller wurde, und dann wurde ihr auch endlich klar, was es war, dass ihr daran so seltsam vorkam.

Der Lichtschein war grünlich; ein kaltes grünes Licht, das seinen matten Schein in den Tunnel warf und alles in eine seltsame, unwirkliche Helligkeit tauchte, fast so, als befände man sich auf dem Grund des Meeres. Dann hatten sie schließlich das Ende des Tunnels erreicht, traten durch das erleuchtete Rechteck, das sich als grob gemauerter Durchgang erwies, wie ein Türrahmen ohne Tür, und sie standen in einer unterirdischen Kammer von vielleicht zehn Schritten Länge und acht Schritten Breite.

Es war ein Ort der Verbotenen Künste.

Das seltsame grüne Licht erfüllte die gesamte Kammer mit seinem unwirklichen Schein und zeigte ein Wirrwarr magischer Schriften, Zeichen, Kritzeleien und Symbole an den gemauerten Steinwänden. Wie schon im Versteck der Bestien war auch hier nahezu jeder Quadratzentimeter mit dem schwarzmagischen Gekritzel bedeckt, nur dass es sich hierbei nicht um Bannsprüche handelte, sondern um Zauber, die so widerwärtig und bizarr waren, dass Jael bei ihrem Anblick erbleichte. Und dabei waren die Kritzeleien noch das Harmloseste in dieser Hexenküche, denn als sich Zara neugierig umsah, stellte sie fest, dass dieser Raum einem einzigen Zweck diente: der Anrufung und Anbetung der Schwarzen Mächte. Überall an den Wänden baumelten Sträuße mit getrockneten magischen Kräutern und Pflanzen – Silberdistel, Hexengrün, Harnischwurz, Eisenhut, Tollkirsche, Mutterkorn, Stechapfel und sogar Alraune –, in einem Regal reihten sich Einmachgläser mit Alkohol und tierischen Innereien, und von der Decke baumelten die Kadaver von Katzen und Schwarzwiesel, deren beißender Verwesungsgestank sich mit dem stechende Geruch der getrockneten Zauberkräuter zu einer Übelkeit erregenden Mischung vereinte.

Während die Tische und Regale unter der Last uralter staubiger Wälzer, Zauberbücher, Folianten und verschiedenster Zauberutensilien ächzten, befand sich in der Mitte der Kammer eine freie Fläche, wo ein Pentagramm von vielleicht drei Metern Durchmesser auf den Boden gemalt worden war. In Mittelpunkt des Pentagramms stand ein wuchtiger Dreifuß aus Eisen, auf dem eine große runde Schale aus schwarzem Onyx thronte, und in der Mitte der Onyxschale wiederum brannte eine säulenartige grüne Flamme, die statt Wärme eine eisige Kälte abgab.

Rings um die große Flammensäule brannten zwölf kleinere Flammen in der Schale, die sich von unförmigen schwarzen Klumpen näherten und die Hauptflamme mit Nahrung zu versorgen schienen. Im ersten Moment konnte Zara sich auf die Klumpen keinen Reim machen, doch als sie näher herantrat, erkannte sie, dass es sich dabei um Herzen handelte – um die brutal herausgerissenen Herzen der zwölf Jungfrauen, die den Bestien zum Opfer gefallen waren …

Zara starrte auf die brennenden Herzen in der Schale, die der Flamme in der Mitte ihre Kraft zu geben schienen.

„Verdammtes Teufelszeug!“, rief sie und trat den Dreifuß mit der grünen Flamme in ohnmächtiger Wut um. „Elender, verfluchter Hokuspokus!“

Der Dreifuß stürzte mit einem harten Scheppern zu Boden. Die Onyxschale zerbarst mit einem gewaltigen Knall in winzige schwarze Splitter, und im gleichen Augenblick erlosch die große grüne Flamme. Auch die Herzen, die außerhalb des Pentagramms landeten, erloschen, doch die im Innern des magischen Symbols brannten weiter, wenn auch bei weitem nicht so stark wie zuvor.

Zara stand keuchend inmitten des Pentagramms und rang um Fassung.

„Das ändert gar nichts", sagte Jael neben ihr düster und starrte auf die brennenden Herzen hinab. „Das Ritual wurde vollzogen. Der schwarze Zauber wirkt bereits …"

Zara starrte ihre Begleiterin düster an. Sie wollte Jael gerade fragen, was das für ein verdammter Zauber sei, für den ein Dutzend junger Frauen hatten sterben müssen, als sie unvermittelt einen kühlen Hauch im Nacken spürte, wie von einer plötzlichen Bewegung. Zara wirbelte herum – gerade noch rechtzeitig, um zu sehen, wie durch einen fleckigen Vorhang an der hinteren Wand eine stämmige Gestalt in die Kammer stürmte, die mit sich überschlagender Stimme einen Zauberspruch rief: *„Increduli futurunt caeci!"*

Bevor Zara erkennen konnte, wer der Zauberer war, explodierte die ganze Kammer in gleißendem Licht, heller als der Schein der Sonne. Zara riss instinktiv die Hände vors Gesicht, um ihre Augen zu schützen, doch die plötzliche Helligkeit traf bereits ihre Netzhäute, und auf einmal verwandelte sich alles um sie herum in grelles Weiß.

„Verdammt!", schrie Jael hinter ihr. „Ich kann nichts mehr sehen!"

Auch Zara stieß einen Fluch aus und drehte sich geblendet im Kreis, die Hände leicht von sich gestreckt. Sie versuchte, in dem Weiß ringsum die Silhouette des Zauberers auszumachen, der so unerwartet in der Kammer aufgetaucht war. Wie eine Blinde wankend, tastete sie sich vorwärts, alle Sinne bis zum Äußersten gespannt. Der Zauberer war ganz in der Nähe, sie konnte seine dunkle Anwesenheit spüren. Er belauerte sie, und sie meinte zu hören, wie er in gebührendem Abstand leise um sie herumschlich.

„Wer seid Ihr?“, keuchte Jael. „Was hat das alles zu bedeuten?“

Keine Antwort.

„Warum mussten all diese Menschen sterben?“, drängte sie.

Erneut: nur Schweigen.

„Vielleicht weiß er es selbst nicht“, meinte Zara. „Vielleicht ist all das nur das sinnlose Werk eines Wahnsinnigen. – Seid Ihr wahnsinnig?“, wandte sie sich provozierend an den Unsichtbaren, doch wenn sie gehofft hatte, ihn damit aus der Reserve zu locken, irrte sie sich.

Zara drehte sich vorsichtig um sich selbst, umgeben von grellem Weiß, und versuchte, Zeit zu gewinnen, denn solange sie ihren Gegner nicht sehen konnte, war es ihr so gut wie unmöglich, sich gegen ihn zu verteidigen. „Die Bestien“, sagte sie, auf jedes noch so leise Geräusch in ihrer Nähe lauschend, „das waren Eure Geschöpfe, nicht wahr? Ihr habt sie gezüchtet, damit sie für Euch die Drecksarbeit erledigen, weil Ihr selbst dazu nicht genug Mumm habt. Ist es nicht so?“

Irgendwo in dem allumfassenden Weiß um sie herum erklang ein meckerndes, spöttisches Kichern. Sofort wirbelte Zara in die Richtung, aus der es kam, und schlug nach der Stelle, doch der Mann, der das Kichern ausgestoßen hatte, war längst woanders. Sie konnte seine Blicke auf sich spüren, als er sie langsam umkreiste, und für einen Moment stieg ihr der Bittermandelgeruch von Branntwein in die Nase.

„Eine lange Nacht gehabt?“, fragte Zara spöttisch. „Oder trinkt man bei der Morgenmesse neuerdings Branntwein?“

Diesmal kam eine Reaktion: Zara spürte unvermittelt eine rasche Bewegung hinter sich, und dann raunte ihr eine Männerstimme spöttisch ins Ohr: „Was versteht eine Mätresse der Hölle wie Ihr schon von der Heiligen Messe?“

Zara erstarrte, nicht so sehr, weil der Zauberer aus unerfindlichen Gründen ihr dunkles Geheimnis kannte – was erschreckend genug war –, sondern weil sie diese Stimme schon mehrmals vernommen hatte, seit sie hier in Moorbruch war …

„Salieri“, knurrte Zara düster. „Ihr seid es!“

Salieri gab sich keine Mühe, sich zu verstellen. Zara spürte, wie er sich hinter ihr bewegte, und wirbelte herum, doch der Priester lachte bloß und war mit zwei schnellen Schritten außerhalb ihrer Reichweite. „Eigentlich müsste ich zutiefst erzürnt darüber sein, was du und deine Freundin mit der Ewigen Flamme gemacht habt – ganz zu schweigen davon, dass ihr all meine geliebten Tierchen abgeschlachtet habt“, sagte Salieri bedächtig, als wüsste er genau, dass ihm von den beiden Frauen in ihrem gegenwärtigen Zustand keine Gefahr drohte. „Doch wie deine kleine Freundin hier eben so treffend bemerkte: Das Ritual wurde bereits vollzogen. Alles ist so, wie es sein soll, und es gibt nichts, was ihr tun könntet, um es noch zu ändern.“

„Man kann immer etwas ändern“, erwiderte Jael. „Nicht einmal der Tod ist unumkehrbar.“

„Wie wahr, wie wahr“, spöttelte Salieri. „Zumindest nicht für unsereins, richtig?“ Er lachte leise, und Zara hörte ein Stück rechts von sich das verhaltene Rascheln von Stoff, gefolgt von einem leisen Schaben, als würde Metall über grobes Gewebe streifen. „Das Dumme am Wiederauferstehen ist nur, dass man dazu erst einmal sterben muss, doch dabei bin ich euch nur zu gern behilflich …“ Wieder dieses leise meckernde Kichern, und dann stellte Zara fest, dass der Zauber allmählich nachließ. Ihr Blick klärte sich wieder. Das Weiß war zwar noch immer da, doch an den Rändern ihres Blickfelds bildeten sich allmählich Schatten und Konturen, und bald konnte sie die vagen Umrisse von Möbelstücken erahnen. Mit weit aufgerissenen Augen drehte sich Zara um ihre eigene Achse, auf der Suche nach Salieri; da gewahrte sie aus den Augenwinkeln unvermittelt das tödliche Funkeln von geschliffenem Metall, das begleitet wurde von einem singenden Pfeifen, als eine Klinge die Luft zerteilte, und ihr Instinkt übernahm die Kontrolle.

Sie tauchte unter dem Hieb hinweg. Die Klinge verfehlte sie so haarscharf, dass sie den Luftzug auf ihrem Gesicht spürte. Dann drehte sich die Vampirin mit einer grazilen Bewegung, wie eine Tänzerin, einmal um sich selbst und zog während der Drehung eines ihrer Schwerter aus der Scheide auf ihrem Rücken, um ihrerseits zuzuschlagen. Mehr ahnend als wirklich wissend, wo sich Salieri befand, riss sie das Schwert hoch und fing den nächsten Hieb ihres Gegners geschickt ab. Funken stoben, als Metall auf Metall traf. Im gleißenden Nebel vor Zara bewegte sich etwas, ein grauer Schatten, der sich kaum merklich von seiner Umgebung abhob. Der Umriss einer gewaltigen Axt mit einer breiten halbmondförmigen Schneide ruckte vor ihr in die Höhe, um ein drittes Mal zuzuschlagen.

Zara zögerte keine Sekunde, kam Salieri zuvor und schlug mit voller Wucht nach der Axt. Die rasiermesserscharfe, zehnfach gefaltete Klinge traf den Stiel – und ging glatt durch das Holz hindurch. Zara hörte, wie der Priester ein überraschtes Keuchen ausstieß; dann krachte die mächtige Schneide der Axt mit einem metallischen Scheppern auf den Steinboden. Salieri fluchte und wich hastig ein paar Schritte zurück, in Richtung des Vorhangs, durch den er vorhin gekommen war, doch nun, da Zara seine Silhouette mit jeder Sekunde deutlicher sah, hatte sie keine Mühe, ihm zu folgen. Das Schwert in einer Hand, eilte sie ihm nach, packte Salieri hinten am Kragen seines Gewands und schleuderte ihn quer durch die Kammer. „Hier geblieben, Freundchen!“

Salieri schrie auf und krachte hart gegen einen der Tische längs der Wand. Er verzog vor Schmerz das Gesicht, als sich die Kante in seinen Rücken bohrte. Dann war Zara wieder bei ihm, rammte die Schwertklinge in den Tisch, dass sie dort stecken blieb, und riss den abtrünnigen Priester hoch.

„Das ist für Wanja!“, schrie sie, als sie Salieri ihre Faust in die Magengrube rammte. Salieri krümmte sich keuchend und drohte zusammenzuklappen, doch Zara hatte ihn mit der linken Hand am Kragen gepackt und hielt ihn aufrecht, während sie mit der Rechten wieder zuschlug und den Priester anschrie: „Wofür das alles? Wofür all die Toten?“

Zara schlug erneut zu, und Salieri hob die Hände, um sein Gesicht vor ihren Schlägen zu schützen.

„Genug“, sagte Jael.

Doch Zara schlug noch mal zu.

„Genug“, sagte Jael erneut, diesmal mit mehr Nachdruck, und so plötzlich, wie Zara die Beherrschung verloren hatte, beruhigte sie sich wieder. Sie ließ Salieri los, der daraufhin kraftlos auf die Knie fiel, und trat einen Schritt zurück, ohne den abtrünnigen Priester aus den Augen zu lassen.

„Warum?“, rief sie erneut. „Wofür das alles? Wofür sind diese jungen Frauen gestorben?“ Das war die Frage, um die sich alles drehte.

Eigentlich erwartete sie keine Antwort, doch Salieri hob schwerfällig den Kopf und funkelte sie an. *„Wofür?“* Salieri grinste höhnisch. „Für den Herrn natürlich … Alles für den Herrn!“

„Für welchen Herrn?“, forschte Zara, denn den Gott jener

Religion, der er eigentlich angehören sollte, konnte er nicht meinen; der hatte mit Schwarzer Magie nichts am Hut und ließ von seinen Priestern auch keine Jungfrauen verstümmeln.

Salieri bedachte sie mit einem hämischen Grinsen. „Ja, das würdet ihr gern wissen, was? Doch keine Sorge: Ihr werdet es noch früh genug erfahren! Früher, als euch lieb sein wird!"

Mit einem Ruck zog Zara ihr Schwert aus der Holzplatte des Tischs und richtete die geschliffene, messerscharfe Klinge drohend auf den Priester. „Wer ist es?", verlangte sie zu wissen. „Wer ist dein Herr? Und wo finden wir ihn?"

„Nur keine Eile." Salieri wischte sich mit dem Handrücken Blut von den Lippen. „Wenn es soweit ist, wird *er* euch finden, und bis dahin wird es nicht mehr lange dauern, denn die letzte Stunde ist nah! Nicht mehr lange, und die alte Ordnung wird wieder hergestellt!"

Zara runzelte die Stirn. „Die alte Ordnung?"

„Ihr habt keine Ahnung, womit ihr es hier zu tun habt!", sagte Salieri. „Die Mächte, denen ich diene, sind größer und gewaltiger, als ihr euch auch nur vorzustellen vermögt! Lange haben sie darauf gewartet, ihren Platz in dieser Welt wieder einzunehmen, und wenn es soweit ist, werde ich zu ihrer Rechten sitzen, denn den Gläubigen gehört das Himmelreich!"

Bevor Zara reagieren konnte, sprang Salieri plötzlich auf – und warf sich mit seinem gesamten Gewicht in die Klinge ihres Schwerts!

Zara wollte überrascht zurückweichen, doch Salieri krallte seine Hände in ihren Umhang, während er sie trotzig angrinste und angestrengt keuchte: „Ihr werdet uns nicht … aufhalten. *Niemand* wird uns aufhalten … Die letzte Stunde ist nah …" Er starrte sie mit diesem irren Grinsen an, das jeder Vernunft entbehrte, die Hände fest in den Stoff ihres Umhangs vergraben, und einen Moment lang wurde sein schreckliches Grinsen noch breiter. Dann gaben die Beine unter ihm nach, der Blick seiner Augen brach, und Salieri sackte leblos zusammen. Sein kraftloser Körper rutschte von der Schwertklinge und fiel schwer zu Boden, wo er in verkrümmter Haltung liegen blieb.

Zara starrte den Toten zu ihren Füßen mit harter Miene an. Dann wischte sie die blutige Schwertklinge angewidert am Gewand des Priesters ab und schob das Schwert zurück in die Scheide, während Jael neben Salieris Leiche in die Knie ging, nach der rechten Hand des Priesters griff und sie in die Höhe hielt.

Auf dem Ringfinger des Priesters saß der imposante Siegelring, den Zara bereits an ihrem ersten Abend in Moorbruch bemerkt hatte, als sie Salieri zum ersten Mal in der Taverne *Zum Güldenen Tropfen* getroffen hatte, ein massiv goldener Ring mit einer eingelassenen Siegelplatte, doch im Gegensatz zu ihrer ersten Begegnung in der Taverne hatte sie diesmal keine Schwierigkeiten, das Motiv zu erkennen, das mit feinen, ziselierten Linien in die schwarze Onyxplatte eingraviert war. Es war die stilisierte Darstellung eines Teufelsschädels, dem zwei große Widderhörner aus der Stirn wuchsen; um die hatten sich zwei Schlangen gewunden, die demselben Körper entsprangen und den Betrachter mit ihren weit aufgerissenen Mäulern bösartig anfauchten. Unter dem Symbol stand in altancarianischen Lettern ein Sinnspruch:

Diene ohne Widerspruch – opfere ohne Reue – herrsche ohne Gnade!

Zara kannte dieses Siegel; vor langer Zeit hatte sie es schon einmal gesehen, doch bevor sie ihren Gedanken Ausdruck verleihen konnte, sprach Jael aus, was auch Zara dachte.

„Das ist das Zeichen des Sakkara-Kults."

Zara runzelte die Stirn. „Ich dachte, diese schwarzmagischen Verrückten gäbe es schon seit tausend Jahren nicht mehr."

„Das dachten wir auch", sagte Jael und ließ Salieris schlaffe Hand los. „Immerhin wurde der Kult im Zuge der Magiegesetze offiziell verboten und seine Anhänger verfolgt, weil sie nicht nur Schwarze Magie praktizierten, sondern angeblich auch einen Umsturz im Königreich vorbereiteten. Die Mitglieder des Kults wurden von der königlichen Inquisition mit aller Härte verfolgt und hingerichtet, wenn sie nicht willens und bereit waren, den Dunklen Künsten abzuschwören. Nach der Zerschlagung des Sakkara-Kults war Iliam Zak, der Führer des Zirkels, fast zehn Jahre lang auf der Flucht vor den Häschern der Inquisition, aber schließlich gelang es doch, ihn zu fassen; Zak hatte sich in der Kanalisation von Burg Krähenfels versteckt, wo er seine schwarzmagischen Forschungen im Verborgenen fortgesetzt und bereits wieder neue Jünger um sich geschart hatte. Man stellte Iliam Zak und seine Getreuen vor die Wahl, entweder den Schwarzen Künsten abzuschwören und ins Exil zu gehen oder auf dem Scheiterhaufen verbrannt zu werden. Iliam Zak entschied sich für das Exil, und so wurde er nach Sternental verbannt."

„Sternental", murmelte Zara.

Jael nickte. „Die alte Magier-Enklave."

Burg Sternental war so etwas wie ein Hort gestrandeter Existenzen, die alle eins gemein hatten: Sie hatten sich der schweren Verbrechen der Hexerei, Zauberei oder Nekromantie schuldig gemacht und waren damit gemäß der alten Magiegesetze, die zu Zeiten König Aarnum I. erlassen worden waren, Geächtete, Vogelfreie, Männer und Frauen ohne Rechte, die bloß deshalb nicht in den Flammen der Inquisition gestorben waren, weil sie ihrem schwarzmagischen Treiben in der Öffentlichkeit abgeschworen hatten. Zara hatte schon einiges von Burg Sternental gehört, doch das meiste davon klang so abenteuerlich, dass es eher ins Reich der Mythen zu gehören schien. Die Enklave lag tief in den Wäldern im unwirtlichen Norden, durch einen Gebirgszug vom Rest des Landes isoliert. Sternental war ein Mythos, und es gab sogar Skeptiker, die behaupteten, die Enklave würde überhaupt nicht existierten und wäre von den Inquisitoren lediglich erfunden worden, um die Zauberkundigen dazu zu bringen, sich aus freien Stücken zu stellen, in der Hoffnung, dass ihnen kein Leid widerfuhr, bevor man sie klammheimlich einen Kopf kürzer machte und ihre Leichen auf irgendeinem Acker verscharrte.

„Sternental ist nicht weit von hier", sagte Zara nachdenklich. „Vielleicht eine Sieben-Tages-Reise." Sie suchte Jaels Blick. „Denkst du, dieser Zak ist derjenige, der hinter Salieri stand und ihn dazu benutzte, diesen seltsamen Zauber zu wirken, wozu auch immer er gut sein mag?" Sie warf angewidert einen Blick auf die umgestürzte Onyxschale mit den Jungfrauenherzen. „Was meinte Salieri, als er sagte, dass die ‚letzte Stunde' nah sei und die ‚alte Ordnung' bald wiederhergestellt sein würde? Welche alte Ordnung?"

Jael zuckte die Schultern. „Ich habe nicht die geringste Ahnung", sagte sie, „aber eins weiß ich: Das hier ist noch nicht das Ende. Im Gegenteil, es war erst der Anfang."

Zara runzelte die Stirn. „Der Anfang wovon?"

„Ich weiß es nicht", gestand Jael. „Doch das sollten wir besser schleunigst in Erfahrung bringen, bevor ein noch größeres Unglück geschieht."

Irgendetwas an der Art, wie Jael es sagte, ließ Zara aufhorchen. Allein, dass sie so viel über den Sakkara-Kult und den Verbleib von Iliam Zak wusste, machte Zara stutzig, ebenso wie Jaels plötzliches Auftauchen, nachdem sie sich ein halbes Jahrtausend nicht gesehen hatten. Doch Zara behielt ihre Gedanken für sich. Was auch immer Jael im Schilde führen mochte, Zara würde es noch früh genug erfahren.

„Dieser Ort macht mich krank“, sagte Zara schließlich. „Ich verschwinde.“ Ohne Jaels Erwiderung abzuwarten, wandte sie sich ab und ging zu dem Vorhang, durch den Salieri vorhin so plötzlich aufgetaucht war. Dahinter führten Stufen nach oben, in die alte Pfarrei, in der Salieri gelebt hatte. Während in den Kellern des Hauses den Dunklen Mächten gehuldigt worden war, herrschte hier oben eine verlogene Frömmigkeit, die Zara Übelkeit verursachte, als sie daran dachte, dass Salieri seine Position als Priester schamlos ausgenutzt und Bürgermeister von der Wehr sogar dazu gebracht hatte, zum „Wohle der Gemeinde“ sein eigenes Kind zu opfern.

Lüge, alles Lüge …

Draußen vor den Fenstern der Pfarrei lag der Friedhof von Moorbruch im matten Licht des Vormittags. Dahinter hob sich die Kirche mit dem wuchtigen, fast quadratischen Glockenturm wie ein gewaltiger dunkler Grabstein vor dem wirbelnden Weiß des Schnees ab. Es war ein trostloser Anblick, doch zumindest würden nun keine neuen Gräber für die Opfer von Salieri und seinen Blutbestien mehr ausgehoben werden müssen.

Wenn es bei all diesem Irrsinn überhaupt etwas Tröstliches gab, dann das.

XXV.

Die Kunde vom Tod der Bestien und dass Salieri diesen ganzen schrecklichen Albtraum heraufbeschworen hatte, verbreitete sich wie ein Lauffeuer in Moorbruch und Umgebung. Schon bald wusste jeder Mann, jede Frau und jedes Kind, dass ihnen von den Bestien, die Moorbruch in Furcht und Schrecken versetzt hatten, keine Gefahr mehr drohte. In Scharen trieb es die Menschen aus ihren Häusern und auf den großen Platz im Zentrum des Ortes, wo sie im stetig zunehmenden Schneefall aufgeregt und erleichtert jede Einzelheit und jedes neue Gerücht diskutierten, das die Runde machte. Doch so erleichtert sie auch waren, so fassungslos waren sie darüber, dass ein Mann aus ihrer Mitte all dies Leid und Grauen verursacht hatte. Salieri hatte seine Position auf schrecklichste Weise ausgenutzt, um die Menschen von Moorbruch schamlos zu belügen; er hatte mit all seinem Gerede über göttliche Strafen und Opfer, die dargebracht werden müssten, seine wahren Absichten verschleiert. Es war nicht nur ein Verrat an die Menschen von Moorbruch, den er begangen hatte, sondern auch an jenem Gott, den er zu dienen vorgegeben hatte, und an dem Glauben, an den sich die Menschen so fest geklammert hatten. Natürlich gab es anfangs Skeptiker, die Salieris Schuld nicht akzeptieren wollten, doch diese zweifelnden Stimmen verstummten rasch, als die ersten neugierigen Moorbrucher in den Keller der Pfarrei hinabstiegen und nicht lange darauf mit schreckensbleichen Gesichtern wieder heraufkamen.

Als Zara, Jael und Falk um die Mittagszeit im Schankraum der Taverne saßen und in grimmigem Schweigen ihre zweite Flasche Whiskey leerten, begann plötzlich die Kirchenglocke zu läuten. Im ersten Moment schoss Zara der Gedanke durch den Kopf, dass sie vielleicht doch nicht alle Bestien erwischt hatten und sich eine der überlebenden Kreaturen ein neues Opfer gesucht hatte. Als Zara, Jahn und Falk dann zusammen mit einer Hand voll weiterer Gäste hinaus auf den Platz liefen, sahen sie dichten schwarzen Rauch von der Pfarrei aufsteigen. Mit unbewegter Miene stand Zara vor dem *Güldenen Tropfen* und starrte hinüber zur Pfarrei, aus deren Fenstern nun armdicke Flammen schlugen, indes sich das Feuer anschickte, das Gebäude vom Keller bis zum Dachfirst zu verzehren. Zara griff in die Taschen ihres Rocks und begann ihre Pfeife zu stopfen. Sie riss ein Zündholz an ihrem Daumennagel an, hielt die Flamme über den Pfeifenkopf und schmauchte, bis der Tabak glomm. Dann ging sie zurück in den *Güldenen Tropfen*, um mit ihren Gefährten die dritte Flasche Whiskey zu leeren.

Auch wenn die Moorbrucher respektvolle Distanz zu ihren Rettern wahrten und sie weder mit Fragen löcherten noch sie mit Lobhudeleien belästigten, war ihre Dankbarkeit doch in jedem Blick zu erkennen und in jeder Geste zu spüren. Von der ausgelobten Belohnung allerdings wollte Zara nichts mehr wissen. Die Menschen hier hatten soviel Schlimmes durchgemacht, und sie besaßen so wenig. Ihnen dieses Wenige auch noch zu nehmen, wäre ihr schäbig vorgekommen, zumal die Menschen von Moorbruch vermutlich noch sehr lange unter den jüngsten Ereignissen zu leiden hatten.

So wie Jahn. Sobald Zara und Jael aufgebrochen waren, um

der Spur der fliehenden Bestie zu folgen, hatten Falk und Ela den schwer Verletzten mit vereinten Kräften auf den Rücken von Falks Pferd gehievt. Falk hatte sich hinter ihn gesetzt und ihn auf dem ganzen Weg nach Moorbruch festgehalten, damit er nicht aus dem Sattel kippte. Jahn hatte immer wieder kurzzeitig das Bewusstsein wiedererlangt und leise den Namen seiner toten Geliebten gemurmelt. Sie hatten ihn zum Haus des Heilers Manoly gebracht, der sich seiner annahm, sogleich aber sagte, dass er Jahns verletzten linken Arm nicht würde retten können.

Nachdem Zara und Jael Salieris Haus verlassen und den versammelten Einwohnern im Schankraum des *Güldenen Tropfens* die Nachricht überbracht hatten, dass der Winter der Bestie nun zu Ende war, waren sie noch einmal zum Teufelsfelsen geritten, und gut ein Dutzend Einwohner von Moorbruch hatte sie begleitet, eine stumme Delegation des Todes, um die tote Wanja nach Hause zu bringen, dorthin, wo sie hingehörte.

Als stiller Trauerzug ritten sie dann durch Moorbruch. Als sie am Haus von Bürgermeister von der Wehr vorbeikamen, erhaschte Zara hinter einem der Fenster im Obergeschoss einen kurzen Blick auf Wanjas Vater, der mit schreckensstarrem Gesicht zu ihnen herunterstarrte, das Haar wirr in der Stirn hängend, die Lippen zu einem schmalen zitternden Strich zusammengekniffen. Er sah aus, als wäre er innerhalb weniger Stunden um Jahre gealtert. Dann flog die Haustür auf, und Anna lief heraus, um mit sich überschlagender Stimme den Namen ihrer Schwester zu rufen und schluchzend im Schnee zusammenzubrechen. Falk stieg vom Pferd, kümmerte sich um sie, sprach tröstende Worte zu der jungen Frau und brachte sie wieder ins Haus.

Sie brachten die Tote zu dem kleinen bescheidenen Hof, wo

Jahn mit seiner Schwester Ela lebte. Gemeinsam trugen sie Wanja ins Haus, wo sie sie in Jahns Bett legten, und während Ela in stummer Trauer begann, die Tote für ihre letzte Reise herzurichten, hoben Falk, Zara und Jael hinter dem Haus ein Grab aus; Wanja auf dem Friedhof zu beerdigen, erschien ihnen allen angesichts der ungeheuerlichen Blasphemie, die sich dort zugetragen hatte, wie ein Frevel. Die Erde war hart wie Stein und jeder Zentimeter, den sie aushoben, eine Qual, doch mit vereinten Kräften schafften sie es, und schließlich legten sie Wanjas gewaschene, gesalbte und in weiße Tücher gewickelte Leiche in den Schoß der Erde. Jael sprach ein kurzes Gebet, in dem sie die Alten Götter bat, Wanja in ihre Mitte aufzunehmen und ihr auf den blühenden Wiesen der Anderwelt ewigen Frieden und Ruhe zu gewähren.

Dann suchten Zara und Falk das Haus von Manoly auf, um sich nach Jahns Zustand zu erkundigen. Jahn war in einen dämmrigen Schlaf gefallen. Manoly erklärte zwar, dass der junge Mann sehr wahrscheinlich überleben würde, doch den linken Arm hatte er nicht retten können …

Irgendwann, als die Dämmerung längst über die Welt hereingebrochen war, sagte Falk mit whiskeyschwerer Stimme: „Ich kann's immer noch nicht fassen, dass Salieri hinter all dem steckte. Dass ausgerechnet dieser Mann es war, der die Blutbestien hergeholt, gezüchtet und sie dazu abgerichtet hat, diese Frauen zu jagen und ihm ihre Herzen für seine abscheulichen schwarzmagischen Rituale zu bringen; einer, der den Wert des Lebens eigentlich mehr hätte würdigen müssen als irgendjemand sonst."

Jael nickte. „Unfassbar", stimmte sie zu, „und doch ist es so."

Ja, es war so, und nach allem, was sie wussten, war das Ganze von langer Hand geplant gewesen, und sie konnten sich in etwa ausmalen, wie sich alles abgespielt hatte.

Wie sie von den Einwohnern erfahren hatte, war Salieri vor ungefähr fünfzehn Jahren nach Moorbruch gekommen, nachdem der alte Priester der Gemeinde einer unbekannten Krankheit zum Opfer gefallen war. Drei Tage nach dem Tod des Priesters traf Salieri in Moorbruch ein, und wiederum eine gute Woche später brannte das Anwesen derer von Humbug nahe des Teufelsfelsens, ohne dass man jemals herausfand, warum. Vieles deutete darauf hin, dass Salieri unmittelbar darauf mit dem Bau des unterirdischen Tunnels begonnen hatte, der den Keller der Pfarrei mit dem des Anwesens tief in den Wäldern verband; so konnte er jederzeit unbemerkt und ungesehen zwischen seiner Hexenküche und dem Versteck der Bestien wechseln. Woher er die Bestien hatte oder wie es ihm gelang, dafür zu sorgen, dass sie so lange unentdeckt bleiben, entzog sich ihrer Kenntnis. Nahezu sicher war jedoch, dass Salieri vom ersten Tag an die Absicht hatte, sie hier in Moorbruch und Umgebung auf die Jagd zu schicken, fernab der Zivilisation, wo die Chance, dass ihm die Obrigkeit auf die Schliche kam, eher gering war. Lange Jahre hatte er nur auf die richtige Gelegenheit gewartet, loszuschlagen, und als in diesem Jahr der Winter anbrach, befand er schließlich, dass die Zeit gekommen war, die Bestien zu entfesseln; was dafür den Ausschlag gegeben hatte, darüber konnten sie allenfalls Mutmaßungen anstellen, ebenso darüber, was er mit seinem verderbten Zauber bewirkt hatte. Als plötzlich Jahn mit Zara und Falk im Schlepp im Ort auftauchte, ahnte er, dass sein „Werk“ in Gefahr war, dass Zara ihm gefährlich werden konnte. Darum heuerte er die Attentäter an, um sich die Vampirin vom Hals zu schaffen, bevor Zara ihm auf die Schliche kam.

Was blieb, war die Frage, was hinter alledem steckte.

Welche dunklen Mächte hatte Salieri mit Hilfe der Jungfrauenherzen heraufbeschworen? Welcher höheren Gewalt diente er, und was hatte es damit auf sich, als er sagte, dass die „letzte Stunde“ nah sei und die „alte Ordnung“ in Kürze wiederhergestellt sein würde?

Es gab nur einen einzigen Ort in ganz Ancaria, wo sie die Antworten auf diese Fragen finden konnten.

„Und ihr habt wirklich vor, nach Burg Sternental zu reiten?“, fragte Falk, nachdem Hilda, die Gattin des Wirts, ihnen eine neue Flasche Whiskey an den Tisch gebracht und rundum eingeschenkt hatte. „Ich meine, was erhofft ihr euch davon? Wenn ich euch richtig verstanden habe, dann ist seit jenem Tag, als dieser Iliam Zak und seine letzten Getreuen in die Enklave verbannt wurden, annähernd ein Millennium vergangen. Dieser Zak ist doch längst tot und vermodert.“

Jael wiegte den Kopf. „Vielleicht hat ihm das, was auch immer er und sein Kult damals getrieben haben, ein unnatürlich langes Leben beschert.“

„Was genau *haben* sie denn getrieben?“, forschte Falk.

„Das weiß niemand so genau“, erwiderte Jael. „Der Kult wirkte im Verborgenen, und jedes Mitglied war zu absolutem Stillschweigen verpflichtet. Jahrzehntelang wusste die Obrigkeit nicht einmal, dass es den Sakkara-Kult überhaupt gab, und nachdem die Inquisition dem Zirkel endlich auf die Schliche kam, hielt man alle Berichte darüber streng unter Verschluss. Bloß eine Hand voll Hochinquisitoren war über das ganze Ausmaß des Frevels informiert, dessen sich der Sakkara-Kult schuldig gemacht hat. Man nahm an, dass der Kult damals zerschlagen wurde, doch jetzt …“

„Jetzt seid ihr euch da nicht mehr so sicher“, schloss Falk.

Jael nickte düster. „Einiges deutet darauf hin, dass sich der Kult neu formiert, und das dürfen wir nicht zulassen, wenn wir schlimmeres Unheil von Ancaria abwenden wollen. Deshalb müssen wir nach Sternental; nur dort werden wir die Antwort auf die Frage finden, warum all diese armen Seelen hier soviel Unglück erledigen mussten." Bei diesen Worten ließ sie den Blick in die Runde schweifen; jeder einzelne Platz im Schankraum war besetzt, und doch war es die meiste Zeit über so still wie auf einem Friedhof. Keiner der Gäste sprach viel; die meisten saßen einfach nur da, hingen ihren Gedanken nach, tranken und versuchten zu begreifen, wie es zu alldem hatte kommen können.

Jael schaute Zara an und fragte: „Bist du sicher, dass du kommen willst? Ich meine, niemand zwingt dich dazu, und du schuldest niemandem etwas. Im Gegenteil. Du hast für diese Menschen hier schon mehr als genug getan. Aber was mich angeht", sagte Jael, und nun nahm ihre Stimme einen fast bittenden Tonfall an, „ich würde mich wesentlich besser fühlen, eine erfahrene Kriegerin wie dich an meiner Seite zu haben."

Zara erwiderte Jaels Blick einen Moment lang schweigend. Dann kippte sie mit einem Ruck ihren Whiskey herunter, setzte das leere Glas auf dem Tisch ab und sagte: „Sternental ist eine Sieben-Tages-Reise von hier entfernt. Wenn wir da sein wollen, bevor der Schnee jedes Durchkommen unmöglich macht, sollten wir keine Zeit verlieren."

Jael lächelte. „Dann reiten wir bei Sonnenaufgang. Bis dahin sollten wir die Annehmlichkeiten dieses gastlichen Orts genießen, denn wer schon weiß, was uns in Sternental erwartet …"

XXVI.

Der Morgen kam, und mit ihm die Zeit des Abschieds. Im ersten grauen Licht des neuen Tages trafen sich Jael und Zara bei den Ställen der Taverne, wo die Pferde über Nacht untergebracht gewesen waren. Hilda, die Gattin des Wirts, gab ihnen für die Reise nach Sternental Proviant mit: Brot, Käse, Pökelfleisch, Räucherschinken, einen Schlauch Wein und etwas Tabak. Keine der beiden Frauen hatte vergangene Nacht ein Auge zugetan – Jael, weil sie von ihren Gedanken wachgehalten wurde; Zara, weil ihr Albtraum wieder zurückgekehrt war. Doch beide verrichteten ihre Reisevorbereitungen mit ruhiger Sorgfalt, verstauten ihre wenigen Habseeligkeiten in den Satteltaschen, füllten ihre Trinkschläuche am Brunnen mit eiskaltem Wasser und sattelten ihre Pferde. Der Stallbursche, ein aufgeweckter kleiner Blondschopf, sah ihnen neugierig zu; sein Gesicht war schmutzig und seine plumpen Leinenhosen an den Knien aufgescheuert. Als Zara ihm beim Hinausgehen einen Goldtaler zuschnippte, leuchteten seine Augen auf wie Sonnen.

Die beiden Kriegerinnen führten die Pferde aus dem Stall hinaus auf den Platz vor der Taverne und erblicken Falk, der auf den Stufen vorm *Güldenen Tropfen* saß, neben sich im Schnee seinen Reisebeutel; als Zara vorhin ihr gemeinsames Zimmer verlassen hatte, hatte er noch friedlich schnarchend im Bett gelegen, die Decke bis zu den Ohren hochgezogen. Sie hatte ihn schlafen lassen. Jetzt schaute er auf und rief mit einem verschmitzten Lächeln: „Ihr beiden Hübschen wollt euch doch wohl nicht ohne den Schutz eines männlichen Begleiters auf die gefahrvolle Reise nach Sternental wagen, oder?"

Jael und Zara sahen erst Falk an und wechselten dann einen nachdenklichen Blick. Jael machte ganz den Endruck, als würde sie abwägen, ob es wirklich ratsam war, Falk mitzunehmen, der sich bislang weder durch nennenswerten Kampfgeist noch durch sonderlichen Scharfsinn hervorgetan hatte, und einen Moment lang fürchtete der junge Mann, sie würden ihn zurückweisen, ihm verbieten, mitzukommen. Doch schließlich sagte Zara knapp: „Hol dein Pferd!"

Falk grinste und sprang auf. Während er im Stall verschwand, ließ Zara ihren Blick über den im grauen Morgenlicht daliegenden Ort schweifen. Trotz der frühen Stunde gingen bereits einige Moorbrucher ihrem Tagwerk nach; jetzt, da sie von der Bestie nichts mehr zu befürchten hatten, schien es, als würde das Leben in Moorbruch allmählich wieder seinen normalen Gang nehmen. Die meisten nickten den beiden Frauen im Vorbeigehen voller Respekt und Dankbarkeit zu, doch wie tags zuvor richtete niemand das Wort an sie.

Dann kam Falk zurück, sein Pferd am Zügel führend. Hinter ihm lief Ela aus einer Gasse zwischen den Gebäuden auf den Platz. Sie trug ein schlichtes graues Kleid und einen abgetragenen Mantel. „Falk!", rief sie leise.

Er wandte sich nach ihr um. Als er Ela sah, fiel seine aufgesetzte Fröhlichkeit in sich zusammen; vermutlich hatte er gehofft, Moorbruch verlassen zu können, ohne sich von ihr verabschieden zu müssen. Doch dann lächelte er wieder. „Ela", sagte er, „was machst du denn hier? Du solltest zu Hause im Bett liegen und schlafen."

„Ich würde doch nur von dir träumen“, sagte das Mädchen mit entwaffnender Offenheit. Ela blieb vor Falk stehen und rang nervös die Hände. Man sah ihr an, dass sie mit sich kämpfte, dass sie versuchte, stark zu sein, doch als sie dann wieder sprach, bebte ihre Stimme, und Tränen schimmerten in ihren Augen. „Warum willst du fortgehen?“, fragte sie. „Warum bleibst du nicht hier, bei mir? Die Bestien sind tot, und Zara kommt auch allein zurecht, das hat sie mehr als einmal bewiesen. Außerdem ist Jael da, um ihr beizustehen. Zusammen sind die beiden jeder Gefahr gewachsen. *Sie* brauchen dich nicht – aber *ich* schon.“

„Mag sein“, stimmte Falk zu, ließ die Zügel los und griff nach Elas Händen, um sie sanft zu drücken. Er sah ihr ins Gesicht, wie sie vor ihm stand und versuchte, die Tränen zurückzuhalten, und ein eiserner Ring legte sich um sein Herz, der sich mit jeder Sekunde fester zuzog. Es tat ihm in der Seele weh, sie so voller Kummer zu sehen. Aber er konnte es nicht ändern. Er hatte die halbe Nacht wachgelegen und darüber nachgedacht, was er tun sollte, und seine Entscheidung stand fest. „Mag sein, dass die beiden mich wirklich nicht brauchen, denn ich bin kein Kämpfer, und auch sonst tauge ich nicht viel.“ Ela wollte ihm widersprechen, doch er schüttelte den Kopf. „Ich weiß, dass es so ist, Ela. Doch wir haben dieses Abenteuer gemeinsam begonnen, Zara und ich. Wir sind gemeinsam bis hierher gegangen, so gering mein Tun bei allem, was war, auch gewesen sein mag. Und wir werden es auch gemeinsam zu Ende bringen. Ich *muss* das tun, verstehst du?“ Er sah ihr tief in die Augen, und jetzt war es sein Blick, der fast flehentlich wurde.

Der Kummer in ihren Zügen war so tief und ehrlich, dass es Falk beinahe das Herz brach. Er spürte, wie sein Entschluss, zu gehen, mit jeder weiteren Sekunde, die sie ihn so ansah, mehr und mehr ins Wanken geriet, und als würde auch Ela das merken und es verhindern wollen, blinzelte sie plötzlich, und als sie ihn nun wieder ansah, lächelte sie; es war ein warmes und verständnisvolles Lächeln, das Falk fortan tief in seinem Herzen tragen würde. „Wenn du gehen musst, dann geh", sagte sie mit leiser Stimme. „Ich werde auf dich warten."

„Und ich werde zurückkommen", versicherte er und versuchte, seiner Stimme einen entschlossenen, festen Klang zu geben.

Sie sahen sich noch einen Moment lang schweigend an. Dann zog Ela ein blassrotes Halstuch aus dem Ärmel ihrer Jacke, trat vor und band es Falk um. „Damit du unterwegs nicht frierst", sagte sie.

Falk schluckte und rang um Fassung. Er beugte sich unvermittelt vor, hauchte Ela einen Kuss auf die Wange und wandte sich um. Er schwang sich in den Sattel seines Pferdes und packte die Zügel. Mit einem letzten Blick auf Ela trieb er dem Tier leicht die Hacken in die Flanken und trabte vor zu Zara und Jael, die inzwischen ebenfalls aufgesessen waren und geduldig auf ihn gewartet hatten.

„Ich bin soweit", erklärte er knapp.

Zara sah ihn an und nickte.

„Dann los!" Sie schnalzte mit der Zunge, und Kjell setzte sich in Bewegung.

Nebeneinanderher trabten sie über den Platz, Falk in der Mitte, die beiden Kriegerinnen links und rechts von ihm. Jene Moorbrucher, die zu dieser frühen Stunde schon auf den Beinen waren, blieben stehen und schauten ihnen nach, als sie sich dem Ortsausgang näherten. Der Stallbursche rannte ihnen ein Stück weit hinterher und winkte ihnen lächelnd nach.

„Du musst nicht mitkommen“, sagte Zara mit einem Seitenblick zu Falk. „Du bist niemandem etwas schuldig, und du musst auch niemandem etwas beweisen. Zumindest uns nicht.“

„Nein, ich muss euch nichts beweisen“, stimmte Falk zu. „Ich könnte einfach hier in Moorbruch bleiben, bei Ela. Ich könnte zu ihr und ihrem Bruder in ihr Haus ziehen und versuchen, ihr der Mann zu sein, den sie sich wünscht. Ich könnte tagsüber Torf stechen oder Jahn auf dem Feld zur Hand gehen und abends heimkommen, und das dampfende Essen steht auf dem Tisch. Ich könnte abends in einem warmen, weichen Bett schlafen, mit einer Frau an meiner Seite, die mich so liebt, wie ich bin. Ich könnte mich von allem Ärger fernhalten und fortan ein Leben als anständiger, ehrbarer Bürger Ancarias führen …“ Er seufzte, ehe er fortfuhr: „All das könnte ich tun – und vielleicht *werde* ich es auch, wenn ich eines Tages nach Moorbruch zurückkehre!“ Er verstummte und sah geradeaus, in Gedanken versunken.

Sie hatten gerade Moorbruch verlassen und die kleine Brücke, die über den Bach führte, hinter sich gelassen, als sich ihnen ein Reiter im gestreckten Galopp näherte. Als er sie erreichte, zügelte er sein Pferd und zog sich die Kapuze vom Kopf.

Gregor D’Arc nickte ihnen zur Begrüßung knapp zu und sagte dann, an Zara gewandt: „Ich hatte gehofft, dir Lebwohl sagen zu können, ehe du aufbrichst. Moorbruch und seine Einwohner stehen tief in deiner Schuld.“

„Ihr schuldet mir nichts“, erwiderte Zara und vermied es, Gregor anzusehen.

Doch sie spürte, wie er sie anschaute, schweigend, als suchte er nach den richtigen Worten. Sein Pferd trabte vor ihnen auf der Stelle.

Dann sagte er nur: „Wir sehen uns wieder, Zara!“

Er trieb seinem Pferd die Hacken in die Flanken und donnerte ohne ein weiteres Wort in die Richtung zurück, aus der er gekommen war.

Falk sah ihm nach. „Na, das war ja ein herzerweichender Abschied“, spöttelte er, doch er verstummte schlagartig, als die Vampirin ihm einen scharfen Blick zuwarf …

Moorbruch lag gut eine Meile hinter ihnen, als Zara aus den Augenwinkeln heraus plötzlich einen huschenden Schatten am Wegesrand bemerkte, dort wo Sträucher, Farne und Bäume zum undurchdringlichen Dickicht des Waldes verschmolzen. Im Zwielicht des Morgens blitzten ein Paar goldener Augen auf, umgeben von struppigem schwarzgrauem Fell.

Sie wandte den Kopf und sah einen riesigen schwarzgrauen Wolf, der im Schutz des Waldrands im Abstand von vielleicht fünfzig Metern hinter ihnen herlief. Seine Läufe schienen den Boden kaum zu berühren, auch wenn er auf dem linken Hinterlauf leicht hinkte.

Falk bemerkte Zaras Blick und wandte ebenfalls den Kopf. Seine Augen wurden groß. „Was, zum Teufel …“, murmelte er überrascht. Dann erkannte er das Tier. „Ist das nicht der Wolf von der Ruine? Der, den du aus der Bärenfalle gerettet und verhindert hast, dass Jahn ihn mit der Armbrust erschießt?“

Zara nickte.

„Warum folgt er uns?“

Zara zuckte mit den Schultern. „Keine Ahnung“, sagte sie. „Vielleicht will er seine Schuld abtragen. Ich weiß es nicht. Was auch immer, er wird keinem von uns etwas tun. Lasst ihn einfach in Ruhe.“

Jael warf ihr einen überraschten Blick zu. „Du hast einem Wolf das Leben gerettet?“ Sie lächelte sanft. „Mir scheint, du hast dich tatsächlich sehr verändert, seit wir uns das letzte Mal gesehen haben."

„Und wann *habt* ihr euch das letzte Mal gesehen?", fragte Falk.

„Das ist lange her", sagte Jael, und ihr Blick schien in die Ferne zu schweifen, in eine andere Zeit, zu einem anderen Ort. „Fünfhundert Jahre, würde ich mal sagen; vielleicht ein paar Jährchen mehr oder weniger."

„Fünfhundert …" Falk konnte es kaum fassen. Dabei wusste er ja, *was* Jael war; sie hatte es ihm bereits gesagt, und Zara hatte es ihm bestätigt. Eine Seraphim, eine Hüterin des Lichts, zu Anbeginn der Zeit von den Alten Göttern geschaffen, um die Armeen der Finsternis zu bezwingen und das aus den Fugen geratene Gleichgewicht von Gut und Böse in der Welt wiederherzustellen …

Er lachte leise. „Das glaubt mir keiner, wenn ich's erzähle", sagte er kopfschüttelnd. „Eine Seraphim und eine Vampirin, Seite an Seite … Die mythischen Kräfte des Lichts und der Dunkelheit – vereint im Kampf gegen das Bösen. Mal ehrlich, was soll uns da schon passieren?"

„Wir werden sehen", sagte Zara, weit weniger fröhlich, und schaute sich wieder nach dem Wolf um, der ihnen immer noch folgte, ein gedrungener schwarzer Schatten im Dunkel des Dickichts.

Es hatte nicht den Anschein, als hätte das riesige Tier vor, die Verfolgung in absehbarer Zeit aufzugeben …

ENDE

Das Abenteuer
geht weiter in:

SACRED: STERNENTAL
DIE CHRONIK VON ANCARIA – Band 2
von Steve Whitton

Im Buchhandel ab August 2005 erhältlich

Kinohits zum Lesen!

ALIEN VS. PREDATOR: Wer auch immer gewinnt ... wir verlieren.

ISBN 3-8332-1145-8

DAWN OF THE DEAD
Der Original-Roman zum Zombie-Kultfilm

ISBN 3-8332-1115-6

BLADE: TRINITY
Der Daywalker ist zurück

ISBN 3-8332-1146-6

Im Buchhandel

STAR WARS™
REPUBLIC COMMANDO™
DIE ELITE DER KLONKRIEGER IM
UNDERCOVER-EINSATZ!
Der offizielle Roman zum Star Wars Videogame!
STAR WARS
REPUBLIC COMMANDO™
FEINDKONTAKT
Ein Klonkriegsroman
KAREN TRAVISS
Star Wars REPUBLIC COMMANDO: Feindkontakt
Der offizielle Klonkriegsroman zum atemberaubenden, neuen Videogame von LucasArts.
ISBN 3-8332-1199-7
LUCAS BOOKS
LUCAS Arts
www.starwars.com
www.lucasarts.com
Ab sofort im Buchhandel!
Dino
www.paninicomics.de
© 2005 Lucasfilm Ltd. & ™. All rights reserved.